LANCEDRAGON
AU FLEUVE NOIR

La trilogie des Chroniques de Lancedragon
1. Dragons d'un crépuscule d'automne
2. Dragons d'une nuit d'hiver
3. Dragons d'une aube de printemps
4. Dragons d'une flamme d'été (grand format)
   par Margaret Weis et Tracy Hickman

La trilogie des Légendes de Lancedragon
1. Le temps des jumeaux
2. La guerre des jumeaux
3. L'épreuve des jumeaux
   par Margaret Weis et Tracy Hickman

Rencontres de Lancedragon I
1. Les âmes sœurs
   par Mark Anthony et Ellen Porath
2. L'éternel voyageur
   par Mary Kirchoff et Steve Winter
3. Cœur sombre
   par Tina Daniell

Rencontres de Lancedragon II
4. La Règle et la Mesure
   par Michael Williams
5. La pierre et l'acier
   par Ellen Porath
6. Les Compagnons
   par Tina Daniell

Les Préludes de Lancedragon
1. L'Ombre et la Lumière
   par Paul B. Thompson
2. Kendermore
   par Mary Kirchoff
3. Les frères Majere
   par Kevin Stein
4. Rivebise, l'Homme des Plaines
   par Paul B. Thompson et Tonya R. Carter
5. Sa Majesté Forgefeu
   par Mary Kirchoff et Douglas Niles
6. Tanis, les années secrètes
   par Barbara et Scott Siegel

Trilogie des Agresseurs
1. Devant le Masque
   par Michael et Teri Williams
2. L'Aile Noire
   par Mary Kirchoff
3. L'Empereur d'Ansalonie
   par Douglas Niles

Les Contes de Lancedragon
1. Les sortilèges de Krynn
2. Les petits peuples de Krynn
3. Guerre et amour sur Krynn (septembre 1999)

Deuxième Génération (grand format)
   par Margaret Weis et Tracy Hickman

Trilogie des Agresseurs II
1. Hederick le Théocrate
   par Douglas Niles
2. Le Seigneur Toede
   par Jeff Grubb
3. La Reine des Ténèbres
   par Michael et Teri Williams

Une âme bien trempée (grand format)
   par Margaret Weis (octobre 1999)

DRAGONS D'UNE AUBE DE PRINTEMPS

par
Margaret Weis
et
Tracy Hickman

Couverture de
LARRY ELMORE

FLEUVE NOIR

Titre original :
Dragons of Spring Dawning

Traduit de l'américain
par Dominique Mikorey

Collection dirigée par Patrice Duvic
et
Jacques Goimard

Lancedrangon et le logo TSR sont des marques déposées par TSR, Inc.

Le Code de la propriété intellectuelle n'autorisant, aux termes de l'article L. 122-5, 2° et 3° a), d'une part, que « les copies ou reproductions strictement réservées à l'usage privé du copiste et non destinées à une utilisation collective » et, d'autre part, que les analyses et les courtes citations dans un but d'exemple ou d'illustration, « toute représentation ou reproduction intégrale ou partielle, faite sans le consentement de l'auteur ou de ses ayants droit ou ayants cause, est illicite » (art. L.122-4).
Cette représentation ou reproduction, par quelque procédé que ce soit, constituerait donc une contrefaçon sanctionnée par les articles L.335-2 et suivants du Code de la propriété intellectuelle.

© 1985, 1996, TSR Inc. Tous droits réservés.
TSR Stock N°. 8302
ISBN : 2-265-05865-3

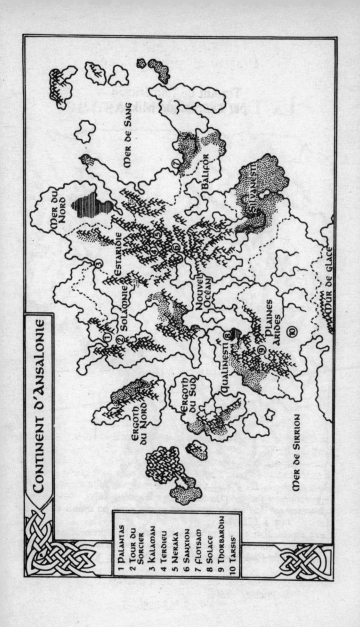

La Terre d'Abanasinie

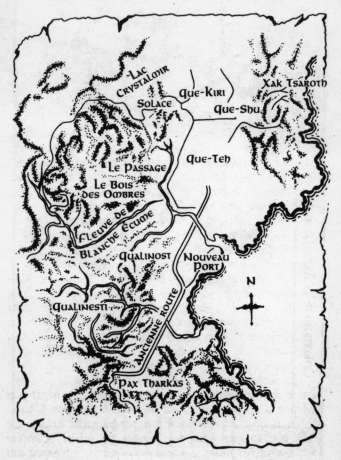

L'ÉTERNEL

— *Regarde, Berem, il y a un chemin... Comme c'est étrange. Depuis le temps que nous chassons dans ces bois, nous ne l'avons jamais remarqué.*

— *Il n'y a rien d'étrange. Le feu a consumé les broussailles et voilà le sentier à découvert. C'est probablement une piste laissée par un animal.*

— *Suivons-la. Nous trouverons peut-être un cerf au bout. Aujourd'hui, nous n'avons rien vu passer, et je déteste rentrer bredouille.*

Sans attendre ma réponse, elle s'engage sur la piste. Je la suis en haussant les épaules. Il fait bon être dehors, après la froidure de l'hiver. Le soleil me chauffe agréablement les bras et on avance aisément dans la forêt depuis qu'elle a brûlé. Les lianes ne s'accrochent plus à nous et les ronces ne déchirent plus nos vêtements. Un éclair ! Probablement les derniers feux de l'orage qui a éclaté...

Cela fait longtemps que nous marchons et je commence à être fatigué. Elle s'est trompée, ce n'est pas la trace d'un animal. C'est un sentier fait par l'homme, et il doit y avoir bien longtemps qu'il existe. Ce n'est pas là que nous trouverons du gibier. Comme tous les autres jours. Le feu, puis le froid hivernal ont tué les animaux ou les ont fait fuir. Ce n'est pas ce soir non plus que nous mangerons de la viande.

Nous marchons. Le soleil est à son zénith. Je suis fatigué et affamé. Nous n'avons pas vu bête qui vive.

— *Rentrons, ma sœur, nous ne trouverons rien par ici...*

Elle s'est arrêtée pour souffler. Elle a chaud, elle est découragée. Elle est si amaigrie. Elle travaille trop. Au lieu de s'occuper uniquement de la maison et de répondre aux avances de ses prétendants, elle va à la chasse. C'est une jolie fille, je trouve. Les gens disent que nous nous ressemblons, mais ils se trompent. C'est que nous sommes très proches l'un de l'autre, plus que d'autres frères et sœurs. Avec la dure vie que nous avons menée, c'est naturel...

— *Je crois que tu as raison, Berem. Pas la moindre empreinte... Mais attends ! Regarde !*

Je vois une clarté éblouissante, une profusion de couleurs brillant dans le soleil, comme si tous les joyaux de Krynn étaient tombés ici.

— *C'est peut-être un arc-en-ciel, dit-elle en ouvrant de grands yeux.*

« Ah ! voilà bien l'esprit des filles ! » me dis-je en éclatant de rire. Mais j'ai du mal à la rattraper, car elle court aussi vite qu'un chevreuil.

Nous sommes arrivés dans une clairière. C'est sans doute là que la foudre est tombée. La végétation a été soufflée. Des colonnes fracassées gisent sur le sol carbonisé. Une atmosphère oppressante règne en cet endroit où rien ne pousse depuis longtemps. Je veux m'éloigner, mais quelque chose m'en empêche...

J'ai devant les yeux un spectacle inouï ; même en rêve, je n'ai jamais vu ça... Une colonne de pierre incrustée de gemmes étincelantes ! Saisi de stupeur, je tremble de tous mes membres.

— *Berem, c'est extraordinaire ! s'exclame Jasla. Je n'ai jamais rien contemplé d'aussi beau ! De tels joyaux dans un endroit aussi désolé !*

Elle regarde autour de nous, je la sens fiévreuse.

— *Berem, cet endroit a quelque chose de solennel,*

comme s'il avait été frappé de malédiction. Ce devait être un temple, avant le Cataclysme. Un temple dédié aux dieux du Mal... Mais qu'est-ce que tu fais ?

Avec mon couteau de chasse, j'essaie de détacher une gemme de la colonne. Grosse comme mon poing, elle étincelle d'un vert ardent. Elle bouge sous la lame de mon couteau.

— Arrête, Berem ! C'est un sacrilège ! Cet endroit est consacré à un dieu, je le sais !

Je sens la gemme froide se réchauffer sous mes doigts.

— Bah ! Tu as parlé d'un arc-en-ciel, tu ne croyais pas si bien dire ! Le sort nous a souri, comme dans les contes de fées ! Si c'est un sanctuaire, il est abandonné des dieux depuis longtemps. Regarde donc autour de toi, ce n'est que ruines ! Les dieux auraient dû en prendre soin. Ils ne m'en voudront pas pour une gemme...

— Berem !

Mais c'est qu'elle a réellement peur ! Quelle folle ! Elle commence à m'énerver. D'ailleurs, j'ai presque fini de détacher la gemme de la colonne.

— Ecoute, Jasla, dis-je en frémissant d'excitation, nous n'avons pas de quoi vivre, après l'incendie et le dur hiver que nous avons eus. Au marché de Gargath, ce joyau nous rapportera assez d'argent pour que nous puissions quitter ce maudit pays ! Nous irons habiter en ville, peut-être même à Palanthas ! Cela fait si longtemps que nous voulons voir ses merveilles...

— Non, Berem ! Je te l'interdis ! Tu ne commettras pas ce sacrilège !

Je ne l'ai jamais vue aussi sérieuse. J'hésite. Je m'éloigne de la merveilleuse colonne. Moi aussi, je commence à trouver que cet endroit dégage une impression maléfique. Mais ces gemmes miroitant sous le soleil sont magnifiques. Les dieux ne hantent plus ces lieux, ils se moquent d'une pierre précieuse de plus ou de moins enchâssée dans une colonne brisée.

Je place la pointe de mon couteau entre la pierre et la gemme.

— Arrête !

Sa main se referme sur mon poignet, ses ongles s'enfoncent dans ma chair. Elle me fait mal. Avec la colère, je sens monter en moi une chaleur qui me suffoque et m'aveugle. Mon cœur bat à tout rompre et mes yeux s'exorbitent.

— Laisse-moi ! dit une voix grondante.

C'est la mienne. Je la repousse brutalement. Elle tombe...

Tout s'est passé comme au ralenti. Elle est tombée pour toujours. Je ne voulais pas... J'ai tenté de la rattraper... Mais j'étais cloué sur place.

Elle a heurté la colonne brisée. Le sang a giclé.

— Jasla ! appelé-je en la prenant dans mes bras.

Elle ne réagit pas. Le sang coule sur les pierres précieuses. Elles ne brillent plus depuis que ses yeux se sont éteints. La lumière s'est envolée...

Le sol se lézarde. Des colonnes émergent du sol carbonisé et se dressent en spirales. L'obscurité m'enveloppe en même temps qu'une douleur atroce me brûle la poitrine...

— Berem !

Campée devant lui, sur le pont, Maquesta interpellait son timonier.

— Berem, je t'ai donné des ordres. Un grain se prépare, et je veux que le bateau soit prêt. Qu'est-ce que tu fabriques, les yeux fixés sur la mer ? Tu joues les statues ? Tu veux devenir un monument historique ? Remue-toi, marin d'eau douce ! Je ne te paie pas à ne rien faire !

Berem sursauta. Son visage pâlit. Son expression était celle d'un enfant pris en faute. Maquesta regretta son mouvement d'irritation.

Rien à faire, il est comme ça, se dit-elle. *Il doit bien avoir entre cinquante et soixante ans, c'est le meilleur timonier que j'ai jamais eu, mais c'est un gamin.*

— Je suis désolée de m'être emportée, Berem. L'approche de la tempête me rend nerveuse. Allons, allons, ne me regarde pas comme ça. Ah ! si seulement tu pouvais parler ! J'aimerais bien savoir ce qu'il y a dans cette caboche, si jamais elle contient quelque chose ! Bon, n'en parlons plus. Fais ce que tu as à faire, puis descends te mettre à l'abri. Mieux vaut attendre paisiblement la fin du coup de vent.

Berem sourit d'un air candide. Maquesta lui répondit par un soupir résigné et s'en fut régler les derniers préparatifs à la tempête.

Son second lui annonça que l'équipage était au complet, mais qu'un tiers des hommes n'avait pas encore dessoûlé.

Bercé par le roulis, Berem se reposait dans son hamac. Les premiers coups de vent faisaient tanguer le *Perechon* amarré dans le port de Flotsam. Les mains calées derrière la tête, Berem suivait des yeux le va-et-vient de la lampe à huile accrochée au plafond de la cabine.

— *Regarde, Berem, il y a un chemin... Comme c'est étrange. Depuis le temps que nous chassons dans ces bois, nous ne l'avons jamais remarqué.*

— *Il n'y a rien d'étrange. Le feu a consumé les broussailles et voilà le sentier à découvert. C'est probablement une piste laissée par un animal.*

— *Suivons-la. Nous trouverons peut-être un cerf au bout. Aujourd'hui, nous n'avons rien vu passer, et je déteste rentrer bredouille.*

Sans attendre ma réponse, elle s'engage sur la piste. Je la suis en haussant les épaules. Il fait bon être dehors, après la froidure de l'hiver. Le soleil me chauffe agréablement les bras et on avance aisément dans la forêt depuis qu'elle a brûlé. Les lianes ne s'accrochent plus à nous et les ronces ne déchirent plus nos vêtements. Un éclair ! Probablement les derniers feux de l'orage qui...

ly
LIVRE I

1

VOL DANS LES TÉNÈBRES

L'officier de l'armée draconienne descendait l'escalier de l'*Auberge de la Brise Salée*. A minuit passé, la plupart des clients étaient rentrés chez eux. On n'entendait guère que le fracas des vagues s'écrasant contre les rochers de la Baie Sanglante.

Il s'arrêta un moment, la main sur la rampe de l'escalier. Son regard fit le tour de la salle. A part un draconien ivre endormi sur une table, elle était déserte.

Un sourire amer sur les lèvres, l'homme parcourut les dernières marches. L'armure qu'il portait était une réplique de celles des seigneurs draconiens. Le heaume qui lui couvrait le visage le rendait difficilement reconnaissable. Seule une barbe rousse indiquait qu'il s'agissait d'un humain.

Au bas de l'escalier, il s'arrêta, surpris de trouver l'aubergiste le nez dans ses livres de comptes. Lui ayant adressé un bref salut, il fit mine de sortir.

— Attends-tu le seigneur pour ce soir ? demanda l'aubergiste.

L'officier se retourna et commença à enfiler ses gants. Il faisait un froid de loup. La ville de Flotsam essuyait une tempête comme elle n'en avait pas connu depuis ses trois cents ans d'existence sur la côte du Golf du Sang.

— Par ce temps ? rétorqua l'officier. Cela m'étonnerait ! Même les dragons ne se risqueraient pas à voler avec un vent de cette force !

— Tu as raison, c'est une nuit à ne pas mettre un chien dehors. Qu'est-ce qui te pousse donc à sortir ?

— Je ne vois pas en quoi cela peut t'intéresser, répliqua froidement l'officier.

— Je ne voulais pas t'offenser, répondit l'aubergiste, mais simplement pouvoir répondre au seigneur s'il me demande où te trouver.

— Précaution inutile, je lui ai laissé un message... pour lui expliquer mon absence. D'ailleurs, je serai de retour avant l'aube. J'ai besoin de prendre l'air, c'est tout.

— J'imagine ! Cela fait trois jours que tu n'as pas quitté sa chambre ! Ou plutôt, trois nuits ! Allons, ne te fâche pas ! On ne peut qu'admirer un homme capable de la captiver si longtemps ! Où est-elle partie ?

— La Dame Noire est allée dans l'est, près de la Solamnie, régler une affaire urgente, répondit l'officier en fronçant les sourcils. A ta place, je n'essaierais pas de me mêler de ses affaires.

— Bien sûr que non, n'aie crainte... Bon, eh bien je te souhaite le bonsoir... Comment t'appelles-tu, déjà ? Je n'ai pas retenu ton nom quand elle nous a présentés.

— Tanis. Tanis Demi-Elfe, répondit sèchement le soldat. Bonsoir.

D'un geste vif, il se drapa dans sa cape et ouvrit la porte. Un vent violent s'engouffra dans la salle, soulevant les papiers de l'aubergiste. Les chandelles s'éteignirent. A grand-peine, l'officier referma la porte derrière lui, rendant à l'auberge sa douce quiétude.

Par la fenêtre, le patron suivit de yeux l'officier qui s'éloignait, sa cape gonflée par le vent. Il n'était pas seul. Dès que la porte eut claqué, le draconien affalé sur sa table avait relevé la tête. Ses petits yeux reptiliens s'allumant. D'un pas ferme, il était sorti à son tour. Les flammes dansantes des grands braseros éclairaient çà et là les rues noires battues par la pluie. Il sembla à l'aubergiste que l'officier empruntait la rue qui menait en ville. Le draconien se faufilait derrière lui à la faveur de l'obscurité.

L'aubergiste secoua son valet endormi dans l'office.

— Tempête ou pas tempête, j'ai l'impression que la Dame Noire viendra ce soir, lui dit-il. Réveille-moi quand elle arrivera. Non, réflexion faite, se ravisa-t-il aussitôt, laisse-moi plutôt dormir.

La ville de Flotsam s'était repliée sur elle-même pour faire face à la tempête. Les tavernes habituellement ouvertes jusqu'à l'aube n'offraient ce soir que de tristes façades aux volets tirés. Le froid glacial avait vidé les rues.

Longeant les façades abritées du vent, Tanis marchait à vive allure, tête baissée, la barbe constellée de petits glaçons qui lui labouraient le visage. De temps à autre, il jetait un coup d'œil en arrière pour s'assurer qu'on ne le suivait pas. Mais les tourbillons de grêle et la pluie rendaient la visibilité presque nulle. Le froid s'insinuait en lui et l'engourdissait. Sans s'inquiéter davantage, il se concentra sur le chemin qu'il parcourait.

Il était depuis quatre jours à Flotsam, et il avait passé le plus clair de son temps avec *elle*. Il s'efforça de ne plus penser à ça et d'être attentif aux enseignes. Elles lui permettraient de reconnaître l'endroit qu'il cherchait sous la pluie. Tout ce qu'il savait, c'était que ses amis logeaient dans une auberge, quelque part à la lisière de la ville, loin de la jetée et de ses bouges. Que ferait-il s'il se perdait ? Mieux valait ne pas y penser...

Après avoir erré dans les rues glissantes, il reconnut avec soulagement l'enseigne qui se balançait au vent. Il avait oublié le nom, mais se le rappela en voyant l'inscription : *L'Auberge des Quais*.

Un nom idiot, songea-t-il en posant sur la poignée de la porte une main que le froid paralysait. Le vent s'engouffra avec lui dans l'auberge. Il eut toutes les peines du monde à refermer l'huis.

Il n'y avait personne pour l'accueillir. A la lueur du feu de cheminée, Tanis vit un bout de chandelle sur le comptoir, déposé là à l'intention des hôtes tardifs. Il dut se dégourdir les doigts pour parvenir à allumer la mèche, puis commença à monter l'escalier.

S'il avait eu la présence d'esprit de jeter un coup d'œil par la fenêtre, il aurait surpris la silhouette qui s'abritait sous le porche d'en face.

*
**

— Caramon !

Le grand guerrier s'était redressé, la main sur le pommeau de l'épée. Il se tourna d'un air interrogateur vers son frère.

— J'ai entendu un bruit, chuchota Raistlin. On aurait dit le frottement d'un fourreau contre une armure.

Caramon réfléchit un instant puis se dirigea à pas de loup vers la porte. A son tour, il entendit ce qui avait troublé le sommeil de son jumeau. Un homme en armure marchait dans le couloir. Caramon vit sous la porte le faible rai de lumière que jetait sa chandelle. Le bruit s'arrêta devant leur chambre.

Caramon referma la main sur la garde de son épée et fit signe à son frère de se cacher. Raistlin, les yeux dans le vide, s'exécuta. Il se préparait mentalement à lancer un sort. Les deux jumeaux excellaient à combiner l'art de la magie avec celui des armes.

D'un geste vif, Caramon ouvrit brusquement. Saisissant la silhouette debout devant lui, il la tira à l'intérieur de la pièce, et la jeta violemment sur le sol. La chandelle s'éteignit.

Raistlin avait entonné une incantation destinée à immobiliser leur victime dans une sorte de toile d'araignée gluante.

— Arrête, Raistlin ! Arrête ! cria l'homme à terre.

Caramon reconnut immédiatement sa voix. Il secoua son frère pour le sortir de sa transe et interrompre l'incantation.

— Raist ! C'est Tanis !

Tremblant, Raistlin se détendit et laissa retomber ses bras. Il fut immédiatement saisi d'une quinte de toux et se frappa la poitrine. Caramon le couva d'un regard anxieux ; quand il voulut l'aider, son frère le repoussa de la main.

Le guerrier se retourna vers Tanis, qui se relevait.

— Tanis ! s'écria-t-il en le serrant dans ses bras à l'étouffer. Où étais-tu ? On commençait à s'inquiéter. Bon sang, tu es complètement gelé ! Viens près du feu ! dit-il en attisant le foyer. Raist ! Tu es sûr que ça ira ?

— Ne te fais pas de souci pour moi, murmura le magicien hors d'haleine, en se laissant retomber sur son lit. Occupe-toi plutôt des autres, ajouta-t-il, dardant ses yeux dorés sur le demi-elfe accroupi devant les flammes.

— Tu as raison, dit Caramon en se dirigeant vers la porte.

— Si j'étais toi, je mettrais quelque chose sur ma nudité, fit remarquer Raistlin d'un ton railleur.

Caramon rougit et retourna chercher son pantalon de cuir. Après avoir enfilé sa chemise, il quitta la pièce en refermant doucement la porte.

Tanis et Raistlin l'entendirent parler d'un ton enflammé aux deux barbares qui occupaient la pièce à côté.

Sous le feu des étranges pupilles en sabliers du mage, Tanis se sentait mal à l'aise.

— Où étais-tu passé, Demi-Elfe ? demanda Raistlin d'une voix susurrante.

Tanis avala plusieurs fois sa salive.

— J'ai été fait prisonnier par un seigneur draconien, débita-t-il comme il s'y était préparé. Le bougre m'a pris pour l'un de ses officiers ; naturellement, il m'a demandé de l'escorter jusqu'à ses quartiers, aux abords de la ville. J'ai été obligé d'obéir pour ne pas éveiller les soupçons. Ce soir, j'ai pu me débrouiller pour ficher le camp.

— Intéressant.

Tanis le regarda d'un œil critique.

— Comment ça, intéressant ?

— C'est la première fois que je te vois mentir, Demi-Elfe, dit doucement Raistlin. Je trouve cela assez... fascinant.

Avant que Tanis puisse répondre, Caramon réapparut en compagnie de Rivebise, de Lunedor et de Tika, qui étouffait avec peine ses bâillements.

Lunedor se jeta au cou de Tanis.

— Mon ami ! dit-elle, émue, en le serrant contre elle. Nous étions si inquiets !

Le visage austère de Rivebise s'éclaira d'un sourire, et il serra la main du demi-elfe dans la sienne.

— Mon frère ! dit-il en que-shu, le dialecte des plaines, repoussant Lunedor pour prendre sa place auprès de Tanis. Nous craignions que tu aies été tué ou fait prisonnier ! Nous n'avions aucune idée...

— Que s'est-il passé ? Où étais-tu ? coupa Tika, saluant Tanis à son tour.

Le demi-elfe jeta un coup d'œil à Raistlin. Il était étendu sur son lit et fixait le plafond de ses yeux étranges, indifférent à ce qui se passait autour de lui.

Conscient que le mage l'écoutait, Tanis émit des toussotements embarrassés, puis se résolut à raconter son histoire. Ses amis accueillirent son récit avec intérêt et sympathie. Qui était ce seigneur draconien ? Combien de soldats comptait l'armée ? Où était-elle stationnée ? Que faisaient les draconiens à Flotsam ? Etaient-ils vraiment recherchés ? Comment Tanis s'était-il enfui ?

Tanis répondit avec aplomb. Le Seigneur des Dragons ? Il l'avait très peu vu, et ne savait pas de qui il s'agissait. L'armée stationnée aux abords de la ville n'était pas nombreuse. Les draconiens recherchaient effectivement quelqu'un, mais pas eux. Il s'agirait d'un certain Berem, ou quelque chose comme ça.

En prononçant ce nom, Tanis regarda Caramon, mais le grand guerrier n'afficha aucune réaction. Tanis respira. Le guerrier ne se souvenait pas de l'homme occupé à réparer une voile sur le *Perechon*, ou il avait oublié son nom. Dans les deux cas, c'était parfait.

Les autres hochaient la tête, captivés par son histoire. Tanis poussa un soupir de soulagement. Quant à Raistlin..., peu importait ce qu'il pensait et ce qu'il dirait. Même si Tanis déclarait que le blanc était noir, les autres le croiraient plutôt que se fier à lui.

Le magicien devait en être conscient. C'était sans doute pourquoi il n'avait pas exprimé ses doutes sur ce que racontait le demi-elfe.

Se sentant assez misérable, Tanis souhaitait de tout son cœur qu'on ne lui pose plus de questions, pour qu'il n'ait pas à s'enferrer davantage dans les mensonges. Il se mit à bâiller à s'en décrocher la mâchoire, comme s'il était au bord de l'épuisement.

Lunedor bondit sur ses pieds et le considéra avec sollicitude.

— Pardon, Tanis, nous sommes égoïstes. Tu es transi et fatigué, et nous t'obligeons à bavarder. Demain matin, nous devons nous lever tôt pour embarquer.

— Fichtre ! Lunedor, qu'est-ce que tu racontes ! Pas question de mettre le pied sur un bateau avec un vent pareil !

Chacun le regarda avec stupéfaction. Même Raistlin se dressa sur son lit. Le ton de Tanis avait blessé Lunedor ; son visage s'était fermé. Rivebise, troublé, était venu se placer à côté de sa femme.

Le silence devint pesant. Caramon se racla longuement la gorge et finit par déclarer d'une voix enrouée :

— Si nous n'arrivons pas à partir demain, ce sera pour après-demain. Ne t'en fais pas, Tanis, les draconiens ne sortiront pas par un temps pareil. Nous sommes en sécurité...

— Je sais. Je suis désolé, murmura le demi-elfe. Je regrette de t'avoir parlé ainsi, Lunedor. Ces trois derniers jours m'ont mis les nerfs à vif. Je suis si fatigué que je ne peux même plus penser. Je vais dans ma chambre.

— L'aubergiste l'a donnée à quelqu'un d'autre, dit Caramon, mais tu peux dormir ici, Tanis. Prends mon lit.

— Non, je vais m'étendre par terre.

Evitant le regard de Lunedor, il commença à détacher les pièces de son armure.

— Dors bien, mon ami, dit doucement la barbare.

Rivebise lui tapota l'épaule avec compassion. Les deux barbares se retirèrent en même temps que Tika, qui murmura un timide bonsoir.

Caramon aida Tanis à enlever son armure de plaques et insista pour lui donner sa couverture.

Le demi-elfe ne savait plus s'il tremblait à cause du froid ou des émotions qui ne cessaient de l'agresser. Il ferma les yeux et s'efforça de respirer calmement, sachant que Caramon, en bonne mère poule, ne s'endormirait pas avant d'être rassuré sur son bien-être.

Le feu déclina, et bientôt il entendit les ronflements sonores du grand guerrier, entrecoupés des toussotements de Raistlin. Le demi-elfe s'étira de tout son long, cala ses mains derrière sa tête et garda les yeux grands ouverts dans l'obscurité.

*
**

Le Seigneur des Dragons arriva à l'aube à l'*Auberge de la Brise Salée*. Le valet trouva la Dame Noire de méchante humeur. Elle fit une entrée plus fracassante que le vent. On aurait dit qu'elle apportait la tempête dans l'atmosphère douillette de l'auberge. La flamme des bougies vacilla, la lumière baissa. Le valet se propulsa craintivement vers la Dame, mais ce n'était pas lui qu'elle cherchait.

Kitiara regardait le draconien attablé dans la salle. Ses yeux reptiliens avaient une lueur qui l'avertit que quelque chose ne tournait pas rond.

Dans le hideux heaume draconien, les grandes prunelles noires s'assombrirent. Kitiara resta figée sur le seuil, indifférente au vent qui faisait trembler la salle.

— Monte ! ordonna-t-elle sèchement au soldat.

Ses pieds griffus crissant sur le plancher, la créature se leva et lui emboîta le pas dans l'escalier.

Elle fourragea dans la serrure et ouvrit grand la porte de sa chambre. Son regard fit le tour de la pièce.

Elle était vide.

Sur le seuil, le draconien attendait patiemment.

Kitiara arracha rageusement son heaume et le jeta sur le lit.

— Entre et ferme la porte ! jeta-t-elle par-dessus son épaule.

Les mains sur les hanches, elle contemplait le lit défait d'un air maussade.

— Il est parti.
— Oui, seigneur, chuchota le draconien.
— L'as-tu suivi comme je te l'ai demandé ?
— Bien sûr.
— Où est-il allé ?

Le dos tourné au draconien, Kitiara passa d'un geste las une main dans sa crinière bouclée. Le draconien ne pouvait lire de réactions sur le visage de la jeune femme.

— A l'*Auberge des Quais*, dans les faubourgs, seigneur.

— Une autre femme ?

— Je ne pense pas, seigneur, répondit le draconien en réprimant un sourire. Je crois que ce sont ses amis. On nous avait signalé des étrangers dans cette auberge, mais ils ne correspondent pas à la description de l'Homme à la Gemme Verte, et nous ne les avons pas interrogés.

— Il y a quelqu'un là-bas pour épier ce qu'il fait ?

— Oui. Si l'un d'eux quitte l'auberge, tu seras avertie immédiatement.

La Dame Noire garda un moment le silence, puis se retourna. Son visage froid exprimait le calme, mais elle était très pâle.

Le draconien songea qu'il y avait bon nombre de raisons à cette pâleur. Il fallait plusieurs heures de vol pour couvrir la distance entre la Tour du Grand Prêtre et Flotsam. Le bruit courait que l'armée du seigneur avait essuyé une cuisante défaite, et que la légendaire Lancedragon était réapparue, ainsi que les orbes draconiens. Ensuite, il y avait l'échec de la capture de l'Homme à la Gemme Verte, que la Reine des Ténèbres recherchait activement, et qui aurait été vu à Flotsam.

Les soucis du seigneur sont donc multiples, songea le draconien, amusé. Pourquoi se préoccuper de cet homme ? Elle avait assez d'amants, tous plus charmants les uns que les autres, et plus empressés que ce morose demi-elfe. Bakaris, par exemple...

— Tu as bien travaillé, dit Kitiara en le renvoyant d'un geste. Tu seras récompensé. Maintenant, laisse-moi.

Le draconien s'inclina, détournant les yeux pour ne pas voir Kitiara, au mépris de toute pudeur, commencer à dégrafer son armure. Avant de disparaître, il surprit le regard avide qu'elle jeta au parchemin posé sur la table.

En entrant dans la pièce, le draconien avait remarqué la fine écriture en caractères elfes couvrant le document. Dès qu'il eut refermé la porte derrière lui, il entendit le fracas d'une pièce d'armure cognant contre le mur à toute volée.

27

2

LA POURSUITE

Le vent continua de souffler jusqu'au matin. Le son monotone des gouttes d'eau martelant le toit mit les nerfs de Tanis à dure épreuve. Il avait si mal à la tête qu'il regrettait presque les sifflements de la bourrasque. Le ciel gris et bas pesait sur lui comme une chape de plomb.

— La mer sera forte, décréta sentencieusement Caramon.

Après avoir entendu toutes sortes d'histoires de marins à l'*Auberge du Cochon Siffleur* de Balifor, Caramon se prenait pour un expert en navigation. Comme les autres n'y connaissaient rien, personne ne lui contestait cette prétention. Seul Raistlin arborait un sourire moqueur lorsque son frère, fort de quelques voyages en chaloupe, se mettait à parler comme un vieux loup de mer.

— Il serait peut-être risqué d'appareiller, commença Tika.

— Nous partirons aujourd'hui, déclara Tanis. Nous quitterons Flotsam, et à la nage, s'il le faut !

Les compagnons se regardèrent. Debout devant la fenêtre, le demi-elfe sentit qu'ils échangeaient des regards étonnés dans son dos.

Tout le monde se rassembla dans la chambre des

deux frères. Tanis les avait réveillés dès que le vent était tombé, mais le jour ne se lèverait pas avant une bonne heure.

Il se tourna vers eux en soupirant.

— Je suis désolé, je sais que vous trouvez ma décision arbitraire, mais un danger nous menace. Je ne veux pas vous en parler maintenant. Tout ce que je peux vous dire, c'est que nous n'avons jamais connu un tel péril. Nous ne pouvons pas rester dans cette ville. Il faut partir, et vite !

L'angoisse vibrait dans sa voix exagérément émue. Chacun se tut. Au bout d'un moment, Caramon brisa le silence :

— Entendu, Tanis !

— Nous sommes prêts, ajouta Lunedor. Nous partirons quand tu voudras.

— Alors allons-y, dit Tanis.

— Je dois encore rassembler mes affaires, balbutia Tika.

— Dépêche-toi ! lui lança-t-il.

— Je... je vais l'aider, proposa Caramon.

Le grand guerrier, qui portait comme Tanis une armure d'officier volée aux draconiens, sortit de la pièce avec Tika. Lunedor et Rivebise allèrent chercher leur bagage. Raistlin avait dans ses sacoches tout ce dont il aurait besoin : son bâton de mage, ses poudres et le précieux orbe draconien caché dans une insignifiante bourse.

Tanis se sentait transpercé par le regard de Raistlin. Il avait l'impression que ses étranges yeux dorés pénétraient son âme dans ses coins les plus obscurs. Le mage restait muet. Cela enrageait Tanis, qui se demandait pourquoi. Il aurait presque souhaité que Raistlin le questionne ou l'accuse, lui donnant ainsi une chance de se décharger du poids qui l'accablait en disant la vérité, même si celle-ci était lourde de conséquences.

Mais Raistlin ne souffla pas un mot jusqu'au retour de leurs compagnons.

— Nous sommes prêts, déclara Lunedor d'une voix soumise.

Tanis fut incapable de lui répondre. *Je vais tout leur dire*, décida-t-il. Il respira profondément et se tourna vers eux. Leurs visages exprimaient une telle confiance qu'il ne se sentit pas le cœur de les décevoir. Ils le suivraient sans poser de question. Le demi-elfe ne devait pas détruire leur foi, car ils n'avaient que cela pour vivre. Il ravala les mots qui lui venaient aux lèvres.

— Parfait, dit-il d'un ton brusque en se dirigeant vers la sortie.

*
* *

Maquesta Kar-Thaon fut réveillée en sursaut par les coups frappés à la porte de sa cabine. Elle enfila aussitôt ses bottes ; il en fallait plus pour la surprendre.

— Que se passe-t-il ? cria-t-elle.

Un coup d'œil par le hublot lui permit de constater que le vent était tombé, bien que la mer restât agitée, à en juger par le roulis qui berçait le navire.

— Les passagers sont arrivés, répondit la voix de son second.

Quels culs-terreux, songea-t-elle.

— Renvoie-les. Nous ne lèverons pas l'ancre aujourd'hui.

Dehors devait commencer une altercation, car le second répondit vertement à une voix qui semblait en colère. Maquesta se décida à aller voir. Son bras droit, Bass Ohn-Koraf, était un minotaure, une race au tempérament réputé difficile. Il était d'une force herculéenne et tuait sans crier gare à la moindre provocation. Il avait pris la mer pour se faire oublier. Sur un navire comme le *Perechon*, on ne demandait pas de comptes.

Maquesta sortit en trombe de sa cabine et se campa sur le pont.

— Que se passe-t-il donc ici ? demanda-t-elle avec autorité, tandis que son regard allait de la tête animale de son second à la barbe rousse d'un officier draconien.

Elle reconnut les yeux en amande du barbu, qu'elle toisa d'un air sévère.

— J'ai dit que nous ne partirions pas aujourd'hui, Demi-Elfe, et je pense que...

— Maquesta, coupa Tanis, il faut que je te parle.

Il voulut passer devant le minotaure pour s'approcher d'elle, mais Koraf le repoussa et l'envoya rouler sur le sol. Derrière Tanis, un imposant officier draconien avança d'un pas. L'œil du minotaure s'alluma d'une lueur meurtrière. Il sortit un poignard de sa ceinture.

Sur le pont, l'équipage s'était rassemblé pour assister à la bagarre.

— Caramon..., dit Tanis avec un geste apaisant pour retenir son ami.

— Koraf ! fit Maquesta pour rappeler à son second qu'il convenait de ne pas maltraiter des passagers qui payaient, du moins tant qu'on était en vue des côtes.

Le minotaure fit disparaître son arme et s'éloigna d'un air méprisant sous les murmures déçus de l'équipage. Le voyage promettait d'être intéressant.

Maquesta aida Tanis à se relever en l'observant aussi minutieusement que si elle recrutait un marin. Elle trouva qu'il avait beaucoup changé en quatre jours, depuis qu'il était venu négocier leur passage sur le *Perechon*.

On aurait dit qu'il revenait d'un séjour aux Abysses. *Il a dû avoir des ennuis*, se dit-elle avec consternation. *Ce n'est pas moi qui l'en sortirai, je ne veux pas risquer mon bateau !* Ils avaient toutefois payé la moitié de leur passage, et elle avait besoin d'argent. Avec l'arrivée des draconiens, les temps devenaient durs pour les pirates...

— Allons dans ma cabine, dit Maquesta d'un ton rogue.

— Veille sur les autres, Caramon, souffla le demi-elfe.

Tanis suivit Maquesta dans son étroite cabine.

Le *Perechon* avait été construit pour être rapide et maniable. Il était idéal pour les activités de Maquesta, qui nécessitaient de charger et décharger au plus vite un fret parfois embarrassant. A l'occasion, elle arrondissait ses gains en pillant un gros navire marchand en route pour Palanthas ou Tarsis. Avant que la victime réalisât ce qui lui arrivait, le *Perechon* était hors d'atteinte.

Elle réussissait à merveille à prendre de vitesse les lourds bâtiments des seigneurs draconiens, mais elle avait décidé de les laisser tranquilles. Trop souvent, les vaisseaux des seigneurs « escortaient » les bateaux marchands. Maquesta avait perdu beaucoup d'argent au cours de ses deux derniers voyages. Elle condescendait donc à prendre des passagers, ce qu'elle n'aurait jamais fait en d'autres circonstances.

Le demi-elfe retira son heaume et s'assit, ou plutôt, déséquilibré par le tangage, s'affala sur la table.

— Alors, que voulais-tu me dire ? demanda Maquesta en étouffant un bâillement. Je t'ai averti que nous ne mettrions pas les voiles. La mer est démontée...

— Il le faut, déclara Tanis sans ambages.

— Ecoute, répondit la femme d'un ton patient, destiné à ménager son client. Si tu as des ennuis, ce n'est pas mon affaire ! Je ne risquerai pas mon bateau ni mon équipage...

— Il ne s'agit pas de nous, l'interrompit Tanis en la regardant avec insistance, mais de toi.

— De moi ? s'exclama-t-elle, stupéfaite.

Tanis baissa le regard sur ses mains croisées. Le roulis et le tangage ajoutés à la fatigue des derniers jours lui donnaient la nausée. Remarquant son teint verdâtre et les cernes qu'il avait sous les yeux, Maquesta se dit qu'elle avait déjà vu des cadavres ayant meilleure allure.

— Qu'est-ce que tu racontes ? demanda-t-elle.

— Je... j'ai été fait prisonnier par un Seigneur des Dragons... il y a trois jours de cela, dit Tanis en baissant la voix, les yeux toujours sur ses mains. « Prisonnier » n'est pas le terme exact. Comme je portais cet uniforme, il m'a pris pour un de ses soldats. J'ai été obligé de l'accompagner dans ses quartiers et d'y rester ces trois derniers jours. J'y ai découvert ce que les seigneurs draconiens cherchent à Flotsam. Je sais même qui ils veulent.

— Ensuite ? dit Maquesta qui sentait la peur la gagner. Il ne s'agit pas du *Perechon* ?

— Non, de ton timonier. Berem.

— Berem ! Pourquoi lui ? Un muet, à demi demeuré ! Un bon timonier, soit, mais à part ça... Qu'a-t-il bien pu faire pour être recherché par les draconiens ?

— Je n'en sais rien, répondit Tanis, luttant contre la nausée. M'est avis qu'ils ne le savent pas non plus. Mais ils ont reçu l'ordre de le ramener vivant à la Reine des Ténèbres.

L'aube naissante jetait des lueurs rouges sur la surface de l'eau. Les larges boucles d'oreilles de Maquesta étincelèrent sur sa peau noire. Nerveusement, elle rejeta ses cheveux tressés en arrière.

— Nous n'avons qu'à nous débarrasser de lui ! murmura-t-elle en se levant de son siège. Nous le renverrons à terre. Je peux trouver un autre timonier...

— Ecoute-moi ! fit Tanis en la prenant par le bras. Il est possible qu'ils aient déjà appris la présence de Berem sur ce bateau. S'ils ne le savent pas encore, et s'ils l'arrêtent, le résultat sera le même. Ils finiront par apprendre qu'il appartenait à l'équipage du *Perechon*. Et ils le sauront, tu peux me croire ! Il y a mille manières de faire parler un homme, même s'il est muet. Ils arrêteront tous ceux qui se sont trouvés sur ce bateau. Toi comme les autres. Et ils se débarrasseront de tout le monde.

Il lâcha le bras de Maquesta.

— C'est ainsi qu'ils ont pratiqué jusqu'à présent. Le seigneur draconien me l'a expliqué. Des villages entiers ont été mis à sac, les gens torturés et massacrés. Quiconque a eu un contact avec cet homme est condamné. Ils redoutent que le secret qu'il détient soit divulgué, et ils veulent empêcher ça à tout prix.

Maquesta se laissa retomber sur son siège.

— Berem ! s'exclama-t-elle sans y croire.

— Ils n'ont rien pu faire tant que sévissait la tempête. Le seigneur a été appelé en Solamnie, où se livrait une bataille. Mais el... il rentre aujourd'hui. Alors...

Il ne put continuer. Un frisson le saisit et il s'effondra sur la table, la tête entre les mains.

Maquesta le considéra d'un air circonspect. Disait-il la vérité ? Ou n'était-ce qu'un moyen de la contraindre à partir, parce qu'il devait échapper à un danger ? Le voyant dans cet état de faiblesse, la femme proféra intérieurement un juron. En bon capitaine, elle recrutait ses hommes avec soin et savait les reconnaître. Son intuition lui soufflait que le demi-elfe ne mentait pas. Du moins, pas complètement. Il ne lui disait peut-être pas tout, mais ce qu'il racontait à propos de Berem avait l'accent de la vérité.

Cette histoire est plausible, songeait-elle en se maudissant elle-même. Et elle qui était si sûre de son jugement, de son bon sens ! Mais elle avait fermé les yeux sur les étrangetés de Berem, parce qu'elle l'aimait bien. Il avait une gaieté et une candeur d'enfant. Maquesta n'avait pas attaché d'importance à sa peur des étrangers, sa répugnance à aller à terre, son refus de partager le butin, alors qu'il travaillait pour une pirate.

La femme resta assise un moment, les yeux fixés sur les coupoles blanches que dorait le soleil, bientôt masqué par de gros nuages gris. Il était risqué de prendre la mer, mais après tout, les vents semblaient favorables...

— Je préfère être en pleine mer, murmura-t-elle, plutôt que de me faire prendre au piège comme un rat dans le port.

Sa décision arrêtée, elle se leva et se dirigea vers la porte. Tanis poussa un grognement qui la fit se retourner. Elle le regarda d'un air apitoyé.

— Allons, Demi-Elfe, dit-elle en l'aidant à se mettre debout, viens respirer l'air frais sur le pont, tu te sentiras mieux. D'ailleurs, il va falloir avertir tes amis qu'ils ne doivent pas s'attendre à une paisible croisière. Es-tu conscient des risques que tu prends ?

Tanis hocha la tête et prit appui sur Maquesta pour gagner la porte.

— Tu ne m'as pas tout dit, j'en suis sûre, déclara-t-elle en l'aidant à gravir les marches. Je parierais que Berem n'est pas la seule personne que les draconiens recherchent. J'ai l'impression que toi et ton équipe n'en êtes pas à votre premier coup dur. Espérons que la chance est avec vous !

Le *Perechon* avait atteint la haute mer. Avec une voilure réduite, il grignotait âprement la distance. Heureusement, il avait le vent en poupe. Le navire voguait vers Kalaman, au nord-ouest de Flotsam. La route passait par le cap de Nordmaar. C'était un détour, mais Maquesta était ravie de s'éloigner des côtes.

Ils avaient la possibilité, avait-elle expliqué à Tanis, de prendre par le nord-est et d'aller à Mithras, le pays des minotaures. Bien que quelques-uns d'entre eux se fussent engagés dans l'armée draconienne, la plupart n'avaient pas juré allégeance à la Reine des Ténèbres. Selon les dires de Koraf, ils exigeaient le contrôle de l'Ansalonie de l'est en échange de leurs services. Or la zone en question venait d'être confiée à un nouveau seigneur draconien, un gobelin du nom de Toede. Les minotaures n'aimaient ni les humains ni les elfes, et encore moins les seigneurs draconiens. Dans le passé, Maquesta et son équipage avaient déjà trouvé refuge à Mithras. Ils pourraient s'y replier le cas échéant.

Ce détour n'enchantait pas Tanis, mais à présent, c'était le destin qui décidait pour lui. En songeant à cela, le demi-elfe se tourna vers l'homme qui était le centre de ce tourbillon d'événements dramatiques. Berem, le visage serein, manœuvrait le gouvernail d'une main sûre.

Le regard de Tanis s'attarda sur la chemise du timonier, cherchant à détecter le scintillement d'une pierre verte. Quel sombre secret était enfoui dans ce torse, sur lequel il avait vu briller le joyau vert il y a quelques mois, à Pax Tharkas ? Alors que la guerre n'était pas gagnée, pourquoi des centaines de draconiens perdaient-ils un temps précieux à chercher cet homme ? Pourquoi Kitiara le poursuivait-elle si âprement, au point d'abandonner le commandement de son armée en Solamnie pour superviser les recherches à Flotsam, se fiant à la vague rumeur dénonçant la présence de Berem dans ce port ?

Il est la clé de la victoire ! avait-elle dit. *Si nous le capturons, Krynn sera aux mains de la Reine des Ténèbres. Aucune force dans ce pays ne sera capable de nous résister !*

Tanis frissonna. L'homme lui inspirait une sorte de crainte. Il semblait si détaché du monde que les choses ne l'atteignaient pas. Etait-il simple d'esprit, comme l'avait supposé Maquesta ? Difficile à dire. Tanis se souvint des quelques secondes où il avait vu Berem au milieu de l'horrible tumulte de Pax Tharkas. Il se rappela l'expression de son visage lorsqu'il accompagnait le traître Ebène dans sa tentative de fuite. Il n'avait montré ni effroi, ni anxiété, simplement de la résignation. Il savait ce qui l'attendait et allait au devant de son destin. Effectivement, à l'instant où Ebène et Berem avaient atteint les portes de la citadelle, des tonnes de pierres s'étaient déversées sur eux et les avaient ensevelis.

Quelques semaines plus tard, lors du mariage de Lunedor et Rivebise, Tanis et Sturm avaient aperçu Berem. Il avait disparu dans la nature avant qu'ils aient pu le rejoindre. Tanis ne l'avait revu que quatre jours auparavant, occupé à ravauder une voile sur le *Perechon*.

Le visage serein, Berem tenait calmement la barre pour garder le cap. Tanis se pencha par-dessus le bastingage et vomit.

Maquesta n'avait pas parlé de Berem à son équipage. Pour expliquer leur départ précipité, elle déclara qu'un seigneur draconien s'intéressant de trop près à son bateau, il devenait urgent de prendre le large. Personne ne posa de questions. Les hommes n'aimaient pas les seigneurs draconiens, et ils avaient dépensé tout leur argent à Flotsam.

Tanis ne révéla pas davantage à ses amis la raison de cette précipitation. Les compagnons connaissaient tous l'histoire de Sturm et de Tanis à propos de l'Homme à la Gemme Verte ; trop polis pour l'avouer, ils n'y croyaient pas : Sturm et Tanis devaient être éméchés ce soir-là.

Pourtant ils ne demandèrent pas pourquoi ils devaient risquer leur vie sur une mer démontée : leur confiance en Tanis était totale.

Accablé par le mal de mer et bourrelé de remords, Tanis se cramponnait au bastingage en regardant les flots. Les talents de guérisseuse de Lunedor lui avaient fait du bien, mais apparemment les prêtres restaient impuissants à soigner un estomac en révolution. Quant à ses états d'âme, ils étaient désespérés.

Assis sur le pont, il guettait l'horizon, redoutant d'y voir apparaître une voile blanche. Les autres, moins fatigués, semblaient mieux supporter les mouvements imprévisibles du navire qui soulevait des paquets de mer les trempant jusqu'aux os.

Au grand étonnement de Tanis, Raistlin ne semblait pas trouver sa situation trop inconfortable. Il s'était retranché derrière une bâche. Le mal de mer l'avait épargné, et il toussait à peine. Ses yeux dorés brillant sous le soleil, qui apparaissait entre les nuages chassés par le vent, il s'abandonnait à ses pensées.

Quand Tanis lui fit part de ses craintes d'être poursuivi, Maquesta haussa les épaules. Le *Perechon* était plus rapide que les lourds vaisseaux draconiens. Il avait réussi à se faufiler hors du port sans se faire remarquer, sauf des bateaux pirates, dont il n'y avait rien à redouter. Dans cette confrérie, on se serrait les coudes.

Au cours de la journée, la mer se calma, aplanie par une brise tranquille. Les nuages menaçants s'étaient étirés en traînées évanescentes. La nuit était claire et le ciel plein d'étoiles. Maquesta put hisser les voiles ; le bateau vola littéralement sur les flots.

Au matin, les compagnons se réveillèrent sur l'un des plus effrayants spectacles qu'il fût donné de voir en Krynn.

Ils se trouvaient à l'autre bout de la Mer de Sang d'Istar. Le soleil n'était encore qu'un gros disque d'or à l'horizon quand le *Perechon* fendit des eaux aussi rouges que la robe de Raistlin et que le sang qui tachait ses lèvres quand il toussait.

— La mer porte bien son nom, dit Tanis à Rivebise qui scrutait la surface.

Ils ne pouvaient pas voir loin devant eux. L'horizon était bouché par un rideau de gros nuages qui plombait la mer d'un gris sinistre.

— Je n'arrive pas à y croire, fit gravement Rivebise en secouant la tête. J'ai entendu Guillaume en parler, et j'ai cru avoir affaire à un de ces contes où dans des mers pleines de femmes à queue de poisson les dragons font chavirer les navires. Mais là...

— Crois-tu que ce soit vraiment le sang de tous

ceux qui sont morts à Istar quand la montagne ardente a enseveli le temple du Prêtre-Roi ? demanda timidement Lunedor.

— Balivernes ! rétorqua Maquesta avec dédain.

Elle allait et venait sur le pont, surveillant les manœuvres de l'équipage et les mouvements de son cher bateau.

— Vous vous en êtes laissés conter par Guillaume Tête de Cochon ! reprit-elle en éclatant de rire. Il adore faire peur aux novices. C'est le fond de la mer qui donne à l'eau cette couleur. N'oubliez pas que ce n'est pas du sable, comme dans l'océan. Avant, c'était une terre riche et fertile, avec Istar pour capitale. Quand la montagne s'est déchaînée, la terre s'est ouverte. L'océan s'est engouffré dans cette faille, créant une nouvelle mer. A présent, toutes les richesses d'Istar gisent sous les eaux.

Maquesta regardait par-dessus le bastingage avec des yeux rêveurs, comme si elle s'attendait à voir briller dans les profondeurs les trésors de la cité engloutie. Elle poussa un grand soupir. Lunedor, songeant avec horreur au tragique destin des victimes, lui lança un regard dégoûté.

— Qu'est-ce qui remue ainsi le fond de la mer ? demanda Rivebise. Le mouvement des vagues et les marées ne peuvent pas suffire à le soulever.

— Bien observé, barbare, dit Maquesta, jetant à Rivebise un coup d'œil admiratif. D'après ce que j'ai entendu dire, tu appartiens à un peuple de paysans, et tu connais bien la terre. Si tu mets ta main dans l'eau, tu sentiras qu'elle est sablonneuse. On raconte qu'un gigantesque tourbillon brasse le fond. Il n'y a peut-être pas plus de vérité dans cette histoire que dans celle de Guillaume. Je n'ai jamais vu de tourbillon géant, ni de marin qui l'ait observé de ses yeux, et ce depuis mon enfance, quand mon père m'apprenait le métier. Je n'ai pas rencontré de gens assez fous pour aller voir ce qu'il se passe dans les profondeurs de la mer.

— Alors comment parviendrons-nous à Mithras, de l'autre côté de la Mer de Sang, sans être obligés d'y passer ? D'après tes cartes...

— Nous ferons route vers Mithras par le sud, si nous sommes poursuivis. Sinon, nous contournerons la pointe ouest de la Mer de Sang et nous remonterons vers le nord par la côte de Nordmaar. Ne t'inquiète pas, Demi-Elfe. Au moins, tu pourras dire que tu as vu la Mer de Sang. C'est l'une des merveilles de Krynn !

Un marin héla le capitaine du haut du grand mât.

— Des voiles à l'ouest !

Aussitôt Maquesta et Koraf sortirent leurs longues-vues et les braquèrent sur l'horizon. Les compagnons échangèrent des regards inquiets et se regroupèrent sur le pont. Même Raistlin sortit de sous la bâche. Ses yeux dorés scrutèrent l'ouest.

— Un navire ? murmura Maquesta à Koraf.

— Non, grogna le minotaure. Un nuage. Mais il file vite, très vite. Je n'ai jamais vu ça.

Le petit point sombre qui se détachait sur le fond du ciel grandit, et avec lui, d'autres taches devinrent visibles à l'œil nu.

Tanis éprouva une douleur atroce, comme si une épée lui transperçait la poitrine. Il avait si mal qu'il dut se raccrocher à Caramon pour ne pas tomber. Les autres le regardèrent avec anxiété.

Le guerrier l'entoura d'un bras protecteur pour le réconforter. Tanis, lui, avait compris ce qui arrivait. Il savait qui fondait sur eux.

3

LES TÉNÈBRES S'ÉPAISSISSENT

— Ce sont des dragons, dit Raistlin en se plaçant près de son frère. Il y en a cinq, je crois.

— Des dragons ! s'exclama Maquesta en se frappant la poitrine. Hissez toutes les voiles !

Immobile, l'équipage au complet resta les yeux rivés sur l'ouest, dans l'attente craintive de ce qui approchait. Maquesta haussa le ton et répéta ses ordres. Ne pensant qu'à son cher bateau, elle n'avait rien perdu de son énergie ni de son calme, alors que la terreur des dragons s'était déjà insinuée parmi ses hommes. Quelques-uns s'exécutèrent par automatisme, les autres les suivirent sous l'impulsion du fouet de Koraf.

Un peu plus tard, les grandes voiles s'arc-boutaient sous le vent dans le grincement des gréements.

— Reste en lisière de la tempête ! hurla Maquesta au timonier.

Berem opina, mais à l'expression absente de son visage, on pouvait se demander s'il avait vraiment entendu.

En tout cas, le *Perechon*, poussé par une brise brumeuse, voguait à vive allure, longeant le cyclone perpétuel qui isolait la Mer de Sang.

Cette manœuvre était risquée, Maquesta en était

consciente. Il suffisait qu'un cordage rompe ou qu'une voile se déchire, pour que le navire fût en difficulté. Mais il fallait courir ce risque.

— C'est inutile, fit froidement remarquer Raistlin. Tu ne pourras pas voguer plus vite que les dragons volent. Regarde à quelle vitesse ils nous rattrapent, dit-il en se tournant vers Tanis. Tu as été suivi, Demi-Elfe, quand tu as quitté les draconiens, ou bien... tu les as amenés jusqu'à nous !

— Jamais de la vie ! Je jure...

Il s'arrêta net. *Le draconien ivre !* Se remémorant son départ de l'auberge, Tanis se maudit lui-même. Bien sûr que Kitiara l'avait fait surveiller ! Elle ne lui faisait pas plus confiance qu'aux autres hommes avec qui elle partageait son lit. Quel crétin égoïste il avait été ! Croire qu'il représentait quelque chose de particulier pour elle, qu'elle l'aimait ! Kitiara n'aimait personne. Elle en était incapable...

— J'ai été suivi ! dit Tanis en serrant les dents. Je vous demande de me croire. Je me suis comporté comme un idiot. J'ai cru qu'avec cette tempête, ils ne nous poursuivraient pas. Mais je ne vous ai pas trahis ! Je le jure !

— Nous te croyons, Tanis, dit Lunedor.

Dardant un œil noir sur Raistlin, elle vint se placer à côté de l'elfe. Le magicien se contenta d'afficher un sourire méprisant. Tanis évita son regard et se tourna vers l'ouest. Les dragons étaient tout proches. On voyait distinctement leurs ailes immenses, leurs queues ondulant derrière eux et leurs serres acérées repliées sous leurs gigantesques corps.

— Un des dragons est conduit par un cavalier, dit Maquesta, l'œil sur la lorgnette. Il porte un heaume avec des cornes.

— Un Seigneur des Dragons, commenta Caramon. Tanis, tu ferais bien de nous dire ce qui se passe. Si le seigneur t'a pris pour un soldat draconien, pourquoi se donne-t-il la peine de te faire surveiller et de te suivre jusqu'ici ?

Tanis voulut répondre, mais ses mots furent couverts par un épouvantable rugissement. Ce cri de bête où se mêlaient la rage, l'angoisse et la douleur les arracha à la terreur des dragons. Tous les regards convergèrent vers le gouvernail, d'où il semblait provenir. Les hommes de l'équipage se figèrent. Koraf resta sur le pont, paralysé par le cri qui prenait une ampleur terrifiante.

Seule Maquesta garda son sang-froid.

— Berem ! appela-t-elle en traversant le pont, mue par un mauvais pressentiment.

Mais il était trop tard.

Le visage halluciné de terreur, Berem s'était arrêté de crier et regardait les dragons approcher. Puis il poussa de nouveau son atroce hurlement. Même le minotaure en fut épouvanté.

Le navire, toutes voiles dehors, semblait survoler les vagues où il laissait un long sillage d'écume blanche. Mais cela n'empêchait pas les dragons de se rapprocher du *Perechon*.

A l'instant où Maquesta arriva devant Berem, celui-ci fit soudain tourner le gouvernail à toute vitesse.

— Berem, non ! hurla-t-elle.

La manœuvre faillit faire chavirer le bateau. Le grand mât rompit sous le choc. Gréements, cordages et voiles dégringolèrent sur le pont et dans la mer.

Koraf empoigna Maquesta et la tira en arrière pour la mettre à l'abri. Caramon prit son frère dans ses bras et le porta à l'autre bout du pont tandis que des pièces de mâture continuaient de tomber. Les marins, renversés comme des quilles, furent projetés contre les rembardes. On entendit le bruit sourd de la cargaison qui s'était détachée et glissait dans la soute. Les compagnons s'accrochèrent désespérément à ce qui leur tombait sous la main, persuadés que Berem voulait couler le navire. Les voiles claquaient dans le vide de façon sinistre, les cordages se balançaient dans un fouillis indescriptible ; le bateau se mit à gîter dangereusement.

L'habile timonier, apparemment dominé par la panique, n'en restait pas moins un marin. Chaque fois que la barre était sur le point de lui échapper, il réussit à la retenir d'une main de fer. Doucement, il s'employa à amadouer le navire et le remit dans le vent, comme une mère qui calme entre ses bras son enfant malade. Le *Perechon* s'était redressé. Ses voiles se regonflèrent sous la brise. Le bateau suivait un autre cap.

Quand il se trouva pris dans un voile de brume grisâtre poussée par le vent, les passagers se dirent que le naufrage et la noyade eussent été préférables à ce qui les attendait.

— Il est fou ! Il fonce sur le cyclone de la Mer de Sang ! dit Maquesta d'une voix brisée par l'épouvante.

Ivre de rage, Koraf se dirigea vers Berem, une barre de fer à la main.

— Non, Koraf ! haleta Maquesta en se pendant à ses basques. Il a raison ! C'est peut-être notre seule chance ! Les dragons n'oseront pas nous poursuivre à l'intérieur du cyclone. Berem nous a mis dans cette situation, et il est le seul timonier capable de nous en sortir ! Si nous pouvions rester juste au bord du...

Un formidable éclair déchira le voile de brume grise, qui révéla un spectacle d'apocalypse. D'épais nuages noirs tournoyaient dans les hurlements du vent. Des éclairs phosphorescents jaillissaient avec un bruit de tonnerre, emplissant l'air d'une âcre odeur sulfureuse. Les flots rouges se soulevaient en bosses et en gouffres, et d'énormes bulles blanches bouillonnaient à leur surface.

Hypnotisés, les compagnons contemplaient ces terrifiantes manifestations de la nature. Une rafale de vent les prit de plein fouet. Le bateau oscilla ; emporté par le poids du mât rompu livré à lui-même, il fit une embardée. La pluie se mit à tomber, suivie par la grêle qui tambourina sur le pont. Le rideau de brume grise les enveloppa de nouveau.

Sur les ordres de Maquesta, les hommes attachèrent les voiles qui restaient, et s'employèrent à maîtriser le mât brisé qui balayait toute la largeur du pont. A coups de hache, ils le coupèrent et le jetèrent à la mer. Libéré de ce poids incontrôlable, le navire récupéra son aplomb. Malgré une voilure réduite et un mât en moins, le *Perechon* était capable de faire face au cyclone.

Devant le danger, chacun avait oublié les dragons. Le rétablissement du bateau permettant de souffler un instant, les compagnons tentèrent d'apercevoir quelque chose à travers le voile de pluie.

— Croyez-vous que nous les avons semés ? demanda Caramon.

Il saignait d'une blessure à la tête mais ne semblait pas s'en soucier. Toute sa sollicitude allait à son frère, qui s'était remis à tousser.

Tanis hocha la tête d'un air sombre. Il fit signe aux compagnons de se rassembler autour de lui. Un par un, pataugeant dans les cordages, trempés par la pluie, ils se réunirent autour du demi-elfe. Tous avaient les yeux fixés sur les flots.

Au début, ils ne virent rien. Des marins exultèrent, pensant qu'ils avaient semé les dragons.

Mais Tanis savait que rien au monde ne saurait faire renoncer le seigneur en question. Les cris de joie des marins trop sûrs d'eux se muèrent en jurons quand un dragon bleu, les yeux étincelants de haine, la gueule grande ouverte, apparut entre les nuages gris.

Battant des ailes contre la pluie et la grêle, le monstre était tout près d'eux. Tanis remarqua avec amertume que le « seigneur » n'avait pas d'armes. Kitiara n'en avait pas besoin. Elle capturerait Berem, et le dragon se chargerait de les massacrer. Tanis baissa la tête, malade à l'idée de ce qui les attendait. Tout cela arrivait par sa faute.

Il releva la tête. Il restait encore une chance ! Peut-être ne reconnaîtrait-elle pas Berem ? Elle n'oserait pas s'attaquer à eux, puisqu'elle le voulait vivant.

Tanis se tourna vers le timonier. Alors son espoir prit fin. On aurait dit que tous les dieux s'étaient ligués contre eux.

Le vent avait entrouvert la chemise de Berem. Même à travers la pluie et la grêle, Tanis vit la gemme verte enchâssée dans la poitrine du timonier briller plus intensément que les éclairs. Elle jetait ses feux comme un signal lumineux dans la tempête. Berem ne semblait pas s'en soucier. Il ne voyait même pas le dragon, scrutant les embruns pour conduire le bateau toujours plus avant dans la Mer de Sang d'Istar.

Deux personnes avaient remarqué le scintillement de la gemme. Les autres, sous l'emprise de la terreur des dragons, étaient incapables de détourner les yeux de l'énorme créature. Tanis voyait la pierre verte comme à Pax Tharkas ; le seigneur draconien la distinguait aussi. A l'intérieur du heaume, ses yeux se fixèrent sur le joyau, puis se tournèrent vers Tanis. Deux regards s'affrontèrent.

La bourrasque poussa le dragon, qui fit un écart. Son cavalier ne cilla pas. Tanis lut dans les grands yeux bruns qu'il allait advenir quelque chose de terrible. Le dragon allait piquer et prendre Berem dans ses serres. Le « seigneur » exulterait et il savourerait son triomphe. Ensuite, Kitiara donnerait l'ordre à son dragon de les détruire...

Tanis le lisait dans son regard aussi clairement qu'il y avait vu de la passion quand il la tenait dans ses bras.

Les yeux dans ceux du demi-elfe, le « seigneur » leva sa main gantée. Cela pouvait être aussi bien un signal au dragon qu'un adieu à Tanis. Il n'en sut jamais rien, car à cet instant, une voix retentissante s'éleva, dominant le tumulte de la tempête.

— Kitiara ! cria Raistlin.

Bousculant son frère, il s'élança vers le dragon. Le vent gonflait sa robe rouge, qui tourbillonna autour de lui, et lui arracha sa capuche. La pluie fit luire sa peau aux reflets métalliques ; ses yeux en sabliers brillèrent comme des pépites d'or dans la grisaille brumeuse des éléments déchaînés.

Le seigneur tira si violemment sur la crinière de son dragon qu'il rugit de douleur. Kitiara se raidit, ses yeux s'agrandirent de stupeur en reconnaissant son demi-frère. Caramon avait rejoint son jumeau. Les frères qu'elle avait élevés étaient là, sous ses yeux.

— Kitiara ? fit Caramon d'une voix étranglée, le visage décomposé.

Le regard de la guerrière se posa sur Tanis, puis passa à Berem. Le demi-elfe retint son souffle. Il lut la confusion dans les yeux de Kitiara.

Pour capturer Berem, il faudrait qu'elle tue le frère cadet auquel elle avait appris le métier des armes. Il lui faudrait tuer aussi son jumeau. Sans compter l'homme qu'elle aimait, ou qu'elle *avait aimé*. Tanis vit le regard de Kitiara se durcir. Il n'y avait plus d'espoir. Elle les tuerait, lui et ses frères. Il se rappela ses paroles : « Si nous capturons Berem, nous aurons Krynn à nos pieds. La Reine des Ténèbres nous récompensera au-delà de nos espérances ! »

Kitiara fit signe à sa monture et lâcha sa crinière. Nuage poussa son cri bestial et se prépara à piquer. Mais le moment d'atermoiement de la guerrière s'avéra désastreux. Berem, pris par le pilotage du navire, l'avait conduit au cœur du tourbillon. Le vent hurla de plus belle dans le gréement, les vagues s'écrasèrent contre la coque. La pluie redoubla et des grêlons commencèrent à s'empiler sur le pont du navire.

Le dragon se trouvait en difficulté. Les rafales le déportaient. Nuage battait frénétiquement des ailes pour reprendre son équilibre. Mitraillé par la grêle, il avait perdu le contrôle de son vol. Seule l'indomptable volonté de sa cavalière l'empêcha de sombrer dans la tempête. Kitiara le ramena à temps dans une zone plus calme.

Tanis la vit gesticuler en direction de Berem. Obéissant, Nuage s'efforça de se rapprocher du timonier.

Pris dans une nouvelle rafale, le *Perechon* fit une embardée. Une lame déferla sur le bateau, noyé sous l'écume blanche, et envoya les hommes rouler sur le pont. Le navire prit de la gîte. Chacun s'agrippa à ce qu'il avait sous la main pour ne pas passer par-dessus bord.

Berem se battait avec la barre qui lui échappait sans cesse. Des voiles se déchirèrent, des marins tombèrent à l'eau en hurlant. Puis le bateau se cabra, sa coque craquant sous l'effort. Tanis leva les yeux vers le ciel.

Kitiara et son dragon avaient disparu.

Délivrée de la terreur des dragons qui la tétanisait, Maquesta passa à l'action, plus décidée que jamais à sauver son navire. Allant et venant pour être partout à la fois, elle cria des ordres à l'équipage, bousculant Tika, qui se trouvait sur son chemin.

— Vous, les vers de terre, descendez ! cria-t-elle avec fureur à Tanis. Ne restez pas dans nos jambes ! Emmène tes amis dans l'entrepont ! Allez dans ma cabine !

Comme un somnambule, Tanis s'exécuta. Les compagnons descendirent dans l'entrepont.

Le regard halluciné que Caramon jeta à Tanis en passant lui transperça le cœur. La lueur des yeux dorés de Raistlin le brûla comme une flamme. Tremblants de froid, dégoulinants de pluie, les compagnons s'entassèrent dans l'étroite cabine.

Incapable d'affronter leurs regards, Tanis resta le dos à la porte. Il avait lu le désespoir dans les yeux de Caramon, et le triomphe dans ceux de Raistlin. Il avait vu Lunedor pleurer en silence et Tika se mordre les lèvres. Jamais plus il n'oserait regarder Lunedor en face.

Il fallait que quelque chose se passe. Lentement, il se tourna vers eux. Arc-bouté entre le plancher et le plafond, Rivebise se tenait à côté de Lunedor. Le dos appuyé à la porte, Tanis regarda ses amis sans rien dire. Personne ne rompit le silence. On n'entendait que le fracas des lames contre la coque et le gargouillis de l'eau qui s'infiltrait un peu partout. Tous tremblaient de froid, d'émotion et de désespoir.

— Je vous demande pardon, commença Tanis d'une voix qui n'arrivait pas à sortir de sa gorge. Je voulais vous parler...

— C'est donc comme ça que tu as passé ces quatre jours, dit Caramon d'une voix douce. Avec notre sœur. Le seigneur draconien, c'était elle !

Tanis baissa la tête. Une embardée du navire le précipita sur le bureau de Maquesta fixé au plancher de la cabine. Il se releva et leur fit face. Au cours de sa vie mouvementée, il avait connu l'injustice, la séparation, et des blessures de toutes sortes. Mais jamais il n'avait tant souffert. Ils voyaient en lui un traître et cela lui brisait le cœur.

— Je vous en prie, il faut que vous me croyiez...

Ce que je dis est idiot ! songea-t-il. *Pourquoi me croiraient-ils ? Depuis que je suis là, je n'ai pas arrêté de mentir !*

— Très bien, je sais que vous n'avez aucune raison de me croire, mais écoutez au moins ce que j'ai à dire ! Je me promenais dans les rues de Flotsam quand un elfe m'a attaqué. Avec cette armure, évidemment, il m'a pris pour un officier draconien. Kitiara m'a tiré de ce mauvais pas et m'a sauvé la vie. Après m'avoir reconnu, elle a cru que j'avais rallié l'armée draconienne ! Que pouvais-je faire ? Elle... m'a emmené jusqu'à ses quartiers, dans une auberge...

Il fut incapable de continuer.

— Et tu as passé quatre jours et quatre nuits dans ses bras ! vociféra Caramon. Après ces quatre jours, tu en as eu assez. Alors tu t'es souvenu de nous et tu es venu voir si nous t'attendions toujours ! Et nous t'attendions toujours ! Comme des idiots que nous sommes !

— Eh bien oui ! J'étais avec Kitiara ! cria Tanis, soudain furieux. Oui, je l'aime ! Je ne crois pas que vous puissiez me comprendre ! Mais je ne vous ai jamais trahis ! Par les dieux, je le jure ! Quand elle est partie pour la Solamnie, j'ai saisi ma chance et je me suis échappé. Un draconien m'a suivi, apparemment sur son ordre. Je suis un imbécile. Mais pas un traître !

— Bah ! fit Raistlin en crachant par terre.

— Ecoute-moi bien, magicien ! gronda Tanis. Si je vous avais trahis, pourquoi Kitiara aurait-elle été si bouleversée de vous voir ? Si je vous avais trahis, pourquoi n'aurais-je pas simplement envoyé les draconiens vous cueillir à l'auberge ? Je pouvais le faire à tout moment. J'aurais également pu dénoncer Berem. C'est *lui* qu'elle recherche. C'est *lui* que les draconiens poursuivent dans Flotsam ! Je savais qu'il était à bord de ce navire. Kitiara m'a assuré que nous dominerions Krynn si je lui trouvais Berem. C'est dire à quel point il est important pour eux ! Tout ce que j'avais à faire était de la conduire à Berem et de me faire récompenser par la Reine des Ténèbres !

— Ne nous dis pas que tu n'y as pas songé ! siffla Raistlin.

Tanis resta muet. Il savait que sa culpabilité se voyait sur son visage aussi bien que sa barbe de demi-humain. Il se raidit et mit une main devant ses yeux pour ne plus voir leurs regards.

— Je...je... je l'aimais, dit-il d'une voix sourde. Je l'ai aimée toutes ces années, refusant de voir comment elle était. Même si je l'avais vu, je n'aurais pas pu m'en empêcher. Toi aussi, tu connais l'amour, dit-il à Rivebise, et toi aussi, Caramon.

Le navire tangua de nouveau. Tanis se cramponna à la table avec l'impression que le plancher se dérobait sous ses pieds.

— Qu'auriez-vous fait à ma place ? Depuis cinq ans, elle est au centre de mes rêves !

Il s'arrêta. Les compagnons ne répondirent pas. Caramon avait l'air pensif ; Rivebise regardait Lunedor.

— Quand elle est partie, continua Tanis d'une voix émue, je me suis haï. Vous êtes en droit de me haïr aussi, mais vous ne me détesterez jamais autant que je me dégoûte et que je méprise ce que je suis devenu ! J'ai pensé à Laurana et...

Il se tut et releva la tête. Le roulis du navire s'était arrêté. Les compagnons échangèrent des regards. Inutile d'être marin pour comprendre que le *Perechon* voguait à une autre allure. Il semblait glisser sur l'eau, mû par une force inhabituelle. Avant qu'ils puissent se demander ce qui arrivait, quelqu'un frappa à la porte de la cabine.

— Maquesta a dit « Tout le monde sur le pont ! » cria Koraf.

Tanis jeta un coup d'œil à ses compagnons. Rivebise avait l'air sombre. Son regard sans aménité soutint celui de Tanis. Le barbare n'accordait sa confiance qu'aux humains et se méfiait des autres races. Il avait fallu qu'ils bravent ensemble mille dangers pour que Rivebise l'accepte comme un frère. Tout était-il perdu ? Tanis soutint son regard. Rivebise baissa les yeux et passa devant le demi-elfe sans dire un mot, puis il s'arrêta.

— Tu as raison, ami, dit-il en regardant Lunedor. J'aime moi aussi.

Il quitta la cabine. Avant de le suivre, Lunedor adressa à Tanis un regard qui lui sembla plein de compassion et de compréhension. Lui pardonnait-elle ?

Caramon hésita un instant, puis passa devant lui sans le regarder. Raistlin lui emboîta le pas sans rien dire, gardant ses yeux dorés rivés sur Tanis jusqu'à la dernière seconde. Y avait-il une lueur de jubilation dans son regard ? Lui qui souffrait depuis si longtemps de la méfiance des autres, se réjouissait-il

51

d'avoir enfin un compagnon d'infortune ? Impossible de le savoir. Tika lui tapota gentiment l'épaule. Elle savait ce qu'aimer voulait dire...

Accablé, Tanis resta seul un moment dans la cabine avant de les rejoindre.

Dès qu'il eut posé le pied sur le pont, il comprit ce qui se passait. Les autres regardaient devant eux d'un air égaré. Maquesta marchait de long en large en jurant dans un patois incompréhensible.

Voyant le demi-elfe approcher, elle darda sur lui des yeux flambants de haine.

— Tu nous a menés à la catastrophe, toi et ce timonier maudit des dieux !

Il s'était répété ces mots-là si souvent, qu'il se demanda si c'était elle qui avait parlé. Car il ne savait plus très bien qui il était...

— Nous voilà engagés dans le tourbillon !

4

« MON FRÈRE... »

Le *Perechon* poursuivait sa course, glissant sur les vagues comme un oiseau. Mais un oiseau aux ailes rognées, que le courant emportait au cœur du cyclone.

La force centrifuge lissait l'eau, qui luisait comme du verre teinté. Des nuages permanents tournoyaient au-dessus du tourbillon, d'où montait un grondement. La nature entière semblait assujettie à la force qui aspirait le bateau.

Agrippé au bastingage, Tanis regardait le gouffre béant. Rien n'avait plus d'importance. La mort rapide qui les attendait serait la bienvenue.

Chacun à bord restait muet devant le fabuleux spectacle. Le navire était encore à quelque distance du centre du maelström, qui avait plusieurs lieues de diamètre. La pluie continuait de tomber, le vent de souffler. Mais qu'importait. Personne ne s'en souciait. Tout ce qu'ils voyaient, c'est qu'ils étaient inéluctablement entraînés vers le centre du cyclone.

Le spectacle était suffisamment terrifiant pour que Berem sorte de sa léthargie. Le premier choc passé, Maquesta commença à distribuer des ordres. Les marins s'exécutaient, mais cela ne servait pas à grand-chose. Le vent arrachait les voiles, balançant à la mer les cordages et les hommes. Berem faisait tout ce qu'il pouvait, mais il était impossible de soustraire le navire au courant. Koraf l'aidait à manœuvrer la barre, pesant de tout son poids, mais autant vouloir empêcher le monde de tourner.

Berem lâcha la barre. Oubliant Maquesta et Koraf, il contempla les volutes du tourbillon. Son visage respirait le calme. Tanis lui reconnut la même expression qu'à Pax Tharkas, quand il avait pris Ebène par la main et qu'ils avaient couru sous les pierres. La gemme verte brillait sur sa poitrine d'un éclat irréel, reflétant l'eau rouge de la mer.

Tanis fut arraché à sa rêverie par une main solide qui s'abattit sur son épaule.

— Tanis, où est Raistlin ?

Le demi-elfe se retourna. Il regarda Caramon comme s'il le voyait pour la première fois.

— Quelle importance ? Laisse-le là où il est, si c'est pour mourir...

— Tanis ! fit Caramon en le secouant par les épaules. Et l'orbe draconien ? Il possède des pouvoirs magiques ! Cela peut nous aider...

Tanis sortit de sa torpeur.

— Par tous les dieux, tu as raison, Caramon !

Il jeta un regard autour de lui. Pas de Raistlin. Son sang ne fit qu'un tour. Le mage était capable de les secourir, mais il pouvait aussi ne penser qu'à lui ! Les paroles d'Alhana, la princesse elfe, lui revinrent à l'esprit : les anciens magiciens avaient doté l'orbe du pouvoir de se défendre ; il avait son propre système de survie.

— Allons voir en bas ! cria Tanis en sautant dans l'écoutille.

Caramon le suivit.

— Qu'y a-t-il ? cria Rivebise depuis le bastingage.

— Raistlin ! L'orbe draconien ! jeta Tanis par-dessus son épaule. Vous, restez ici ! Laissez-nous faire, Caramon et moi.

— Caramon ! cria Tika.

Rivebise retint la jeune fille, qui s'était élancée à leur suite. Elle jeta un regard anxieux à Caramon, qui ne remarqua rien. Il avait devancé Tanis et arrivait en bas de l'escalier. La porte de la cabine du capitaine était ouverte. Tanis se précipita à l'intérieur. Il s'arrêta, comme stoppé net par un mur invisible.

Debout au milieu de la petite pièce, Raistlin venait d'allumer la lampe à huile. La lumière donnait à son visage au reflet métallique l'aspect d'un masque où luisaient ses yeux dorés. Il avait entre les mains l'orbe draconien que les compagnons ramenaient du Silvanesti. Tanis nota que la relique avait augmenté de volume. A présent, elle atteignait les dimensions d'un ballon d'enfant. Une myriade de couleurs tourbillonnaient à l'intérieur. Tanis détourna le regard, car la tête lui tournait.

Campé devant son frère, Caramon était aussi livide que dans le cauchemar du Silvanesti où Tanis avait vu son cadavre. Raistlin toussait en se frappant la poitrine. Tanis fit un pas vers lui, mais le mage réagit prestement.

— Ne m'approche pas, Tanis !
— Qu'est-ce que tu fais ?
— Je tente d'échapper à une mort certaine, Demi-Elfe ! répondit Raistlin avec le rire singulier que Tanis avait déjà entendu par deux fois. Que crois-tu que je sois en train de faire ?
— Et comment comptes-tu t'y prendre ? demanda Tanis, gagné par l'angoisse en voyant les couleurs de l'orbe se refléter dans les yeux du mage.
— En utilisant mes pouvoirs magiques. Et ceux de l'orbe ! C'est assez simple, bien qu'inaccessible à un cerveau aussi faible que le tien. J'ai acquis la maîtrise de mon énergie physique et j'ai appris à la combiner à ma puissance psychique. Je peux me transformer en énergie pure. Comme la lumière, si cette comparaison t'éclaire... Devenu lumière, je peux voyager dans l'atmosphère comme les rayons du soleil, et revenir au monde quand et où je le désire.

Tanis hocha la tête. Raistlin avait raison, cette explication le dépassait. Il n'avait rien compris, mais il reprenait espoir.

— L'orbe peut-il faire la même chose avec nous ?
— Peut-être, mais je n'ai aucune certitude. Je ne m'y risquerais pas. Ce que je sais, c'est que moi, je peux m'échapper de cette façon. Quant aux autres, ce n'est pas mon affaire. Tu les as fichus dans cette situation, à toi de les en sortir !

Dans le cœur de Tanis, la colère fit place à la crainte.

— Tu pourrais penser au moins à ton frère !
— A personne ! cracha Raistlin. Ecarte-toi !

La rage au cœur, Tanis pensa qu'il lui fallait trouver un argument pour faire entendre raison à Raistlin. Il devait y avoir moyen de les sauver tous avec cet étrange tour de magie. Apparemment, le sorcier n'osait pas se servir de ses talents pour le moment ; pour maîtriser l'orbe, il lui faudrait faire appel à toutes les forces dont il disposait.

Tanis allait s'avancer vers lui quand il vit la fulgurance d'un éclair entre ses mains. Raistlin cachait dans sa manche un petit poignard d'argent gainé de cuir.

— Très bien, dit Tanis, le souffle court. Tu m'aurais tué sans hésiter. Mais je ne crois pas que tu t'en prennes à ton frère. Caramon, arrête-le !

Le guerrier avança vers son jumeau. Raistlin brandit le poignard en signe d'avertissement.

— Ne fais pas ça, mon frère, dit doucement le mage. N'approche pas.

Caramon hésita, ne sachant quel parti prendre.

— Vas-y, Caramon ! dit fermement Tanis. Il ne te fera rien.

— Dis-lui tout, Caramon, murmura Raistlin sans quitter son frère des yeux. Raconte de quoi je suis capable. Tu n'as pas oublié. Moi non plus. Chaque fois que nos regards se croisent, nous y pensons, n'est-ce pas, mon cher frère ?

— De quoi parle-t-il ? demanda Tanis, qui ne pensait qu'à convaincre Raistlin.

Caramon était devenu blanc comme un linge.

— La Tour des Sorciers..., balbutia-t-il. Mais il est interdit d'en parler ! Par-Salian a dit que...

— Ça n'a plus guère d'importance, à présent, coupa Raistlin. Par-Salian n'a plus de prise sur moi. Dès que j'aurai obtenu ce qui me revient, l'illustre Par-Salian lui-même ne sera pas assez puissant pour m'affronter ! N'aie aucune inquiétude.

Raistlin reprit son souffle et se mit à parler en regardant son frère. N'écoutant qu'à moitié, Tanis approcha, le cœur battant. Il aurait suffi d'un coup de poing pour que le mage s'écroulât... Mais ce fut Tanis qui tomba dans un piège. La voix de Raistlin agit sur lui comme un charme :

— La dernière épreuve que j'eus à subir dans la Tour des Sorciers, Tanis, fut contre moi-même. J'ai échoué. Je l'ai tué, Tanis. J'ai tué mon propre frère, du moins, j'ai cru que je le tuais. En fin de compte, c'était une mise en scène destinée à me faire prendre conscience de la profondeur de ma haine et de ma jalousie. Ces gens-là pensaient effacer la noirceur de mon âme. Cette expérience m'a appris que je n'avais aucun contrôle sur moi-même. Comme cette épreuve avait été préparée, elle ne me fut pas comptée comme un échec. Sauf aux yeux d'une personne. Mon frère.

— J'ai assisté à ma mort, de sa propre main ! s'écria Caramon en sanglotant. Ils m'ont forcé à regarder en face qui il était vraiment ! J'ai compris ! Je te comprends ! Mais ne t'en va pas sans moi, Raist ! Tu es si faible ! Tu as besoin de moi...

— Plus maintenant, Caramon, murmura Raistlin avec un soupir. Je n'ai plus besoin de personne !

Tanis regardait les deux frères d'un air horrifié. Il ne pouvait pas croire à cette histoire, même si elle sortait de la bouche de Raistlin !

— Caramon, vas-y ! lança-t-il avec rudesse.

— Ne l'incite pas à m'approcher, Tanis, dit le mage d'une voix égale. Je t'assure que je suis capable de tout. Ce que j'ai cherché ma vie durant est à la portée de ma main. Rien ne m'arrêtera. Regarde bien Caramon, Tanis, il le sait ! Je l'ai déjà tué une fois. Je le referai. Adieu, frère.

Le mage saisit l'orbe et le tint devant la flamme de la lampe. La myriade de couleurs prit un éclat phosphorescent, tandis qu'une aura magique auréolait Raistlin.

Luttant contre sa peur, Tanis fit une ultime tentative pour atteindre le mage. Mais il fut incapable de bouger. La lumière devint si intense qu'elle lui donnait mal à la tête. Raistlin avait entonné des incantations.

Pour se protéger, Tanis mit une main devant ses yeux, mais la lumière traversa sa chair, s'infiltrant dans son cerveau. La douleur devint intolérable. Il vacilla en arrière et prit appui contre la porte. Caramon hurlait de douleur. Tanis entendit le bruit sourd d'une chute. Le guerrier s'était effondré sur le plancher.

La cabine du capitaine fut plongée dans l'obscurité et le silence. Tanis se décida à ouvrir les yeux. Il ne vit tout d'abord que l'image d'un gigantesque globe rouge. Puis ses yeux s'accoutumèrent à l'obscurité. La chandelle fondait goutte à goutte près du corps inanimé de Caramon. Ses yeux grands ouverts étaient vides d'expression.

Raistlin avait disparu.

Debout sur le pont du *Perechon*, Tika Waylan contemplait les flots rouge sang, s'efforçant de retenir ses larmes. *Il faut être courageuse*, se disait-elle. *Tu as appris à te battre avec bravoure, selon Caramon. Maintenant, il faut que je sois plus courageuse encore. Nous nous retrouverons un jour. Il ne faut pas qu'il me voie pleurer.*

Ces quatre derniers jours, une dure épreuve pour les compagnons, avaient mis leurs nerfs à vif. Inquiets de la disparition de Tanis, effrayés par le nombre de draconiens patrouillant dans Flotsam, ils étaient restés terrés dans leur auberge crasseuse. Pour Caramon et pour Tika, une telle promiscuité avait été une torture. Sans cesse, elle aurait voulu se jeter dans ses bras.

Caramon désirait la même chose, elle le savait. Il la regardait avec une telle tendresse...

Mais rien de tout cela ne pourrait être tant que Raistlin serait collé à Caramon comme son ombre. Ce que le guerrier avait dit à Tika au cours du voyage pour Flotsam lui revenait sans cesse à l'esprit : « Mon sort est lié à celui de mon frère. A la Tour des Sorciers, ils m'ont dit que sa force contribuerait à sauver le monde. Je suis sa force, sa force physique. Il a besoin de moi. Mon devoir est de l'aider, jusqu'à ce que quelque chose change. Je ne peux prendre d'autres engagements. Tika, tu mérites qu'on se consacre à toi complètement. Je te laisse donc libre de trouver quelqu'un qui le fasse. »

Mais je ne veux personne d'autre, songea Tika. Les larmes commencèrent à rouler sur ses joues. Elle tourna la tête pour que Lunedor et Rivebise ne la voient pas pleurer. Ils croiraient qu'elle avait peur de mourir. Mais la crainte de la mort, elle l'avait vaincue depuis longtemps. Ce qu'elle redoutait par-dessus tout était de périr seule.

Qu'est-ce qu'ils fabriquent ? se demanda-t-elle en s'essuyant les yeux. Le navire se rapprochait du centre du cyclone. *Où est Caramon ? Tant pis pour ce qu'a dit Tanis, je vais me mettre à sa recherche*, décida-t-elle.

Le demi-elfe émergea de l'écoutille, traînant Caramon avec lui.

Devant la pâleur du guerrier, Tika eut le souffle coupé. Elle ouvrit la bouche, mais il n'en sortit qu'un son rauque. Rivebise et Lunedor, qui regardaient le tourbillon, se retournèrent. Voyant Tanis ployer sous le poids de Caramon, Rivebise accourut pour l'aider. L'œil vitreux, le guerrier titubait comme un ivrogne.

— Moi, ça va, répondit Tanis à l'interrogation muette de Rivebise. Lunedor, Caramon a besoin de toi.

— Que s'est-il passé ? demanda Tika d'une voix blanche. Où est Raistlin ? Est-il...

Elle ne poursuivit pas.

— Raistlin est parti, annonça Tanis.

— Comment, parti ? Parti où ? fit Tika, jetant des coups d'œil hagards autour d'elle comme si elle allait découvrir Raistlin flottant dans les airs.

— Il nous a menti, répondit le demi-elfe.

Il étendit Caramon sur des cordages. Le guerrier ne parlait toujours pas. Il ne semblait reconnaître personne et gardait les yeux fixés sur la mer. Tanis se releva et répondit à Tika :

— Rappelle-toi son insistance à vouloir rejoindre Palanthas, pour apprendre comment se servir de l'orbe. De fait, il sait déjà comment il fonctionne. Maintenant, il est parti, peut-être pour Palanthas. Cela n'a plus d'importance.

Lunedor imposa les mains au guerrier en murmurant son nom avec une infinie douceur. Caramon tressaillit, puis se mit à trembler de tous ses membres. Tika s'agenouilla et prit sa main gauche entre les siennes. Le visage figé sur un cri muet, Caramon fixait le vide. Des pleurs roulèrent le long de ses joues. Lunedor en eut les larmes aux yeux. Comme une mère appelle un enfant qui s'est perdu, elle continua de prononcer son nom.

Rivebise, les traits durcis par la colère, rejoignit Tanis.

— Que s'est-il passé entre vous ? demanda le barbare.

— Raistlin a dit que... Je n'ai pas le droit d'en parler. En tout cas, pas maintenant, soupira-t-il.

Appuyé contre le bastingage, il laissa errer son regard sur les flots rouges, jurant à voix basse en se frappant la tête d'impuissance.

Touché par le désespoir de son ami, Rivebise passa un bras autour de ses épaules.

— On en est arrivés au point critique, dit le barbare. Comme dans le cauchemar, le mage est parti, laissant son frère à l'agonie.

— Et comme dans le cauchemar, je vous ai trahis, murmura Tanis d'une voix brisée. Qu'ai-je fait ! Tout est ma faute. J'ai attiré le malheur sur nous !

— Mon ami, dit Rivebise, ému par la souffrance de Tanis. Il ne nous revient pas de contester la volonté des dieux...

— Au diable les dieux ! rugit le demi-elfe. C'est moi la cause de tout ! J'avais le choix, et j'ai choisi ! Combien de fois ne me suis-je pas dit, pendant ces nuits où je la tenais contre moi, qu'il serait si facile de rester ainsi avec elle pour toujours ! Je ne peux pas juger Raistlin. Nous nous ressemblons beaucoup, lui et moi, car nous nous sommes tous deux laissés détruire par une passion dévastatrice !

— Tu ne t'es pas laissé détruire, Tanis, répondit Rivebise en forçant le demi-elfe à le regarder en face. Tu ne t'es pas laissé dévorer par ta passion, comme l'a fait le mage. Sinon, tu serais resté avec Kitiara. Tu l'as quittée, Tanis...

— Je l'ai quittée, oui. Je me suis échappé comme un voleur pour ne pas l'affronter ! J'aurais dû lui dire la vérité ! Elle m'aurait tué, mais vous ne seriez pas en danger. Vous auriez pu vous enfuir. Ma mort aurait été plus douce. Hélas, je n'en ai pas eu le courage. Je nous ai conduits dans une impasse. Non seulement j'ai failli, mais je vous ai entraînés dans ma chute.

Il leva les yeux. La même expression de résignation sur le visage, Berem était toujours accroché à la barre. Maquesta persistait à vouloir sauver son bateau, hurlant ses ordres pour dominer le grondement des flots. Terrorisé, l'équipage n'écoutait plus. Certains dormaient, d'autres vitupéraient. La plupart des matelots ne disaient rien, hypnotisés par les remous qui les attiraient inexorablement vers les profondeurs de la mer.

Tanis sentit la main ferme de Rivebise l'agripper. Il voulut se dégager, mais le barbare le retint.

— Tanis, mon frère, tu as choisi cette voie à Solace, à l'*Auberge du Dernier Refuge*, où tu es venu en aide à Lunedor. Parce que tu ne t'es pas détourné de nous quand nous étions en difficulté, nous avons su que les dieux étaient de retour. Nous avons apporté à ce monde la guérison. Nous lui avons rendu l'espoir. Te souviens-tu de ce que nous a dit la Maîtresse de la Forêt ? Il ne faut pas pleurer sur ceux qui ont accompli leur mission. Nous avons rempli la nôtre, mon ami. Qui sait combien de gens nous avons convaincus ? Qui peut dire si cet espoir ne conduira pas à la victoire ? Pour nous, il semble que le combat touche à sa fin. Qu'il en soit ainsi. Posons nos épées, pour que d'autres puissent les prendre et continuer à se battre.

— De belles paroles, hommes des plaines, coupa Tanis, mais parle-moi franchement. N'as-tu aucune amertume face à la mort ? Tu as la vie devant toi, Lunedor, les enfants que vous n'avez pas encore...

Le visage de Rivebise prit une expression douloureuse. Il détourna la tête, mais Tanis le regarda attentivement. Soudain, il comprit. En plus de tout, il détruisait cela...

— Lunedor et moi ne voulions pas te le dire. Tu as assez de soucis sans ça, soupira Rivebise. Notre enfant devrait naître en automne. C'est la saison où les feuilles virent à l'or et au pourpre comme à Solace, quand nous sommes arrivés avec le bâton de cristal bleu. Le jour où le chevalier Sturm de Lumlane nous a rencontrés sur la route et nous a emmenés à l'*Auberge du Dernier Refuge*.

La poitrine de Tanis se souleva, déchirée de sanglots. Rivebise prit son ami dans ses bras et le serra contre lui.

— Les forêts dont nous parlons n'existent plus, Tanis, continua-t-il doucement. Nous n'aurions eu que des troncs d'arbres calcinés à montrer à notre enfant. Mais il verra des forêts comme les dieux les ont voulues, dans un pays où les arbres vivent éternellement. Fais taire ton chagrin, mon ami, mon frère. Aie foi en ces dieux.

Tanis repoussa doucement l'homme des plaines. Il n'osait le regarder dans les yeux. Ce qu'il voyait en lui-même ressemblait aux arbres torturés du Silvanesti. La foi ? Il l'avait perdue. Que signifiaient les dieux pour lui ? Il avait fait son choix tout seul. Il avait souillé tout ce à quoi il tenait dans la vie, sa patrie, l'amour de Laurana. Il avait même été sur le point d'abandonner ses amis. Seule une indéfectible loyauté retenait Rivebise de renier le demi-elfe.

Chez les elfes, le suicide était un blasphème, un crime contre le cadeau le plus précieux du monde : la vie. Tanis regardait cependant la mer avec l'envie de s'y jeter.

Que la mort vienne vite, pria-t-il. *Que ces eaux se referment sur moi et me gardent dans leurs profondeurs. Si les dieux existent, qu'ils m'écoutent. Je ne leur demande qu'une chose : puisse Laurana ne jamais apprendre mon infamie. J'ai fait le malheur de trop de gens...*

A l'instant où il formulait cette prière, qu'il espérait être sa dernière, une ombre plus noire que les nuages du cyclone s'étendit au-dessus de lui. Il entendit les cris de Lunedor et de Rivebise, bientôt couverts par le grondement de l'eau. Le navire était engagé dans le tourbillon. Hagard, Tanis leva les yeux vers le ciel. Les yeux féroces du dragon bleu, mené par Kitiara, brillaient à travers les nuages.

Refusant de renoncer à une proie qui leur vaudrait

un triomphe, Kitiara et Nuage s'étaient aventurés au cœur de la tempête. Ils piquaient sur Berem.

L'homme semblait cloué au plancher. Dans un état de rêve éveillé, il fixait le dragon qui fondait sur lui.

Cette vision eut sur Tanis l'effet d'une décharge électrique. Oubliant les flots grondant autour du navire, il s'élança. Il atterrit tête baissée dans l'estomac de Berem. Les deux hommes roulèrent sur le plancher au moment où une vague déferlait sur le pont. Emporté par le flux, Tanis agrippa ce qui se trouvait à portée de sa main. Le navire se redressa, l'eau évacua le pont. Berem avait disparu. Au-dessus de lui, le dragon poussait des rugissements.

Tanis entendit Kitiara s'égosiller dans le tumulte puis il la vit pointer un doigt dans sa direction. Nuage darda les yeux sur lui. Tanis soutint le regard de la bête, qui luttait pour garder l'équilibre en battant furieusement des ailes.

C'est ça, vivre ! pensa le demi-elfe en voyant les serres ouvertes du dragon. *Vivre, pour finir emporté par cette monstruosité !* Il eut l'impression d'être suspendu entre ciel et terre tandis que le monde se dérobait sous ses pieds. Le flot se déversa sur lui au moment où le dragon l'attaquait. Autour de lui, tout n'était que sang...

Accroupie près de Caramon, Tika se rongeait d'inquiétude. Elle en avait oublié la fin qui l'attendait. Caramon ne se rendait pas compte de sa présence. Les poings serrés, il fixait les ténèbres, répétant deux mots comme une litanie.

Avec une lenteur désespérante, le navire se balançait au fil du tourbillon, comme si chacune de ses planches tentait une ultime résistance. Maquesta se joignait au combat de son bateau. En lui donnant toute sa force intérieure, elle tentait d'inverser les lois de la nature. Tout cela était vain. Dans un fracassant soubresaut, le *Perechon* sombra au cœur du cyclone.

Les madriers craquèrent, les mâts dégringolèrent. Les hommes furent précipités du haut du gréement. En mugissant, le tourbillon rouge aspira le *Perechon* au fond du gouffre.

Quand tout fut fini, deux mots résonnèrent comme une bénédiction funèbre :

— Mon frère...

5

LE CHRONIQUEUR ET LE MAGE

Astinus de Palanthas était assis à sa table de travail. Tenue d'une main ferme, sa plume glissait sans s'interrompre sur le parchemin, bientôt couvert de caractères. Son écriture se déroulait sur la feuille au fil de ses pensées. A peine levait-il sa plume pour la tremper dans l'encrier.

La porte s'entrouvrit en grinçant. Astinus ne leva pas les yeux. Rien ne pouvait le distraire de son travail. D'ailleurs, il n'avait été dérangé qu'en de rares occasions. L'une d'elles avait été le Cataclysme. Il se rappelait que ce jour-là, l'encre avait éclaboussé toute la page.

L'ombre du nouveau venu se projeta sur le parchemin. Comme il restait muet, Astinus présuma qu'il était mort de peur à l'idée de le déranger.

Ce doit être Bertrem, nota Astinus dans un coin de son cerveau, comme il en avait l'habitude. Il enregistra le jour, l'heure et l'événement pour s'en servir comme référence. Sa plume poursuivit son chemin sur le parchemin. A la fin de la page, il la posa sur une pile, au bout de la table. Tard dans la nuit, lorsque l'historien aurait achevé sa journée de travail, les Esthètes viendraient recueillir les parchemins et les rassembleraient dans la grande bibliothèque. Ils seraient triés et ordonnés dans d'immenses reliures étiquetées « Chroniques », « Histoire de Krynn ».

— Maître..., dit Bertrem d'une voix tremblante.

A ce jour, peu avant la vingt-neuvième heure, Bertrem est entré dans mon cabinet de travail et m'a parlé, nota Astinus.

— Pardon de te déranger, maître, dit Bertrem d'une petite voix, mais j'ai trouvé devant la porte un jeune homme mourant.

Un jeune homme est en train d'agoniser devant notre porte.

— Demande-lui qui il est, dit Astinus sans cesser d'écrire, pour que je puisse le noter. Assure-toi de l'orthographe de son nom. Essaie aussi de savoir d'où il vient et quel âge il a, s'il en est encore temps.

— Je sais son nom, maître, répondit Bertrem. Il s'appelle Raistlin et il vient de Solace, en Abanasinie.

Après avoir consigné les renseignements, Astinus posa sa plume et leva les yeux.

— Raistlin... de Solace ?

— Oui, maître, dit Bertrem, s'inclinant devant l'historien qui avait daigné le regarder. Ce nom te dit-il quelque chose ? J'ai pris la liberté de te déranger parce qu'il a demandé à te voir.

— Ce Raistlin... Où est-il ?

— Sur les marches du perron, maître. Nous avons pensé qu'un des nouveaux guérisseurs qui se disent adeptes de la déesse Mishakal pourrait lui venir en aide...

— Aucun d'eux ne peut guérir le mal qui l'affecte, répondit l'historien d'une voix grave, mais fais-le entrer et donne-lui une chambre.

— Le faire entrer dans la bibliothèque ? s'étonna Bertrem. Personne n'y est jamais admis en dehors de ceux que tu...

— Je verrai cet homme si j'ai le temps en fin de journée, poursuivit Astinus comme s'il n'avait rien entendu. S'il est encore de ce monde.

— Bien, maître, murmura Bertrem en se retirant.

L'Esthète arpenta d'un pas rapide les vestibules de marbre de l'antique bibliothèque. Son crâne chauve luisait de sueur. L'incident troublait le rythme paisible auquel il était habitué. Stupéfaits, les autres membres de son Ordre le virent se diriger vers la porte.

— Il faut le faire entrer, leur dit Bertrem. Astinus veut le voir ce soir, s'il est encore vivant.

Les Esthètes se regardèrent en silence, se demandant quelle tuile allait leur tomber sur la tête.

*
* *

Je vais mourir.
Cette certitude emplissait le jeune magicien d'amertume. Etendu dans la cellule que les Esthètes lui avaient attribuée, il maudissait sa fragilité congénitale, les épreuves qui l'avaient brisé, et les dieux qui lui avaient infligé ce destin. Il était à bout de forces et n'arrivait même plus à maîtriser sa pensée. Son cœur allait lâcher. Les draps blancs qui le couvraient seraient son linceul.

Pour la seconde fois de sa vie, Raistlin sentit le poids de la solitude et l'angoisse l'étreignit. Il avait fait une première expérience de ces choses-là pendant les trois jours atroces passés à la Tour des Sorciers. Avait-il été vraiment seul ? Il se rappela confusément avoir entendu une voix... Une voix qui s'adressait à lui de temps à autre, et qu'il n'arrivait pas à identifier. Pourtant, elle lui semblait familière ; elle lui faisait immanquablement penser à la Tour des Sorciers. La voix l'avait toujours soutenu ; grâce à elle, il était sorti victorieux de l'Epreuve.

Mais cette fois, il ne s'en tirerait pas vivant, il le sentait. La magie qu'il avait mobilisée lui avait demandé un trop grand effort. Il avait réussi, mais à quel prix !

Quand les Esthètes l'avaient trouvé, il gisait, recroquevillé dans sa robe rouge, vomissant le sang, sur les marches du grand édifice. Il était tout juste parvenu à articuler sa demande, puis il s'était évanoui. Revenu à lui dans une cellule glacée, il avait réalisé que la mort était proche. Il avait trop exigé de lui-même. L'orbe draconien aurait pu le sauver, mais la force de l'invoquer lui avait fait défaut ; la formule magique lui était sortie de l'esprit.

De toute façon, je n'ai plus assez d'énergie pour contrôler sa force surnaturelle, se dit-il. *Si l'orbe s'en rend compte, il me dévorera.*

Il ne lui restait qu'une chance : les livres de la fameuse bibliothèque. L'orbe draconien lui avait assuré qu'ils contenaient les secrets de magiciens puissants comme il n'en existerait plus jamais sur Krynn. Peut-être y trouverait-il un moyen de prolonger sa vie. Il fallait qu'il parle à Astinus ! Qu'il obtienne la permission d'accéder à la bibliothèque, avait-il déclaré aux Esthètes.

Ils s'étaient bornés à hocher la tête en le considérant d'un air compatissant.

« Astinus te verra ce soir s'il a le temps », se répéta le mage. Les paroles de l'historien le mettaient hors de lui. Impuissant, il voyait la vie lui filer entre les doigts. Il n'y avait plus rien à faire.

Ne sachant comment l'aider, les Esthètes lui apportèrent à manger. Mais il ne put rien avaler. Pas même sa potion contre la toux. Furieux, il envoya paître ces idiots. Rassemblant ce qu'il lui restait d'énergie, il s'efforça de se détendre ; la colère ne ferait que le consumer davantage. Puis il pensa à son frère.

Raistlin imagina Caramon, assis à son chevet dans cette cellule inhospitalière. Il eut une sensation si aiguë de sa présence, qu'il sentit son odeur de cuir, de sueur et d'acier. Si Caramon avait été là, comme il aurait pris soin de lui ! Il l'aurait empêché de mourir...

Mais non, songea le mage, *Caramon est mort. Ils sont tous morts, les imbéciles. Je dois m'occuper de moi.* Il réalisa qu'il allait à nouveau perdre conscience et lutta de toutes ses forces. Mais la bataille était perdue d'avance. Dans un dernier sursaut d'énergie, il plongea la main dans la poche de sa robe rouge et la referma sur l'orbe draconien. Puis il sombra dans l'inconscience.

La sensation d'une présence réveilla Raistlin. Reprenant peu à peu ses esprits, il ouvrit les yeux.

La nuit était tombée. Lunitari projetait un halo rouge sur le mur blanc de la cellule. A la lueur de la chandelle allumée à côté de son lit, Raistlin vit deux hommes debout devant lui. L'un était l'Esthète qui l'avait accueilli. Qui était l'autre ? Son visage lui rappelait quelque chose...

— Il revient à lui, maître, dit l'Esthète.

— Ça m'en a tout l'air, fit l'homme, imperturbable.

Il se pencha vers le jeune mage et l'examina attentivement, hochant la tête avec le sourire satisfait de quelqu'un qui connaît son affaire. Ce regard singulier n'échappa ni à l'Esthète, ni à Raistlin.

— Je suis Astinus, déclara l'homme. Toi, tu es Raistlin de Solace.

— Oui, murmura le mage.

Il leva les yeux vers Astinus, se souvenant avec colère de sa remarque : « Je viendrai si j'ai le temps. » Raistlin tressaillit ; jamais il n'avait vu une physionomie aussi froide et dénuée d'émotion ou de passion. Un visage sur lequel le temps avait glissé sans laisser de marques...

Astinus remarqua sa réaction.

— Tu me regardes de bien étrange façon, jeune mage. Dis-moi donc ce que tu vois.

— Un homme... qui ne va pas mourir..., articula Raistlin en haletant.

— Evidemment ! A quoi t'attendais-tu ? fit l'Esthète sur le ton de la gronderie. Le maître a assisté à la naissance du premier homme sur Krynn et il sera là pour consigner dans la chronique la mort du dernier. C'est ce qu'a annoncé Gilean, le dieu du Livre.

— Vraiment ? murmura Raistlin.

Astinus haussa les épaules.

— Mon histoire n'a aucun intérêt, comparée à celle du monde. Maintenant, je t'écoute, Raistlin de Solace. Qu'attends-tu de moi ? Pendant que je perds du temps à bavarder, des volumes entiers ne seront pas rédigés...

— Je te demande... Je réclame... une faveur ! Je n'ai que... quelques heures à vivre... Laisse-moi passer le peu de temps qu'il me reste à étudier les livres de la bibliothèque !

Bertrem écarquilla les yeux : l'audace du mage confinait à la témérité ! Il jeta un coup d'œil craintif à son maître, redoutant l'effet que produirait son refus sur le jeune homme agonisant.

Un silence interminable s'ensuivit, ponctué des halètements laborieux de Raistlin. Le visage d'Astinus restait impénétrable.

— Fais comme tu l'entends, répondit-il finalement.

Il passa devant Bertrem qui le regardait d'un air effaré et se dirigea vers la porte.

— Attends, maître ! appela faiblement Raistlin en tendant la main vers Astinus, qui s'arrêta. Tu as voulu savoir ce que je voyais en toi. A mon tour, je te demande ce que tu vois en moi. J'ai croisé ton regard quand tu t'es penché sur moi tout à l'heure. Tu m'as reconnu. Donc tu me *connais* ! Qui suis-je ? Qui vois-tu en moi ?

Le visage d'Astinus était aussi lisse qu'une statue de marbre.

— Tu as vu « un homme qui ne va pas mourir », répondit-il en détournant la tête. Moi, je vois un homme qui mourra bientôt.

Il est entendu que celui qui prend connaissance de ces Livres a subi avec succès les Epreuves dans une des Tours des Sorciers, et qu'il a démontré ses capacités à contrôler un orbe draconien ou tout autre objet magique reconnu (consulter l'appendice C) et qu'il est par conséquent habilité à lancer des sorts...

— Bon, bon, marmonna Raistlin en feuilletant les pages, impatient de parvenir à la conclusion.

Ces exigences étant remplies à la satisfaction de tes maîtres, nous te remettons ce Livre d'incantations. Grâce à la Clé, il te permettra d'accéder à nos secrets.

Avec un grognement rageur, Raistlin repoussa le volume relié de cuir bleu nuit et en prit un second sur la pile dressée sur la table. Une violente quinte de toux interrompit sa lecture.

Les souffrances infligées à son corps malingre étaient intolérables. Plusieurs fois, il songea à mourir pour échapper à cette torture permanente. Epuisé, il laissa tomber sa tête entre ses bras croisés sur la table. Un bref répit, un délicieux répit. Il pensa à son frère. Caramon, dans l'Au-delà, devait attendre son jumeau. Raistlin voyait comme s'il était devant lui ses yeux de chien fidèle débordant de sollicitude...

Le mage respira profondément et releva la tête. *Rêver de retrouver Caramon ! Je commence à m'égarer... Quelle bêtise !* maugréa-t-il, furieux contre lui-même.

Il reprit le livre gainé de bleu aux étincelantes inscriptions en argent. Le livre d'incantations que possédait Raistlin avait la même reliure. C'était un ouvrage de Fistandantibus, que le mage connaissait maintenant par cœur.

D'une main tremblante d'émotion, il l'ouvrit à la première page et parcourut des yeux l'habituel préambule. Seuls les magiciens chevronnés et reconnus par l'Ordre pouvaient avoir accès aux incantations complexes décrites dans ces livres.

Raistlin satisfaisait à toutes les conditions. Il était sans doute le seul magicien des Robes Rouges et des Robes Blanches de Krynn à pouvoir y prétendre, mis à part l'illustre Par-Salian.

Grâce à la Clé, tu pourras accéder aux mystères...

Raistlin poussa un cri. De dépit, il se jeta rageusement sur la table, éparpillant les livres qui tombèrent par terre. Sous l'effet de la colère, les paroles magiques que la faiblesse l'avait empêché de formuler lui vinrent aux lèvres.

Entendant le mage, les Esthètes qui allaient et venaient devant la bibliothèque, échangèrent des regards alarmés. Un craquement suivi d'une explosion se fit entendre à l'intérieur de la bibliothèque. Affolés, les Esthètes voulurent ouvrir la porte, mais ils la trouvèrent verrouillée.

Soudain une lueur phosphorescente illumina le chambranle. Ils reculèrent précipitamment. Une odeur âcre s'éleva, suivie d'un violent courant d'air qui faillit arracher la porte de ses gonds. Les Esthètes entendirent ensuite des gémissements rageurs et coururent dans le vestibule en appelant Astinus.

Quand l'historien arriva, la porte de la bibliothèque était sous l'effet d'un charme. Il n'en parut pas surpris. Avec un soupir résigné, il sortit un carnet de sa poche et commença à le couvrir de sa grande écriture. Les Esthètes se réunirent autour de lui, guettant d'un air inquiet les bruits étranges qui leur parvenaient de la salle.

Des roulements de tonnerre firent trembler la pièce jusque dans ses fondations. Une clarté phosphorescente si intense auréolait les contours de la porte qu'on se serait cru en plein jour. Au souffle d'une tornade tumultueuse se mêlaient les cris du magicien et le claquement des parchemins volant à travers la pièce. Des flammes léchèrent le chambranle.

— Maître ! cria un Esthète en montrant les flammes, il est en train de brûler les livres !

Astinus hocha la tête sans cesser d'écrire.

Brusquement, le tumulte cessa. L'éclatante lumière diminua, puis disparut. Les Esthètes s'approchèrent prudemment, et collèrent l'oreille contre les battants. Ils n'entendirent qu'un léger bruissement. Bertrem appuya sur la porte, qui céda sans opposer de résistance.

— La porte est ouverte, maître.

Astinus leva les yeux de son carnet.

— Retournez à vos études, ordonna-t-il, vous n'avez plus rien à faire ici.

Les Esthètes s'inclinèrent avec déférence et se dispersèrent dans les couloirs. Astinus resta seul. Il attendit un moment pour s'assurer que personne ne viendrait, puis il poussa la porte.

Un clair de lune rouge et argent passait par les étroites fenêtres. Dans cette semi-obscurité, les livres formaient sur les rayons de sombres alignements. Une chandelle allumée sur la table envahie de papiers éclairait un livre relié de bleu. D'autres livres semblables étaient dispersés sur le sol.

Du regard, Astinus fit le tour de la pièce. Il fronça les sourcils. Des traînées noirâtres tachaient les murs. Une forte odeur de soufre et de fumée le prit à la gorge. Des particules de papier carbonisé tombaient comme des feuilles d'automne sur un corps gisant sur le plancher.

Astinus pénétra dans la bibliothèque et referma la porte derrière lui. Evitant les parchemins éparpillés, il marcha vers le jeune mage et se campa devant lui. Silencieux, il le considéra d'un air pensif.

La robe d'Astinus frôla la main inerte du blessé qui tressaillit sous la caresse de l'étoffe, et leva des yeux de moribond.

— As-tu trouvé ce que tu cherchais ? demanda Astinus.

— La Clé ! s'exclama Raistlin, une étincelle de colère ravivant son regard. Perdue... dans le temps !

Les imbéciles ! Comme c'est simple ! Chacun le sait... et tout le monde l'oublie ! La Clé..., la seule chose dont j'avais besoin... perdue à jamais !

— Te voici arrivé au bout du voyage, mon vieux, dit Astinus sans compassion.

— Tu me connais ! Qui suis-je donc ? demanda Raistlin avec fièvre.

— Cela n'a plus guère d'importance, répondit Astinus qui s'apprêtait à partir.

Une main cramponnée à sa robe et un cri aigu le retinrent.

— Tu me tourne le dos comme tu l'as tourné au monde ! vociféra Raistlin.

— Tourné le dos au monde..., répéta doucement l'historien. Tourné le dos au monde !

La voix d'Astinus ne trahissait jamais d'émotion, mais cette fois, la colère y était perceptible.

— Moi ? Moi, j'ai tourné le dos au monde ? tonna-il. Comme tu le sais, *je suis* le monde ! Je suis né des milliers de fois ! Je suis *mort* des milliers de fois ! Pour chaque larme versée, les miennes ont coulé à torrents ! Chaque goutte de sang m'a vidé du mien ! Toutes les souffrances et toutes les joies, je les ai éprouvées !

« Ma main repose sur la Sphère du Temps, et je sillonne le monde de long en large en tenant la chronique de son histoire ! J'ai commis les actions les plus noires et consenti les sacrifices les plus nobles. Je suis homme, elfe, ogre. Je suis mâle et femelle. J'ai fais naître des enfants et j'en ai assassiné. Je t'ai vu tel que tu étais bébé, et tel que tu es maintenant. Mon apparente insensibilité me permet de résister sans devenir fou ! Ce que je subis survit par les mots. Ceux qui lisent mes livres savent ce que signifie vivre sans arrêt dans tous les corps que porte le monde ! »

Raistlin lâcha la robe de l'historien et se laissa retomber sur le plancher. Ses forces l'abandonnaient. Un grand froid envahit son cœur, annonçant la mort.

Il se raccrocha aux paroles d'Astinus. *Je veux vivre un instant encore. Lunitari, je t'implore de m'accorder cet instant*, demanda-t-il à l'astre qui conférait leur magie aux Robes Rouges. Un mot serait bientôt prononcé, il en avait la certitude. Un mot qui le sauverait, si seulement il parvenait à tenir !

Astinus regardait le mourant avec des yeux étincelants. En lui jetant à la face les paroles qu'il gardait en lui depuis des siècles, il s'était libéré.

— Au dernier des jours de ce monde, dit-il d'une voix vibrante, les trois dieux se retrouveront : Paladine avec sa Lumière, Takhisis avec sa Noirceur, et Gilean, seigneur de la Neutralité. Ils déposeront leurs Clés sur le grand Autel, à côté de mes livres. Ils contiennent l'histoire de chaque être qui a vécu sur Krynn ! Alors, le monde sera entier...

Astinus s'arrêta, stupéfait de ce qu'il était en train de dire. Il réalisa ce qu'il avait fait.

Mais déjà Raistlin ne le voyait plus. Ses yeux en sabliers s'étaient dilatés, ses pupilles dorées luisaient comme des braises.

— La Clé..., murmura-t-il, exultant. La Clé ! Maintenant je sais..., je *sais* !

Lentement, il porta la main au petit sac accroché à son ceinturon. Il en sortit l'orbe draconien, pas plus gros qu'une balle, et le garda dans sa paume, le fixant d'un œil noir.

— Je sais qui tu es, murmura Raistlin. Je te connais et je te conjure de me venir en aide comme tu l'as fait dans la Tour et au Silvanesti ! Notre accord est rompu ! Sauve-moi, et tu seras sauvé !

Le mage perdit connaissance. Sa tête roula sur le plancher, ses paupières se fermèrent. Sa main se raidit, mais ses doigts refermés sur le globe ne desserrèrent pas leur étreinte. L'orbe était pris dans un étau plus fort que la mort.

Raistlin n'était plus qu'une malheureuse carcasse perdue dans les replis de sa robe rouge étalée parmi les parchemins.

Dans la clarté pourpre des deux lunes, Astinus resta longuement en contemplation devant le corps du mage. Puis il gagna la porte, qu'il referma d'une main tremblante, abandonnant la bibliothèque au silence.

De retour dans son cabinet de travail, l'historien s'assit à sa table, et resta dans le noir, les yeux dans le vide.

6

PALANTHAS

— Je te dis que c'était Raistlin !
— Et moi, je te répètes que tu veux encore me refiler une histoire d'éléphant volant ou d'anneau qui se déplace tout seul, et que je vais finir par te casser ton bâton à frondes sur le dos ! rétorqua Flint, furieux.
— C'était quand même Raistlin, répliqua Tass à voix basse pour ne pas irriter davantage le nain.

Ils se promenaient dans une des larges avenues de la magnifique cité de Palanthas. Le kender connaissait le nain depuis assez longtemps pour savoir jusqu'où il pouvait aller sans le pousser dans ses derniers retranchements. Ces derniers jours, le seuil de tolérance de Flint était très vite atteint.

— Ne va surtout pas ennuyer Laurana avec tes histoires à dormir debout, recommanda Flint, prévoyant. Elle a assez de problèmes comme ça.
— Mais...

Le nain s'arrêta et toisa le kender d'un air féroce.
— Promis ?
— Bon, d'accord, soupira Tass.

Tout cela n'aurait eu aucune importance si Tass n'avait pas été certain d'avoir vu Raistlin. Le nain et le kender passaient devant la bibliothèque de Palanthas quand Tass avait remarqué une troupe de moines sur les escaliers.

Flint étant en extase devant un édifice dû aux talents architecturaux des nains, Tass en avait profité pour se tourner vers la bibliothèque.

A sa grande surprise, il avait reconnu au milieu des moines un homme qui semblait être Raistlin — même peau aux reflets métalliques, même robe rouge — que les moines traînaient à l'intérieur. Au moment où Tass empoignait Flint pour traverser la rue, les moines avaient refermé la porte derrière eux.

Le kender s'était jeté contre l'huis et il avait frappé en demandant à entrer. Mais l'Esthète qui lui avait ouvert paraissait si horrifié de voir un kender que le nain, outragé, avait tiré Tass par la manche, l'entraînant plus loin.

Les kenders avait une idée plutôt nébuleuse de ce qu'était une promesse. En conséquence, Tass se promit de raconter quand même l'incident à Laurana. Puis à la pensée de la jeune elfe épuisée par le souci, le chagrin et les veilles, le petit être au cœur tendre décida que Flint avait raison. Si c'était vraiment Raistlin, il était probablement occupé par une affaire personnelle et il risquait de ne pas apprécier qu'on le dérange. Encore que...

Tass soupira et continua son chemin, flanquant des coups de pied dans les cailloux. Palanthas était une ville qui valait vraiment le détour. Renommée pour sa magnificence pendant l'Ere de la Force, elle restait incomparable. La cité avait été construite en cercle sur le pourtour de la vieille ville, composée d'édifices aux vastes montées d'escaliers et aux colonnades majestueuses. Une dizaine d'avenues plantées d'arbres partaient du centre pour aller vers le nord, où se trouvait le port, et vers les différentes portes donnant sur les remparts.

Surmontées de deux élégantes tours de guet, ces portes étaient des merveilles d'architecture. Derrière les remparts de la vieille ville, décorés de bas-reliefs relatant l'histoire de Palanthas, s'était constituée la nouvelle ville, une harmonieuse réplique de l'ancienne. Palanthas se découpant sur le couchant était sans nul doute la plus jolie chose qu'on puisse voir.

Tass fut tiré de ses rêveries par une bourrade de Flint.

— Qu'est-ce qui te prend ? demanda le kender, interloqué.

— Où sommes-nous ? demanda Flint, les deux poings sur les hanches.

— Eh bien nous sommes... Euh... nous sommes, c'est ça, je crois que... En fait, non, nous n'y sommes pas, dit-il en regardant froidement Flint. Comment as-tu fait pour te perdre ?

— MOI ? explosa le nain. C'est toi, le guide et le spécialiste des cartes. Toi, le kender qui connaît la ville comme sa poche !

— J'étais absorbé dans mes réflexions, dit Tass d'un ton conciliant.

— Dans quoi ? gronda Flint.

— Je remuais de profondes pensées, répondit Tass d'un ton blessé.

— Oh et puis ça m'est égal après tout, bougonna Flint en fonçant droit devant lui.

Il n'aimait pas la façon dont tournaient les choses.

— C'est bizarre, dit Tass comme s'il avait lu dans l'esprit du nain, mais cet endroit me paraît bien désert, comparé aux autres rues de Palanthas. Je me demande...

Son regard erra sur les façades lisses.

— Mais non, répliqua Flint. Nous avons seulement pris le même chemin en sens inverse.

— Bon, allons-y ! dit Tass en s'engageant dans une rue déserte. Juste un petit détour, pour voir ce qu'il y en bas. N'oublie pas que Laurana nous a recommandé de repérer les lieux et d'inspecter les fortifications.

— Et il n'y a pas l'ombre d'une fortification aux alentours, tête de linotte ! marmonna Flint en lui emboîtant le pas à contrecœur. Nous sommes au centre de la ville ! Laurana parlait du mur d'enceinte !

— Il n'y a pas de mur autour de la cité, triompha Tass. En tout cas, pas autour de la ville nouvelle. Et si le centre est ici, pourquoi est-ce si désert ? Il doit y avoir une explication, je veux la trouver.

Flint poussa un grognement réprobateur. Le kender commençait à raisonner ; il aurait mieux valu s'asseoir tranquillement quelque part à l'ombre.

Ils s'enfoncèrent en silence dans le dédale de ruelles. Au bout d'un moment, ils se trouvèrent en vue du palais du seigneur de Palanthas. Ses tours étaient reconnaissables de loin. Mais devant eux, tout était plongé dans l'ombre.

Tass collait son nez aux fenêtres des maisons devant lesquelles ils passaient. Bientôt, ils arrivèrent à un carrefour.

— Ecoute, Flint, dit le kender, à l'évidence, toutes ces maisons sont vides.

— Abandonnées, souffla Flint en mettant la main sur le manche de sa hache.

— Il règne ici une atmosphère étrange, dit Tass en se rapprochant du nain. Je n'ai pas peur, tu le sais...

— Moi, si. Fichons le camp !

De chaque côté de la rue, les bâtiments semblaient en parfait état. Les Palanthiens devaient être si fiers de leur ville qu'ils entretenaient même les demeures et les boutiques inoccupées. Les rues étaient nettes et débarrassées des ordures, mais il n'y avait personne. *Ce doit être un quartier prospère, songea le kender. Et en plein centre de la ville. Pourquoi tout le monde est-il parti ? Cet endroit me fait une drôle d'impression.*

— Il n'y a pas un rat ! marmonna Flint en prenant le bras de Tass. Nous en avons assez vu comme ça, partons, maintenant.

— Allons, viens ! fit Tass en se dégageant.

Faisant fi de sa bizarre sensation, il continua son chemin. Il avait fait trois pas quand il s'aperçut qu'il était seul. Il fit volte-face, exaspéré. Flint, debout où il l'avait laissé, le regardait d'un air fâché.

— Je veux juste aller au bouquet d'arbres, là-bas, au bout de la rue, dit Tass en tendant le doigt. Regarde, un simple petit bosquet de chênes tout ce qu'il y a de banal. C'est peut-être un jardin ou un truc dans le genre. Nous pourrions y manger quelque chose...

— Je n'aime pas cet endroit ! décréta irrévocablement Flint. Il me rappelle... le Bois des Ombres, quand Raistlin a parlé aux fantômes.

— Il n'y a que toi comme fantôme ici ! railla Tass, décidé à taire que cet endroit lui rappelait la même chose. Il fait grand jour, nous sommes en plein centre d'une cité, pour l'amour de Reorx...

— Alors pourquoi gèle-t-on ?

— Parce que c'est l'hiver ! cria le kender en agitant les bras. Alors, tu viens ?

Il regarda autour de lui, effrayé de l'écho de ses paroles dans le silence.

Flint poussa un gros soupir. Sourcils froncés, il prit sa hache dans sa main et rejoignit le kender, l'œil aux aguets.

— Nous ne sommes pas en hiver, marmonna le nain entre ses dents, sauf ici.

— Le printemps n'arrivera pas avant quelques semaines, répliqua Tass, heureux de pouvoir discuter pour oublier le poids qu'il avait sur l'estomac.

Mais Flint n'avait aucune envie de se disputer. Mauvais signe. Au bout de la rue, les maisons faisaient place à un petit bois. Comme l'avait dit Tass, c'était un bosquet de chênes, mais certainement les plus hauts que le nain et le kender aient jamais vus sur Krynn.

Au fur et à mesure qu'ils approchaient, la sensation de geler s'accrut. Il faisait encore moins chaud que devant le Mur de Glace. Le pire, c'est qu'il ne faisait froid qu'ici, et c'était insensé ! Pourquoi pas dans le reste de la cité ? Le soleil brillait dans un ciel sans nuages.

Bientôt, leurs doigts s'engourdirent. Incapable de tenir plus longtemps sa hache, Flint la remit dans son dos. Tass claquait des dents et tremblait de tous ses membres. Ses oreilles en pointe étaient devenues insensibles.

— Partons d'ici, bégaya le nain, les lèvres violettes.
— Nous sommes à l'ombre des façades, dit Tass, allons au soleil, ça ira mieux.
— Rien sur Krynn ne peut nous protéger d'un froid pareil ! répliqua Flint en sautillant sur place.
— Nous n'avons que quelques pas à faire..., bégaya le kender en continuant d'avancer.

Mais Flint ne le suivit pas. La tête rentrée dans les épaules, il restait figé sur place.

Il faut rebrousser chemin, se dit Tass. Mais il en était incapable. La curiosité, première cause de mortalité chez les kenders, le poussait en avant.

Tass arriva à la lisière du bois de chênes. Là, le cœur lui manqua. Les kenders ne connaissaient pas la peur. Cela lui avait permis d'aller aussi loin. A présent, il était en proie à une terreur irraisonnée, dont il faisait l'expérience pour la première fois. Il en ignorait la cause, mais elle se trouvait dans le bois de chênes.

Ce ne sont que des arbres, se dit-il en tremblant. *J'ai parlé à des spectres dans le Bois des Ombres. J'ai été confronté à trois ou quatre dragons. J'ai détruit un orbe draconien. Rien de plus normal que des chênes ! J'ai été emprisonné dans le château d'un magicien. J'ai vu un démon venu des Abysses. Là, ce ne sont que des arbres !*

Pas à pas, Tass gagna la lisière du bosquet. Il ne s'aventura pas plus loin. Il avait devant lui les profondeurs du bois.

Le cœur battant à tout rompre, il fit volte-face et se mit à courir.

Voyant le kender revenir à toute allure, Flint pensa que la fin du monde était arrivée. Quelque chose d'abominable allait surgir de cet amas d'arbres inoffensifs. Il se retourna si vite qu'il glissa et s'étala sur le pavé. En passant, Tass l'attrapa par la ceinture et le releva. Tous deux dévalèrent la rue comme si le diable était à leurs trousses. Flint, qui entendait déjà le vacarme d'un monstre lancé à sa poursuite, n'osait pas se retourner. La vision de la créature à la gueule ouverte lui donnait des ailes. Ils atteignirent le bout de la rue.

Il faisait chaud, le soleil brillait.

Les deux fuyards entendirent le brouhaha montant des ruelles pleines de monde. Hors d'haleine, Flint s'arrêta et jeta un coup d'œil dans la rue qu'ils venaient de quitter. Elle était déserte.

— Qu'est-ce que c'était ? souffla-t-il.

Le kender était pâle comme un mort.

— Une tour..., bégaya Tass.

Flint ouvrit de grands yeux.

— Une tour ? répéta-t-il, incrédule. J'ai couru comme un dératé à m'éclater les poumons pour une tour ? Tu ne vas pas me dire qu'une tour te poursuivait ?

— N...non, admit le kender, elle se trouvait là, tout simplement. Mais je n'ai jamais vu une chose aussi horrible de ma vie, avoua-t-il gravement.

*
* *

— Ce doit être la Tour des Sorciers, dit le seigneur de Palanthas à Laurana qui conversait avec lui dans la salle des cartes du palais. Rien d'étonnant que ton jeune ami ait été terrifié. Je suis surpris qu'il se soit risqué à aller si loin.

— C'est un kender, répondit Laurana en souriant.

— Ah bon, tout s'explique. Je dois dire à ce propos que j'ai pensé à quelque chose. Nous pourrions l'engager pour travailler aux abords de la Tour. Nous avons dû payer des fortunes pour envoyer des gens entretenir ce quartier. Mais je doute que les habitants de Palanthas se réjouissent de l'apparition d'un bataillon de kenders dans leur ville.

Les mains croisées dans le dos, Amothus, seigneur de Palanthas, arpentait la pièce en compagnie de Laurana, qui trébuchait sans cesse sur la longue tunique offerte par les Palanthiens. Ils avaient tenu à ce qu'elle la porte. C'était gentil de lui avoir donné une robe. Elle savait bien qu'ils avaient été horrifiés de voir une princesse du Qualinesti vêtue d'une armure, de surcroît cabossée et tachée de sang. Laurana n'avait pas le choix : il fallait qu'elle accepte de porter la robe. Si elle voulait qu'ils l'aident, elle ne pouvait se permettre d'offenser les Palanthiens. Dépouillée de son armure et de son épée, elle se sentait néanmoins fragile et sans défense.

C'était aussi à cause des généraux de l'armée palanthienne, les commandants temporaires des Chevaliers de Solamnie, et des notables, les conseillers au sénat, qu'elle se sentait en position de faiblesse. A chaque regard qu'ils posaient sur elle, elle réalisait qu'elle n'était pour eux qu'une femme imitant les soldats. Oui, elle s'était bien débrouillée. Elle avait joué à la guerre et elle avait gagné. A présent, retour aux fourneaux...

— C'est quoi exactement, la Tour des Sorciers ? demanda Laurana.

Après une semaine de négociations avec le seigneur, qui avait tendance à vagabonder en pensée, elle avait appris à le ramener au sujet de ses préoccupations.

— Ah oui ! Eh bien, on peut la voir de cette fenêtre, si tu y tiens, répondit le seigneur à contrecœur.

— J'aimerais bien que tu me la montres, déclara Laurana.

Avec un haussement d'épaules, Amothus conduisit Laurana vers une fenêtre aux rideaux fermés. Les autres offraient sur le paysage une vue à couper le souffle.

— C'est à cause de la Tour que ces rideaux sont tirés, dit le seigneur. C'est dommage. Avant que la Tour soit devenue un objet maudit, cette vue était la plus belle qu'on puisse avoir sur la ville...

Il tira les rideaux d'une main tremblante. Surprise qu'il manifestât une telle émotion, Laurana regarda le paysage qui s'étendait sous ses yeux. Elle en eut le souffle coupé. Le soleil disparaissait derrière les montagnes couronnées de neige, embrasant le ciel de pourpre et d'incarnat. Le couchant illuminait la blancheur du marbre des coupoles. Laurana n'avait jamais imaginé qu'il puisse exister quelque chose d'aussi beau ailleurs que dans son cher Qualinesti.

Son attention fut attirée par un point sombre qui scintillait comme une perle noire. C'était une haute tour de pierre qui se détachait sur un fond de maisons blanches. Ses tourelles tombaient en ruine et ses fenêtres n'étaient plus que des trous sombres, aveugles au spectacle du monde. Elle était entourée d'un clôture noire. Laurana crut voir bouger sur les grilles quelque chose qui lui fit penser à un grand oiseau pris au piège. Au moment où elle allait attirer sur l'objet l'attention d'Amothus, il tira le rideau en frissonnant.

— Je suis désolé, je ne supporte pas ce spectacle. C'est trop éprouvant. Dire que nous vivons cela depuis des siècles...

— Je ne trouve pas ça si terrible, avoua Laurana. La Tour... me semble en quelque sorte avoir sa place. La ville est très belle, mais d'une telle perfection que je m'en rends même plus compte. Cette Tour rompt l'harmonie et en fait ressortir la beauté, comprends-tu ce que je veux dire...?

A en croire l'expression ahurie du seigneur, il n'avait pas vraiment saisi. Laurana poussa un petit soupir ; la vue qu'offrait cette fenêtre exerçait sur elle une étrange fascination.

— Quel malheur a donc frappé la Tour ? demanda-t-elle.

— C'est arrivé pendant le... Oh ! voilà quelqu'un qui saura te le raconter beaucoup mieux que moi, répondit Amothus, soulagé. Pour être honnête, je n'aime pas parler de cette histoire.

— Astinus, de la Bibliothèque de Palanthas ! annonça le serviteur.

Laurana fut surprise de voir que tout le monde s'était levé, y compris les généraux et les nobles. *Tant d'égard pour un bibliothécaire ?* Elle s'étonna encore davantage quand elle les vit s'incliner devant l'historien qui avançait dans la salle. Dans sa confusion, elle en fit autant. Princesse du Qualinesti, elle ne devait s'incliner que devant son père, l'Orateur du Soleil. Mais en voyant l'homme de plus près, elle eut le sentiment que la révérence était justifiée.

Astinus marchait avec un aplomb et une assurance tels qu'il avait dû passer sa vie auprès des rois et des dieux. Il pouvait avoir la cinquantaine, mais quelque chose en lui restait sans âge. Son visage sans aspérité semblait taillé dans le marbre. Son expression froide déplut d'abord à Laurana. Puis elle remarqua ses yeux pétillants de vie, comme s'ils abritaient des milliers d'âmes.

— Tu es en retard, Astinus, plaisanta respectueusement le seigneur Amothus.

Tout le monde resta debout jusqu'à ce que l'historien s'asseye. Avec un sentiment mitigé, Laurana se laissa tomber dans son siège devant la grande table ronde qui occupait le milieu de la salle.

— J'ai eu beaucoup à faire, répondit Astinus d'une voix qui semblait sortir d'un puits.

— J'ai entendu dire que tu avais été importuné, dit Amothus, rouge de confusion. Je te prie de m'en excuser. Je me demande comment ce jeune homme a pu se trouver sur le perron dans un état si misérable. Je regrette que tu n'aies rien dit, nous aurions fait enlever le corps...

— Cela n'a aucune importance, coupa Astinus en

jetant un coup d'œil à Laurana. L'affaire a été réglée. Tout est fini maintenant.

— Mais... euh... qu'est devenu le corps ? demanda Amothus d'un ton hésitant. Je sais à quel point c'est pénible, mais je dois m'assurer que les lois sanitaires ont été respectées...

— Je pourrais peut-être revenir quand cette conversation sera terminée, coupa Laurana.

— Quoi ? Tu veux t'en aller ? Mais tu viens juste d'arriver...

— Je crois que notre conversation choque la princesse, fit remarquer Astinus. Les elfes, tu n'es pas sans l'ignorer, ont un respect extrême de la vie. Chez eux, on ne parle pas de la mort de façon si brutale.

— Ciel ! s'exclama Amothus, écarlate, en se levant pour baiser la main de Laurana. Je te supplie de m'excuser, ma chère. Je suis un rustre. Pardonne-moi, et s'il te plaît, reste assise. Apportez du vin à la princesse, héla-t-il.

— Vous parliez de la Tour des Sorciers lorsque je suis entré. Qu'en sais-tu ? demanda Astinus, les yeux plongés dans ceux de Laurana.

Transpercée par ce regard, elle but une gorgée de vin en regrettant amèrement d'avoir abordé le sujet.

— En fait, nous devrions peut-être revenir à ce qui nous occupe, dit-elle timidement. Je suis sûre que les généraux s'inquiètent du retour de leurs troupes et je...

— Que sais-tu de la Tour ? répéta Astinus.

— Moi ? Euh... Pas grand-chose, bredouilla Laurana comme une élève intimidée par un professeur sévère. J'avais un ami, je veux dire une relation, qui a subi les Epreuves de la Tour des Sorciers de Wayreth, mais il est...

— Raistlin de Solace, je crois, laissa tomber Astinus, imperturbable.

— Oui, exactement ! s'écria Laurana, surprise. Comment se fait-il...

— Je suis historien, jeune dame. Mon travail est de

tout savoir, répondit Astinus. Je vais te raconter l'histoire de la Tour de Palanthas. Tu ne perdras pas ton temps, Lauralanthalasa, car elle est liée à la tienne. (Il fit un geste vers les généraux.) Vous, là-bas, ouvrez les rideaux. Vous masquez la plus belle vue qui soit, comme l'a dit la princesse avant que j'entre. Bon ! Voici l'histoire de la Tour des Sorciers de Palanthas.

« Mon récit commence à l'époque qu'on a appelée après coup celle des Batailles Perdues. Pendant l'Ere de la Force, le Prêtre-Roi d'Istar commença à voir des ennemis partout. Il trouva un nom à ses peurs irraisonnées : les magiciens ! Il les craignait, et se méfiait de leur pouvoir. Comme il ne les comprenait pas, il se sentait menacé par leur savoir et leur puissance.

« Il lui fut facile de monter le peuple contre eux. On respectait les magiciens, mais on n'avait pas confiance, parce qu'ils comptaient dans leurs rangs les représentants des trois puissances de l'univers : les Robes Blanches du Bien, les Robes Rouges de la Neutralité, et les Robes Noires du Mal. Contrairement au Prêtre-Roi, eux savaient que l'équilibre du monde repose sur ces trois puissances, et que le rompre entraînerait le chaos.

« Donc le peuple se souleva contre les magiciens. Les premières cibles de leur colère furent bien entendu les cinq Tours des Sorciers où se concentrait la puissance de l'Ordre. C'est là que les jeunes magiciens subissaient les Epreuves, du moins les plus audacieux d'entre eux. Ces Epreuves étaient redoutables et dangereuses. L'échec était sanctionné de mort. »

— La mort ! répéta Laurana, incrédule. Alors Raistlin...

— A risqué sa vie pour pouvoir subir l'Epreuve. Il a bien failli payer le prix fort. Mais ceci est une autre histoire... En raison de cette sévérité, les Tours faisaient l'objet de sombres rumeurs. En vain, les magiciens expliquèrent qu'elles étaient des lieux d'études et que tous les apprentis n'étaient nullement tenus de risquer leur vie. Les mages n'y conservaient que leurs livres d'incantations, leurs grimoires et leurs instruments. Personne ne les crut. Le Roi-Prêtre et ses adeptes, pour servir leurs ambitions, firent circuler des histoires de rituels macabres et de sacrifices humains qui se propagèrent rapidement parmi le peuple.

« Un jour, la populace se révolta contre les magiciens. Pour la seconde fois dans l'histoire de l'Ordre, les différentes Robes firent alliance. Les mages s'étaient unis une première fois lors de la création des orbes draconiens, qui contenaient l'essence du Bien et du Mal. Ensuite ils s'étaient séparés mais se retrouvèrent pour faire face au danger.

« Les magiciens détruisirent eux-mêmes deux de leurs Tours pour éviter que leurs secrets tombent aux mains du peuple, qui, dans son ignorance, en aurait fait mauvais usage. La destruction de ces deux Tours dévasta le pays alentour. Le Prêtre-Roi prit peur, car il y avait une Tour à Istar, et une autre à Palanthas. Personne ne se souciait de la troisième, qui se dressait loin de toute civilisation.

« Sous couvert de piété, le Prêtre-Roi tenta de se rapprocher des magiciens. S'ils laissaient leurs deux Tours intactes, ils pourraient emmener leurs livres et leurs instruments dans la troisième, la Tour de Wayreth. A regret, ils acceptèrent son offre. »

— Mais pourquoi ne se sont-ils pas défendus ? coupa Laurana. J'ai eu l'occasion de voir Raistlin et Fizban quand ils se fâchent ! Je peux imaginer ce qu'arriveraient à faire des mages chevronnés !

— Ah ! ne m'interromps pas, et écoute bien ce que je vais te dire, Laurana. Ton jeune ami Raistlin s'épuisait déjà en lançant de petits sorts. Dès qu'un charme est lancé, il déserte la mémoire pour toujours ; il faut donc lire et relire les livres pour les savoir par cœur. Ceci s'applique aux plus grands magiciens.

C'est ainsi que les dieux nous protègent de ceux qui pourraient devenir trop puissants. Les magiciens ont besoin de sommeil pour pouvoir se concentrer ; ils doivent étudier tous les jours. Comment auraient-ils pu soutenir un siège ? D'ailleurs, pouvaient-ils détruire leur propre peuple ?

« Ils préférèrent accepter l'offre du Prêtre-Roi. Même les mages Noirs, qui ne tenaient guère compte du peuple, furent forcés d'admettre qu'ils seraient vaincus et que leur savoir en magie serait perdu pour toujours. Ils se retirèrent de la Tour d'Istar, que le Prêtre-Roi s'empressa d'occuper. Ensuite, ils quittèrent celle de Palanthas, dont l'histoire est terrible. »

Le visage d'Astinus, jusque-là impénétrable, prit une expression d'austère gravité.

— Je me rappelle cette journée comme si c'était hier. Les mages m'avaient apporté leurs livres et leurs grimoires pour que je les conserve dans la bibliothèque. Car il y en avait tant qu'ils ne pouvaient tous les emmener à Wayreth. En me les confiant, ils savaient qu'ils seraient en sécurité. Bon nombre des ces livres ne pouvaient être consultés, car ils étaient scellés par un sort dont la Clé... avait été perdue. La Clé...

Astinus s'abîma dans de sombres pensées. Comme pour les chasser, il hocha la tête et reprit son récit :

— Devant le peuple de Palanthas rassemblé au grand complet, le maître suprême de l'Ordre, un mage des Robes Blanches, ferma les portes d'or de la Tour et les verrouilla avec une clé d'argent. Le seigneur de Palanthas le regarda faire avec impatience. Tout le monde savait qu'il avait l'intention de s'installer dans la Tour, comme son mentor le Prêtre-Roi l'avait fait à Istar, alléché par les légendes extraordinaires qui circulaient à son sujet.

« La Tour des Sorciers était réputée être le plus bel édifice de Palanthas. Quand on voit ce qu'elle est devenue... »

— Qu'est-il arrivé ? demanda Laurana.

Elle frissonna. Le soir tombait et l'obscurité commençait à envahir la salle. Si seulement on avait allumé les chandelles !

— Le magicien allait remettre la clé d'argent au seigneur, quand un mage des Robes Noires apparut à une fenêtre de la Tour. Aux gens qui le regardaient avec effroi, il cria : « Les portes resteront fermées et la Tour demeurera vide jusqu'au jour où le maître du passé et du présent aura recouvré ses pouvoirs ! » Puis il se jeta par la fenêtre. Il s'empala sur les grilles d'or et d'argent en jetant un sort. Son sang se répandit sur le sol, les portes et les grilles se tordirent et noircirent. La Tour éclatante de blancheur devint grise et ses tourelles noires tombèrent en ruine.

« Terrifiés, le seigneur et son peuple s'enfuirent. Depuis ce jour, personne n'ose approcher la Tour de Palanthas. Même le kender a dû renoncer, dit Astinus en souriant, lui qui n'a peur de rien en ce monde. La malédiction est si puissante qu'elle tient *tous* les mortels éloignés... »

— Jusqu'à ce que le maître du passé et du présent revienne, murmura Laurana.

— Bah ! Ce mage des Robes Noires était un fou, dit le seigneur Amothus. Personne n'est maître du passé et du présent. A part toi peut-être, Astinus...

— Je ne suis maître de rien ! répliqua Astinus d'une voix si caverneuse que les yeux de l'auditoire s'arrondirent. Je suis la mémoire du passé et le témoin du présent. Et je ne cherche pas à dominer quoi que ce soit !

— Un fou, comme je le disais, ce mage, fit le seigneur en haussant les épaules. Et maintenant nous sommes obligé de vivre avec cet édifice, puisque personne ne peut s'en approcher assez pour le démolir.

— Je pense que ce serait dommage de démolir la Tour, dit doucement Laurana, elle appartient au paysage...

— Elle lui appartient bel et bien, en effet, jeune fille, répondit Astinus en la regardant étrangement.

La nuit tombait. Bientôt la Tour serait engloutie dans les ténèbres tandis que la ville s'illuminerait. *Palanthas est un défi au ciel constellé d'étoiles*, pensa Laurana, *mais en son cœur restera toujours une tache sombre.*

— Quelle terrible histoire, murmura-t-elle, ayant l'impression qu'il fallait dire quelque chose car Astinus la fixait obstinément. Et cette chose noire qui flotte sur les grilles...

Horrifiée de ce qu'elle venait de comprendre, elle arrêta net.

— Un fou, complètement fou, répéta le seigneur Amothus d'un air sinistre. Oui, c'est ce qui reste du corps du mage. Du moins on le suppose. Personne n'a réussi à venir assez près pour s'en assurer.

Laurana tremblait. Consciente que cette lugubre histoire viendrait hanter ses nuits, elle aurait préféré ne l'avoir jamais entendue.

Et elle avait *un lien avec sa destinée* !

Irritée, elle chassa cette pensée de son esprit. Tout cela n'avait pas d'importance. Elle n'allait pas perdre son temps avec ces balivernes. Son avenir ne s'annonçait pas si brillant qu'il faille y ajouter des contes cauchemardesques.

Comme s'il avait lu dans ses pensées, Astinus se leva et réclama des chandelles.

— Allons, dit-il froidement, le passé est achevé. Ton avenir n'appartient qu'à toi. Et il nous reste encore beaucoup à faire jusqu'à demain matin.

7

A LA TÊTE DES CHEVALIERS

— Tout d'abord, je dois lire le message du seigneur Gunthar, que j'ai reçu il y a quelques heures.

Le seigneur de Palanthas sortit un parchemin des plis de sa robe de brocart et l'étendit sur la table. Il l'éloigna de ses yeux pour parvenir à déchiffrer les caractères.

Certaine que c'était une réponse au message qu'elle avait fait envoyer deux jours auparavant par le seigneur Amothus, Laurana se mordait les lèvres d'impatience.

— Il est un peu froissé, s'excusa Amothus en s'efforçant de lire. Les griffons que les seigneurs elfes nous ont si aimablement prêtés sont incapables d'apporter les messages sans les froisser. Ah ! voilà, j'y suis : « Du seigneur Gunthar au seigneur Amothus, avec ses hommages. » Quel homme charmant, ce Gunthar ! Il est venu l'année dernière, pour les Fêtes de l'Aube du Printemps, qui d'ailleurs, ma chère Laurana, auront lieu dans trois semaines. Nous feras-tu la grâce d'y assister ?

— Je serais extrêmement heureuse, seigneur, que nous soyons tous là dans trois semaines, répondit la jeune elfe, s'efforçant de rester calme.

Le seigneur Amothus battit des paupières et sourit d'un air indulgent.

— Evidemment, les armées draconiennes... Bien ! Je continue de lire. « Je suis très peiné des pertes qu'a subies la chevalerie. Je suis particulièrement touché par la mort de trois de nos meilleurs chefs : Dirk Gardecouronne, chevalier de la Rose, Alfred MarKenin, chevalier de l'Epée, et Sturm de Lumlane, chevalier de la Couronne. » Lumlane. C'était un ami proche, je crois, chère Laurana ?

— Oui, mon seigneur, murmura Laurana, s'abritant des regards sous le rideau de ses cheveux dorés.

Sturm avait été enterré récemment dans la Chambre de Paladine, sous les ruines de la Tour du Grand Prêtre. Ce souvenir ravivait la douleur de la jeune elfe.

— Continue ta lecture, Amothus, ordonna Astinus. Je ne peux me permettre d'interrompre si longtemps mon travail.

— Certainement, répondit le seigneur en rougissant. « Cette tragédie place l'Ordre dans une situation inhabituelle. La chevalerie compte désormais une majorité de membres de la Couronne, l'Ordre le moins élevé. En clair, il nous reste surtout des jeunes gens sans expérience, qui participaient pour la première fois à une bataille. Pour assumer le commandement, nous n'avons plus de chevalier satisfaisant aux critères de la Loi. Il nous faut cependant un chef à la tête de chaque Ordre. »

Le seigneur s'arrêta et s'éclaircit la voix. Il y eut un flottement dans la salle. Mal à l'aise, les chevaliers présents se retournèrent sur leur siège. Laurana soupira doucement. *Je t'en prie, Gunthar, choisis quelqu'un d'avisé. Les intrigues politiques ont causé la mort de tant de braves !*

— « Par conséquent, je confie le commandement des chevaliers solamniques à Lauralanthalasa, de la maison royale du Qualinesti. »

Le seigneur Amothus fit une pause, comme s'il n'était pas sûr d'avoir bien lu. Laurana n'en croyait pas ses oreilles, les chevaliers non plus. Visiblement, ils n'en revenaient pas.

Pour lui-même, Amothus lut et relut le parchemin. Entendant Astinus murmurer d'impatience, il reprit à voix haute.

— « ... Car c'est la seule personne rompue à la bataille qui connaisse le maniement des Lancedragons. J'atteste la validité de cet écrit par le sceau que j'y appose. Seigneur Gunthar Uth Wistan, Maître des Chevaliers de Solamnie. » Je te félicite, ma chère, je devrais dire plutôt « mon général »...

Laurana resta figée sur son siège. La colère la saisit, et elle fut sur le point quitter la salle. Les images du cadavre décapité d'Alfred MarKenin, du malheureux Dirk pris de folie, des yeux sereins de Sturm, et de tous les corps alignés dans la Tour lui étaient revenues à l'esprit...

Maintenant, c'était à elle d'assurer le commandement. Elle, la fille d'une maison royale. Trop jeune encore pour se soustraire à la tutelle de son père. Une enfant gâtée qui s'était enfuie pour courir après son amour d'enfance, Tanis Demi-Elfe. La petite fille avait grandi. La peur, la douleur, la souffrance, le chagrin, les soucis l'avaient rendue, à certains égards, plus vieille que son père.

Elle tourna son regard vers les chevaliers. Markham et Patrick échangeaient des regards qui en disaient long. Ils étaient parmi les plus anciens chevaliers de la Couronne et ils s'étaient battus avec bravoure à la Tour du Grand Prêtre. Pourquoi le seigneur Gunthar ne les avait-il pas choisis, comme elle le lui avait recommandé ?

La mine sombre, le seigneur Patrick se leva.

— Je ne puis accepter cette décision, dit-il d'une voix basse. Dame Laurana est une vaillante guerrière, c'est certain, mais elle n'a jamais commandé des hommes dans une bataille.

— Et toi, jeune chevalier ? demanda Astinus, impénétrable.

Patrick rougit jusqu'aux oreilles.

— Non. Mais c'est différent. Elle est une f...

— Vraiment, Patrick ? s'esclaffa le seigneur Markham. (A l'opposé de son compagnon, c'était un jeune homme gai et insouciant.) Ce ne sont pas quelques poils sur la poitrine qui feront de toi un général. Calme-toi ! C'est une décision politique. Gunthar a fait un choix avisé.

Laurana rougit. Il avait raison. Gunthar pouvait compter sur elle : il avait besoin de temps pour reconstruire la chevalerie et s'imposer comme son chef.

— Mais c'est sans précédent ! argumenta Patrick en évitant le regard de Laurana. La Loi ne permet pas aux femmes...

— Tu te trompes, laissa tomber froidement Astinus. Il existe un précédent. Au cours des Premières Guerres Draconiennes, une jeune femme a rejoint la chevalerie après la mort de son père et de ses frères. Elle s'est vaillamment hissée jusqu'à l'Ordre de l'Epée et elle est morte au combat, pleurée par ses frères d'armes.

Il y eut un silence. Le seigneur Amothus avait pratiquement disparu sous la table quand Markham avait fait allusion à la poitrine velue de Patrick, qu'Astinus fixait d'un œil glacial. Markham jouait avec sa coupe de vin en adressant des clins d'œil à Laurana. Après un bref conflit intérieur qui se refléta sur son visage, le seigneur Patrick se rassit, les sourcils froncés.

— A notre commandant ! s'écria Markham en levant sa coupe.

Laurana ne fit pas un geste. Elle était devenue commandant. *Commandant de quoi ?* se demanda-t-elle avec amertume. De ce qu'il restait des cent chevaliers envoyés à Palanthas : moins d'une cinquantaine avaient survécu. Ils avaient remporté une victoire... mais à quel prix ? Un orbe draconien détruit, la Tour du Grand Prêtre en ruine...

— Oui, Laurana, dit Astinus, ils te font ramasser les morceaux.

Elle leva les yeux, effrayée par l'homme étrange qui lisait dans ses pensées.

— Je n'ai jamais voulu ça, murmura-t-elle.

— Je ne crois pas que quelqu'un parmi nous souhaite la guerre, fit Astinus d'un ton ironique. Mais la guerre est là, et tu dois faire ton possible pour la gagner.

Il se leva. Respectueusement, tous l'imitèrent.

Laurana resta assise, les yeux baissés sur la table. Elle sentait peser sur elle le regard d'Astinus et se refusait à lever la tête.

— Es-tu vraiment obligé de nous quitter, Astinus ? demanda Amothus.

— Il le faut. Le travail m'attend. Je n'ai que trop tardé. De nombreuses tâches ennuyeuses vous guettent. Vous n'avez pas besoin de moi pour ça. D'ailleurs vous avez un chef, fit-il avec un geste de la main.

— Quoi ? s'exclama Laurana. Moi ? De quoi parles-tu ? Je suis commandant des chevaliers...

— Ce qui signifie aussi « commandant de l'armée de Palanthas », si tu préfères la formule, dit Amothus. Si Astinus te recommande...

— Je ne recommande personne, coupa sèchement Astinus. Je ne fais pas l'Histoire, je la consigne.

Il s'arrêta. Laurana fut surprise de l'expression triste et soucieuse de son visage.

— C'est vrai, reprit-il, je me suis toujours efforcé de ne pas influencer le cours de l'Histoire. Parfois, j'ai échoué... J'ai seulement fait ce que je devais faire ; je vous ai révélé le passé. Cela vous servira pour l'avenir... ou cela ne vous servira pas.

Il se tourna vers la porte.

— Attends ! s'écria Laurana en se levant.

Elle fit un pas vers lui, mais il l'arrêta d'un regard qui la cloua sur place.

— V...vois-tu tout ce qu'il se passe, balbutia-t-elle, au moment où ça arrive ?

— Oui.

— Alors tu peux me dire où sont les armées draconiennes et ce qu'elles font...

— Bah ! Tu le sais aussi bien que moi ! répondit Astinus en tournant les talons.

Le regard de Laurana fit le tour de la salle. Le seigneur de Palanthas et les généraux la regardaient d'un air amusé. Elle savait qu'elle se comportait en enfant gâtée, mais elle voulait une réponse ! Les serviteurs ouvrirent les portes devant Astinus. Avec un regard de défi, Laurana quitta la table et lui emboîta le pas. L'entendant venir, Astinus s'arrêta sur le seuil.

— J'ai deux questions à te poser, dit-elle doucement.

— Oui, répondit-il. L'une a germé dans ta tête, l'autre dans ton cœur.

— Existe-t-il encore un orbe draconien ?

Astinus ne répondit pas tout de suite. Son visage prit une expression douloureuse qui le vieillit.

— Oui. Il en reste un. Mais il est totalement hors de ta portée. Chasse-le de tes pensées.

— C'est Tanis qui l'a, insista Laurana. L'aurait-il perdu ? Où est Tanis ?

— Chasse-le de tes pensées.

— Qu'est-ce que cela signifie ?

La voix sépulcrale de l'historien fit frémir Laurana :

— Je ne prédis pas l'avenir. Je ne vois que le présent qui se transforme en passé, et cela, depuis que le temps existe. J'ai vu l'amour qui, par sa volonté de tout sacrifier, a redonné espoir au monde. J'ai vu l'amour essayer de supplanter l'orgueil et la soif du pouvoir, et échouer. Le monde s'est assombri à cause de cet échec, mais ce n'est qu'un nuage qui passe devant le soleil. Le soleil et l'amour, eux, sont toujours là. Enfin, j'ai vu l'amour égaré dans les ténèbres. L'amour mal placé, mal compris, car l'amant ne connaissait pas son propre cœur.

— Tu t'exprimes par énigmes, s'insurgea Laurana.
— Vraiment ? fit Astinus en s'inclinant. Bonne chance, Lauralanthalasa. Un dernier conseil : consacre-toi à la tâche qui est tienne et à rien d'autre.

L'historien s'éloigna.

Laurana le regarda partir. Ses paroles résonnaient dans sa tête : « L'amour égaré dans les ténèbres ». Etait-ce si énigmatique, ou refusait-elle simplement d'admettre ce qu'Astinus suggérait ?

« J'ai laissé Tanis à Flotsam pour qu'il s'occupe de mes affaires en mon absence », avait dit Kitiara.

Kitiara, le Seigneur des Dragons, l'humaine que Tanis aimait.

La douleur qui étreignait le cœur de Laurana depuis qu'elle avait parlé avec Kitiara disparut, laissant un vide, comme une étoile qui s'éteint dans le ciel. « L'amour égaré dans les ténèbres. » Tanis s'était égaré. Voilà ce qu'Astinus essayait de lui faire comprendre. « Consacre-toi à la tâche qui est tienne. » Oui, elle le ferait, puisqu'il ne lui restait pas d'alternative.

Elle se tourna vers le seigneur de Palanthas et ses généraux et repoussa ses cheveux en arrière d'un geste fier.

— Je prendrai le commandement des armées, dit-elle d'une voix aussi froide que le vide qui s'était fait en elle.

*
* *

— Ça, c'est de la maçonnerie ! constata Flint d'un air satisfait en tâtant du pied les remparts de la vieille ville. Les nains les ont construits, cela ne fait aucun doute. Regarde comment ces pierres ont été taillées pour s'emboîter parfaitement l'une dans l'autre.

— Epoustouflant, dit Tass en bâillant. La Tour a-t-elle été aussi bâtie par les nains ?

— Ne me parle pas de ça ! coupa Flint. Les nains n'ont pas pu construire les Tours des Sorciers. Elles sont l'œuvre des magiciens, qui les ont créées en soulevant les rochers de terre au moyen de leur magie.

— Extraordinaire ! s'exclama Tass, soudain réveillé. J'aurais bien aimé voir ça. Comment...

— Ce n'est rien, comparé aux chefs-d'œuvre exécutés par les nains grâce à des siècles d'expérience et d'habileté ! s'écria Flint, foudroyant le kender du regard. Regarde cette pierre. Tu vois la précision du burin...

— Voilà Laurana, dit Tass, soulagé d'échapper à une nouvelle leçon d'architecture.

Flint abandonna l'inspection de sa pierre. Il vit Laurana, qui marchait vers eux dans le grand couloir sombre menant aux remparts. Elle portait la même armure qu'à la Tour du Grand Prêtre, à présent nette et astiquée de près. Une cascade de cheveux dorés s'échappait de son casque à plume rouge. Le visage baigné par le clair de lune, elle avançait les yeux fixés sur les montagnes qui se découpaient à l'horizon. Cette vision de la jeune elfe arracha un soupir à Flint.

— Elle a changé, dit-il à Tass d'un ton doux. Pourtant les elfes ne changent pas. Te souviens-tu de la première fois que nous l'avons rencontrée au Qualinesti ? Il y a six mois de cela. On dirait que des années ont passé...

— Elle n'a pas surmonté la mort de Sturm, qui ne remonte qu'à une semaine, dit Tass, inhabituellement pensif.

— Il n'y a pas que ça, dit le nain en secouant la tête. C'est lié aussi à sa rencontre avec Kitiara à la Tour du Grand Prêtre. Kitiara a dû dire ou faire quelque chose. Maudite fille ! Je n'ai jamais eu confiance en elle ! Même avant ! Je ne suis pas surpris de la revoir en seigneur draconien ! Je donnerais une montagne de pistoles pour savoir ce qu'elle a pu dire à Laurana qui l'a tant bouleversée. Elle n'était plus que l'ombre d'elle-même après le départ du dragon. Je suis prêt à parier ma barbe que c'est à cause de Tanis.

— Je n'arrive pas à croire que Kitiara est devenue un Seigneur des Dragons. Elle était toujours si... si... Bref, elle était sympathique !

— Sympathique ? tonna Flint, les sourcils froncés. C'est possible. Mais froide et égoïste. Oh ! elle savait être charmante quand elle le décidait. Tanis n'a jamais voulu voir les choses en face. Il a toujours cru qu'il y avait du bon en elle. Lui seul savait quel cœur d'or se cachait sous cette carapace ! Un cœur d'or, tu parles ! De pierre, oui !

— Alors, quelles sont les nouvelles ? demanda Tass d'un ton enjoué quand Laurana arriva près d'eux.

Elle leur sourit, mais comme avait dit Flint, ce n'était plus l'expression innocente avec laquelle elle les avait accueillis sous les peupliers du Qualinesti, mais un sourire semblable à un rayon de soleil hivernal, qui éclairait mais ne réchauffait pas, peut-être parce qu'il manquait dans ses yeux l'étincelle pour l'enflammer.

— Je suis nommée commandant de l'armée, dit-elle d'un ton plat.

— Félicitations..., commença Tass d'une voix qui s'éteignit devant le visage morne de Laurana.

— Il n'y a pas de quoi, répliqua-t-elle avec amertume. Je commande qui ? Une poignée de chevaliers cantonnés dans un bastion en ruine perdu dans les montagnes, et un millier d'hommes postés sur les remparts de la ville. Nous devrions être loin ! Les armées draconiennes sont en train de se regrouper ! Nous pourrions les vaincre facilement. Mais nous n'osons pas nous risquer dans les steppes, même avec les Lancedragons. A quoi servent-elles contre des cracheurs de feu qui volent ? Si seulement nous avions un orbe draconien...

Après un moment de silence, elle poussa un soupir puis dit d'un ton sec :

— Nous n'en avons pas, soit. N'y pensons plus. Nous allons donc attendre sur les remparts de Palanthas jusqu'à ce que mort s'ensuive !

— Ecoute, Laurana, fit le nain en se raclant la gorge, les choses ne sont peut-être pas aussi noires que tu les vois. Les murs de la ville sont solides. Un millier d'hommes peuvent facilement les défendre. Des gnomes armés de catapultes gardent le port. Les chevaliers surveillent le seul point de passage des Monts Vingaard, et nous leur avons envoyé des renforts. Il nous reste les Lancedragons, du moins quelques-unes. Gunthar a fait savoir que d'autres arrivaient. Pourquoi n'attaquerions-nous pas les dragons en vol ?

— Ce n'est pas suffisant, Flint ! Nous pouvons tenir tête aux draconiens pendant une semaine ou deux, un mois même. Mais ensuite ? Que ferons-nous quand ils occuperont tout le territoire environnant ? Il ne nous restera plus qu'à nous barricader dans des abris de fortune. Bientôt le monde sera réduit à quelques îlots de lumière au milieu d'un océan de ténèbres. Un jour ou l'autre, l'obscurité nous absorbera.

Laurana appuya sa tête contre le mur.

— Depuis quand n'as-tu plus dormi ? demanda sévèrement Flint.

— Je ne sais plus, répondit-elle. Je mélange le sommeille et la veille. Soit je vis dans une sorte de rêve éveillé, soit je dors debout.

— Va dormir, dit Flint d'un ton qui rappela à Tass son grand-père. Nous nous relaierons pour monter la garde. C'est notre tour.

— Je n'arrive pas à dormir, dit Laurana en se frottant les yeux, réalisant soudain à quel point elle était fatiguée. Je suis venue vous donner des nouvelles. Les dragons ont été repérés au-dessus de la ville de Kalaman ; ils se dirigeaient vers l'ouest.

— Ils avancent dans notre direction, dit Tass.

— D'où vient l'information ? demanda Flint d'un air soupçonneux.

— Des griffons. Allons, ne fais pas cette tête, sourit Laurana devant l'expression dégoûtée de Flint. Les griffons ont été de précieux auxiliaires. Si les contributions de guerre des elfes ne se bornaient qu'à les fournir, ce serait déjà très bien.

— Les griffons sont des bêtes stupides, déclara Flint. Et je leur fais autant confiance qu'aux kenders. D'ailleurs, poursuivit-il au mépris de la mimique indignée de Tass, tout cela n'a aucun sens. Les seigneurs draconiens n'enverront jamais les dragons à l'assaut sans armée pour les soutenir.

— Leurs armées ne sont peut-être pas aussi dispersées que nous le pensons, soupira Laurana. Ou les dragons auront été envoyés pour dévaster la ville, démoraliser les habitants et laisser le pays en ruine. Je ne sais pas. Regardez, la nouvelle se répand comme une traînée de poudre.

Flint vit des soldats qui auraient dû être relevés encore à leur poste, les yeux fixés sur l'est, où les cimes enneigées de la montagne rosissaient sous le soleil levant. Ils parlaient à voix basse avec leurs camarades pour avoir des informations.

— C'est ce que je craignais, soupira Laurana. La nouvelle va déclencher une panique ! J'ai recommandé au seigneur Amothus de ne pas la divulguer, mais les Palanthiens sont incapables de tenir leur langue ! Voilà ! Je vous l'avais bien dit !

Du haut des remparts, les trois amis virent les rues s'emplir de monde. Apercevant des gens mal réveillés et à moitié habillés courir d'une porte à l'autre, Laurana comprit que la nouvelle se répandrait à toute vitesse.

Ses yeux verts s'enflammèrent de colère.

— Maintenant, il va falloir dégarnir les remparts pour envoyer les hommes rétablir l'ordre dans la ville ! Je n'ai aucune envie que les soldats soient dans les rues quand les dragons attaqueront. Vous, venez avec moi !

D'un geste, elle rassembla les soldats et les emmena avec elle. Flint et Tass la virent disparaître dans l'escalier, puis marcher vers le palais du seigneur. Bientôt les rues fourmillèrent de patrouilles qui s'efforçaient de faire rentrer les habitants dans leurs maisons.

— Quel beau travail ! ricana Flint.

Les rues étaient bondées. Penché au-dessus des remparts, Tass secoua la tête.

— Aucune importance, dit-il d'un ton las. Regarde donc, Flint...

Le nain grimpa sur le mur et prit place à côté du kender. Déjà les hommes avaient saisi leurs arcs et leurs javelots, qu'ils brandissaient en criant. Ici et là, apparaissait la pointe d'une Lancedragon étincelant à la lumière des torches.

— Combien sont-ils ? demanda Flint.

— Dix, répondit Tass. Sur deux rangs. Des gros. Il y a peut-être même le rouge qu'on a vu à Tarsis. Je n'arrive pas à discerner les couleurs dans la lumière de l'aube, mais je vois les cavaliers. Il y a peut-être un seigneur. Kitiara..., qui sait ? Ouah ! fit Tass, assailli par une idée subite. J'espère que cette fois je pourrai lui parler. Cela doit être intéressant d'être un seigneur...

Ses paroles se perdirent dans le bruit des cloches qui sonnaient le tocsin dans toutes les tours de la ville. Dans les rues, les gens levèrent le nez vers les soldats qui bandaient leurs arcs sur les remparts. Au loin, Tass vit Laurana sortir du palais, suivie du seigneur et de ses généraux. Visiblement, elle était furieuse. Elle fit de grands gestes vers les cloches, sans doute pour qu'elles s'arrêtent. Mais il était trop tard.

La terreur s'était emparée du peuple de Palanthas. Les soldats inexpérimentés ne montraient pas plus de sang-froid que les civils. Cris, gémissements et vociférations produisaient un vacarme épouvantable. Le sinistre souvenir de Tarsis revint à l'esprit de Tass. Il se rappela les gens piétinés à mort, les maisons en flammes.

Le kender se tourna vers Flint.

— Finalement, je crois que je ne vais pas parler à Kitiara, dit-il en mettant une main en visière pour regarder venir les dragons. Je n'ai plus envie de savoir ce qu'est un Seigneur des Dragons, parce que ça doit être affreux... Attends...

Tass avait les yeux fixés sur l'est. Penché pour voir le plus loin possible, il faillit basculer dans le vide.

— Flint ! cria-t-il en agitant les bras.

— Qu'est-ce qu'il y a ? grinça le nain.

Il attrapa le kender par son pantalon bleu et le fit descendre du mur.

— C'est comme à Pax Tharkas ! lança Tass, survolté. Comme dans la tombe de Huma ! Comme l'a dit Fizban ! Ils sont venus ! Ils sont venus !

— Mais de qui diable parles-tu ? hurla Flint, exaspéré.

Sautant sur place d'excitation, ses sacoches dansant autour de lui, Tass volta sur ses talons sans répondre et fila comme une flèche, laissant sur place le nain écumant de rage.

— « Ils sont là ! » Mais qui est là, tête de linotte ? brailla-t-il à qui mieux.

— Laurana ! trompetta le kender de sa voix suraiguë. Laurana, ils sont venus ! Ils sont là ! Comme Fizban l'avait dit ! Laurana !

A bout de souffle, Flint abandonna sa course au kender et se retourna vers l'est. Il glissa la main dans sa poche et en sortit une paire de lunettes. S'assurant que personne ne le voyait, il les chaussa.

Il distinguait ce qui n'était auparavant qu'une

vapeur rose sur la barre sombre des montagnes. Le nain sentit un sanglot lui nouer la gorge. Vite, il rangea les lunettes dans sa poche. Il les avait mises assez longtemps pour voir dans la lumière de l'aube scintiller des écailles d'argent sur les ailes des dragons.

— Baissez vos armes, les gars, dit Flint aux soldats, s'essuyant les yeux avec son mouchoir. Rendons grâce à Reorx. A présent, il nous reste une chance !

8

LE SERMENT DES DRAGONS

Dans les battements de leurs ailes argentées qui illuminaient l'aube, les dragons se posèrent aux abords de la cité de Palanthas. La ville entière se précipita sur les remparts pour admirer les magnifiques créatures.

La population avait d'abord protesté contre ces immenses animaux qui lui faisaient peur. Laurana avait assuré, en vain, qu'ils n'étaient pas méchants. Alors Astinus en personne avait quitté sa bibliothèque pour informer le seigneur Amothus que ces dragons-là ne feraient aucun mal. Non sans réticence, les gens avaient fini par baisser leur armes.

Jusque-là, le peuple ne croyait pas aux dragons. Très vite, Laurana comprit qu'il acceptait tout ce que disait Astinus, quoi qu'il raconte.

Les habitants de Palanthas commencèrent à apprécier les dragons quand ils virent Laurana franchir les portes pour aller à leur rencontre, puis tomber dans les bras d'un de leurs cavaliers.

— Qui est cet homme ? Qui nous a envoyé les dragons ? Pourquoi se sont-ils dérangés ?

Penchés sur les remparts, les gens se bousculaient en s'interrogeant mutuellement.

Tandis que Laurana accueillait le premier cavalier,

une femme aux cheveux d'argent descendit de son dragon. Laurana l'embrassa aussi. Ensuite, à la stupéfaction générale, Astinus les emmena tous trois dans la bibliothèque. Les Esthètes refermèrent aussitôt les portes sur eux.

Jetant des coups d'œil méfiants aux dragons postés devant les remparts, le peuple continua à se poser des questions.

Soudain les cloches se remirent à carillonner. Le seigneur Amothus convoquait la population. Tout le monde quitta les remparts pour s'entasser sur la grand-place du palais.

Amothus apparut au balcon pour répondre aux questions.

— Ce sont des dragons d'argent, cria-t-il, qui viennent de se joindre à nous pour combattre les mauvais dragons, comme dans la légende de Huma. Ils ont été conduits jusqu'ici par...

Des cris de joie et des vivats avaient éclaté en salves tonitruantes. Les cloches s'étaient remises à sonner. Les gens affluèrent dans les rues en dansant et chantant. Après cet essai infructueux, le seigneur renonça à son discours. Il décréta un jour férié et rentra dans son palais.

CE QUI SUIT EST UN EXTRAIT DE « CHRONIQUES, UNE HISTOIRE DE KRYNN », RAPPORTÉ PAR ASTINUS DE PALANTHAS. LE PASSAGE EST RÉPERTORIÉ SOUS LE TITRE : « LE SERMENT DES DRAGONS ».

En écrivant ces mots, moi Astinus, je suis en face du seigneur elfe Gilthanas, le fils cadet de Solostaran, Orateur du Soleil, et seigneur du Qualinesti. Gilthanas ressemble beaucoup à sa sœur Laurana. Tous deux ont les traits délicats et sans âge qui caractérisent les elfes. Mais ils sont différents de leurs congénères, car ils portent la marque d'une tristesse étrangère aux autres elfes de Krynn. Je crains qu'a-

vant la fin de la guerre, nombreux soient leurs semblables dont le visage affichera cette expression. Ce n'est peut-être pas une mauvaise chose, car ils apprendront ainsi qu'ils font partie du monde, et qu'ils ne sont pas au-dessus de lui.

D'un côté de Gilthanas est assise sa sœur, de l'autre une des plus belles créatures que j'aie jamais vues sur Krynn. Elle n'est pas née d'une femme, elfe ou autre, car c'est un dragon d'argent, la sœur de la bête qu'aimait Huma, le premier Chevalier de Solamnie. Le destin de Silvara fut aussi de tomber amoureuse d'un mortel. Mais au contraire de Huma, Gilthanas n'accepte pas son destin. Il la regarde..., elle le regarde. Au lieu d'amour, je sens en lui une colère rentrée qui empoisonne lentement leurs cœurs.

Silvara parle. Sa voix est douce et chantante. La flamme des chandelles fait scintiller sa chevelure argentée et ses grands yeux bleu nuit.

— Dans le monument au Dragon d'Argent, j'ai donné à Théros Féral le pouvoir de forger les Lance-dragons, dit Silvara. Avant qu'ils emmènent les lances au Conseil de Blanchepierre, j'ai passé beaucoup de temps avec les compagnons. Je leur ai montré les peintures des Guerres Draconiennes où les bons dragons de bronze, d'argent et d'or combattaient les mauvais. « Où sont les bons dragons ? m'ont demandé les compagnons. Pourquoi ne nous aident-ils pas alors que nous en avons si cruellement besoin ? »

« J'ai éludé leurs questions aussi longtemps que j'ai pu... »

Silvara s'arrête et jette un regard plein d'amour à Gilthanas. Il détourne les yeux. Silvara pousse un soupir et continue son histoire :

— Finalement, je n'ai pu résister à cette pression. Je leur ai parlé du Serment :

« Quand Takhisis, la Reine des Ténèbres, et ses mauvais dragons furent bannis, les bons dragons quittèrent le monde pour maintenir l'équilibre entre le

Bien et le Mal. Venus de la terre, nous sommes retournés à la terre, pour y dormir d'un sommeil sans âge. Nous aurions pu rester au royaume des rêves, mais survint alors le Cataclysme qui ramena Takhisis dans le monde.

« Elle avait longuement préparé son retour, au cas où le destin lui en fournirait l'occasion. Avant que Paladine puisse réagir, Takhisis tira ses dragons de leur sommeil et leur ordonna de retrouver les œufs des bons dragons cachés dans les endroits les plus secrets de la terre...

« Les mauvais dragons emmenèrent leur prise à la cité de Sanxion, où se constituaient les bataillons draconiens. C'est là, dans les Volcans de la Fatalité, que les œufs des bons dragons furent cachés.

« Le chagrin des bons dragons, quand Paladine leur apprit ce qui était arrivé, fut immense. Ils allèrent voir Takhisis pour négocier la rançon de leur progéniture. Le prix était exorbitant. Takhisis exigeait d'eux un serment. Tous durent jurer qu'ils ne s'engageraient pas dans la bataille qu'elle livrerait à Krynn. Lors de la dernière guerre, ils avaient été l'instrument de sa défaite. Cette fois, elle entendait s'assurer qu'ils ne s'en mêleraient pas. »

Silvara cherche mon regard comme si elle attendait un assentiment ou une critique. Mais je ne bronche pas. Loin de moi l'idée de porter un jugement sur quelqu'un. Je suis historien.

Elle reprend son récit :

— *Quel choix avions-nous ? Takhisis voulait tuer nos enfants, sauf si nous prêtions serment. Paladine ne pouvait rien pour nous. Il fallait nous décider...*

Silvara baisse la tête. Ses cheveux masquent son visage. Sa voix, secouée de sanglots retenus, devient à peine audible :

— *Nous avons prêté serment.*

A l'évidence, elle n'arrive pas à poursuivre. Gilthanas la regarde un moment, puis il prend la parole d'une voix enrouée :

— *Théros, ma sœur et moi avons persuadé Silvara que ce serment était une erreur. Il devait exister un moyen de sauver les œufs. Peut-être pouvait-on les voler. Silvara n'était pas convaincue, mais elle finit par accepter de m'emmener à Sanxion pour voir si ce plan était réalisable.*

« *Notre voyage fut long et pénible. Un autre jour, je parlerai des dangers que nous avons affrontés, mais aujourd'hui, nous avons trop peu de temps. Les armées draconiennes se regroupent. Nous pouvons les surprendre, si nous attaquons sans tarder. Je vois bien que Laurana brûle d'impatience d'attaquer. Je finirai donc rapidement mon histoire.*

« *Silvara, sous sa forme elfe,* précise-t-il avec une note d'indicible amertume, *et moi avons étés faits prisonniers devant Sanxion par un seigneur draconien, Akarias. Le seigneur Verminaard était un ange, comparé à cet homme. Sa méchanceté est incommensurable. Aussi intelligent que cruel, il contrôle l'armée draconienne, qu'il conduit de victoire en victoire.*

« *Je ne veux et ne peux pas décrire ce qu'il nous a fait subir...* »

Le jeune elfe tremblait de tout son corps. Silvara tendit une main vers lui pour le réconforter, mais il la repoussa et continua son histoire :

— *Finalement, on nous a aidés, et nous nous sommes échappés. Pour gagner Sanxion, une ville affreuse nichée au fond d'une vallée volcanique. Les Volcans de la Fatalité y corrompent l'air de leurs fumées empoisonnées. Tous les bâtiments sont neufs. Ils ont été construits au prix du sang des esclaves. Sur le flanc de la montagne s'élève le temple de Takhisis, la Reine des Ténèbres. Les œufs des dragons se trouvaient au cœur du volcan. C'est par ce temple que Silvara et moi sommes entrés.*

« *Comment le décrire ? C'est un assemblage de noirceur et de flammes, de cavernes creusées dans la lave et de roches incandescentes étayées de piliers. Par des passages secrets connus des seuls prêtres de Takhisis, nous sommes descendus jusqu'aux tréfonds de la montagne. Tu te demandes qui nous a aidés ? Je ne peux te le dire, car cette personne perdrait la vie. Je crois qu'un dieu a dû nous prendre sous sa protection. »*

Silvara murmura « Paladine », mais Gilthanas la fit taire d'un geste.

— *Au fond de la terre, nous avons trouvé les œufs des bons dragons. Tout semblait aller pour le mieux. J'avais un plan. A présent cela n'a plus d'importance, mais je connaissais un moyen de sauver les œufs. De caverne en caverne, nous voyions scintiller leurs coquilles de bronze, d'argent et d'or à la lumière de nos torches. C'est alors que... »*

Le jeune seigneur, déjà très pâle, devient livide. Craignant qu'il s'évanouisse, j'ordonne à un Esthète de lui apporter du vin. Il en boit une gorgée et reprend des couleurs. Mais je vois encore dans ses yeux l'horreur qu'il a connue. Quant à Silvara, je vous en parlerai plus tard.

Gilthanas continue :

— *Nous sommes arrivés dans une caverne où nous avons trouvé des coquilles brisées et vides. Silvara se mit à crier et je craignis qu'on nous découvre. Nous étions si glacés d'horreur que même la chaleur du volcan ne put nous réchauffer.*

Gilthanas s'arrête. Silvara sanglote doucement. Je le vois la regarder pour la première fois avec amour et compassion.

— *Emmène-la se reposer, dit-il à un des Esthètes. Elle est épuisée.*

Silvara se laisse conduire sans objection. Gilthanas reprend son récit :

— *Ce qui arriva ensuite me hantera ma vie durant et au-delà. Toutes les nuits j'en rêve, et je me réveille en hurlant.*

« Silvara et moi regardions les œufs éventrés, ne sachant que faire, quand nous entendîmes un chant s'élever dans le couloir. « Des incantations magiques ! » me dit Silvara. Pleins d'effroi, nous nous sommes approchés, attirés par...

Il ferme les yeux en hoquetant.

— Tout au fond d'une caverne se dressait un autel dédié à Takhisis. Je ne saurais dire quelle forme il avait, car il était couvert de sang vert et de glu noire, telle la monstrueuse excroissance d'un rocher. Des prêtres de Takhisis et des mages des Robes Noires étaient rassemblés autour de l'autel où un prêtre posa un œuf de dragon doré. Les mages entonnèrent un chant qui nous déchira les tympans. Serrés l'un contre l'autre, nous crûmes devenir fous, car nous devinions qu'une abomination se préparait.

« Sur l'autel, l'œuf doré se ternit peu à peu. Il vira au verdâtre puis noircit. Silvara se mit à trembler.

« L'œuf craqua et s'ouvrit. Il en sortit une créature larvaire si repoussante que je faillis vomir. Je ne pensai qu'à fuir, mais Silvara, sûre qu'il allait se passer quelque chose, voulut rester jusqu'au bout. La larve se tordit, sa peau visqueuse éclatant par endroits, et prit la forme d'un... draconien.

« Nous risquions d'être découverts. Alors nous avons quitté Sanxion ; plus morts que vifs, nous avons emprunté des sentiers qui nous ont ramenés à l'antique repaire des bons dragons. »

Gilthanas avait repris son calme.

— Comparé à ce que nous avions vécu, ce fut un havre de paix. Quand Silvara dit aux dragons ce qu'il était advenu des œufs, ils refusèrent de la croire. Certains allèrent jusqu'à l'accuser de leur raconter ces horreurs pour se servir d'eux. Mais au fond, ils savaient qu'elle disait la vérité. Elle avait été abusée ; le Serment était rompu et il ne les liait plus.

« De tous côtés, les bons dragons nous vinrent en aide. Ils sont retournés au monument pour aider à *forger les Lancedragons, comme ils l'avaient fait pour Huma. Ils apportèrent les grandes lances qui servent à guerroyer à dos de dragon. Désormais, nous irons au combat sur nos bêtes et nous pourrons défier les seigneurs draconiens jusque dans le ciel.*

Gilthanas ajoute quelques détails que je ne juge pas utile de consigner. Sa sœur l'emmène au palais pour qu'il prenne un repos bien mérité. Je crains que son état de terreur ne cesse de sitôt. Comme tant de belles choses dans ce monde, il est possible que l'amour de Silvara et de Gilthanas sombre dans les ténèbres qui s'étendent sur Krynn.

Ainsi s'achève le chapitre sur le Serment des Dragons que rédigea Astinus. Une note supplémentaire relatera plus tard l'histoire tragique de l'amour de Silvara et Gilthanas. Il convient de la chercher dans les volumes écrits ultérieurement.

Tard dans la nuit, Laurana rédigeait les ordres du lendemain. Gilthanas et les dragons d'argent n'étaient arrivés que la veille, mais ses plans commençaient à prendre forme. Dans quelques jours, elle mènerait au combat des formations de dragons dirigées par des cavaliers munis de Lancedragons.

La jeune elfe espérait libérer les prisonniers et les esclaves du Donjon de Vingaard. Elle projetait de pousser ensuite vers le sud-est pour amener les armées draconiennes à la rencontre de la sienne. Alors elles se trouveraient prises comme entre le marteau et l'enclume par ses troupes et les Monts Dargaard qui séparaient la Solamnie du Désert de l'Est. Si elle parvenait à reconquérir Kalaman et son port, Laurana pourrait couper les voies de ravitaillement de l'armée ennemie.

Absorbée par son travail, elle n'entendit pas la garde qui discutait dehors. La porte s'ouvrit, mais elle ne leva pas les yeux avant d'avoir fini sa phrase.

Lorsque le nouveau venu prit la liberté de s'asseoir en face d'elle, elle sursauta.

— Oh ! Gilthanas, fit-elle, rouge de confusion, pardonne-moi. J'étais si prise par mon travail... Je croyais que tu étais... Mais peu importe. Comment te sens-tu ? Je me suis fait du souci...

— Je vais très bien, Laurana, coupa Gilthanas. J'étais seulement plus fatigué que je ne croyais ; depuis Sanxion, je n'ai pas bien dormi.

Il regarda sans mot dire les cartes étalées sur la table. Puis il prit une plume et commença à la lisser distraitement.

— Qu'y a-t-il, Gilthanas ?

Il leva sur elle des yeux tristes.

— Tu me connais trop bien. Je n'ai jamais rien pu te cacher, même quand nous étions petits.

— C'est au sujet de père ? demanda Laurana. As-tu entendu parler de quelque chose...

— Non, je n'ai aucune nouvelle des nôtres, à part ce que je t'ai dit. Ils se sont alliés avec les humains et s'efforcent ensemble de chasser les draconiens des Iles Ergoth et de Sancrist.

— Tout cela grâce à Alhana, murmura Laurana. Elle les a convaincus qu'ils ne pouvaient plus vivre hors du monde. Elle a même fait changer d'avis Porthios...

— Et si elle l'avait convaincu de bien autre chose ? demanda Gilthanas sans regarder sa sœur.

— On a parlé de mariage, dit Laurana. Je crois qu'il s'agirait d'une cérémonie de convenance, servant à unir nos deux peuples. Je n'imagine pas Porthios amoureux de qui que ce soit, même d'une femme aussi belle que la princesse. Quant à Alhana...

— Son cœur est enterré avec Sturm dans la Tour du Grand Prêtre.

— Comment le sais-tu ? dit Laurana, surprise.

— Je les ai vus ensemble à Tarsis. J'ai surpris l'expression de leurs visages. Et je suis au courant, pour l'étoile de diamants. Il voulait que cela reste secret, je ne l'ai pas dévoilé. C'était un homme de bien. Je suis fier de l'avoir connu ; jamais je n'aurais cru pouvoir dire cela d'un humain.

Laurana s'essuya les yeux du revers de la main.

— C'est vrai, mais ce n'est pas pour ça que tu es venu me voir.

— Non, répondit Gilthanas, bien que cela ait un rapport. Laurana, il s'est passé quelque chose, à Sanxion, que je n'ai pas raconté à Astinus. Je ne le dirai jamais à personne, si tu me demandes de...

— Pourquoi moi ? dit Laurana, toute pâle.

Sa main tremblait. Elle posa sa plume.

Gilthanas ne semblait pas l'avoir entendue. Il regardait fixement la carte.

— Lorsque nous nous sommes enfuis de Sanxion, nous avons dû passer par le palais d'Akarias. Je ne peux t'en dire plus, car je trahirais la personne qui nous a sauvé la vie maintes fois et qui court encore des dangers en faisant tout ce qu'elle peut pour aider le plus de gens possible.

« La nuit où nous étions cachés, attendant de pouvoir nous échapper, nous avons surpris une conversation entre le seigneur Akarias et l'un des seigneurs draconiens. C'était une femme, une humaine du nom de Kitiara. »

Laurana resta muette. Son visage était d'une pâleur mortelle, ses yeux dilatés semblant se délaver sous la lumière de la lampe.

Gilthanas lui prit la main. Elle était glacée. Il la regarda et comprit qu'elle devinait ce qu'il allait lui confier.

— Je me suis souvenu de ce que tu m'as raconté quand nous avons quitté le Qualinesti, et j'ai compris que c'était l'humaine que Tanis Demi-Elfe aimait, la sœur de Caramon et Raistlin. Je l'ai reconnue à cause de ce que ses frères avaient dit d'elle. Elle parlait de Tanis, Laurana.

Il s'était arrêté, se demandant s'il devait continuer, car Laurana avait l'aspect d'une statue.

— Pardonne-moi si je te fais de la peine, mais tu dois savoir, finit-il par dire. Kitiara riait de Tanis avec le seigneur Akarias et elle a même ... Je ne peux le répéter, fit-il en rougissant. Tout ce que je puis dire, c'est qu'ils sont amants, Laurana, elle l'a exprimé clairement. Elle a demandé à Akarias de promouvoir Tanis au rang de général... en récompense d'informations qu'il allait lui fournir sur l'Homme à la Gemme Verte...

— Arrête, dit Laurana d'une voix blanche.

— Je suis désolé, Laurana. Je sais à quel point tu l'aimes. Je comprends à présent ce que cela veut dire d'adorer quelqu'un et d'être trahi...

— Laisse-moi seule, Gilthanas.

Il sortit sans bruit de la pièce et ferma la porte derrière lui.

Laurana resta un long moment prostrée. Puis elle reprit la rédaction de son texte là où elle l'avait arrêtée.

9

LA VICTOIRE

— Laisse-moi te donner un coup de main, dit Tass, coopératif.

— Je... Non, attends ! glapit Flint.

L'énergique kender prit le nain par les bottes et le souleva de terre. Le nain s'envola vers le dragon de bronze. Les bras battant frénétiquement dans le vide, il réussit à attraper les rênes et s'y accrocha désespérément, puis retomba en se balançant comme un sac pendu à un clou.

— Mais à quoi joues-tu ? s'écria Tass, agacé. Ce n'est pas le moment de s'amuser ! Allons, laisse-moi te...

— Arrête ! Pas touche ! gronda Flint en flanquant des coups de pied aux mains du kender. Recule ! Mais recule donc, je te dis !

— Bon, débrouille-toi tout seul, souffla Tass, vexé.

Ecarlate, au bord de l'apoplexie, le nain s'écrasa sur le sol.

— Je monterai par mes propres moyens, lança-t-il avec fureur. Je n'ai pas besoin de toi !

— Dans ce cas, tu ferais bien de t'y mettre de suite, les autres sont déjà tous en selle !

Le nain croisa les bras sur sa poitrine d'un air buté.

— Je vais y réfléchir...

— Oh ! écoute Flint ! Tu ne vas pas rester tout le temps à terre. Je voudrais voler, moi ! Dépêche-toi un peu, s'il te plaît ! Tu sais, je peux y aller seul...

— Tu ne ferais pas une chose pareille ! tonna Flint. La guerre tourne en notre faveur, mais il suffirait de laisser un kender enfourcher un dragon, et ce serait la fin de tout. Autant remettre tout de suite les clés de la ville au seigneur draconien ! Laurana a dit que tu ne pourrais voler qu'avec moi...

— Alors monte ! glapit Tass. J'ai le temps de devenir grand-père avant que tu bouges d'un pouce !

— Grand-père, toi ! grommela Flint en jetant coup d'œil circonspect au dragon qui le regardait d'un drôle d'air. Le jour où tu seras grand-père, les poules auront des dents...

Khirsah, le dragon, considérait le kender et le nain avec une impatience amusée. Comme il était juvénile — autant que peut l'être un dragon sur Krynn —, il approuvait le kender : il était temps de s'envoler pour aller se battre. Khirsah avait été parmi les premiers à répondre à l'appel lancé à tous les dragons d'or, d'argent et de bronze. Il brûlait de se jeter dans la bataille.

Comme c'était un jeune dragon, il affichait le plus grand respect pour les anciens. Bien qu'il fût sensiblement plus âgé que Flint par les années, Khirsah voyait en lui un personnage à la vie riche et remplie d'expériences qui méritait la déférence. *Malheureusement, si je ne fais rien pour eux*, pensa-t-il, *le kender aura raison : nous serons encore là après la bataille !*

— Pardon, honoré messire, dit-il, usant de la plus suave formule de politesse en cours chez les nains, puis-je t'être d'une quelconque utilité ?

Surpris, Flint se retourna. Le dragon dodelina de la tête.

— Honoré et respectable messire, répéta-t-il au nain éberlué.

Flint recula précipitamment, renversant le kender. Tous deux roulèrent sur le sol.

Le dragon pencha son énorme tête, saisit délicatement le nain entre ses mâchoires et le remit sur ses pieds.

— Eh bien, j...je ne sais pas, balbutia Flint, confus de tant d'égards. Tu pourrais peut-être m'aider, mais c'est à voir ! Tu comprends, j'ai fait ça toute ma vie. Chevaucher un dragon n'a rien de sorcier pour moi, il suffirait simplement que je..., argumenta-t-il, décidé à ne pas perdre la face.

— Tu n'es jamais monté sur un dragon de ta vie ! s'exclama Tass. Allez, ouste !

— J'avais des choses plus importantes en tête, rétorqua Flint en envoyant son poing dans les côtes du kender, et j'ai l'impression qu'il me faudra du temps pour me mettre au point.

— Certainement, messire, dit Khirsah. Puis-je t'appeler Flint ?

— Tu peux, grogna le nain.

— Moi, c'est Tasslehoff Racle-Pieds, dit le kender en tendant la main au dragon. Flint ne me quitte pas d'une semelle. Oh, excuse-moi, tu n'as pas de quoi me serrer la main. Cela ne fait rien. Quel est ton nom ?

— Les mortels m'appellent Eclair, répondit le dragon, inclinant la tête avec grâce. Maintenant, messire Flint, si tu veux bien suivre les instructions de ton écuyer, le kender,...

— Ecuyer ! répéta Tass, sous le choc.

— Demande à ton *écuyer* de se mettre en selle, continua le dragon. Je l'aiderai à t'installer et à positionner la lance.

Flint réfléchit en caressant sa barbe, puis déclara avec un grand geste :

— Toi, l'écuyer, monte là-dessus et fais ce qu'on te dit.

— Je... tu... nous..., bégaya Tass.

Le kender ne put finir ; le dragon le souleva du sol par son gilet de fourrure et le déposa sur la selle.

Enchanté à l'idée d'être à cheval sur un dragon, Tass se tut. Exactement ce que voulait Khirsah.

— Bien, Tasslehoff Racle-Pieds, dit le dragon. Pour aider ton maître, tu t'y es pris à l'envers. La position correcte est celle que tu occupes maintenant. La lance doit se trouver à droite du cavalier, former un angle perpendiculaire avec mon aile et passer au-dessus de mon épaule. Comprends-tu la position ?

— Je vois ! fit Tass, excité.

— Pendant le vol, le bouclier vous protégera des effluves...

— Eh ho ! cria le nain, l'air buté. Quels effluves ? Je ne vais quand même pas m'envoler en tenant une lance et un bouclier en même temps ? En plus, ce bestiau est deux fois plus grand que le kender et moi réunis !

— Je croyais que tu avais fait ça toute ta vie, messire Flint ! railla Tass.

Le nain s'empourpra et poussa un rugissement, mais Khirsah négocia les choses avec tact :

— Messire Flint ne connaît pas encore ce nouveau modèle, écuyer Racle-Pieds. Le bouclier repose sur la selle où il prend appui. La lance passe à travers le bouclier par un trou et pivote. Quand on est attaqué, il suffit de se cacher derrière le bouclier.

— Passe-moi l'engin, messire Flint ! cria le kender.

Le nain ramassa en grommelant le lourd disque de métal et le hissa tant bien que mal sur le dos du dragon. Il retourna chercher la Lancedragon et la tendit au kender. Tass l'introduisit dans l'orifice du bouclier et poussa. Calée sur son pivot, elle devint facilement maniable, même pour le kender, qui la fit aller et venir avec enthousiasme.

— Génial ! lança Tass, tout à sa manœuvre. Voilà un dragon ! Encore un ! Je... Oh ! fit-il en se redressant. Flint, dépêche-toi ! Ils sont prêts à décoller. Je vois Laurana ! Elle est montée sur un grand dragon d'argent ! Elle passe les troupes en revue ! Ils donneront le signal dans une minute ! Vite, Flint !

— D'abord, messire Flint, dit Khirsah, enfile la veste fourrée. Voilà..., c'est bien. Mets la courroie dans cette boucle. Non, pas celle-ci, l'autre... Bon, ça y est.

— Tu me fais penser au mammouth à poils de laine que j'ai vu un jour..., s'esclaffa Tass. Je ne t'ai jamais raconté l'histoire ? Je...

— Au diable tes histoires à dormir debout ! gronda Flint, qui, entravé par son épais gilet de fourrure, s'était retrouvé nez à nez avec le dragon. Alors, bestiole, comment vais-je t'enfourcher ? Ne t'avise pas de poser une dent sur moi !

— Bien sûr que non, répliqua Khirsah d'un ton révérencieux.

Il tendit son aile jusqu'au sol.

— C'est déjà beaucoup mieux ! s'écria Flint.

Caressant sa barbe avec majesté, il toisa le kender d'un air hargneux. Avec des allures de souverain en visite officielle, il escalada l'aile du dragon et s'installa dans la selle, devant le kender.

— Le signal ! hurla Tass. En avant ! En avant ! fit-il en donnant des talons dans les flancs du dragon.

— Pas si vite, gémit Flint en agitant sa Lancedragon. Hé ! Comment conduit-on ça ?

— Il suffit de tirer sur les rênes dans la direction souhaitée, dit Khirsah, qui attendait le signal.

— Ah ! je vois ! Après tout, il est normal que je sois aux commandes... Oups !

— Certainement, messire !

Khirsah tendit les ailes, cherchant les courants ascendants, puis s'éleva dans le ciel.

— Attends ! Je n'ai pas les rênes en main ! cria Flint.

Khirsah sourit intérieurement et fit comme s'il n'avait rien entendu.

Les chevaliers avaient enfourché les bons dragons et s'étaient rassemblés sur les contreforts des Monts

Vingaard. La brise tiède qui avait succédé aux vents de l'hiver faisait peu à peu fondre la glace. Les dragons se rangèrent en ordre de bataille, leurs battements d'ailes soulevant des senteurs printanières.

C'était un spectacle à couper le souffle. *Inoubliable,* se dit Tass avec ravissement. La lumière du matin jouait sur le bronze, l'or et l'argent des ailes frémissantes. Les armures et les Lancedragons des chevaliers miroitaient au soleil. Sur fond de ciel bleu claquait l'étendard au martin-pêcheur tissé d'or.

Les dernières semaines avaient été couronnées de succès. La guerre semblait tourner en leur faveur.

Laurana, le Général Doré, comme ses troupes la surnommaient, avait reconstitué une véritable armée à partir de ce qu'elle avait trouvé. Les Palanthiens, sous la pression des événements, s'étaient ralliés à sa cause. Grâce à ses plans audacieux et sa poigne de fer, elle s'était acquis le respect des Chevaliers de Solamnie.

Les troupes de Laurana avaient quitté Palanthas pour se déverser dans la plaine, contraignant les unités draconiennes à prendre la fuite dans la débandade.

Après cette série de victoires, ses hommes considéraient la guerre comme pratiquement gagnée.

Mais Laurana savait que la victoire n'était pas encore acquise. Il restait les dragons du Seigneur des Dragons. Où se trouvaient-ils ? Pourquoi n'avaient-ils pas pris part aux combats ? Autant de questions auxquelles Laurana et les chevaliers ne trouvaient pas de réponse.

Le jour fatal arriva. Des dragons bleus et des rouges avaient été repérés à l'ouest. Ils se dirigeaient vers l'armée miteuse de cet outrecuidant général en jupons.

Comme une chaîne aux maillons dorés et argentés, les dragons de Blanchepierre s'élevèrent au-dessus de la plaine de Solamnie. Bien que les chevaliers fussent aussi entraînés que possible à voler à dos de dragon, l'univers de nuages et de courants d'air dans lequel ils allaient se battre leur restait étranger.

Les bannières claquèrent au vent. Au-dessous d'eux, les fantassins leur apparurent comme des insectes grouillant dans une immense prairie. Pour les uns, voler était une expérience stimulante, pour d'autres, une épreuve qui épuisait les ressources de leur courage.

En tête pour donner l'exemple, Laurana chevauchait le grand dragon d'argent avec lequel son frère était venu des Iles. Ses cheveux s'échappant en vagues dorées de son casque, elle éclipsait le soleil. Pour ses hommes, elle faisait figure de symbole, au même titre que la Lancedragon : fine et délicate, précise et redoutable. Ils l'auraient suivie jusqu'aux portes des Abysses.

Par-dessus l'épaule de Flint, Tass vit Laurana se retourner pour s'assurer que tout le monde suivait, puis se pencher sur l'encolure de sa monture. Tout semblait aller pour le mieux. Laurana avait les choses en main. Tass décida qu'il n'y avait plus de souci à se faire et qu'il pouvait s'adonner aux joies du vol. Ce serait une des expériences les plus excitantes de sa vie. Même le vent qui faisait pleurer ses yeux ne pouvait entamer son enthousiasme.

Lui qui adorait les cartes, il était servi ! Le paysage qui s'étendait sous lui offrait une vue d'ensemble intégrant les moindre détails : arbres et rivières, collines et vallées, fermes et villages se dessinaient avec une netteté parfaite. Il aurait voulu garder cette image pour toujours.

Et pourquoi pas ? Serrant la selle entre ses jambes, le kender lâcha les épaules de Flint et se mit à fouiller dans ses poches. Il en sortit un parchemin qu'il colla contre le dos du nain et commença à dessiner.

— Arrête de gigoter ! cria-t-il à Flint, aux prises avec les rênes qui lui échappaient sans cesse.

— Mais qu'est-ce que tu fabriques, animal ? dit le nain en essayant de se débarrasser de ce qui le démangeait dans le dos.

— Je dessine une carte ! répondit Tass d'un ton ravi. Ce sera une perfection ! Je deviendrai célèbre ! Tu vois cette nuée de petites fourmis ? Ce sont nos troupes. Voici le Donjon de Vingaard. Mais arrête de bouger ! Ça va faire des ratures !

Flint renonça à attraper les rênes et à se disputer avec le kender. Mieux valait garder ses forces pour se tenir solidement à la selle. Il avait commis l'erreur de jeter un coup d'œil au-dessous de lui, ce qui avait provoqué du remue-ménage dans son estomac ; son petit déjeuner menaçait de passer par-dessus bord. Raide comme une planche, il regardait droit devant lui, le visage fouetté par le panache de crin de son casque. Même les oiseaux volaient *plus bas qu'eux* ! C'en était trop pour le nain. Il résolut de ranger les dragons sur la liste des choses à éviter à tout prix, à côté des bateaux et des chevaux.

— Ah ! voilà l'armée draconienne ! s'exclama Tass. La bataille a commencé ! J'ai une de ces vues d'ensemble !

Il se pencha et scruta avidement la plaine. Il croyait même entendre le fracas des armes et les vociférations des soldats.

— Dis-moi, Flint, nous pourrions nous rapprocher un peu ? Je... Oups...! Zut ! Ma carte !

Khirsah avait amorcé un virage, arrachant ainsi le parchemin des mains du kender. Désespéré, il suivit des yeux sa carte qui voletait comme une feuille emportée par le vent. Il n'eut pas le loisir de s'appesantir sur son malheur. Flint s'était raidi comme une statue.

— Quoi ? Qu'y a-t-il ? s'écria le kender.

Flint grogna quelque chose en guise de réponse et pointa un doigt devant lui. Tass ne vit rien. Ils venaient de s'engouffrer dans une masse d'air cotonneuse. Même un kender n'aurait pu y voir le bout de son nez, comme disait un proverbe en vogue chez les nains.

Le dragon arriva au bout du banc de nuages.

— Ouh ! la la ! s'exclama Tass avec effroi.

Au-dessous d'eux, des dragons en formations serrées agitaient leurs ailes comme de lugubres bannières. Ils fondaient sur les troupes sans défense du Général Doré.

Tass vit vaciller les lignes de soldats, gagnés par la terreur des dragons, et les rangs se défaire. Mais où se cacher dans cette plaine ? *Voilà pourquoi les dragons ont attendu pour passer à l'attaque*, se dit le kender, les larmes aux yeux à l'idée de ce qui attendait les malheureux fantassins.

— Il faut à tout prix les arrêter... Oups !

Khirsah avait si brusquement changé de cap que le kender faillit avaler sa langue. Le ciel n'était plus au-dessus de sa tête, mais à côté de lui. Pour la première fois de sa vie, il connut la sensation de *tomber* vers le *haut*. Il s'accrocha à la ceinture de Flint. Contrairement au nain, il ne s'était pas attaché. La prochaine fois, il n'oublierait pas.

S'il y avait une prochaine fois. Le dragon descendait en piqué. Le vent siffla aux oreilles du petit être, qui voyait le sol foncer sur lui. Les kenders adoraient les sensations nouvelles. Celle-ci était appréciable, mais Tass l'aurait souhaitée moins rapide. Ah ! si seulement le sol n'était pas venu aussi vite à sa rencontre !

— Je n'ai pas dit qu'il fallait les arrêter *à la seconde* ! cria-t-il à Flint.

Il jeta un coup d'œil au-dessus de lui, ou était-ce au-dessous ? Les dragons volaient au-dessus, non, au-dessous d'eux. La situation devenait embrouillée. A présent, les dragons étaient derrière eux ! Et ils se retrouvaient en tête, et tout seuls ! Mais que faisait donc Flint ?

— Pas si vite ! Freine ! hurla-t-il au nain. Tu as dépassé tout le monde, même Laurana ! Ralentis !

Le nain ne demandait pas mieux. La dernière secousse lui ayant arraché les rênes des mains, il tâtonnait autour de lui pour les récupérer, tentant de calmer le dragon en l'apostrophant comme un cheval emballé.

Avec les dragons, cela ne marchait pas.

Constater qu'il n'était pas le seul à être en difficulté avec sa monture ne fut pas pour le réconforter. Derrière eux, les bons dragons, répondant à leur instinct comme à un signal d'alarme, s'étaient regroupés par deux ou par trois.

Les chevaliers tiraient comme des forcenés sur les rênes pour essayer de ramener leurs montures en formation de combat. Mais les dragons n'en avaient cure. Le ciel était leur domaine ; ils savaient ce qu'ils avaient à faire. Le combat aérien n'avait rien à voir avec les engagements au sol. Les dragons allaient montrer à ces cavaliers qu'ils n'avaient pas affaire à de vulgaires chevaux !

Khirsah s'enfonça à nouveau dans un nuage. Tass se sentit complètement désorienté. Au sortir du brouillard, le soleil l'éblouit. Ses problèmes de haut et de bas étaient terminés : ce qui se rapprochait à toute vitesse, c'était « en bas ».

Flint se mit à ululer. Eberlué, Tass vit qu'ils fonçaient tête baissée sur une escadrille de dragons bleus poursuivant des soldats qui couraient en tous sens. Les dragons bleus ne les virent pas arriver.

— La lance ! La lance ! cria Tass.

Flint se saisit de l'arme mais n'eut pas le temps de l'orienter correctement.

A la sortie du nuage, Khirsah fonça sur le dragon de tête, monté par un cavalier au casque bleu.

Khirsah se jeta sur sa proie, qu'il laboura de ses griffes.

La violence du choc projeta Flint en avant. Le kender vint s'aplatir sur lui, s'écrasant contre son dos comme une crêpe. Flint se débattait pour se rétablir, mais Tass le tenait d'un bras ferme. De l'autre, il tapait du poing avec enthousiasme sur le casque de Flint en scandant des encouragements au dragon.

— Magnifique ! Vas-y ! Génial ! Frappe ! Plus fort ! criait le kender dans le feu de l'action.

Après avoir débité un chapelet de jurons, Flint réussit à se débarrasser de l'encombrant kender. Khirsah reprit de l'altitude et disparut dans un nuage avant que le cavalier au casque bleu ait eut le temps de réagir.

Flint s'était rassis droit comme un piquet sur la selle, les bras de Tass autour de la taille. Le kender lui trouva un teint bizarrement cendreux ; le nain avait l'air préoccupé. *Il est vrai que les circonstances sont particulières*, se dit Tass. Avant qu'il ait le temps de s'enquérir du bien-être du nain, Khirsah sortit du nuage.

Tass aperçut les dragons bleus au-dessous d'eux. Le monstre de tête avait été durement touché par les serres de Khirsah, qui lui avait ouvert les flancs. Le dragon bleu et son cavalier scrutaient le ciel pour localiser l'ennemi. Soudain, le cavalier pointa un doigt.

Tass risqua un coup d'œil par-dessus son épaule. Le spectacle lui coupa le souffle. Une gerbe de bronze et d'argent scintillant sous le soleil surgit d'un nuage et fondit sur les dragons bleus. Ceux-ci esquivèrent l'attaque en prenant de l'altitude pour semer leurs poursuivants. Les dragons s'affrontèrent en de sauvages corps à corps. Tass fut ébloui par un éclair ; un gros dragon de bronze poussa un hurlement de douleur et tomba en vrille, la tête couronnée de flammes. Son cavalier tenta en vain de se raccrocher aux rênes et tomba dans le vide.

Tass vit le cavalier se rapprocher du sol à une vitesse vertigineuse. Il se demandait quel effet cela pouvait faire de chuter de si haut dans l'herbe quand son attention fut détournée par un formidable mugissement de Khirsah.

Le dragon bleu le localisa immédiatement et répondit à son cri de défi. Abandonnant ses acolytes sur leur terrain, il prit de l'altitude pour poursuivre son duel avec le dragon de bronze.

— Maintenant, à toi de jouer, le nain ! Sers-toi de la lance ! brailla Khirsah.

Il déploya ses ailes et plana vers les hauteurs pour laisser à Flint le temps de se préparer.

— Je vais tenir les rênes ! cria Tass.

Impossible de savoir si le nain l'avait entendu. Son visage était de pierre et ses gestes semblaient ceux d'un automate. Tass regarda avec impatience Flint placer laborieusement la lance contre son épaule comme on lui avait expliqué. Quand ce fut fait, le nain, raide comme un piquet, resta figé sur place en regardant devant lui.

Khirsah continuait de monter. Tass chercha des yeux l'ennemi. Il avait perdu de vue le dragon bleu. D'un coup d'aile, Khirsah donna une accélération brutale. Les yeux de Tass s'écarquillèrent. Leur ennemi était là, devant leurs nez !

Il vit luire des crocs pointus dans la gueule béante du monstre. Se rappelant l'éclair et les flammes, le kender se cacha sous le bouclier. Flint restait raide comme la justice, les yeux sur le dragon bleu qui approchait ! Tass avança lestement la main, saisit la barbe du nain et le tira à l'abri du bouclier.

Un éclair explosa dans un bruit de tonnerre. Le kender et le nain étaient à moitié assommés. Khirsah rugit de douleur, mais il réussit à garder l'équilibre sans dévier sa course.

Les deux dragons avaient chargé et la rencontre avait été brutale. La Lancedragon avait atteint sa cible, où elle était restée fichée.

Tass vit des tourbillons de bleu et de rouge. La tête lui tournait. Soudain les yeux cruels du dragon ennemi se posèrent sur lui, animés d'une lueur féroce. Ses serres luisirent. Les ailes des deux dragons battirent furieusement ; Khirsah poussa un cri, le dragon bleu exhala un long mugissement. Le sol se rapprocha des deux protagonistes. Ils descendaient en vrille.

Pourquoi Eclair ne lâche-t-il pas prise ? se demanda Tass, affolé. Puis il réalisa qu'ils étaient liés par la lance.

La Lancedragon avait manqué son but. Ripant sur l'épaule du dragon bleu, elle avait pénétré dans son flanc où elle s'était solidement logée. Le blessé essayait de se libérer tandis que Eclair le déchirait de ses serres.

Aveuglés par la rage de vaincre, tous deux avaient oublié leurs cavaliers. Tass vit soudain le soldat bleu monter sur sa selle et avancer pas à pas vers Eclair. Son casque tomba, libérant des mèches blondes fouettées par le vent. Impavide, le cavalier regarda Tass dans les yeux sans ciller.

Cette tête me dit quelque chose, songea-t-il, dans un état second. Où pourrais-je l'avoir vu ?

Il pensa brusquement à Sturm.

L'officier draconien s'était défait de son harnais. Son bras droit pendait mollement le long de son torse, tandis que l'autre était tendu devant lui.

Tass comprit ce que l'officier voulait faire. On eut dit que l'homme entendait lui communiquer ses intentions.

— Flint ! hurla Tass. Lâche la lance ! Lâche-la !

Mais le nain, les yeux vides, continuait de serrer l'arme. Les dragons mordaient et griffaient, se rendant coup pour coup. Le bleu cherchait à se libérer de la lance autant qu'à se défendre. Son cavalier cria quelque chose. Le dragon s'arrêta un instant et plana.

Avec une remarquable agilité, l'officier sauta d'un dragon à l'autre. Attrapant Khirsah par le cou, il se hissa sur son dos.

D'un coup d'œil, il s'assura que ni le kender ni le nain ne le menaçaient. Il dégaina son épée et commença à frapper sur les lanières du harnais qui enserraient le poitrail de Khirsah.

— Flint ! implora Tass. Lâche la lance ! Tu ne vois pas ce qui se passe ! Si l'officier coupe le harnais, la selle se détachera et elle tombera dans le vide ! La lance aussi ! Et *nous* avec !

Flint tourna lentement la tête. Il semblait avoir compris. Avec une lenteur désespérante, sa main actionna le pivot qui maintenait la lance. N'était-ce pas déjà trop tard ?

L'épée de l'officier fendit l'air. Une lanière céda. Ce n'était plus le moment des supputations. Pendant que Flint libérait la lance, Tass prit les rênes et les enroula autour de sa taille. Puis il contourna le nain et se posta devant lui. Etendu de tout son long sur l'encolure du dragon, les jambes refermées sur son cou, il rampa jusqu'à l'officier.

L'homme ne s'occupait pas des deux cavaliers qu'il savait attachés par leurs harnais. Il avait presque achevé de cisailler les lanières. Absorbé par sa tâche, il ne se rendit compte de rien.

Tass se dressa et lui sauta sur le dos. Surpris, celui-ci laissa échapper son épée et se cramponna au cou du dragon.

Ecumant de rage, il tentait de savoir qui l'avait agressé quand l'obscurité tomba sur lui. Les mains du kender s'étaient refermées sur ses yeux. L'officier desserra son étreinte. Il fallait se débarrasser de la créature qui semblait pourvue d'une douzaine de pieds et de bras et qui le harcelait avec la ténacité d'un moustique. Glissant de plus en plus, il se rattrapa à la crinière.

— Flint ! Lâche la lance ! Flint !...

Tass ne sut plus que dire. Le sol se rapprochait des deux dragons. Son cerveau s'arrêta de fonctionner. Accroché comme une sangsue à l'officier qui se débattait, il ne vit plus que des éclairs lui passer devant les yeux.

Un grand bruit de métal se fit entendre.

Les dragons s'étaient détachés l'un de l'autre. Dans un battement d'ailes frénétiques, Khirsah exécuta un rétablissement spectaculaire et gagna progressivement de la hauteur. Le sol et le ciel reprirent leurs positions respectives.

Des larmes roulèrent sur les joues de Tass. Il n'avait pas eu peur. Mais jamais il n'avait rien vu d'aussi beau que ce ciel bleu retrouvant sa place naturelle !

— Tout va bien, Eclair ? cria-t-il.

Le dragon de bronze hocha la tête.

J'ai fait un prisonnier, réalisa-t-il soudain, étonné de cette découverte.

Il lâcha la tête de l'officier, à présent complètement groggy.

— Je ne crois pas que tu puisses aller bien loin, marmonna Tass.

Il retourna vers la selle. L'officier se tourna vers le ciel. Ses poings se serrèrent : les dragons avaient été expulsés des nues par les troupes de Laurana. Tass se souvint alors d'où il avait vu cet homme.

— Tu ferais bien de nous ramener sur la terre ferme, Eclair ! Dépêche-toi !

Le dragon avait un œil au beurre noir, des écorchure et des brûlures sur le poitrail et du sang coulait de ses naseaux. Tass chercha des yeux le dragon bleu. Il n'était nulle part.

Son regard se posa sur l'officier ; il se sentit soudain transporté d'aise par ce qu'il avait accompli.

— Hé ! cria-t-il à Flint. Nous l'avons eu ! Nous nous sommes battus contre un dragon et j'ai fait un prisonnier ! De mes mains !

Flint acquiesça mollement. Tass voyait le sol se rapprocher avec un sentiment de bonheur fou. Khirsah atterrit. Les soldats se rassemblèrent autour d'eux avec enthousiasme.

Tass ne fut pas fâché de voir partir l'officier, emmené par un soldat. Le cavalier bleu lui adressa un féroce regard d'adieu.

Le nain restait avachi sur la selle, la mine défaite. Il avait vieilli de cent ans.

— Qu'est-ce qui ne va pas, Flint ? demanda Tass.
— Rien.

— Mais pourquoi te tiens-tu la poitrine ? Es-tu blessé ?

— Non.

— Eh bien alors, pourquoi te tenir la poitrine ?

Flint fronça les sourcils.

— Je n'ai aucune chance que tu me laisses tranquille tant que je n'aurai pas répondu. Bien. Si tu veux le savoir, c'est cette satanée lance ! Celui qui a conçu ce gilet est encore plus idiot que toi. La hampe m'a démoli la clavicule ! Quant à ton prisonnier, le miracle, c'est que vous vous en soyez sortis tous les deux, imbécile ! Capturé, tu parles ! C'est arrivé par accident ! Moi, je vais te dire une chose : jamais de ma vie je ne remonterai sur ces grosses bêtes !

Flint fusilla le kender du regard. Tass préféra prendre la fuite. Quand le nain était de cette humeur, le plus simple était de le laisser jusqu'à ce que ça passe. Il se sentirait mieux après le déjeuner.

A la nuit tombée, Tass se reposait, confortablement installé contre le flanc du dragon de bronze, quand il lui revint à l'esprit que Flint s'était tenu le côté gauche de la poitrine.

La lance était calée contre son flanc droit.

LIVRE II

1

L'AUBE DU PRINTEMPS

L'aube se levait, illuminant la campagne, lorsque les cloches de Kalaman réveillèrent les habitants. Les enfants se précipitèrent auprès de leurs parents, leur demandant si c'était un matin exceptionnel. Les adultes se hâtèrent de quitter leurs lits.

C'était un jour mémorable de l'histoire de Kalaman. Non seulement on fêtait l'Aube du Printemps, mais aussi la victoire des Chevaliers de Solamnie. Stationnée devant les murs de la ville, leur armée, conduite par un général qui appartenait désormais à la légende, une jeune femme elfe, entrerait triomphalement dans la ville à midi.

Le soleil s'élevait au-dessus des remparts en même temps que la fumée des rôtis et des pains qu'on faisait cuire pour la fête. Les marchands ambulants envahirent les rues, proposant des sucreries et babioles multicolores. Les enfants regardaient les montreurs d'ours et les illusionnistes faire leurs numéros.

A midi, les cloches se remirent à sonner. Les portes de la ville s'ouvrirent sur les Chevaliers de Solamnie.

Un murmure d'admiration monta de la populace qui se pressait le long des avenues. Les gens se bousculaient pour ne pas manquer les chevaliers, et surtout la femme elfe dont ils avaient tant entendu parler. Montée sur un magnifique étalon blanc, elle avançait en tête du cortège. La foule, qui se préparait à l'acclamer, resta bouche bée devant sa beauté et sa majesté.

La présence des deux personnages qui marchaient derrière elle surprit le public. Il s'agissait d'un nain et d'un kender juchés sur le dos d'un poney à poils longs aussi large qu'un tonneau. Le kender semblait goûter la situation à l'extrême et saluait la foule. Secoué par des éternuements, le nain, assis en croupe, s'agrippait à son compagnon comme si sa vie était menacée.

Un jeune seigneur elfe qui ressemblait au Général Doré les suivait avec une jeune compatriote à la chevelure argentée et aux yeux bleu nuit. Venaient ensuite soixante-quinze chevaliers solamniques d'imposante carrure, resplendissants dans leurs armures d'apparat.

La foule applaudit et agita des drapeaux. Les chevaliers échangèrent des regards complices. Quelques mois auparavant, ce n'est pas ainsi qu'on les aurait reçus. Aujourd'hui, ils étaient des héros. Trois cents ans de haine et de calomnies semblaient oubliés, maintenant que l'Ordre avait délivré ces gens des armées draconiennes.

Derrière les chevaliers venaient plusieurs milliers de fantassins. Ensuite, à la grande joie de la population, le ciel se remplit de dragons. Pas les terribles monstres bleus et rouges qu'elle avait redoutés tout l'hiver, mais des créatures d'or, d'argent et de bronze, évoluant sous le soleil avec virtuosité.

Après la parade, les citoyens se rassemblèrent pour écouter les paroles de bienvenue que leur seigneur adressait aux héros. La découverte des Lancedragons, le retour des bons cracheurs de feu et la victoire éclatante de leurs armées furent attribués à Laurana. Elle protesta en faisant de grands gestes vers son frère et les chevaliers, mais la foule continua de l'acclamer. Alors elle se tourna vers le seigneur Mikael, représentant du Grand Maître Gunthar Uth Wistan, arrivé dernièrement de Sancrist. Il lui sourit.

— Laisse-les acclamer leur héros, lui dit-il. Ou

plutôt, leur héroïne. Ils l'ont bien mérité, après avoir passé l'hiver dans la terreur de voir surgir les dragons. A présent, ils ont une héroïne, une belle jeune femme sortie d'un conte de fées pour venir les sauver.

— Il n'y a rien de vrai dans tout ça ! Je ne viens pas d'un conte de fées, mais d'un enfer de feu, de sang et de ténèbres. Nous savons tous deux que j'ai été placée à la tête de l'armée par Gunthar pour des raisons politiques. Et si mon frère et Silvara ne nous avaient pas ramené les dragons au péril de leur vie, nous prendrions part à cette parade, enchaînés aux pieds de la Reine des Ténèbres.

— Bah ! Cela leur fait du bien, et ça ne peut pas nous faire de mal. Il y a seulement quelques semaines, le seigneur de Kalaman ne nous aurait même pas jeté un croûton de pain. A présent, grâce au Général Doré, il héberge la garnison et fournit vivres et fourrage à volonté. Les jeunes gens brûlent de rejoindre nos rangs. Nous serons plus d'un millier à partir pour Dargaard. C'est toi qui as remonté le moral de nos troupes. Tu as vu dans quel état étaient les chevaliers à la Tour du Grand Prêtre ; regarde comme ils sont aujourd'hui.

Oui, je les ai vus, pensa Laurana. *Divisés, se déshonorant par leurs dissensions et leurs intrigues*. Il avait fallu la mort d'un homme plein de noblesse pour qu'ils reprennent le droit chemin. Les yeux de Laurana se fermèrent. Le bruit et les cris, l'odeur entêtante du bouquet de roses qu'on lui avait donné, et qui lui rappelait Sturm, la fatigue et le soleil lui tournaient la tête. Elle craignit de défaillir. Cette pensée la fit sourire. Le Général Doré tombant comme une fleur fanée... Cela risquait de faire un bel effet !

Un bras passé autour de son épaule la réconforta.

— Tiens bon, Laurana, dit Gilthanas.

Silvara la débarrassa de l'encombrant bouquet.

Un tonnerre d'applaudissements salua le second discours du seigneur de la ville.

Je suis coincée, réalisa Laurana. Il lui faudrait passer le reste de l'après-midi à sourire et à écouter des fadaises sur son prétendu héroïsme, alors qu'elle ne souhaitait qu'une chose : se retirer dans un coin ombragé pour dormir. Tout ceci n'était qu'une mascarade.

— Et maintenant, j'ai l'honneur de vous présenter la femme qui a changé le cours des événements, mis en déroute les armées draconiennes et capturé Bakaris, le commandant de l'armée du seigneur draconien. Une femme dont le nom et la bravoure resteront liés à ceux du grand Huma. Dans une semaine, elle partira pour le Donjon de Dargaard et exigera la reddition de celle qu'on appelle la Dame Noire. Voici Lauralanthalasa, de la maison royale du Qualinesti ! dit-il d'un ton solennel en la poussant en avant.

Les acclamations se firent assourdissantes. Laurana regarda la marée humaine. *Ils n'ont aucune envie de m'entendre parler de mes angoisses*, réalisa-t-elle. *Ils ont eu les leurs. De la tristesse et de la mort, ils ne veulent plus rien savoir. Non, ce qu'ils désirent, c'est des contes de fées où il est question d'amour, de renaissance, et de dragons d'argent.*

Comme tout le monde.

Elle se tourna vers Silvara et lui reprit le bouquet pour le lever au-dessus d'elle et l'agiter devant la foule, qui l'acclama. Alors elle commença son discours.

Tass Racle-Pieds était aux anges. Il avait échappé sans difficulté à la surveillance de Flint et quitté en douce l'estrade des dignitaires. Mêlé à la populace, il explorait la cité en toute liberté. Enfant, il était venu à Kalaman avec ses parents. Il avait gardé un souvenir émerveillé des boutiques du marché et du port rempli de voiles blanches.

Il errait parmi la foule, l'œil à l'affût, fourrant dans ses poches le menu butin que ses mains raflaient sur son passage. *Vraiment, les gens de Kalaman sont trop insouciants*, songea-t-il. *Leurs bourses me tombent dans la main.*

Le bonheur du kender atteignit son comble lorsqu'il se retrouva devant la boutique d'un cartographe. Par malchance, le propriétaire était parti voir le défilé ; sur la porte une pancarte annonçait que le magasin était fermé.

Quel dommage, pensa Tass. *Mais le marchand ne pourra pas m'en vouloir de jeter un coup d'œil sur ses cartes.*

Il donna quelques petits coups sec sur le cadenas. Son visage s'éclaira. Encore deux ou trois tentatives, et le système de fermeture céderait sans difficulté ! *Ce marchand ne doit pas détester les visites, s'il verrouille sa porte avec une serrure aussi simplette. Je copierai seulement quelques cartes pour compléter ma collection.*

Une main ferme s'abattit sur son épaule. Furieux d'être dérangé, le kender leva la tête. Le personnage bizarre qu'il vit lui rappelait quelque chose. Bien que ce fût le printemps, l'homme était couvert de bandages et d'une lourde cape. *La barbe ! Un prêtre !* se dit le kender, contrarié.

— Je m'excuse, dit Tass, je ne voulais pas t'embêter, mais simplement...

— Racle-Pieds ? coupa le prêtre d'une voix sifflante. Le kender qui accompagne le Général Doré ?

— Eh bien oui, c'est moi, fit Tass, flatté qu'on le reconnaisse. J'accompagne Laur... le Général Doré, depuis un bon bout de temps déjà... Je dirais... depuis l'automne dernier. Nous nous sommes rencontrés au Qualinesti, tout de suite après nous être enfuis du convoi des hobgobelins, non sans avoir liquidé le dragon noir à Xak Tsaroth. C'est une histoire extraordinaire... Voilà. Nous étions dans une antique cité qui s'est éboulée dans des cavernes remplies de nains des ravins. Nous avons fait la connaissance de l'une d'eux, Boupou, que Raistlin a ensorcelée...

— La ferme ! tonna le prêtre en saisissant le kender au collet.

Il le souleva dans les airs. Bien que les siens fussent immunisés contre la peur, Tass trouva la situation inconfortable.

— Ecoute-moi bien, dit le religieux, le secouant comme un prunier. Voilà qui est mieux... Si tu te tiens tranquille, je ne te ferai pas de mal ! J'ai un message pour le Général Doré. Tâche de le lui remettre ce soir. Tu m'as bien compris ?

La respiration coupée, le kender fut incapable de répondre. Il battit affirmativement des paupières. L'homme le laissa retomber sur le plancher et partit en claquant la porte.

Haletant, Tass suivit des yeux la haute silhouette qui s'éloignait. Machinalement, il tâta le parchemin que le prêtre lui avait fourré dans la poche. Le son de sa voix lui avait rappelé l'embuscade sur la route de Solace, les hommes enveloppés de bandages comme des momies et habillés en prêtres... mais qui n'étaient pas des prêtres ! Tass en eut des frissons. Un draconien ! Ici, à Kalaman !

Tout entrain disparu, il n'avait plus le cœur de se pencher sur les belles cartes de la boutique.

— Fiche le camp, sale kender ! cria une voix aiguë. Ici, c'est chez moi !

Un homme qui devait être le cartographe accourut vers lui, tout essoufflé.

— Ce n'était pas la peine de te dépêcher pour m'ouvrir ta boutique.

— Lui ouvrir ma boutique ! Voleur ! Je suis arrivé juste à temps pour...

— Merci quand même, dit Tass en posant le cadenas dans la main du marchand. Je m'en vais. Je ne me sens pas très bien. Ah ! au fait, tu sais que cette serrure est de la camelote ? Elle ne vaut pas un clou. Tu devrais faire plus attention. On ne sait jamais qui peut entrer. Inutile de me remercier, je n'ai pas le temps. Au revoir !

Tasslehoff s'éloigna. « Au voleur ! Au voleur ! » entendit-il derrière lui. Un garde déboula au bout de la rue. Le kender l'esquiva en entrant dans l'échoppe d'un boucher. Ne voyant pas de voleur, il hocha la tête, et poursuivit son chemin, maudissant Flint qui l'avait encore laissé tomber.

*
* *

Laurana ferma la porte à clé et poussa un soupir de soulagement. Se délectant du calme de la chambre où elle était enfin seule, elle s'assit sur le lit sans même prendre la peine d'allumer la chandelle. Le clair de lune entrait par la fenêtre, inondant la pièce de sa lumière blafarde.

Les bruits de la fête qu'elle venait de quitter montaient du rez-de-chaussée. Il était minuit passé. Elle avait mis deux heures pour s'éclipser. Finalement, elle avait profité d'une intervention du seigneur Mikael qui avait convaincu les notables de Kalaman qu'elle était épuisée.

Laurana avait mal à la tête, mais elle se sentait surtout le cœur lourd. Sans fermer les rideaux, car elle avait horreur d'être dans le noir, elle s'étendit sur le lit.

Quelqu'un frappait à la porte.

Laurana se réveilla en sursaut. *Ils croiront que je suis endormie et ils s'en iront*, se dit-elle en refermant les yeux.

On frappa à nouveau, de façon plus insistante.

— Laurana...

— Tu me diras ça demain matin, répondit la jeune elfe en essayant de rester calme.

— C'est important, Laurana, dit Tass. Flint est avec moi.

Laurana les entendit se disputer derrière la porte :

— Vas-y, dis-lui...

— Pas question, c'est à toi de le faire...
— Mais il a dit que c'était important et je...
— D'accord, j'arrive ! soupira Laurana.
Elle se leva et ouvrit.

— Salut, Laurana ! fit Tass en entrant. Quelle belle soirée c'était, n'est-ce pas ? Je n'avais jamais mangé de paon rôti...

— Que veux-tu, Tass ? demanda Laurana en fermant la porte.

Voyant la mine défaite de Laurana, Flint flanqua un grand coup de coude dans le dos du kender. Tass fouilla la poche de son gilet et en sortit un parchemin noué d'un ruban bleu.

— Un... une espèce de prêtre m'a demandé de te remettre ça, Laurana.

— C'est tout ? fit-elle en lui arrachant le parchemin. C'est sans doute une demande en mariage. J'en ai eu vingt la semaine dernière. Sans parler des autres propositions.

— Oh non ! répondit Tass, soudain sérieux. Ce n'est pas ça du tout. Le message vient de...

— Comment sais-tu d'où il vient ? demanda Laurana.

— Euh... je... en quelque sorte, j'ai jeté un œil dessus, avoua Tass. Mais seulement parce que je ne voulais pas te déranger pour rien.

Flint ricana.

— Merci, dit Laurana en s'approchant de la fenêtre pour lire le parchemin.

— Nous allons te laisser, fit Flint en tirant le kender vers la porte.

— Non, attendez !

— Tout va bien ? demanda le nain, inquiet. Tass, va chercher Silvara ! dit-il en voyant Laurana s'effondrer sur une chaise.

— Non, non, je n'ai besoin de personne ! Je vais... très bien. Savez-vous ce qu'il y a là-dedans ? dit-elle en agitant le parchemin.

— J'ai voulu le lui dire, fit Tass d'un air offensé, mais il ne m'a pas laissé parler.

Laurana tendit le parchemin à Flint. Il le déroula et le lut à haute voix :

— « Tanis Demi-Elfe a été blessé à la bataille de Vingaard. La blessure, d'abord bénigne, a empiré. Les prêtre noirs eux-mêmes n'y peuvent rien. J'ai donné l'ordre de le transporter au Donjon de Dargaard, où je pourrai m'occuper de lui. Tanis connaît la gravité de son état. Il a demandé à te voir, car il veut te parler avant de mourir.

« Je te fais une proposition. Mon officier Bakaris, que tu as capturé près du Donjon de Vingaard, est ton prisonnier. Je te propose d'échanger Tanis Demi-Elfe contre lui. L'affaire aura lieu demain à l'aube dans le petit bois, derrière les remparts. Que Bakaris soit avec toi. Si tu n'as pas confiance, tu peux amener les amis de Tanis, Flint Forgefeu et Tass Racle-Pieds. Mais personne d'autre. Le porteur de ce message attendra devant les portes de la ville. Tu le rencontreras demain à l'aube. Si tu ne viens pas, tu ne reverras jamais Tanis. »

« Si j'agis ainsi, c'est que nous sommes deux femmes et que nous pouvons nous comprendre. Kitiara. »

Il y eut un silence gêné. Flint se racla la gorge et roula le parchemin.

— Comment peux-tu rester calme ! dit Laurana en le lui arrachant des mains. Et toi, pourquoi ne m'as-tu rien dit plus tôt ? cria-t-elle à Tass. Depuis quand le sais-tu ? Tu as lu ce parchemin et tu...

Elle se prit la tête entre les mains. Tass la regarda, interloqué.

— Laurana, finit-il par dire, tu ne crois pas sérieusement que Tanis...

Laurana leva la tête. Ses yeux verts allèrent du kender au nain et du nain au kender.

— Vous ne croyez pas ce que dit le message ?

— Bien sûr que non ! C'est un piège ! Un draconien me l'a donné ! Kitiara est devenue un Seigneur des Dragons. Que veux-tu que Tanis ait à faire avec elle ?

Laurana se détourna. Tass se tut et regarda Flint, dont le visage s'était assombri.

— Alors c'était ça, fit doucement le nain. Nous t'avons vue parler avec Kitiara sur le rempart de la Tour du Grand Prêtre. Vous n'avez pas évoqué la mort de Sturm, n'est-ce pas ?

Laurana hocha la tête.

— Je ne vous l'ai jamais dit, murmura-t-elle, parce que je ne pouvais pas. Je gardais espoir... Kitiara disait qu'elle avait laissé Tanis dans un endroit appelé Flotsam... pour s'occuper de ses affaires durant son absence.

— Elle a menti !

— Non. Elle a raison quand elle dit que nous sommes deux femmes et que nous nous comprenons. Elle n'a pas menti. Je sais qu'elle disait la vérité. Elle a même parlé de notre cauchemar. Vous vous en souvenez ?

Flint acquiesça d'un air gêné. Tass racla ses semelles sur le plancher.

— Seul Tanis peut lui avoir parlé du rêve que nous avons tous fait, poursuivit Laurana d'une voix nouée. Dans ce songe, je l'ai vu avec elle, exactement comme j'ai vu la mort de Sturm. Le rêve devient réalité...

— Attends un peu ! fit rudement Flint. Tu as dit aussi que tu avais vu ta propre mort, après celle de Sturm. Et tu n'es pas morte. Personne n'a découpé Sturm en morceaux non plus.

— Et moi non plus, je ne suis pas mort comme dans le rêve ! Pourtant, j'ai touché pas mal de serrures, enfin, quelques-unes, mais aucune n'était empoisonnée. D'ailleurs, Tanis ne ferait jamais...

Flint foudroya Tass du regard. Le kender se tut. Mais Laurana avait compris.

— Si ! Il pourrait. Vous le savez tous les deux. Il l'aime. Bien ! Je vais y aller. J'échangerai Bakaris...

Flint poussa un soupir. C'est ce qu'il avait craint.

— Laurana...

— Flint, coupa-t-elle, si Tanis recevait un message disant que tu es à l'agonie, que ferait-il ?

— Là n'est pas la question, marmonna le nain.

— Quand bien même il devrait traverser les Abysses, affronter des centaines de dragons, il viendrait...

— Peut-être bien que oui, peut-être bien que non. Non, s'il est à la tête d'une armée, qu'il assume des responsabilités, et que d'autres dépendent de lui. Il saurait que je comprendrais...

— Je n'ai jamais demandé à avoir de pareilles responsabilités. Je ne les ai pas choisies. Nous pourrions laisser croire que Bakaris s'est échappé...

— Ne fais pas cela, Laurana ! dit Tass d'un ton suppliant. Bakaris est l'officier qui a ramené Dirk et le cadavre du seigneur Alfred à la Tour du Grand Prêtre, celui à qui tu as décoché une flèche dans le bras ! Il te hait. J'ai vu le regard qu'il a posé sur toi quand tu l'as capturé !

Flint s'arrêta. Il fronça les sourcils et reprit :

— Les chevaliers et ton frère sont encore en bas. Nous allons discuter de la meilleure manière de résoudre ce problème.

— Il n'en est pas question, déclara Laurana sur un ton que Flint connaissait bien. C'est moi le général. J'ai pris ma décision.

— Tu ferais peut-être bien de demander l'avis de quelqu'un...

Laurana le regarda d'un air désabusé.

— De qui ? Gilthanas ? Que lui dirais-je ? Que Kitiara et moi sommes en train d'échanger nos amoureux ? Non, nous ne dirons rien à personne. De toute façon, qu'auraient fait les chevaliers de Bakaris ? Ils l'auraient exécuté suivant le cérémonial de la chevalerie. Ils me doivent bien ça. Je prendrai Bakaris en paiement.

— Laurana, insista Flint, tentant de la convaincre par tous les moyens, les prisonniers doivent être échangés suivant les règles d'un protocole strict. Tu as raison, c'est toi qui commandes, tu sais donc à quel point c'est important ! Tu as passé suffisamment de temps à la cour de ton père pour...

Aïe ! Le nain avait à peine prononcé ces mots qu'il comprit qu'il avait fait une gaffe.

— Je ne suis plus à la cour de mon père, et depuis fort longtemps ! s'exclama Laurana. Et au diable le protocole !

Elle regarda Flint comme s'il lui était devenu étranger. Elle lui rappela la jeune fille qu'il avait vue pour la première fois au Qualinesti, le soir où elle s'était enfuie pour suivre Tanis.

— Merci pour le message, dit Laurana. J'ai beaucoup à faire avant demain. Si vous avez quelque affection pour Tanis, retournez dans vos chambres et ne parlez de cela à personne.

Tass jeta un coup d'œil inquiet à Flint. Le nain, rouge de confusion, tenta de sauver les meubles :

— Laurana, tu prends trop à cœur ce que je t'ai dit. Si tu as pris ta décision, je te soutiendrai. Je ne suis qu'un vieux grognon, voilà tout. Tu es général, mais malgré cela, je me fais du souci pour toi. Tu devrais m'emmener, comme le propose le message...

— Moi aussi ! protesta Tass.

Flint lança un coup d'œil furieux au kender, mais Laurana ne remarqua rien. Son expression s'adoucit.

— Merci, Flint. A toi aussi, Tass. Je suis désolée de vous avoir parlé ainsi. Mais je crois qu'il vaut mieux que j'y aille seule.

— Non, s'entêta Flint. Je me soucie autant de Tanis que de toi. S'il est mourant..., je veux être auprès de lui, acheva-t-il, la gorge nouée.

— Moi aussi, fit doucement Tass.

— Très bien, répondit Laurana. Je ne peux pas vous en vouloir. D'ailleurs, je suis sûre qu'il aimera vous avoir près de lui.

Elle semblait avoir la certitude de rencontrer Tanis. Le nain le lut dans ses yeux. Il fit une ultime tentative :

— Laurana, que ferons-nous si c'est un piège ? Une embuscade qu'on te tend...

Laurana se raidit. Son regard furieux se posa sur Flint, qui n'osa pas achever sa phrase. Le kender secoua la tête.

Le vieux nain poussa un grand soupir.

Il n'y avait plus rien à faire.

2

LA RANÇON DE L'ÉCHEC

— Nous voilà arrivés, messire, dit le dragon, un énorme monstre rouge aux ailes d'une envergure abyssale. Voici le Donjon de Dargaard. Patience, tu vas le voir apparaître dans le clair de lune dès que les nuages seront passés.

— Je le vois, répondit une voix grave.

Le dragon amorça sa descente en décrivant de larges cercles. L'œil fixé sur le Donjon entouré de roches déchiquetées, il chercha un endroit pour atterrir en douceur. Il n'était pas question de s'attirer les foudres du seigneur Akarias.

Situé à l'extrême nord des Monts Dargaard, le Donjon était aussi lugubre que sa légende. Jadis, lorsque le monde était jeune, il s'élevait avec toute la grâce de ses murs roses. A présent, songeait Akarias, la fleur avait trépassé. Ni la poésie, ni l'imagination n'étaient son fort. Mais le château délabré, noirci par les flammes, appelait cette comparaison.

Le grand dragon rouge décrivit un dernier cercle. La partie sud du mur d'enceinte s'était effondrée mille pieds plus bas pendant le Cataclysme, laissant à découvert l'accès aux portes du château. Le dragon repéra avec soulagement une esplanade dallée qui, malgré quelques failles, permettrait d'atterrir. Les dragons, qui n'avaient pas grand-chose à redouter sur Krynn, préféraient quand même éviter de déplaire au seigneur Akarias.

L'esplanade prit soudain l'aspect d'une fourmilière à l'approche d'une guêpe. Les draconiens vociférèrent en pointant le doigt vers le ciel. Le capitaine qui montait la garde se précipita vers l'esplanade et découvrit une formation de dragons, dont l'un était chevauché par un cavalier. Celui-ci sauta sur le sol avant que sa monture se pose. Les ailes du dragon battirent furieusement pour éviter l'officier, qui se dirigea à grands pas vers la porte du château. Le martèlement de ses bottes sur le dallage résonna de façon sinistre.

Le capitaine retint une exclamation. Il avait reconnu l'officier. Il pénétra en toute hâte à l'intérieur du château, et courut à la recherche de Garibanus, le commandant qui remplaçait le seigneur.

Akarias ébranla la porte de son poing ganté de fer. Les draconiens se précipitèrent pour l'ouvrir, puis reculèrent servilement devant le seigneur. Un vent glacé s'était engouffré dans la salle, faisant vaciller les flammes des chandelles.

D'un rapide coup d'œil, Akarias fit le tour de la grande pièce voûtée. De chaque côté de la porte d'entrée, deux escaliers desservaient les galeries supérieures. Enfilant hâtivement sa chemise, Garibanus sortit d'une chambre. A son côté, le capitaine pointa un doigt vers le seigneur.

Akarias devina aisément à quelle agréable compagnie il avait arraché le commandant. Apparemment, ce dernier l'avait remplacé à différents égards !

Au moins, je sais où la trouver, se dit Akarias avec satisfaction. Il prit l'escalier et monta les marches quatre à quatre. Les draconiens s'écartèrent comme des rats sur son passage. Le capitaine s'était éclipsé. Akarias atteignit le milieu du grand escalier avant que Garibanus fût en état de lui adresser la parole.

— Seigneur... Akarias, bégaya-t-il, quel... honneur... inespéré...

— Inattendu, je dirai..., fit Akarias, d'un ton suave.

Il continua de monter, l'œil sur une porte. Réalisant où il se dirigeait, Garibanus s'interposa.

— Mon seigneur, dit-il d'un ton contrit, Kitiara est en train de s'habiller. Elle...

Sans s'arrêter, Akarias lui flanqua son poing dans la poitrine. Les os craquèrent ; il y eut une bruit de soufflet qui se dégonfle. Le jeune homme alla percuter le mur dix pas plus loin, puis bascula dans le vide. Le choc du corps s'écrasant sur le sol ne détourna pas l'attention d'Akarias. Il était arrivé en haut de l'escalier.

Le seigneur Akarias, commandant en chef des armées draconiennes, second de la Reine des Ténèbres, était un brillant officier et un génie militaire. Ayant conquis presque toute l'Ansalonie, qu'il tenait sous son joug, il se voyait déjà empereur. La Reine, très contente de lui, le couvrait de récompenses.

A présent, il voyait son rêve partir en fumée. Les derniers rapports disaient que ses troupes avaient été mises en déroute dans la plaine de Solamnie, qu'elles avaient dû se retirer devant Palanthas, qu'elles évacuaient le Donjon de Vingaard et qu'elles avaient renoncé à assiéger Kalaman. Les elfes s'étaient ralliés aux humains en Ergoth du sud et du nord. Les nains des montagnes étaient sortis de leurs cavernes de Thobardin et avaient fait alliance avec leurs anciens ennemis, les nains des collines et un groupe de réfugiés humains pour tenter de bouter les armées draconiennes hors d'Abanasinie. Le Silvanesti avait été libéré. Un seigneur draconien avait été tué au Mur de Glace. Et si on en croyait la rumeur, Pax Tharkas était aux mains des nains des ravins !

Ces pensées avaient plongé Akarias dans une rage noire. Il occupait la charge de son père, un prêtre du sommet de la hiérarchie, qui était au mieux avec la

Reine des Ténèbres. A quarante ans, Akarias gardait le rang qu'il occupait à vingt, depuis la mort de son père, tué de ses propres mains. A deux ans, Akarias avait vu son père assassiner sa mère, qui avait tenté de fuir avec son bébé pour que celui-ci ne devienne pas le double de son terrible géniteur.

Bien qu'il eût toujours témoigné du respect à son père, jamais il n'oublia le meurtre de sa mère. Il excellait dans les études, ce dont s'enorgueillissait son géniteur. Cela ne l'empêcha pas, à dix-neuf ans, de le poignarder pour venger la mort de sa mère.

Ce deuil ne fut pas une tragédie pour la Reine des Ténèbres, qui trouva vite que le jeune Akarias remplaçait fort bien son prêtre favori, car il faisait preuve d'une habileté incomparable en matière de magie. Les Robes Noires avaient fait son éducation. Il s'était brillamment sorti des redoutables Epreuves de la Tour des Sorciers, mais la sorcellerie n'était pas sa vocation. Il la pratiquait peu, et ne portait jamais la Robe.

Sa véritable passion était la guerre. On lui devait la stratégie qui avait permis aux seigneurs draconiens de conquérir l'Ansalonie. Grâce à lui, les armées avaient rencontré très peu de résistance : sa tactique consistait à avancer le plus vite possible pour frapper l'ennemi, avant que les humains, les elfes et les nains, divisés, puissent faire alliance.

Son but était de régner sans partage sur l'Ansalonie. Il comptait l'atteindre avant l'été. Les seigneurs des autres continents de Krynn l'enviaient et le craignaient. Akarias ne se contenterait pas d'un seul continent. Il avait déjà un œil sur l'ouest, de l'autre côté de la Mer de Sirrion.

A présent, la campagne tournait au désastre.

La chambre de Kitiara était fermée à clé. Akarias prononça un mot magique et la porte vola en éclats. Il s'avança à travers des flammes bleues et une pluie de débris, la main sur le pommeau de son épée.

Kitiara était au lit. Voyant apparaître Akarias, elle

saisit une robe de soie et se couvrit. Malgré sa fureur, il ne put s'empêcher d'admirer cette femme, qui était aussi le meilleur de ses officiers. Son arrivée inopinée coupait toute retraite à Kitiara ; elle savait qu'elle paierait son erreur de sa vie, mais elle gardait son sang-froid. Elle n'avait pas peur.

Cette attitude décupla la colère d'Akarias en même temps que sa déception. Sans un mot, il ôta son heaume qu'il lança à travers la pièce. Le casque percuta un coffret de bois qui se brisa comme du verre.

Devant le visage blanc d'Akarias, Kitiara se réfugia derrière les pans de sa robe de chambre.

La plupart des gens blêmissaient devant un tel faciès. Aucune émotion ne s'y inscrivait. Seules les veines de son cou palpitaient sous l'effet de la fureur. Ses longs cheveux noirs faisaient ressortir la pâleur de son teint. Une barbe d'un jour bleuissait son menton. Ses yeux faisaient penser à deux gouffres noirs.

D'un bond, il fut devant le lit. Arrachant les rideaux, il tendit le bras vers Kitiara. Il la saisit par les cheveux et la jeta sur le dallage.

Kitiara ne put retenir une exclamation de douleur. Mais avec une souplesse de chat, elle se remettait déjà sur ses jambes lorsque la voix d'Akarias la tétanisa :

— Reste à genoux, Kitiara !

Avec une lenteur consommée, il dégaina son épée étincelante.

— Reste à genoux et baisse la tête, comme les condamnés à la décapitation. C'est moi qui serai ton bourreau, Kitiara. C'est le prix que mes commandants doivent acquitter pour leurs erreurs !

Elle obéit mais soutint son regard. Akarias, voyant quelle haine brillait dans ses yeux, se félicita d'avoir une épée en main. Une fois de plus, et bien malgré lui, il l'admirait. Face à la mort, elle n'avait pas peur. Elle le défiait encore.

Il leva son épée. La lame ne s'abaissa pas.

Des doigts glacés s'étaient refermés sur le poignet d'Akarias.

— Il me semble que tu devrais écouter les explications de la Dame Noire, dit une voix profonde.

Akarias était un homme d'une force peu commune, capable de traverser le ventre d'un cheval d'un seul coup de lance. Mais il fut incapable de se dégager de l'étau qui lui écrasait le poignet. De douleur, il lâcha son arme.

Kitiara se releva. D'un geste, elle ordonna à son sauveur de lâcher Akarias. Le seigneur se retourna et leva les mains pour invoquer un sort qui réduirait la maudite créature en cendres.

Il s'immobilisa. Le souffle court, il tituba. Le sort qu'il s'apprêtait à lancer lui était sorti de l'esprit.

Devant lui se dressait un personnage de sa taille, vêtu d'une armure qui devait dater d'avant le Cataclysme. Il portait gravé sur le front le symbole de l'Ordre de la Rose. Il n'avait ni casque ni armes. Akarias recula d'un pas. L'homme qu'il avait devant lui n'appartenait pas au monde des vivants.

Sur son visage transparent, seules les orbites creuses étaient animés d'une vague lueur. Akarias pouvait voir le mur d'en face à travers sa tête.

— Le fantôme d'un chevalier ! murmura-t-il avec une crainte respectueuse.

Plus effrayé qu'il voulait le laisser paraître, Akarias se baissa pour ramasser son épée, marmonnant une formule magique pour se prémunir contre les effets néfastes de la main qui l'avait touché. En se relevant, il jeta un regard meurtrier à Kitiara, qui le regardait avec un sourire en coin.

— Cette créature est-elle sous tes ordres ? demanda-t-il d'une voix rauque.

— Disons que nous nous rendons des services.

Akarias la considéra d'un air admiratif. Il jeta au spectre un coup d'œil à la dérobée et rengaina son épée.

— C'est un habitué de ta chambre à coucher ?

Son poignet le faisait atrocement souffrir.

— Il va et vient à son gré, répondit Kitiara en refermant le col de sa robe. C'est son château, après tout !

Les yeux perdus dans le vague, Akarias se souvint des antiques légendes.

— Le seigneur Sobert ! dit-il en se tournant vers le spectre. Le Chevalier de la Rose Noire. (Le spectre acquiesça.) J'avais oublié l'histoire du Donjon de Dargaard. Tu as plus de caractère que je croyais, ma dame. Prendre tes quartiers dans une demeure hantée ! Selon la légende, le seigneur Sobert commande un bataillon de squelettes...

— ... Parfaitement efficaces au combat, acheva Kitiara en bâillant. Un simple contact avec ces créatures suffit..., fit-elle avec un sourire. Bon, je ne vais pas t'apprendre ce qu'il en coûte à ceux qui n'ont pas d'armes magiques pour se défendre contre ce contact. Veux-tu boire quelque chose ? demanda-t-elle en prenant une carafe de vin sur la table.

— Merci, répondit Akarias. Où sont les elfes noires et les *banshees* qui sont censés l'accompagner ?

— Elles sont quelque part dans ce château. Tu ne tarderas probablement pas à entendre parler d'elles. Le seigneur Sobert ne dort jamais. Des femmes lui tiennent compagnie, dit-elle en pâlissant. Ce n'est pas très réjouissant... Mais dis-moi plutôt ce que tu as fait de Garibanus ?

— Je l'ai laissé... en bas de l'escalier.

— Mort ?

— Peut-être. Il s'est mis en travers de mon chemin. En quoi cela importe-t-il ?

— Je le trouvais... divertissant. Il comblait le vide laissé par Bakaris.

— Ah oui, Bakaris, fit Akarias en vidant sa coupe. Ainsi ton commandant a réussi à être capturé pendant que tes armées se faisaient battre !

— C'est un imbécile, dit froidement Kitiara. Il a voulu monter un dragon, alors qu'il était blessé.

— Je sais. Que lui était-il arrivé ?

— La femme elfe lui a tiré une flèche dans le bras. Tout cela est sa faute, il n'a que ce qu'il mérite. Je l'avais relevé de son commandement pour en faire mon garde du corps. Mais il a exigé que je lui donne une chance...

— Tu ne sembles pas très affectée par sa perte...

— Non, répondit-elle en souriant. Garibanus... fait très bien l'affaire. J'espère que tu ne l'as pas tué. J'aurais des difficultés à trouver quelqu'un d'autre pour aller demain à Kalaman.

— Que vas-tu donc faire à Kalaman ? Tu te prépares à te rendre à la femme elfe et à ses chevaliers ?

— Non. Je me prépare à accepter *sa* reddition.

— Ah ! ricana Akarias. Ils ne sont pas fous. Ils savent qu'ils tiennent la victoire. Et ils ont raison ! tonna-t-il en se servant une autre coupe de vin. Tu dois la vie à ce fantôme de chevalier, Kitiara. Du moins pour ce soir. Mais il ne t'accompagnera pas partout !

— Mes projets se réalisent beaucoup plus facilement que je m'y attendais, répliqua Kitiara sans se laisser déconcerter. Si j'ai réussi à te vaincre, nul doute que je réussirai à vaincre l'ennemi.

— Tu m'aurais vaincu, Kitiara ? Oublierais-tu que tu as perdu sur tous les fronts ? N'as-tu pas été chassée de Solamnie ? Les bons dragons et les Lance-dragons ne t'ont-ils pas valu une cuisante défaite ?

— Il n'en est rien ! fit Kitiara d'une voix cinglante.

L'œil fulgurant, elle se pencha et saisit la main d'Akarias.

— Quant aux bons dragons, mes espions m'ont rapporté qu'un seigneur elfe et un dragon d'argent s'étaient introduits dans un temple à Sanxion. Ils ont découvert ce qu'étaient devenus les œufs. A qui la faute ? Qui les a laissés entrer ? C'est toi qui étais responsable de la sécurité du temple !

Furieux, Akarias se dégagea de l'étreinte de Kitiara.

Il lança sa coupe à travers la pièce et se campa devant elle.

— Par les dieux, tu vas trop loin ! cria-t-il à perdre haleine.

— Quel cirque tu fais ! dit Kitiara en traversant la pièce. Suis-moi dans la salle des cartes, je t'expliquerai mes plans.

Akarias examinait la carte du nord de l'Ansalonie.

— Cela peut marcher, admit-il.

— Bien sûr que ça va marcher, dit Kitiara en s'étirant. Mes troupes ont détalé comme des lapins. Hélas pour eux, les chevaliers ne sont pas assez astucieux pour remarquer que nos armées se retiraient toujours vers le sud. Ils ne se sont jamais demandé pourquoi elles fuyaient, fondant comme neige au soleil. Au moment où nous parlons, mes armées se rassemblent dans une vallée abritée, au sud de ces montagnes. Dans une semaine, plusieurs milliers d'hommes seront prêts à marcher sur Kalaman. La perte de leur « Général Doré » mettra le moral des défenseurs au plus bas. La ville capitulera probablement sans combat. De là, je reconquerrai le territoire que nous avons apparemment perdu. Donne-moi le commandement de l'armée de ce crétin de Toede, envoie-moi la citadelle volante que je réclame, et la Solamnie croira qu'un nouveau Cataclysme s'est déclenché !

— Mais la femme elfe...

— ... N'est pas un problème.

— C'est le point faible de ton plan, dit Akarias en hochant la tête. Et Demi-Elfe ? Es-tu sûre qu'il ne se mettra pas en travers de tes plans ?

— Ne nous préoccupons pas de lui. C'est *elle* qui compte, et elle est amoureuse. Elle me fait confiance, Akarias. Tu te moques, mais c'est la vérité. Elle a *trop* confiance en moi, et pas assez en Tanis Demi-Elfe. Mais il en va toujours ainsi avec les amoureux.

C'est en ceux que nous aimons que nous avons le moins de foi. Par chance, Bakaris se trouve entre leurs mains.

Akariàs la regarda. Elle avait détourné la tête et sa voix s'était altérée : elle n'était pas aussi sûre d'elle que ça. Il comprit qu'elle mentait. Le demi-elfe ! Quel rôle jouait-il dans cette histoire ? Akarias en avait beaucoup entendu parler, mais il ne l'avait jamais rencontré. Le seigneur draconien caressa l'idée de la pousser dans ses derniers retranchements, puis changea brusquement d'avis. Il savait qu'elle mentait ; cela lui donnait un pouvoir sur cette femme redoutable. Mieux valait la laisser dans l'ignorance de ses soupçons.

Akarias feignit l'indifférence en bâillant ostensiblement.

— Que vas-tu faire de la femme elfe ? lui demanda-t-il comme elle s'y attendait.

La passion d'Akarias pour les blondes n'était un secret pour personne. Kitiara haussa les épaules et le regarda d'un air moqueur.

— Désolée, mon seigneur, mais Sa Majesté la Reine des Ténèbres la réclame. Tu l'auras peut-être après.

Akarias tressaillit.

— Bah ! Elle ne sera plus bonne à rien. Tu la donneras à notre ami, le seigneur Sobert. Jadis, il aimait les elfes, si mes souvenirs sont exacts.

— Ils le sont. Ecoute, dit-elle doucement.

Akarias se tint tranquille. D'abord, il n'entendit rien de particulier. Puis il perçut un son étrange, comme les gémissements d'une foule de femmes pleurant leurs morts, qui devint de plus en plus fort, perçant le silence de la nuit.

Le seigneur posa sa coupe de vin, étonné de voir sa main trembler. Kitiara était devenue pâle sous son hâle. Elle sentit sur elle le regard d'Akarias.

— Horrible, non ? dit-elle d'une voix brisée.

— J'ai été confronté à de terribles choses à la Tour des Sorciers. Mais ce n'était rien comparé à cela. Qu'est-ce donc ?

— Viens, si tu as les nerfs solides, je te montrerai.

Kitiara le conduisit à travers les corridors du château jusqu'à la galerie où était sa chambre.

— Reste dans l'ombre, recommanda-t-elle.

Une recommandation superflue, pensa Akarias en pénétrant dans la galerie surplombant la salle circulaire. Penché par-dessus la balustrade, il vit un spectacle qui le plongea dans le désarroi et se retira vivement.

— Comment peux-tu supporter une chose pareille ? demanda-t-il en rentrant dans la chambre. Est-ce toutes les nuits comme ça ?

— Oui, dit-elle en tremblant. Parfois je me persuade que j'y suis habituée, puis je commets l'erreur de regarder en bas. La mélopée n'est pas le pire...

— Elle est épouvantable ! fit Akarias en s'épongeant le front. Ainsi le seigneur Sobert occupe son trône chaque nuit, entouré de ses squelettes de guerriers, et ces sorcières noires murmurent une horrible complainte !

— C'est toujours la même, murmura Kitiara. Bien que le passé soit une torture pour lui, il ne peut y échapper. Il rumine ses pensées, se demandant ce qu'il pourrait faire pour échapper au destin qui le condamne à errer sans repos. Les femmes elfes, qui ont contribué à sa chute, sont contraintes de revivre cette histoire à ses côtés. Toutes les nuits, elles la répètent. Et toutes les nuits, il est obligé de l'entendre.

— Quelles sont les paroles ?

— Je les connais presque aussi bien que lui, à présent. Fais-nous servir une autre carafe de vin, et je te raconterai cette histoire, si tu as le temps.

— J'ai le temps, dit Akarias en se calant dans un fauteuil. Mais je dois partir dès demain matin, si je veux t'envoyer la citadelle volante.

Kitiara lui fit l'un de ses sourires en coin qui charmaient tant les hommes.

— Merci, mon seigneur. Je ne te décevrai plus.
— J'espère bien, Kitiara. Tu connaîtrais sinon un destin pire que le sien, dit-il en faisant un geste vers la salle circulaire, d'où montait des sons de plus en plus aigus.

— Comme tu le sais, commença Kitiara, le seigneur Sobert était un noble Chevalier de Solamnie. Mais c'était également un homme passionné et indiscipliné, ce qui le mena à sa perte.

« Un jour, il tomba amoureux d'une belle elfe, disciple du Prêtre-roi d'Istar. Il était marié, mais la vue de la jeune fille lui fit oublier sa femme. Violant les préceptes du mariage et ceux de la chevalerie, Sobert laissa libre cours à sa passion. Il séduisit sa belle et l'emmena vivre au Donjon de Dargaard, lui promettant de l'épouser. Quant à sa femme, elle disparut dans de sinistres circonstances.

« D'après ce que dit la chanson, bien que l'elfe eût découvert les méfaits du chevalier, elle lui resta fidèle et obtint son pardon auprès des dieux. Sobert fut même doté du pouvoir d'empêcher le Cataclysme, mais au prix du sacrifice de sa vie.

« Fort de l'amour de la femme qu'il avait abusée, il partit pour Istar avec l'intention d'empêcher le Prêtre-Roi de commettre le pire, et de restaurer son honneur déchu.

« Au cours de son voyage, il fut arrêté par des femmes elfes disciples du Prêtre-Roi, qui connaissaient ses crimes et qui avaient juré sa perte. Pour miner l'amour qu'il portait à la jeune elfe, elles prétendirent que celle-ci lui avait été infidèle pendant son absence.

« Succombant à ses passions destructrices, Sobert perdit la raison. Dans un accès de rage, il repartit au galop pour le Donjon de Dargaard. A peine entré, il accusa l'innocente de l'avoir trompé. Alors le Cataclysme se déclencha. Le grand chandelier du vestibule tomba sur le sol, brûlant la jeune elfe et son enfant. En mourant, elle maudit le chevalier et lui jeta un sort qui le condamnait à une effroyable vie éternelle. Sobert et sa suite périrent par le feu pour renaître sous cette forme hideuse. »

— Par les dieux, Kitiara, quel terrible destin de devoir entendre raconter cette histoire tous les jours, murmura Akarias.

3

LE PIÈGE

Etendu sur le grabat de son cachot, Bakaris dormait d'un sommeil agité. Lui qui se montrait arrogant et insolent le jour, était assailli la nuit par des rêves où il était question de Kitiara et de son exécution prochaine. Pendant ses longues heures d'insomnie, il maudissait la femme elfe qui avait été la cause de sa chute et ne cessait de ruminer sa vengeance, au cas où elle tomberait entre ses mains.

Bakaris oscillait entre le sommeil et la veille lorsqu'il entendit une clé tourner dans la serrure. En un bond, il fut debout. C'était bientôt l'aube, l'heure des exécutions. Les chevaliers venaient le chercher !

— Qui est-ce ? appela-t-il d'une voix rauque.

— Chut ! Tu ne cours aucun danger si tu te tiens tranquille et si tu fais ce que je te dis.

Bakaris était éberlué. Il connaissait cette voix. Nuit après nuit, il l'avait entendue dans ses rêves de vengeance. La femme elfe ! Il vit deux autres silhouettes se profiler dans l'ombre. Le nain et le kender, probablement. Ils étaient toujours pendus aux basques de la maudite.

La porte de la cellule s'ouvrit en grand et la femme entra, une cape à la main.

— Mets ça, dépêche-toi, ordonna-t-elle rudement.

— Pas avant de savoir de quoi il retourne, répondit Bakaris, bien qu'il fût fou de joie.

— Tu vas être échangé contre un autre prisonnier, répondit Laurana.

Bakaris fronça les sourcils. Inutile de paraître trop empressé.

— Je ne te crois pas, dit-il, s'étendant sur son grabat, c'est un piège...

— Je me moque de ce que tu crois ! Tu viendras, dussé-je t'assommer pour t'emmener ! Peu m'importe que tu sois conscient ou non, l'essentiel est que je te livre à Kit... ceux qui te réclament !

Kitiara ! C'était donc ça ! A quoi jouait-elle ? Mijotait-elle quelque chose ? Bakaris hésita. Ni l'un ni l'autre ne se faisait confiance. L'elfe était capable de se servir de lui à des fins personnelles. Mais il pourrait retourner les choses à son avantage.

Voyant le visage tendu de Laurana, Bakaris comprit qu'elle mettrait sa menace à exécution. Il faudrait qu'il patiente.

— Il me semble que je n'ai pas le choix, dit-il.

Le clair de lune éclaira la cellule où il avait croupi pendant plusieurs semaines — il ne savait plus très bien combien. Prenant la cape des mains de Laurana, il rencontra son regard plein de dégoût.

— Pardon, noble dame, dit-il d'un ton sarcastique, mais les serviteurs de ton établissement n'ont pas songé à me fournir un rasoir. Je sais que la vue de quelques poils sur le menton donne la nausée aux elfes !

A la surprise de Bakaris, Laurana devint pâle comme une morte. Elle fit un effort surhumain pour se contrôler.

— Avance ! dit-elle d'une voix étranglée.

Le nain entra dans la cellule, sa hache de guerre à la main.

— Tu as entendu le général ! aboya Flint. Par Reorx, comment cette misérable carcasse peut-elle être une monnaie d'échange pour Tanis...

— Flint ! s'exclama Laurana, en colère.

Soudain, Bakaris comprit. Le plan de Kitiara commença à lui apparaître.

— Ainsi, on va m'échanger contre Tanis, dit-il en regardant Laurana avec attention.

Elle ne broncha pas. Il aurait aussi bien pu parler de quelqu'un d'autre que de l'homme dont Kitiara le disait amoureuse. Il récidiva pour éprouver sa théorie.

— Tanis n'est pas vraiment prisonnier, à moins que ce soit de l'amour. Kitiara a dû s'en lasser. Le pauvre ! Il me manquera. Lui et moi, nous avons beaucoup en commun...

La réaction ne tarda pas. Il vit les mâchoires de Laurana se serrer et ses épaules trembler sous sa cape. Elle se tourna et sortit de la cellule. Il avait touché juste. Il se servirait de cette information pour prendre sa revanche. Poussé par le nain, il franchit le seuil de la cellule.

Le soleil n'était pas encore levé mais une lueur annonçait l'aube. La ville était encore plongée dans un profond sommeil. Les sentinelles bâillaient ou ronflaient. Les quatre silhouettes encapuchonnées arrivèrent sans encombre devant une petite porte, sur le chemin de ronde.

— Elle mène à un escalier de ce côté du mur, et on descendra de l'autre côté par un second escalier, dit Tass, fouillant dans ses poches à la recherche de son passe-partout.

— Comment le sais-tu ? murmura Flint, nerveux.

— Je suis venu à Kalaman quand j'étais petit, avec mes parents. Nous passions par ici, répondit-il en glissant un fil de fer dans la serrure.

— Pourquoi pas par la porte principale, ç'aurait été trop simple ? maugréa Flint.

— Dépêchez-vous ! ordonna Laurana, qui s'impatientait.

— Nous aurions pu emprunter la porte principale,

répondit Tass en introduisant le fil de fer dans le trou. Ah ! voilà, fit-il, le remettant soigneusement dans sa poche. Où en étais-je ? s'exclama-t-il en ouvrant la porte. Oui, nous aurions pu passer par la grande entrée, mais les kenders n'étaient pas admis dans la ville.

— Ça n'a pas empêché tes parents d'y venir ! grogna Flint en le suivant dans l'escalier.

Le nain gardait l'œil sur Bakaris, qui, lui semblait-il, se conduisait un peu trop bien. Laurana était fermée comme une huître, n'ouvrant la bouche que pour donner des ordres.

— Oui, bien sûr, babillait Tass avec entrain. Ils ont toujours considéré que cette interdiction de séjour était une erreur. Pourquoi devrions-nous être sur la même liste que les gobelins ? Quelqu'un a dû inscrire les kenders par accident. Mais mes parents pensaient qu'il n'était pas poli de discutailler, alors nous entrâmes par la petite porte... Voilà, nous y sommes ! Normalement, ce n'est pas verrouillé. Attention, il y a un garde. Attendons qu'il soit passé.

En bas de l'escalier, ils se retrouvèrent de l'autre côté des remparts.

Il n'y avait personne. Pas le moindre signe de vie. Flint sentit une vague appréhension le gagner. Et si Kitiara disait la vérité ? Si Tanis était vraiment avec elle ? Et s'il était mourant ?

Il s'efforça de penser à autre chose, puis se prit à souhaiter que ce rendez-vous soit un piège ! Mais il fut tiré de ses sombres pensées par une voix qui semblait si proche qu'il en fut terrorisé.

— C'est toi, Bakaris ?

— C'est moi. Content de te revoir, Gakhan.

Tremblant, Flint se tourna vers le mur, d'où émergea une lourde silhouette enveloppée de bandages et couverte d'une cape. Il se souvint de la description que Tass avait faite du draconien.

— Ont-ils d'autres armes que cette hache de guerre ? demanda Gakhan.

— Non, répondit sèchement Laurana.
— Fouille-les, ordonna le draconien.
— Tu as ma parole d'honneur, s'écria Laurana. Je suis princesse du Qualinesti...

Bakaris s'avança vers elle.

— Les elfes ont leur propre code de l'honneur, ricana-t-il, du moins c'est ce que tu m'as dit la nuit où tu m'as décoché cette maudite flèche.

Laurana rougit mais ne répondit rien.

Bakaris leva son bras droit à l'aide de sa main gauche, et le laissa retomber.

— Tu as ruiné ma carrière et détruit ma vie.
— J'ai dit que je n'ai pas d'armes.
— Tu peux me fouiller, si tu veux, fit Tass, s'interposant entre Bakaris et Laurana. Voilà !

Il vida le contenu de ses poches aux pieds de l'officier.

— Saleté ! fit Bakaris en lui donnant une gifle.
— Flint ! cria Laurana pour retenir le nain, rouge de colère.
— Je suis désolé, vraiment ! dit Tass en ramassant ses objets.
— Si vous traînez encore, il sera inutile d'appeler les gardes. Ils pourront nous voir au grand jour.
— La femme elfe a raison, Bakaris, dit Gakhan. Prends la hache de guerre et filons d'ici.

Bakaris jeta un coup d'œil haineux à Laurana puis arracha la hache des mains de Flint.

— A quoi bon ? Le vieux est incapable de faire quoi que ce soit, de toute façon..., murmura-t-il.
— Avance, ordonna Gakhan à Laurana. Nous allons jusqu'à ce bouquet d'arbres. Reste à couvert et n'essaye pas d'alerter les gardes. Je suis magicien, et mes sorts sont mortels. La Reine des Ténèbres m'a recommandé de te ramener saine et sauve, « général ». Je n'ai pas reçu d'instructions concernant tes amis.

Ils suivirent Gakhan sur la bande de terrain à découvert qui les séparait du bosquet. Tête haute, Laurana marchait au côté de Gakhan comme s'il n'existait pas.

— Voici nos montures, dit-il, les montrant du doigt.
— Je n'irai nulle part ! répliqua Laurana, inquiète.

Flint crut d'abord qu'il s'agissait des petits dragons. Quand il vit les « montures » de plus près, il s'aperçut de sa méprise.

— Des wyvernes !

Vaguement apparentés aux dragons, les wyvernes, plus petits et plus légers, étaient utilisés par les draconiens pour envoyer des messages. Ils assuraient les mêmes fonctions que les griffons pour les elfes. Moins intelligents que les dragons, ils étaient erratiques et cruels.

Les bêtes dardaient leurs petits yeux rouges sur les compagnons, agitant leur queue de scorpion de façon menaçante.

— Où est Tanis ? demanda Laurana.
— Son état s'est aggravé, répondit Gakhan. Si tu veux le voir, il faudra aller au Donjon de Dargaard.
— Pas question ! dit Laurana en reculant d'un pas.

Bakaris la retint par le bras.

— Ne t'avise pas d'appeler au secours, dit-il, ou tes amis le paieront de leur vie. Eh bien, nous allons faire un petit voyage à Dargaard. Tanis est un ami cher. Cela m'ennuierait qu'il te rate. Gakhan, retourne à Kalaman. Tu nous raconteras comment le peuple a réagi à la disparition du général.

Le draconien hésita. Il regarda Bakaris d'un air méfiant. Kitiara l'avait averti que ce genre de contretemps pouvait survenir. Il devina que Bakaris avait sa propre vengeance en tête. Gakhan pouvait l'en empêcher, là n'était pas le problème. Mais il y avait un risque que ses prisonniers lui échappent et appellent à l'aide. Ils étaient encore tout près des remparts. Au diable Bakaris ! Gakhan n'avait aucun pouvoir sur lui, mais Kitiara l'avait sans doute prévu. Il se rassura à la pensée de ce qui attendait l'officier quand il se présenterait devant la Reine des Ténèbres.

— D'accord, commandant, répondit le draconien en s'inclinant.

Ils virent la silhouette sombre de Gakhan passer d'arbre en arbre pour gagner les remparts de la cité. La physionomie de Bakaris avait changé d'expression. Ses traits s'étaient durcis.

— Allons, général, dit-il en poussant Laurana vers les wyvernes.

Laurana se retourna.

— J'ai quelque chose à te demander. Est-il vrai que Tanis est... avec Kitiara ? Le message dit qu'il a été blessé au Donjon de Vingaard et qu'il est à l'agonie.

Voyant à quel point Laurana était inquiète, mais pour le demi-elfe, Bakaris sourit. Sa vengeance serait complète.

— Comment le saurais-je ? J'étais enfermé dans ton cachot puant. Mais j'ai du mal à croire qu'il ait été blessé. Kitiara ne l'a jamais laissé prendre part à une bataille ! Les seuls combats qu'il a gagnés se disputaient sur un autre terrain...

Laurana baissa la tête. Bakaris lui tapota le bras comme pour la réconforter. Elle se dégagea.

— Je ne te crois pas ! gronda Flint. Tanis ne permettrait jamais à Kitiara d'agir ainsi...

— Tu as raison, répondit Bakaris, sentant qu'il ne fallait pas pousser trop loin les mensonges. Il n'est pas au courant de ce qui se passe. La Dame Noire l'a envoyé à Neraka il y a des semaines pour préparer l'entrevue avec la Reine.

— Tu sais, Flint, déclara Tass avec emphase, Tanis était réellement fou de Kitiara. Te rappelles-tu la fête à l'*Auberge du Dernier Refuge* ? On célébrait l'anniversaire de Tanis. Il venait juste d'atteindre sa majorité, d'après la tradition elfe. Quelle soirée ! Tu te souviens ? Caramon avait reçu une chope de bière sur la tête quand il avait empoigné Dezra, et Raistlin, qui avait trop bu, avait raté un sort et brûlé le tablier d'Otik. Kitiara et Tanis étaient assis près de la cheminée...

Bakaris regarda Tass d'un air exaspéré. Il détestait

qu'on lui rappelle les liens étroits existant entre le Demi-Elfe et Kitiara.

— Général, dis au kender de se taire, ou je le confie aux wyvernes.

— Alors c'était un piège, souffla Laurana. Tanis n'est pas mourant... et il n'est même pas ici ! Comme j'ai été bête !

— Nous ne partirons pas d'ici ! déclara Flint en se campant devant l'officier.

Bakaris le toisa froidement.

— As-tu déjà vu un wyverne piquer quelqu'un à mort ?

— Non, jamais, dit Tass, l'air intéressé, mais j'ai vu faire ça par un scorpion. C'est la même chose ? Ne va surtout pas penser que j'ai envie d'essayer, ajouta-t-il vivement.

— Les gardes entendraient peut-être vos cris, dit Bakaris à Laurana, mais ce serait trop tard.

— Je me suis fourvoyée..., répondit Laurana comme s'il lui avait parlé dans une langue étrangère.

— Dis quelque chose, Laurana ! s'entêta Flint. Nous nous battrons...

— Non, dit-elle d'une voix presque enfantine. Je ne veux pas que vous risquiez votre vie, toi et Tass. C'est ma folie qui nous a conduits là. A moi d'en subir les conséquences. Emmène-moi, Bakaris, et laisse partir mes amis...

— Maintenant, ça suffit ! s'impatienta Bakaris. Je ne laisserai partir personne ! (Il enfourcha un wyverne et tendit la main à Laurana.) Il faudra monter à deux sur chaque bête.

Le visage vide d'expression, Laurana se laissa tirer sur un wyverne. Au contact de Bakaris, qui la serra contre lui, elle reprit des couleurs, se débattant énergiquement contre les attouchements de son « coéquipier ».

— Il vaut mieux que je te tienne, lui souffla-t-il à l'oreille, tu pourrais tomber.

— Ces créatures puent-elles toujours autant ? fit Tass en aidant le nain à grimper sur le second animal. Il faudrait leur dire de prendre un bain...

— Prenez garde à leur queue, dit Bakaris. En principe, les wyvernes ne tuent que sur ordre, mais ils sont très nerveux. Un rien les agace.

Au signal de l'officier, les monstres tendirent leurs ailes membraneuses et s'élevèrent, peinant sous le poids. Flint se cramponnait au kender, jetant de temps à autre un coup d'œil sur Laurana. Il la vit repousser violemment l'officier.

— Ce Bakaris me fait mauvaise impression ! cria-t-il à Tass. Je parie qu'il agit pour son compte et ne tient pas compte des ordres. Gakhan n'était pas content du tout d'être renvoyé en ville.

— Qu'est-ce que tu racontes ? Je t'entends mal, avec ce vent..., cria le kender.

Le soleil se levait. Au bout d'une heure de vol, les wyvernes se mirent à tournoyer à flanc de coteau. Ils avaient visiblement reçu l'ordre d'atterrir dans la petite clairière qu'on apercevait dans la colline.

Pas l'ombre d'une forteresse ni d'une habitation à l'horizon.

Ils se posèrent dans un endroit environné de pins sombres qui laissaient à peine passer les rayons du soleil. La forêt semblait animée d'ombres mouvantes. Flint remarqua une caverne creusée dans la roche au fond de la clairière.

— Où sommes-nous ? Je ne vois pas le Donjon de Dargaard, alors pourquoi nous sommes-nous arrêtés ? demanda Laurana.

— Finement observé, général, répondit Bakaris. Le Donjon de Dargaard se trouve à environ une lieue dans la montagne. Là-bas, ils ne nous attendent pas si tôt. La Dame Noire n'est sans doute pas encore levée. Nous n'allons quand même pas la sortir du lit ? Vous deux, ordonna-t-il au kender et au nain, restez en selle.

Bakaris caressa l'encolure du wyverne, qui le suivit des yeux comme un chien qui attend son os.

— Dame Laurana, tu descends, dit-il d'un ton mielleux. Nous avons juste le temps de... prendre un petit déjeuner...

Laurana le foudroya du regard. Elle porta la main au pommeau de son épée absente avec une telle détermination qu'elle crut sentir la garde sous ses doigts.

— N'approche pas !

Subjugué par le ton, Bakaris s'immobilisa. Puis en souriant, il tendit un bras vers elle et la prit par le poignet.

— Pas de ça, ma dame. N'oublie pas les wyvernes, et tes amis ! Je n'ai qu'un mot à dire pour qu'ils passent de vie à trépas !

Laurana vit la queue du monstre osciller au-dessus de la tête de Flint.

— Laurana, non ! cria Flint.

Elle lui lança un coup d'œil aigu, rappelant qui était le général. Le visage fermé, elle mit pied à terre.

— Ah ! je savais bien que tu avais de l'appétit, ricana Bakaris.

— Laisse-les partir ! implora-t-elle. C'est moi que tu veux...

— Tu as raison, dit Bakaris en la prenant par la taille. Mais leur présence t'incitera à bien te conduire.

— Ne te préoccupe pas de nous, Laurana ! gronda Flint.

— La ferme, le nain ! hurla Bakaris.

Poussant Laurana contre le flanc du wyverne, il fixa le nain et le kender d'un air féroce. La folie qui brillait dans ses yeux glaça le sang de Flint.

— Je crois qu'on ferait mieux d'obéir, Flint, sinon il va lui faire du mal...

— Du mal ? Oh, mais non, dit Bakaris en ricanant. Elle sera encore en état de servir à quelque chose pour Kitiara. Toi, le nain, reste où tu es ! Ma patience a des limites ! (Il se tourna vers Laurana :) Kitiara ne trouvera rien à redire si je m'amuse un peu en compagnie de cette dame. Ah non, tu ne vas t'évanouir...

Les yeux de Laurana se révulsèrent, ses genoux la trahirent et elle s'effondra sur le sol. Elle avait recours à une des plus vieilles manœuvres de défense des elfes.

Instinctivement, Bakaris tendit les bras pour la retenir.

— Non, tu ne vas pas me faire ça ! J'aime les femmes pleines d'entrain...

Laurana lui flanqua un grand coup de poing dans l'estomac. Le souffle coupé, il culbuta en avant. Elle en profita pour lui ficher un direct dans le menton. Bakaris s'affala dans la poussière. Flint et Tass en profitèrent pour mettre pied à terre.

— Dépêchez-vous ! cria Laurana en s'écartant de Bakaris qui se tordait de douleur. Courez dans le bois !

Ecumant de rage, le soldat plongea et attrapa Laurana par la cheville. Elle tomba en lançant de furieux coups de pieds. Flint accourut, une branche à la main, mais Bakaris s'était prestement remis debout. Il frappa le nain à la figure. De l'autre bras, il agrippa le poignet de Laurana. Puis il apostropha le kender d'un air menaçant.

— La dame et moi nous allons dans la caverne..., souffla-t-il, hors d'haleine, en tordant le poignet de Laurana, qui hurla de douleur. Si tu fais un pas de plus, kender, je lui casse le bras. Dans la caverne, je ne veux pas être dérangé. J'ai un poignard. Je le tiendrai sur la gorge de la dame. C'est clair, petit crétin ?

— Oui, m... messire, balbutia Tass. Je n'ai pas songé une seconde à... Je veux seulement rester auprès de Flint.

— Ne t'avise pas d'aller dans le bois, dit Bakaris

en traînant Laurana vers la caverne. Les draconiens y patrouillent.

Laurana avançait en trébuchant. Pour bien lui faire sentir qu'elle était prise au piège, Bakaris lui tordit à nouveau le bras. La douleur fut atroce. Mais comment faire lâcher prise à son bourreau ? Elle s'efforça de garder la tête froide. C'était plus facile à dire qu'à faire. L'homme avait une force peu commune ; son odeur d'humain lui rappelait Tanis de façon horrible.

Comme s'il devinait ses pensées, Bakaris frotta son visage barbu contre sa joue.

— Tu vas rejoindre le bataillon de femmes que j'ai partagées avec le demi-elfe..., chuchota-t-il à son oreille.

Sa phrase s'acheva sur un hoquet douloureux.

Sa pression sur le bras de Laurana s'accentua jusqu'à l'insupportable, puis se relâcha. Les doigts de Bakaris s'ouvrirent. Laurana se dégagea de lui.

Campée devant l'officier qui se tenait la poitrine à deux mains, elle découvrit que le petit couteau de Tass était planté entre ses côtes.

Bakaris dégaina son poignard et voulut frapper le kender, qui le défiait.

Un trop-plein de haine se libéra en Laurana. Une fureur dont elle ne se serait pas crue capable s'était emparée d'elle. Plus rien d'autre ne comptait : il fallait qu'elle tue cet homme.

Poussant un cri de rage, elle se jeta sur lui avec une telle violence qu'elle le renversa. Elle cherchait à s'emparer du poignard, quand elle s'aperçut que l'officier ne bougeait plus. Tremblant d'excitation, elle se remit sur ses jambes.

Un moment éblouie, elle ne vit pas grand-chose. Tass s'avança et retourna le corps inerte de l'officier. Bakaris était mort. On pouvait lire dans ses yeux grands ouverts une expression de surprise, qui avait figé ses traits. Son propre poignard l'avait éventré.

— Que s'est-il passé ? murmura Laurana.

— Quand tu as chargé, il est tombé, et son poignard s'est enfoncé dans son estomac, répondit Tass.

— Mais avant...

— Oh ! je lui ai flanqué un coup de couteau, dit Tass, retirant son arme du corps avec fierté. Et Caramon qui disait que cette lame n'arriverait pas à venir à bout d'un lapin ! Il va m'entendre ! ... Tu sais, Laurana, continua-t-il d'un air triste, tout le monde sous-estime les kenders. Bakaris aurait pu au moins fouiller mes sacoches ! Dis, ce n'était pas mal, le coup de l'évanouissement. L'as-tu...

— Comment va Flint ? l'interrompit Laurana.

Elle avait une seule envie : ne plus entendre parler de ce qui venait de se passer.

Machinalement, elle enleva sa cape et l'étendit sur le cadavre.

— Il revient à lui, répondit Tass, voyant le nain secouer la tête en grommelant. Et les wyvernes ? Crois-tu qu'ils s'attaqueront à nous ?

— Je n'en ai aucune idée, répondit Laurana. Je sais qu'ils sont assez stupides pour ne rien pouvoir faire seuls. Si nous ne les irritons pas avec des gestes brusques, nous pourrons peut-être nous échapper par la forêt avant qu'ils se rendent compte de la situation. Va aider Flint.

— Allons, allons, Flint, il est temps, fit Tass en tapotant l'épaule du nain. Il faut filer...

Le kender fut interrompu par un cri qui lui hérissa les cheveux sur la tête. Il se retourna. Laurana était debout face à la caverne et semblait paralysée. Tass sentit son sang se glacer dans ses veines. Suffocant, il voulut interpeller le nain, mais ne put qu'exhaler un son bizarre.

Alarmé par la voix étrange du kender, Flint se mit sur son séant. Il suivit du regard le doigt que Tass pointait devant lui.

— Par Reorx, qu'est-ce que c'est ? s'exclama-t-il.

La créature avançait vers Laurana, qui semblait sous

l'emprise d'un charme. Vêtu d'une armure de chevalier solamnique complètement noircie, le nouveau venu portait un casque qui reposait sur le vide. Seul indice de vie, une lueur orange brillait dans la fente du heaume.

La créature tendit un bras dépourvu de main et empoigna pourtant Laurana. Hurlant de douleur, elle tomba à genoux. Sa tête s'inclina, puis elle s'écroula sur le sol. Au seul contact de la créature, elle avait sombré dans l'inconscience.

Le chevalier la prit dans ses bras.

Tass fit un pas vers elle. Il s'arrêta, cloué sur place par la lueur orange qui tenait lieu de regard au spectre. Flint se répétait qu'il fallait faire quelque chose, sans pouvoir remuer un doigt. Son corps ne lui obéissait plus.

— Retourne à Kalaman, gronda une voix. Dis-leur que nous avons la femme elfe. La Dame Noire arrivera demain à midi pour négocier votre reddition.

Le spectre enjamba le cadavre de Bakaris comme s'il n'existait pas et disparut dans l'épaisse futaie avec son fardeau.

Dès qu'il se fut éloigné, le charme prit fin. Tass, qui se sentait affaibli par le choc, se mit à trembler comme une feuille.

— Je vais les suivre, grommela le nain, dont les mains tremblaient elles aussi.

— N...non, bégaya Tass, blanc comme un linge. Nous ne pouvons pas nous battre contre ce machin-là. J...j'ai eu peur, Flint ! Je m'excuse, mais je ne tiendrai pas le coup une seconde fois ! Il faut que nous retournions à Kalaman. Il y a peut-être quelque chose à faire...

Tass courut vers la lisière des arbres. Flint jeta un dernier regard à Bakaris, gisant sous le manteau de Laurana. Il avait le cœur déchiré par tant de souffrances. Brusquement, il eut l'intime conviction que l'officier avait menti. *Je sais maintenant que Tanis n'est pas avec Kitiara ! J'ignore où il peut être, mais si un jour je le trouve, j'aurai beaucoup de choses à lui dire... Je n'ai pas tenu ma promesse. Il me l'a confiée, et j'ai échoué !*

Tass l'appela.

Il courut vers le kender. *Comment vais-je pouvoir lui avouer tout ça ?*

4

UN PAISIBLE INTERMÈDE

— Parle ! dit Tanis en dévisageant l'homme assis en face de lui. Je veux une réponse. Pourquoi nous as-tu conduits dans le maelström ? Que savais-tu de cet endroit ? Où sommes-nous ? Où sont les autres ?

L'homme qui soutenait le regard courroucé de Tanis était Berem. Ses mains d'adolescent juraient avec la maturité de son visage. Ses yeux errèrent sur l'étrange décor dans lequel ils se trouvaient.

— Bon sang, mais dis quelque chose ! enragea Tanis.

Il prit l'homme au collet et le souleva de sa chaise. Ses deux mains se refermèrent sur sa gorge.

— Tanis !

Lunedor tira Tanis par le bras. Mais le demi-elfe était hors de lui. La colère et l'angoisse le rendaient méconnaissable. Elle tenta de lui faire lâcher prise.

— Rivebise, dis-lui d'arrêter !

Le grand barbare prit Tanis par les poignets et l'éloigna de Berem.

— Laisse-le tranquille, Tanis ! Il est muet. Même s'il voulait parler, il ne pourrait pas !

— Si, je peux.

Les trois compagnons fixèrent Berem avec stupéfaction.

— Je ne suis pas muet, poursuivit-il d'un ton calme en langue commune.

— Alors, pourquoi faire semblant ?

Berem frotta son cou endolori en regardant Tanis.

— Les gens ne posent pas de questions à un muet...

Tanis tenta de se calmer en réfléchissant. Rivebise fronça les sourcils. Finalement, le demi-elfe avança une chaise et s'assit.

— Berem, dit-il, contenant son impatience, tu es en train de nous parler. Vas-tu enfin répondre à nos questions ?

Berem opina du chef.

— Pourquoi ? J...je... Il faut que vous m'aidiez... à sortir d'ici... Je ne peux pas rester...

En dépit de l'atmosphère étouffante de la pièce, Tanis frissonna.

— Es-tu en danger ? Sommes-*nous* en danger ? Quel est l'endroit où nous nous trouvons ?

— Je n'en sais rien ! répondit Berem en roulant des yeux pleins de détresse. J'ignore où nous sommes. Je sais seulement qu'il ne faut pas que je reste ici. Je dois m'en retourner !

— Pourquoi ? Les seigneurs draconiens sont à ta poursuite. L'un d'eux m'a confié que tu étais la clé de la victoire, d'après la Reine des Ténèbres. Pourquoi, Berem ? Que veulent-ils de toi, et pourquoi le veulent-ils avec tant d'insistance ?

— Je n'en sais rien ! cria Berem, serrant les poings. Je fuis depuis si longtemps ! Pas un moment de répit !

— Depuis combien de temps cela dure-t-il ? demanda Tanis.

— Depuis des années ! répondit Berem d'une voix étranglée. Des années... mais je ne sais pas combien. J'ai trois cent vingt-deux ans. Peut-être vingt-trois. Ou vingt-quatre ? Tout ce temps, la Reine m'a poursuivi.

— Trois cent vingt-deux ans ! s'écria Lunedor. Pour un humain, c'est impossible !

— Oui, je suis un humain, répondit Berem en regardant Lunedor, et je sais que ce n'est pas possible. Je suis mort plusieurs fois. (Son regard alla à Tanis.) Tu l'as vu, à Pax Tharkas. Je t'ai reconnu quand tu es monté sur le bateau.

— Ainsi tu es bien mort quand les pierres te sont tombées dessus ! s'exclama Tanis. Mais Sturm et moi, nous t'avons vu en chair et en os au mariage de Lunedor et de Rivebise...

— Oui. Moi aussi je t'ai vu. C'est pour cette raison que je me suis enfui. Je savais... que vous me poseriez des questions. Comment pouvais-je vous expliquer que j'étais vivant ? Cela me dépasse moi-même ! Tout ce que je sais, c'est que je meurs, et qu'ensuite je suis de nouveau vivant. Cela se passe toujours de la même manière... Mon seul désir est d'avoir la paix !

Déconcerté, Tanis le considéra d'un air songeur. Berem ne disait pas la vérité, il en était certain. Mais il ne mentait pas sur ses morts et ses résurrections. Tanis l'avait constaté par lui-même. Il savait aussi que la Reine des Ténèbres mobilisait d'importantes forces armées pour retrouver cet homme, qui devait sûrement savoir pourquoi !

— Berem, comment cette gemme verte s'est-elle incrustée dans ta poitrine ? demanda Tanis.

— Je ne sais pas, répondit Berem. Elle fait partie de moi, comme mes os et mon sang. Je crois que c'est à cause d'elle que je reviens à la vie.

— Peux-tu retirer ça de ta poitrine ? demanda Lunedor en s'asseyant près de lui.

Berem secoua la tête. Ses cheveux gris lui fouettèrent le visage.

— J'ai essayé ! Plusieurs fois, j'ai tenté de l'arracher ! Autant essayer de se sortir le cœur de la poitrine !

Tanis soupira. Cela ne l'avançait pas à grand-chose. Il n'avait toujours pas la moindre idée de l'endroit où ils se trouvaient. Et il comptait tant sur Berem pour le leur dire...

La pièce appartenait sans doute à un bâtiment ancien. Ses murs couverts de mousse abritaient des meubles délabrés qui avaient dû être magnifiques autrefois. Comme il n'y avait pas de fenêtres, les bruits de l'extérieur ne filtraient pas. Depuis quand étaient-ils ici ? Impossible à dire.

Ils avaient perdu la notion du temps.

Tanis et Rivebise avaient exploré le bâtiment sans trouver de sortie, ni trace de vie humaine. Tanis se demandait s'ils n'étaient pas sous l'emprise d'un charme. Chaque fois qu'ils s'aventuraient dans un des corridors, c'était pour revenir dans la même pièce.

Ils n'avaient qu'un vague souvenir du moment où ils avaient été engloutis par le maelström. Tanis se rappelait le craquement des planches, la chute du mât et les voiles arrachées. Il revoyait Caramon emporté par une énorme vague et les boucles rousses de Tika flottant dans le courant. Il avait vu le dragon... et Kitiara... Les serres du monstre avaient laissé des traces sur son bras. Une autre vague avait déferlé... Il avait retenu son souffle, certain que la douleur allait lui faire éclater les poumons. Longtemps il avait attendu la mort, accroché à une planche ; puis il avait refait surface dans l'eau mugissante, qui l'avait de nouveau aspiré vers une fin inéluctable...

Il s'était réveillé dans cet endroit étrange. Rivebise, Lunedor et Berem étaient avec lui, les vêtements encore trempés.

Au début, Berem était resté terré dans un coin, effrayé par leur présence. Lunedor l'avait rassuré, lui parlant avec douceur et lui apportant de la nourriture. Il n'avait qu'une seule idée : quitter cet endroit.

Tanis avait d'abord supposé que Berem les avait entraînés à dessein dans le maelström, parce qu'il connaissait l'existence de cette pièce.

Mais il commençait à en douter. Berem paraissait troublé et inquiet. Sans doute ne savait-il rien. Qu'il se décide à leur parler prouvait qu'il disait la vérité. Il était au désespoir. Pour quelle raison ?

— Berem, commença Tanis, marchant de long en large. Si tu tiens tant à échapper à la Reine des Ténèbres, il semble que nous soyons dans l'endroit idéal...

— Non ! s'écria Berem.

— Pourquoi ? Pourquoi tiens-tu tellement à partir ? Pourquoi veux-tu te jeter dans la gueule du loup ?

Berem se recroquevilla sur son siège.

— Je n'ai aucune idée d'où nous sommes ! Je dois rentrer... Il faut que j'aille quelque part... Je suis à la recherche de quelque chose... Et je ne serai pas en paix tant que je n'aurai pas trouvé.

— Eh bien, cherche ! Que veux-tu donc trouver ? s'énerva Tanis.

Sentant la main de Lunedor se poser sur la sienne, il réalisa qu'il se conduisait comme un fou. Mais il était décourageant d'avoir devant soi la clé de la victoire pour la Reine des Ténèbres et ne pas savoir pourquoi !

— Je ne peux pas te le dire !

Tanis respira un bon coup et ferma les yeux. Il fallait se calmer. Il avait l'impression que sa tête allait éclater d'une seconde à l'autre. Lunedor se leva. Les deux mains sur ses épaules, elle lui murmura des paroles apaisantes où il était question de Mishakal. Il se sentait vidé, mais son malaise était passé :

— C'est bon, Berem, ne t'inquiète pas. Je m'excuse. Oublions ça. Parlons de toi. D'où viens-tu ?

Berem hésita. Il semblait aux abois. Tanis, frappé par l'étrangeté de son attitude, fit le premier pas.

— Moi, je suis de Solace. Et toi ?

Berem le regarda d'un air méfiant.

— Tu ne connais sûrement pas. Je viens d'un petit village près de... de... Neraka.

— Neraka ? répéta Tanis en interrogeant Rivebise des yeux.

— Il a raison, je n'en ai jamais entendu parler, dit Rivebise.

— Moi non plus, marmonna Tanis. Dommage que

Tass ne soit pas là avec ses cartes... Berem, pourquoi...

— Tanis ! cria Lunedor.

Au ton de sa voix, le demi-elfe se leva d'un bond, la main sur le pommeau de son épée. Un homme en robe rouge se tenait sur le seuil de la porte.

— Bonjour ! dit-il en langue commune.

La vision de la robe ramena l'image de Raistlin à l'esprit de Tanis. Un instant, il crut vraiment que c'était lui. Mais ce mage-là était plus âgé et son visage était très doux.

— Où sommes-nous ? demanda Tanis. Qui es-tu ? Comment avons-nous atterri ici ?

— KreeQuekh, fit l'homme d'un air dégoûté.

Il tourna les talons et s'éloigna.

— Enfer et damnation ! jura Tanis en se précipitant derrière lui.

— Attends un peu, fit Rivebise en le retenant par le bras. Calme-toi, Tanis, c'est un magicien. Tu ne peux rien contre lui, même avec ton épée. Nous allons le suivre pour voir où il va. S'il a ensorcelé cet endroit, il devra probablement lever le charme pour en sortir.

— Tu as raison. Pardonne-moi. Je ne sais pas ce que j'ai, je me sens plus tendu qu'une corde de violon. Nous allons le suivre. Lunedor, tu restes ici avec Berem...

— Non ! cria Berem.

Il bondit de son siège et empoigna Tanis avec une telle force qu'il faillirent tomber.

— Non ! Ne me laissez pas seul ici ! Ne me laissez pas...

— Nous n'avons pas l'intention de te laisser ! dit Tanis en se dégageant de son étreinte. Bon, eh bien d'accord ! Il vaut peut-être mieux rester ensemble.

Ils s'engagèrent dans un étroit corridor qui les conduisit à une salle vide et déserte.

— Il est parti par là ! indiqua Rivebise.

Ils aperçurent un pan de robe rouge au détour d'un

couloir. Ils coururent et arrivèrent dans une nouvelle salle, qui donnait sur plusieurs portes.

— Ce n'était pas agencé comme ça avant ! s'écria Rivebise. Cette salle avait des murs pleins !

— Pleins d'illusions, oui ! marmonna Tanis.

Ils firent le tour des pièces, toutes vides et délabrées. Suivant à la trace le mage en robe rouge, ils traversèrent plusieurs corridors. Deux fois, ils crurent l'avoir perdu, mais ils le retrouvaient bientôt au détour d'une couloir ou à l'autre bout de la prochaine salle.

Ils atteignirent l'intersection de deux corridors.

— Séparons-nous, dit Tanis. Mais nous n'irons pas loin, et nous nous retrouverons ici. Rivebise, si tu vois le mage, tu siffles. Je ferai de même.

Le barbare et Lunedor partirent d'un côté, Tanis et Berem de l'autre.

Le corridor aboutissait sur une grande salle aussi singulièrement éclairée que les autres. Rien d'intéressant, à première vue. Tanis décida cependant d'y jeter un coup d'œil avant de s'en aller. A l'exception d'une grande table ronde, l'endroit était vide. Tanis remarqua qu'une carte était gravée sur son plateau.

Peut-être pourrait-il déterminer où ils se trouvaient ? La carte reproduisait avec minutie le plan en relief d'une ville ! Il n'y manquait pas un détail. Sa représentation semblait plus réelle que la salle qui l'abritait.

— Vraiment dommage que Tass ne soit pas là, se dit Tanis, imaginant le ravissement du kender devant cette merveille.

Il fut interrompu par Berem qui le tirait par la manche, l'incitant du geste à quitter les lieux.

— Juste un instant, fit Tanis, Rivebise n'a pas encore sifflé ; je voudrais examiner cette carte d'un peu plus près.

Au centre de la 'ville se dressaient d'élégantes maisons et un palais à colonnade. Des fleurs printanières grimpaient jusqu'aux dômes de cristal. Au cœur même de la cité trônait un édifice qui devait être un temple. Bien que Tanis fût certain de n'y avoir jamais mis les pieds, ce bâtiment lui rappelait quelque chose.

C'était le plus beau qu'il ait jamais vu, surpassant même les Tours du Soleil et des Etoiles des royaumes elfes. Ses sept tours pointaient vers le ciel comme une offrande aux dieux.

Ce que ses maîtres elfes avaient enseigné à Tanis sur le Cataclysme et le Prêtre-Roi lui revint à la mémoire. Il détacha les yeux de la carte et releva la tête, la gorge serrée. Berem, livide, le regardait avec inquiétude.

— Qu'y a-t-il ? balbutia-t-il en s'agrippant à Tanis.

Le demi-elfe hocha la tête. Les mots se dérobaient à lui. Les compagnons se trouvaient dans une situation impliquant des choses si terribles qu'il eut l'impression d'être englouti une seconde fois par les flots rouges de la Mer de Sang.

Bouleversé, Berem se pencha à son tour sur la carte. Ses yeux s'écarquillèrent. Il poussa un hurlement effroyable et se jeta sur le dôme de cristal, le martelant de ses poings.

— C'est la Cité des Maudits ! cria-t-il. La Cité des Maudits !

Tanis tentait de le calmer lorsque s'éleva le sifflement strident de Rivebise.

— J'ai vu, dit le demi-elfe en tirant Berem. Viens, il faut que nous sortions de là.

Mais comment ? Comment quitter une ville que le Cataclysme avait rayée de la surface de Krynn ? Une ville qui devait se trouver au fin fond de la Mer de Sang ?

Poussant Berem devant lui, Tanis aperçut une inscription au-dessus de la porte, gravée dans une plaque de marbre effritée. Les caractères étaient rongés par la mousse, mais on pouvait encore lire le texte :

Bienvenue dans notre belle cité
O noble visiteur
Bienvenue dans la cité chérie des dieux
O honorable visiteur
Bienvenue à Istar.

5

« JE L'AI TUÉ DÉJÀ UNE FOIS... »

— J'ai bien vu ce que tu voulais faire ! Tu as essayé de le tuer ! cria Caramon à Par-Salian.

Par-Salian, maître de la dernière Tour des Sorciers, lovée au fin fond de l'étrange forêt de Wayreth, était le chef suprême de l'Ordre des Magiciens.

Fort de ses vingt ans, Caramon aurait été capable de mettre en miettes le vieillard fluet qui flottait dans sa tunique blanche. Le jeune guerrier avait été mis à rude épreuve ces derniers jours, et sa patience était à bout.

— Nous ne sommes pas des assassins, répondit Par-Salian d'une voix douce. Ton frère savait ce qu'il faisait quand il s'est soumis à l'Epreuve. Il n'ignorait pas que l'échec serait puni de mort.

— Il n'y pensait pas, grommela Caramon. Ou il s'en moquait. Parfois... son amour de la magie l'empêche de penser.

— Amour ? répliqua Par-Salian avec un sourire navré. Je ne crois qu'on puisse appeler ça « amour ».

— Appelle ça comme tu voudras. En tout cas, il n'avait pas conscience de ce que vous alliez lui faire ! Les magiciens ne travaillent pas dans la légèreté !

— Certainement. Qu'adviendrait-il de toi, guerrier, si tu allais au combat sans savoir manier l'épée ?

— *N'essaie pas de changer de sujet...*
— *Qu'arriverait-il ? insista le mage.*
— *Je serais tué, répondit Caramon du ton avec lequel on s'adresse aux vieux un peu gâteux.*
— *Et tu ne serais pas le seul à périr, continua Par-Salian, car tes camarades et ceux qui dépendent de toi mourraient à cause de ton incompétence.*
— *Oui, dit Caramon, excédé.*
— *Tu vois donc bien ce que je veux dire, fit Par-Salian. Nous n'exigeons pas de tous les apprentis magiciens qu'ils se soumettent à l'Epreuve. Beaucoup se contentent du don qu'ils ont reçu, et utilisent leur vie durant les sorts les plus simples, appris à notre école. Cela leur suffit à aider les gens dans la vie de tous les jours. Parfois, il nous arrive des candidats comme ton frère. Pour lui, la magie est plus qu'un don, c'est l'objet même de sa vie. Il aspire à aller toujours plus loin, toujours plus haut. Il cherche un pouvoir et un savoir qui peuvent devenir dangereux, pas seulement pour lui, mais pour ses proches. Nous soumettons à un test les magiciens qui veulent accéder au royaume du Pouvoir, et nous leur faisons subir l'Epreuve. Ainsi nous éliminons les incompétents...*
— *Tu as tout fait pour éliminer Raistlin ! grogna Caramon. Il n'est pas incompétent, mais fragile. A présent, il est malade, peut-être va-t-il mourir !*
— *Non, il n'est pas incompétent. Au contraire. Ton frère a très bien réussi, guerrier. Il a vaincu tous ses ennemis. Il s'est comporté comme un vrai professionnel. Presque trop. Je me demande même si quelqu'un ne s'intéresse pas de très près à lui.*
— *Je ne suis pas en mesure de le savoir, dit Caramon, sûr de lui, et je m'en moque. Mais je sais que je vais mettre fin à tout ça. Le plus tôt sera le mieux.*
— *Tu ne le feras pas. Rien ne t'y autorise. D'ailleurs, il n'est pas mourant...*
— *Rien ne m'arrêtera ! La magie ? De la prestigiditation pour amuser les gosses ! Le véritable pou-*

voir ? Bah ! Le pouvoir ne vaut pas qu'on risque sa vie...

— Ton frère n'est pas de cet avis. Veux-tu que je te montre à quel point il croit en sa magie ? Veux-tu connaître le véritable pouvoir ?

Ignorant Par-Salian, Caramon fit un pas vers son frère, décidé à mettre un terme à ses souffrances. C'était un pas de trop. Il se trouva immobilisé, les pieds pris dans un étau glacé. La peur l'envahit. Pour la première fois, un charme le privait de son autonomie. La sensation d'impuissance le terrorisait davantage qu'une horde de gobelins brandissant des haches.

— Regarde bien. Je vais te donner à voir ce qui aurait pu arriver...

Soudain, Caramon se vit entrer dans la Tour des Sorciers ! Ses yeux clignèrent de stupeur. C'était bien lui, ouvrant les portes et arpentant les corridors !

L'image était si réelle que Caramon vérifia qu'il était bien dans son corps, et non ailleurs. Oui, il était là. Apparemment, il se trouvait à deux endroits en même temps. Le véritable pouvoir ! Son corps ruisselant de sueur fut parcouru de frissons.

Caramon — celui de la Tour — cherchait son frère. A force de crier son nom, il le trouva.

Le jeune mage gisait sur le dallage glacé. Du sang coulait de sa bouche. A côté de lui se trouvait le cadavre d'un elfe noir, victime de sa magie. Mais cette victoire avait eu son prix. Le mage semblait sur le point de rendre l'âme.

Caramon prit son frère dans ses bras et, malgré ses protestations, l'emporta hors de la Tour. Il le sortirait de là, fût-ce au péril de sa vie.

Ils allaient franchir le seuil lorsqu'une forme se dressa devant eux. Encore une épreuve ! se dit Caramon. Celle-là ne sera pas pour Raistlin ! Il posa son frère sur le sol et se prépara à affronter la silhouette.

Le Caramon qui observait la scène n'en crut pas

ses yeux. C'était insensé : il se vit jeter un sort ! Il avait laissé tomber son épée et tenait d'étranges objets. Il prononça des paroles incompréhensibles. Des éclairs lui jaillirent des doigts, et l'apparition s'évanouit dans un cri.

Le vrai Caramon se tourna vers Par-Salian d'un air égaré. Le mage lui fit signe de regarder le mirage.

Raistlin s'était levé.

— Comment as-tu fait ? demanda-t-il à son frère.

Caramon ne sut que répondre. Comment avait-il pu réussir spontanément ce qui avait demandé à Raistlin des années d'études ? Il se vit donner tout naturellement des explications à son frère, qui semblait au supplice.

— Raistlin ! cria le vrai Caramon. C'est une imposture ! Ce vieillard nous joue un tour ! Jamais je ne ferai une chose pareille ! Je ne t'ai jamais volé ta magie ! Jamais de la vie !

Le Caramon du mirage se pencha vers son « petit » frère, pour le sauver de lui-même.

Le jeune mage, malade de jalousie, fit appel à ce qui lui restait d'énergie pour lancer un sort.

Des flammes jaillirent de ses mains et enveloppèrent son frère.

Les yeux exorbités, Caramon se vit consumé par le feu magique. Raistlin s'était évanoui.

— Raist ! Non !

Des mains douces lui caressaient le visage. Il entendit parler autour de lui, mais il n'avait aucune envie de comprendre ce qui se disait, ni même d'ouvrir les yeux. Sa douleur n'en deviendrait que plus réelle.

— Je voudrais dormir, s'entendit-il dire avant de retomber dans l'inconscience.

Il approchait d'une autre Tour. La Tour des Etoiles, au Silvanesti. Raistlin, revêtu d'une robe noire, soutenait son frère blessé. Le sang coulait de son bras ouvert par un javelot, qui avait failli l'arracher.

— Je voudrais me reposer, dit Caramon.

Raistlin l'installa contre le mur de la Tour et s'apprêta à partir.

— Raist ! Ne t'en va pas ! Ne me laisse pas seul ici !

Le guerrier se trouvait sans défense contre les hordes de spectres elfes qu'il le guettaient dans l'ombre. Seul le sortilège de Raistlin les retenait.

— Raist ! Ne me quitte pas ! cria Caramon.

— *Alors, quel effet cela fait-il, d'être épuisé et abandonné ?* fit Raistlin.

— Raist ! Tu es mon frère !

— *Tu sais, Tanis, je l'ai déjà tué une fois ; je peux recommencer !*

— Raist ! Non ! Raist !

— Caramon, je t'en prie..., dit une voix douce, réveille-toi ! Caramon ! Reviens à toi. J'ai besoin de toi.

Non ! Caramon repoussa mentalement la voix. *Non, je ne veux pas me réveiller. Je suis fatigué. J'ai mal. Je voudrais me reposer.*

Mais les mains et la voix ne le laissaient pas tranquille. Elles s'accrochaient à lui, l'arrachant aux profondeurs où il désirait sombrer.

Il descendait à présent vers le fond, toujours plus bas, vers des ténèbres rougeoyantes. Les mains décharnées de squelettes l'agrippaient ; il voyait défiler des têtes aux orbites creuses, aux bouches ouvertes sur un cri muet. Il s'enfonça dans une mer de sang. Luttant de toutes ses forces contre le flot, il refit surface. Raistlin ! Il n'y avait personne. Il était parti. Tanis et ses amis aussi. Il vit le bateau qui s'éloignait, cassé en deux, les marins dispersés dans les flots rouge sang.

Tika ! Elle était là. Il l'attira contre lui. Elle étouffait, mais il ne pouvait rien pour elle. Le courant l'arracha à ses bras et l'emporta. Cette fois, il n'arrivait pas à refaire surface. Ses poumons allaient éclater. La mort... Le repos... Douceur, chaleur...

Mais des mains importunes le ramenaient sans cesse vers la surface, si effrayante... Laissez-moi m'en aller !

Et ces autres mains émergeant des flots rouges, qui le tiraient... Il tombait, emporté de plus en plus vite vers des abîmes pleins de douceur. Des mots magiques le bercèrent, il respira... Il respirait l'eau... Ses yeux se fermèrent... L'eau était tiède et bienfaisante... Il était redevenu un enfant.

Enfin presque. Il lui manquait son frère jumeau.

Non, il ne voulait pas ! S'il se réveillait, il mourrait ! Qu'on le laisse flotter dans son rêve pour toujours. Tout était préférable à la douleur qui le rongeait.

Mais les mains se posaient sur lui, la voix continuait à l'appeler : « Caramon, j'ai besoin de toi... »

Tika.

— Je ne suis pas prêtre, mais je crois qu'il va mieux. Laisse-le dormir un peu.

Tika s'essuya les yeux.

— De quoi souffre-t-il ? demanda-t-elle, autant à l'homme qu'à elle-même. Aurait-il été blessé quand le bateau a sombré dans le maelström ? Cela fait des jours qu'il est dans cet état. Depuis que tu nous as trouvés...

— Non, je ne crois pas. S'il avait été blessé, les elfes marins l'auraient guéri. Ce doit être une souffrance de l'âme. Qui est ce Raist dont il parle ?

— Son frère jumeau, répondit Tika après une hésitation.

— Qu'est-il devenu ? Il est mort ?

— Non... Je ne sais pas exactement. Caramon aime énormément son frère, et lui... l'a trahi.

— Je vois. Ce sont des choses qui arrivent, là-haut. Ne t'étonne pas que j'aie choisi de vivre ici-bas.

— Tu lui as sauvé la vie, et je ne sais même pas ton nom !

— Zebulah, répondit l'homme en souriant. Je ne lui

ai pas sauvé la vie, Il est revenu à elle par amour pour toi.

L'interlocuteur de Tika était vêtu d'une robe rouge. Son regard, comme son sourire, était franc et ouvert. Il devait avoir entre quarante et cinquante ans.

— Tu es magicien, comme Raistlin !

— Alors ceci explique cela, dit Zebulah en souriant. Il m'a vu à travers son brouillard, et cela lui a fait penser à son frère.

— Mais comment se fait-il que tu vives dans ces lieux étranges ? demanda Tika.

Ils se trouvaient dans un bâtiment délabré. L'air, chaud et étouffant, favorisait la croissance des plantes qui y proliféraient.

Des meubles d'un autre âge, disposés au hasard, garnissaient la pièce. Les filets d'eau qui ruisselaient le long des murs scintillaient parmi une luxuriante verdure, diffusant une lumière irréelle. Une mousse dont les tons allaient du vert le plus tendre au rouge corail envahissait tout.

— Et moi, pourquoi suis-je ici ? D'ailleurs, c'est *quoi*, ici ? murmura-t-elle.

— Ici c'est... C'est *ici*, répondit Zebulah. Les elfes marins vous ont sauvés de la noyade, et moi, je vous ai amenés en ce lieu.

— Des elfes marins ? Je n'en avais jamais entendu parler. Je ne me souviens pas d'avoir eu affaire à des elfes ! Je me rappelle seulement d'énormes poissons très gentils...

— Oh ! tu ne risques pas de voir les elfes marins. Ils craignent et évitent les KreeQuekh, ce qui dans leur langage signifie « créatures des airs ». Ces poissons dont tu parles étaient des elfes marins. Ils n'apparaissent aux KreeQuekh que sous cette forme. Des dauphins, comme vous les appelez.

— Alors pourquoi nous ont-ils sauvé la vie ?

— Connais-tu des elfes terrestres ?

— Oui, répondit Tika, pensant à Laurana.

— Tu sais donc que pour eux la vie est sacrée.

— Je comprends. Et comme les elfes terrestres, ils préfèrent renoncer au monde plutôt que de l'aider.

— Ils font ce qu'ils peuvent pour l'aider, rétorqua Zebulah. Ne critique pas ce que tu ne connais pas, jeune fille.

— Je m'excuse, dit Tika en rougissant. Mais toi, tu es un humain. Pourquoi...

— ... Suis-je ici ? Je n'ai ni le temps ni l'envie de te raconter mon histoire, car tu ne me comprendrais pas. Les autres ne me comprennent pas non plus.

— Les autres ? As-tu rencontré quelqu'un qui se trouvait sur notre bateau..., nos amis ?

— Il y a toujours du monde ici-bas. Les ruines sont vastes, et de nombreux bâtiments recèlent des poches d'air. Nous emmenons les rescapés dans ces abris. Je ne sais que dire à propos de tes amis. S'ils étaient avec vous sur le bateau, ils ont sûrement disparu. Les elfes marins se sont occupés des morts selon leur rites et ont libéré leurs âmes. (Zebulah se leva pour partir.) Eh bien, je suis heureux que ton jeune ami ait survécu. Pour la nourriture, elle est partout ; les plantes sont comestibles. Tu peux te promener dans les ruines si le cœur t'en dit. Je les ai placées sous un sortilège, pour éviter que tu tombes dans la mer et que tu te noies. Retiens bien l'endroit où tu te trouves, pour ne pas te perdre.

— Attends un peu ! s'écria Tika. Nous ne pouvons pas rester ici ! Nous devons retourner à la surface. Il doit exister un moyen de sortir !

— Ils me demandent tous la même chose, grogna Zebulah avec une pointe d'impatience dans la voix. Franchement, je ne prétends pas le contraire ; il y a sûrement une sortie. Certains la trouvent par hasard. D'autres, comme moi, décident tout simplement de rester. Vois par toi-même. Mais veille à ne pas quitter la partie des ruines que nous avons aménagée !

— Attends encore un peu ! s'écria Tika en courant

derrière le magicien. Si tu vois mes amis, tu pourrais leur dire que...

— Oh ! j'en doute, répondit Zebulah. Sans vouloir t'offenser, j'en ai assez de cette conversation. Plus je vis ici, plus les KreeQuekh comme toi me fatiguent. Toujours pressés par quelque chose. Incapables d'être contents là où ils sont. Toi et ton jeune ami seriez plus heureux dans ce monde que dans l'autre. Mais vous préférez défier la mort pour retourner là-haut. Qu'est-ce qui vous y attend ? La trahison ! dit-il en jetant un coup d'œil à Caramon.

— Mais il y a la guerre ! cria Tika. Les gens souffrent. Cela t'est-il égal ?

— Là-haut, les gens souffrent sans arrêt, répondit Zebulah. Je ne peux rien y faire. Ça m'est devenu indifférent. Après tout, cela mène à quoi ? Ton ami, cela l'a conduit où ?

Il sortit en claquant la porte.

Tika se demanda si elle devait lui courir après et se pendre à ses basques pour qu'il revienne. Il était le seul lien qui lui restait avec le monde d'en haut.

— Tika...

— Caramon !

Oubliant Zebulah, elle se précipita vers le guerrier, et l'aida à se redresser dans son lit.

— Par les Abysses, où avons-nous échoué ? dit-il en ouvrant de grands yeux. Qu'est-il arrivé ? Le bateau...

— Je... je ne sais pas. Te sens-tu capable de rester assis ? Tu devrais peut-être t'allonger...

— Je vais très bien, répondit-il d'un ton cinglant. Pardon, Tika, dit-il en l'attirant à lui. Je suis un peu...

— Je comprends, fit tendrement Tika.

La tête sur l'épaule de Caramon, elle lui raconta sa conversation avec Zebulah.

— Dommage que j'aie été inconscient, murmura-t-il. Ce Zebulah connaît probablement un chemin pour sortir d'ici. Je l'aurais forcé à nous l'indiquer.

— Je n'en suis pas sûre, répondit Tika. Il est magicien, comme...

Caramon se rembrunit.

— Ecoute, d'une certaine façon, il a raison, cet homme. Nous pourrions être très heureux ici. Rends-toi compte, c'est la première fois que nous sommes seuls ensemble. Je veux dire réellement seuls. Cet endroit est si beau et si paisible. La lumière est si douce comparée au soleil. Entends-tu le murmure de l'eau qui nous berce ? Et vois-tu ces drôles de vieux meubles...

Tika se tut. Les bras de Caramon la serrèrent étroitement. Elle sentit ses lèvres sur ses cheveux. Son amour enflamma son cœur de désir. Elle se serra plus fort contre lui.

— Caramon, soyons heureux ensemble ! Je t'en prie ! Je sais qu'un jour ou l'autre, nous partirons d'ici. Il faudra retrouver les autres et retourner là-haut. Mais pour l'instant, profitons de notre solitude !

— Tika ! s'exclama Caramon. Tika, je t'aime ! Je t'ai déjà dit que je ne pouvais être à toi complètement. Je ne peux pas faire ça. Pas encore.

— Si, tu peux ! dit Tika en plantant ses prunelles dans les siennes. Raistlin a disparu, Caramon ! Tu dois vivre ta propre vie !

Il secoua la tête.

— Raistlin fait encore partie de moi. Il en sera toujours ainsi, comme je serai toujours une partie de lui. Comprends-tu cela ?

Non, elle ne comprenait pas. Elle baissa les yeux.

Caramon la prit par le menton en souriant et lui releva la tête. *Quels yeux magnifiques*, pensa-t-il. Verts avec des paillettes d'or. Brillants de larmes. Son visage hâlé par le grand air était constellé de taches de rousseur qu'elle détestait et qu'il adorait. Il vénérait chacune de ses boucles cuivrées...

Tika vit l'amour dans les yeux de Caramon. Elle poussa un grand soupir de résignation. Il l'attira à lui. Son cœur battait la chamade.

— Je te donnerai tout ce qui est en mon pouvoir, Tika, en espérant que cela pourra te satisfaire. Je voudrais tellement faire plus !

— Je t'aime, répondit-elle, se pendant à son cou.

Mais il voulait qu'elle le comprenne.

— Tika, est-ce que...

— Tais-toi, Caramon...

6

APOLETTA

Après une longue course dans des ruines d'une beauté qui serrait le cœur de Tanis, ils pénétrèrent dans l'un des ravissants palais bâtis au centre de la cité. L'homme à la robe rouge avait disparu.

— L'escalier ! dit brusquement Rivebise.

Ses yeux s'accoutumant à l'obscurité, Tanis distingua un escalier si raide qu'ils avaient perdu de vue l'homme qu'ils poursuivaient. Penchés sur la rampe, ils virent onduler sa tenue pourpre.

Ils descendirent en courant une vingtaine de marches et arrivèrent sur un vaste palier orné de statues grandeur nature en or et en argent. L'escalier continuait jusqu'à un autre palier, puis les marches recommençaient, menant à un autre palier encore. Epuisés et hors d'haleine, ils voyaient la forme rouge poursuivre sa course folle.

Soudain, l'atmosphère changea. L'air devint humide, chargé d'une puissante odeur marine. On entendait le bruit de l'eau contre la pierre. Rivebise fit signe à Tanis de se retirer dans l'ombre. Ils avaient presque atteint le bas de l'escalier. Sur la dernière marche, se tenait l'homme en rouge, les yeux fixés sur l'étendue d'eau noire qui clapotait doucement dans une immense caverne.

L'homme s'agenouilla au bord de l'eau. Tanis constata alors la présence d'une autre personne. Elle était dans l'eau. A la lueur des torches, il vit briller sa chevelure aux reflets verts. Ses deux bras graciles reposaient sur la pierre tandis que le reste de son corps demeurait immergé.

— Tu es en retard, dit une voix de femme avec une nuance de reproche.

Tanis retint une exclamation. La femme parlait en langue elfe ! Il voyait à présent son visage délicat, ses grands yeux lumineux, ses oreilles pointues...

Une elfe marine !

Les contes de son enfance lui revinrent à la mémoire. L'homme en rouge répondit à l'elfe, qui le regardait tendrement.

— Je te demande pardon, mon aimée, dit-il en langue elfe. J'étais allé voir comment se porte le jeune homme pour lequel tu t'inquiètes. Il va bien. Tu avais raison, il voulait en finir. Un problème avec son frère, un magicien, qui l'aurait trahi.

— Caramon ! murmura Tanis.

Rivebise l'interrogea des yeux. Il ne comprenait pas la langue elfe. Tanis secoua la tête. Il ne voulait rien manquer de la conversation.

— *Queaki'ichkeecx*, dit la jeune femme en colère.

Tanis fut surpris. Ces mots n'étaient pas elfes.

— Ah oui ! répondit l'homme. Après m'être assuré que ces deux-là allaient bien, je suis allé voir les autres. L'un d'eux, un demi-elfe barbu, m'a sauté dessus comme s'il voulait m'avaler ! Les derniers que nous avons réussi à sauver vont bien.

— Et nous avons ensevelis les morts selon nos rites, dit la femme.

— J'aurais aimé leur demander ce qu'ils faisaient sur la Mer d'Istar. Comment un capitaine peut-il être assez fou pour conduire son bateau dans le maelström ? La fille m'a dit que c'était la guerre, là-haut. Alors, il ne pouvait peut-être pas faire autrement.

L'elfe marine s'amusa à l'asperger.

— Il y a toujours des guerres là-haut ! Tu es trop curieux, mon aimé. Parfois, je pense que tu me quitteras pour retourner vivre dans ton monde. Surtout depuis que tu as parlé avec ces KreeQuekh.

L'homme en rouge se pencha vers elle et embrassa ses cheveux humides.

— Non, Apoletta. Je les laisse à leurs guerres. Qu'importe les frères qui trahissent leurs frères, les demi-elfes excités et les capitaines fous ! Tant que je pourrai me servir de mes pouvoirs magiques, je vivrai sous la mer...

— A propos de demi-elfes excités...

Tanis dévala les marches, suivi de Rivebise, Lunedor et Berem.

L'homme se retourna, interdit. L'elfe disparut sous les flots avec une telle rapidité que Tanis se demanda s'il n'avait pas rêvé. La surface était parfaitement limpide. Le demi-elfe descendit la dernière marche et rattrapa le magicien par la main au moment où il allait rejoindre sa compagne.

— Attends ! Je ne vais pas te manger ! Je regrette de m'être si mal conduit avec toi. Je sais, ce ne sont pas des manières que de te courser ainsi, mais nous n'avions pas le choix ! Rien ne t'empêche de me jeter un sort ; je sais que tu pourrais parfaitement me réduire en cendres ou m'emprisonner dans une toile d'araignée ou toute autre chose de ce genre. Je connais les magiciens. Mais s'il te plaît, écoute-moi. Et aide-nous. Je t'ai entendu parler de deux de nos amis, un grand guerrier et une jolie rousse. Tu disais qu'il avait failli mourir, et que son frère l'avait trahi. Nous voudrions les retrouver. Peux-tu nous dire où ils sont ?

L'homme hésita.

Tanis se fit plus pressant, déterminé à ne pas lâcher la seule personne qui puisse les aider.

— J'ai vu la femme qui était avec toi, et j'ai entendu ce qu'elle disait. C'est une elfe marine, n'est-ce pas ? Tu l'as dit, je suis un demi-elfe. J'ai été élevé chez les elfes et je connais leurs légendes. Dans le monde d'en haut, la guerre fait rage. Mais elle ne se limitera pas à la surface. Si la Reine des Ténèbres est victorieuse, sois sûr qu'elle apprendra que les elfes marins se cachent ici. Je ne sais s'il existe des dragons dans l'océan, mais...

— Les dragons marins existent, demi-elfe, dit une voix.

La femme elfe avait refait surface. Comme un éclair vert et argent, elle glissa dans les flots sombres et vint s'accouder sur la dernière marche. Elle darda ses yeux verts sur Tanis.

— Des rumeurs annonçant leur retour nous sont parvenues. Mais nous n'y avons pas cru. Nous ne savions pas que les dragons s'étaient réveillés. A qui la faute ?

— Est-ce si important ? répondit Tanis. Ils ont détruit la patrie de nos ancêtres. Le Silvanesti est devenu un pays de cauchemar. Les elfes du Qualinesti ont été chassés de chez eux. Les dragons brûlent et tuent tout. Ils n'épargnent personne. La Reine des Ténèbres n'a qu'un seul but : dominer le monde entier et le plus humble des êtres vivants. Etes-vous en sécurité, même ici ? Car je suppose que nous nous trouvons sous la mer ?

— C'est exact, demi-elfe, soupira l'homme en rouge. Vous êtes sous la mer, dans les ruines de la cité d'Istar. Les elfes marins qui vous ont sauvés vous ont amenés ici, comme tous les naufragés. Je sais où sont tes amis, et je peux t'y conduire. En dehors de ça, je ne vois pas ce que je pourrais faire pour vous.

— Fais-nous sortir d'ici, dit Rivebise, qui commençait à comprendre. Dis-moi, Tanis, qui est cette femme ?

— C'est une elfe marine. Elle s'appelle...

— Apoletta, répondit l'elfe en souriant. Excusez-moi de me présenter ainsi, mais nous ne portons aucun vêtement, contrairement aux KreeQuekh. Même après des années, je ne suis pas parvenue à convaincre mon époux de retirer cette tenue ridicule quand il est sur la terre ferme. Il appelle cela de la pudeur. Cela ne vous gênera donc pas que je reste dans l'eau.

Tanis, rougissant, traduisit ces paroles à ses amis. Lunedor ouvrit de grands yeux. Perdu dans son rêve, Berem semblait n'avoir rien entendu. Rivebise resta impassible. Quand il s'agissait des elfes, rien ne pouvait le surprendre.

— Les elfes marins nous ont sauvé la vie, poursuivit Tanis. Comme pour tous les elfes, la vie est sacrée, et ils secourent tous ceux qui se noient. Cet homme, son époux...

— Zebulah, dit celui-ci en tendant la main.

— Je suis Tanis Demi-Elfe, voici Rivebise et Lunedor de la tribu des Que-Shu, et Berem... heu...

Tanis ne sut ce qu'il devait ajouter.

Apoletta leur adressa un bref sourire.

— Zebulah, dit-elle, va chercher les amis dont le demi-elfe a parlé et ramène-les ici.

— Nous pourrions t'accompagner, offrit Tanis. Si tu as cru que je voulais t'avaler, nul doute que Caramon produise sur toi la même impression...

— Non, dit Apoletta. Envoie les deux barbares, toi, tu resteras ici. Je voudrais te parler et en savoir plus sur la guerre qui nous menace. Je suis triste d'apprendre que les dragons se sont réveillés. Si c'est le cas, je crains que tu aies raison. Notre monde n'est plus en sécurité.

— Je serai bientôt de retour, mon aimée, dit Zebulah.

Apoletta tendit la main à son époux, qui la baisa tendrement.

Lunedor et Rivebise partirent avec Zebulah à la recherche de Caramon et de Tika. Tout au long de la route, leur guide leur présenta les endroits où ils passaient.

— Vous voyez, expliqua-t-il, quand les dieux ont déchaîné la montagne sur Krynn, Istar s'est transformée en un immense cratère. L'océan s'est engouffré dans l'espace vide, créant la Mer de Sang. Plusieurs édifices ont résisté, formant des poches d'air dans lesquelles les elfes logent les marins rescapés des naufrages. La plupart s'y sentent comme chez eux.

Le mage parlait avec une pointe de fierté qui amusa Lunedor, bien qu'elle fût trop bonne pour le laisser paraître.

— Mais toi, tu es un humain, et non un elfe marin. Comment peux-tu vivre ici ? demanda-t-elle.

Le mage sourit.

— Jeune et avide, je voulais faire rapidement fortune. L'art de la magie m'a entraîné dans les profondeurs de l'océan, à la recherche des trésors d'Istar. J'y ai découvert d'autres richesses que l'or et l'argent.

« Un soir, j'ai aperçu Apoletta nageant dans les forêts sous-marines. Je l'ai vue avant qu'elle ait eu le temps de se transformer. Je suis tombé amoureux d'elle et je me suis donné beaucoup de mal pour qu'elle devienne mienne. Elle ne peut pas subsister sur la terre ferme ; après avoir vécu si longtemps dans cette tranquille beauté, je n'avais plus envie de remonter. Mais j'aime de temps en temps converser avec les gens de votre espèce, et je me promène dans les ruines pour voir ce que les elfes ont ramené des flots. »

— Où se trouve le temple du Prêtre-Roi ? demanda Lunedor.

Une ombre passa sur le visage du mage. Son expression enjouée céda la place à une mine soucieuse et tendue.

— Je m'excuse, jeta Lunedor, je ne voulais pas te chagriner...

— Mais non, ce n'est rien... Il est bon de rappeler

le souvenir de cette sombre époque. J'ai tendance à oublier que cette cité a été jadis pleine des rires, des cris et de la vie d'êtres humains. Les enfants jouaient dans les rues quand les dieux firent exploser la montagne.

Après un silence, il poursuivit son récit :

— Tu m'as demandé où était le temple. Il n'existe plus. A l'endroit où le Prêtre-Roi exhortait les dieux à se soumettre à ses exigences, il ne reste qu'un cratère noirci. Bien que la mer l'ait rempli, la vie y est absente. Personne ne s'est aventuré dans ses profondeurs. J'ai scruté ses eaux sombres aussi longtemps que ma peur le permettait, et je n'ai jamais vu le fond. Il est aussi noir que le cœur d'un démon.

Zebulah s'arrêta et regarda Lunedor avec insistance.

— Les coupables ont été punis. Mais pourquoi les innocents ? Pourquoi fallait-il qu'ils souffrent ? Tu portes l'emblème de Mishkal la Guérisseuse. La déesse t'a-t-elle donné un indice ?

Lunedor hésita, cherchant dans son cœur la réponse. Rivebise, grave et silencieux comme à l'accoutumée, gardait pour lui ses pensées.

— Je me suis souvent posé cette question. Jadis, dans un rêve, j'ai été punie pour avoir manqué de foi : j'ai perdu celui que j'aimais. Chaque fois que j'ai honte de mes doutes, je me rappelle que c'est eux qui m'ont amenée à retrouver les dieux antiques.

Elle resta un moment silencieuse. Rivebise lui passa un bras autour des épaules ; elle lui sourit.

— Non, reprit-elle, je n'ai pas trouvé de réponse à cette énigme. Je continue à me poser des questions. Ma colère se déclenche quand je vois souffrir un innocent ou quand on récompense un coupable. Mais elle est constructive. Cela trempe mon esprit et éclaire ma foi. C'est cet équilibre qui permet à l'être faible que je suis de tenir debout.

Zebulah examina sans mot dire le visage de Lunedor, debout au milieu des ruines d'Istar, les cheveux étincelants comme le soleil qui n'éclairerait jamais ces profondeurs. Ses traits réguliers portaient la marque des chemins tourmentés qu'elle avait parcourus. La souffrance et le désespoir soulignaient sa beauté, magnifiée par la joie de porter en elle une vie nouvelle.

Le mage regarda l'homme qui l'accompagnait. Lui aussi restait marqué par les épreuves. Son visage grave et stoïque était éclairé par des yeux pleins d'amour pour sa femme.

Peut-être me suis-je trompé en restant si longtemps ici, songea Zebulah, qui se sentait soudain très vieux et très triste. *J'aurais pu être utile là-haut, si je m'étais servi de ma colère comme ces deux-là, si je les avais aidés à trouver des solutions. Au lieu de cela, j'ai laissé la rage grignoter mon âme jusqu'à ce qu'à ce qu'il devienne plus facile de rester caché sous les flots.*

— Nous ne devrions pas nous attarder, dit Rivebise, Caramon risque de se mettre à notre recherche, si ce n'est déjà fait.

— Oui, allons-y, dit Zebulah. Je crois qu'ils seront encore là ; le jeune homme était très affaibli...

— Est-il blessé ? demanda Lunedor.

— Son corps, non, mais son âme. Je l'ai remarqué avant que la jeune fille me parle de son frère.

Lunedor pâlit.

— Pardonne-moi, dame des plaines, dit Zebulah en souriant, mais je crois voir briller dans tes yeux le feu qui forge ton âme...

— Ma faiblesse est grande, je te l'ai dit, répliqua Lunedor en rougissant. Je devrais être capable d'accepter ce qu'a fait Raistlin à son frère. Je devrais avoir foi en l'univers divin, que je ne pourrai jamais connaître dans sa totalité. Mais je crains bien d'en être incapable...

*
**

Etendu sur son lit dans l'obscurité, Caramon avait les yeux grands ouverts. Blottie dans ses bras, Tika dormait à poings fermés. Le guerrier ne parvenait pas à dormir. Ses pensées revenaient sans cesse à son frère jumeau.

Il est parti, parce qu'il peut désormais compter sur ses propres forces, songeait-il. « Je n'ai plus besoin de toi », avait dit Raistlin.

Je devrais être content. J'aime Tika, et elle m'aime. A présent, nous sommes libres. Elle peut être au centre de mes pensées. Elle le mérite et elle en a besoin.

Ce n'est pas le cas de Raistlin. Du moins, c'est ce que tout le monde croit. Les autres se sont toujours demandé comment je pouvais supporter les sarcasmes, les récriminations et l'autoritarisme de mon frère. Ils me considèrent avec pitié, me tiennent pour quelqu'un un peu lent d'esprit. Il est vrai que je le suis, comparé à Raistlin. Je suis comme un bœuf qui porte son fardeau sans fléchir et sans se plaindre.

Mais ils n'ont rien compris. Eux n'ont pas besoin de moi. Même Tika n'a pas autant besoin de moi que Raistlin. Ils ne l'ont jamais entendu hurler la nuit, quand nous étions petits. Personne ne s'occupait de nous, il n'y avait que moi pour l'écouter et le consoler. Jamais il ne se souvenait de ses rêves, mais ils devaient être affreux. Il s'accrochait à moi en sanglotant, et je lui racontais des histoires pour dissiper sa frayeur. Au bout d'un moment, il cessait de trembler. Il ne souriait ni ne riait jamais. « Je dois dormir, disait-il en serrant ma main dans la sienne, je suis si fatigué. Veille sur mon sommeil. Empêche-les de m'emporter avec eux. » « Je ne laisserai personne te faire du mal, Raist ! Je te le promets ! »

Il se rendormait. Je tenais ma promesse, et je restais éveillé. Le plus étrange, c'est que les cauchemars ne revenaient pas tant que je le veillais. Peut-être les éloignais-je vraiment ?

Plus tard, — nous étions déjà grands —, il lui arrivait de crier la nuit et de me réclamer. J'étais toujours là. Que va-t-il devenir maintenant ? Que fera-t-il sans moi, perdu seul dans le noir ?

Que vais-je devenir sans lui ?

Caramon ferma les yeux. Il pleurait en silence.

7

UNE AIDE INESPÉRÉE

— Voilà notre histoire.

Tanis se tut. Ses grands yeux verts fixés sur lui, Apoletta l'avait écouté avec attention. Accoudée à la marche, au ras de l'eau, elle réfléchissait.

L'atmosphère sereine des lieux avait apaisé Tanis. L'idée de retourner sous la lumière crue du soleil lui donnait quelque appréhension. Comme il aurait été facile de tout oublier et de rester caché pour toujours dans un monde sans bruit et sans fureur.

— Et lui ? interrogea Apoletta en désignant Berem.

Tanis revint à la réalité.

— Je ne sais pas, répondit-il.

Berem scrutait les recoins de la caverne en remuant les lèvres.

— D'après la Reine des Ténèbres, il est l'homme clé. Si elle parvient à mettre la main sur lui, elle remportera une victoire totale.

— Mais c'est toi qui lui as mis la main dessus, dit Apoletta. Tiens-tu pour autant la victoire ?

La question prit Tanis par surprise. Il caressa machinalement sa barbe en réfléchissant. Il n'avait pas pensé à cela !

— C'est vrai... C'est entre nos mains qu'il est tombé, mais que pourrions-nous faire ? En quoi Berem peut-il détenir la clé de la victoire ?

— Il ne le sait pas ?
— Il prétend que non.
— Je dirais qu'il ment, déclara Apoletta. Mais c'est un homme, et je connais mal les méandres de l'esprit humain. Il existe un moyen de le savoir. Il faudrait aller au temple de la Reine des Ténèbres, à Neraka.
— Neraka ! s'exclama Tanis. Mais c'est justement...

Un cri effroyable l'interrompit. Il se retourna, s'attendant à se trouver face à une horde de dragons.

Berem le regardait avec des yeux exorbités.

— Que se passe-t-il ? lui demanda Tanis. As-tu vu quelque chose ?

— Il n'a rien vu du tout, Demi-Elfe, dit Apoletta. Il a réagi au mot que j'ai prononcé : Neraka...

— Neraka ! Le Mal ! Le Mal suprême ! hurla Berem.

— C'est de là que tu viens, dit Tanis en avançant vers lui.

Berem secoua énergiquement la tête.

— Mais tu m'avais dit...

— Erreur ! murmura Berem. Je n'ai pas voulu dire Neraka, mais... Takar... Takar ! Voilà ce que je voulais dire...

— Mais tu as dit Neraka. Tu sais que la Reine des Ténèbres a un temple à Neraka ! dit gravement Apoletta.

— Vraiment ? s'étonna Berem. La Reine Noire aurait un temple à Neraka ? Mais ce n'est rien qu'un petit village. Mon village..., dit-il, plié en deux, se tenant l'estomac. Je ne me sens pas bien. Laissez-moi tranquille...

— Quel âge a-t-il ? demanda Apoletta en se tournant vers Tanis.

— Plus de trois cents ans, c'est du moins ce qu'il prétend, répondit le demi-elfe. Si on croit la moitié de ce qu'il raconte, ça en laisse encore cent cinquante, ce qui ne paraît guère plausible pour un humain.

— Tu sais, dit Apoletta, pour nous le temple de Neraka reste un mystère. Il est apparu après le Cataclysme. Et voilà un homme qui situe son histoire au même endroit et en même temps...

— Bizarre..., fit Tanis en regardant pensivement Berem.

— Ce n'est peut-être qu'une coïncidence, mais si on remonte assez loin, on retrouve les fils qui font la trame du destin. Du moins est-ce l'avis de mon époux.

— Coïncidence ou pas, je ne me vois pas aller au temple de la Reine Noire lui demander pourquoi elle recherche l'Homme à la Gemme Verte.

— Evidemment, admit Apoletta. J'ai cependant du mal à croire qu'elle ait acquis une telle puissance. Que faisaient les bons dragons pendant ce temps ?

— Les bons dragons ! Quels bons dragons ?

Apoletta le regarda avec stupéfaction.

— Eh bien, les bons dragons, quoi ! Les dragons d'or, les dragons d'argent et les dragons de bronze. Et les Lancedragons. Les dragons d'argent vous ont sûrement donné celles qu'ils avaient dans leur donjon...

— Je n'ai jamais entendu parler de dragons d'argent, répondit Tanis, sauf dans la vieille chanson de geste de Huma. Idem pour les Lancedragons. Nous les avons cherchées en vain pendant si longtemps que j'ai fini par croire qu'elles n'existaient que dans les contes.

— Je n'aime pas ça, dit Apoletta, toute pâle. Il y a quelque chose qui cloche. Pourquoi les bons dragons ne se sont-ils pas lancés dans la bataille ? J'ai négligé les rumeurs annonçant le retour des dragons marins ; je savais que les bons dragons ne le toléreraient jamais. Mais si tu dis vrai, Demi-Elfe, je crains que mon peuple ne soit en danger. (Elle tendit l'oreille.) Ah ! voilà mon époux qui ramène tes amis. Nous discuterons de cette histoire avec mon peuple.

— Attends ! Il faut que tu nous montres comment sortir d'ici ! Nous ne pouvons pas rester...

— Mais je l'ignore ! Zebulah et moi, nous n'avons jamais cherché à le savoir.

— Nous n'allons pas errer dans ces ruines pendant des semaines, des mois, peut-être pour toujours ! Ne me dis pas que personne n'est jamais sorti d'ici ?

— Nous ne nous sommes jamais souciés de cette question, assura froidement Apoletta.

— Eh bien ! il faudra le faire ! cria Tanis.

Ses paroles résonnèrent jusqu'au fond de la caverne. Berem, l'air inquiet, se recroquevilla. L'œil d'Apoletta s'alluma de colère. Embarrassé, Tanis se mordit les lèvres.

— Je suis désolé...

Lunedor avança vers lui et le prit par le bras.

— Qu'y a-t-il, Tanis ?

— Rien qui vaille la peine d'en parler... Avez-vous trouvé Caramon et Tika ?

— Oui, Tika va bien. Quant à Caramon...

Tanis regarda le guerrier et la jeune fille descendre l'escalier. Il retint avec peine une exclamation de surprise. Le jeune homme jovial qu'il avait laissé était méconnaissable, avec ses joues creuses, son visage ravagé par les larmes et ses yeux cernés. Caramon lui sourit. Son expression avait quelque chose de triste et de contraint que Tanis ne lui connaissait pas.

Le demi-elfe soupira. Un problème de plus. Les choses ne s'arrangeaient pas. Et à présent, ils étaient prisonniers sous la mer... Pourquoi ne pas tout simplement abandonner ? Rester tranquillement ici ? Pourquoi s'échiner à trouver une issue ? *Restons ici et oublions tout. Oublions les dragons..., oublions Raistlin... Laurana... Kitiara...*

— Tanis !

Lunedor le secouait gentiment. Les compagnons s'étaient rassemblés autour de lui. Ils attendaient son avis.

— Inutile de me regarder comme ça ! Je n'ai pas de solutions. Nous sommes pris comme des rats. Il n'y a pas d'issue.

Ils continuèrent de le regarder avec une inébranlable confiance.

— Ne comptez pas sur moi pour vous sortir de là ! Je vous ai trahis ! Rendez-vous enfin compte ! C'est ma faute. Tout ce qui est arrivé, c'est ma faute ! Trouvez quelqu'un d'autre...

Il tourna la tête pour cacher les larmes qui lui montaient aux yeux. Luttant pour reprendre contenance, il ne sentit pas le regard d'Apoletta peser sur lui.

— Peut-être pourrais-je vous aider, après tout, lança l'elfe marine.

— Apoletta, qu'est-ce que tu viens de dire ? fit Zebulah, effaré.

— J'ai réfléchi, répondit-elle. Le demi-elfe dit que nous devrions nous inquiéter de ce qui se passe là-haut. Il a raison, il pourrait nous arriver la même chose qu'à nos cousins du Silvanesti. Ils se sont coupés du monde, et ils ont laissé le Mal envahir leur pays. Nous sommes prévenus. Il est encore temps de se battre. Votre venue nous aura peut-être sauvés, Demi-Elfe. Nous te devons quelque chose en retour.

— Aide-nous à revenir dans notre monde, répondit Tanis.

— Je vais le faire. Où irez-vous ?

— Un endroit en vaut un autre..., dit-il en soupirant.

— A Palanthas, déclara Caramon.

Tous le regardèrent d'un air gêné. Rivebise fronça les sourcils.

— Non, je ne peux pas vous emmener à Palanthas, dit Apoletta. Notre territoire ne va pas plus loin que Kalaman. Nous ne nous aventurons pas au-delà. Surtout si ce que tu m'as raconté est vrai, car l'antique repaire des dragons marins se trouve derrière Kalaman.

— Bien ! Quelqu'un a-t-il une suggestion à faire ?
Tous gardèrent le silence. Alors Lunedor avança.

— Puis-je te raconter une histoire, Demi-Elfe ? Celle d'un homme et d'une femme seuls et égarés, en proie à la peur. Avec leur fardeau, ils sont entrés dans une auberge. La femme entonna une chanson, un bâton de cristal bleu fit un miracle, la populace les agressa. Un homme se dressa. Un homme qui prit les choses en main. Un étranger qui déclara : « Filons par la cuisine ! »... T'en souviens-tu, Tanis ? demanda-t-elle en souriant.

— Je m'en souviens, murmura-t-il, fasciné par la douceur de la jeune femme.

— Nous attendons ta décision, Tanis, ajouta-t-elle simplement.

Les yeux du demi-elfe se voilèrent de larmes. Rivebise, lui, affichait un calme surhumain. Il esquissa un sourire en tapotant l'épaule de Tanis. Caramon hésita un instant, puis embrassa le demi-elfe sur les deux joues.

— Emmène-nous à Kalaman, Apoletta, dit Tanis. C'est là où nous voulions aller de toute façon.

Les compagnons dormirent au bord de l'eau. Apoletta leur avait recommandé de se reposer avant le voyage, qui serait long et pénible.

— Comment voyagerons-nous ? Par bateau ? demanda Tanis en voyant Zebulah se défaire de sa robe rouge et plonger.

— Vous nagerez, répondit Apoletta. Ne t'es-tu jamais demandé comment nous vous avions amenés jusqu'ici ? Mes pouvoirs magiques et ceux de mon époux vous donneront la capacité de respirer dans l'eau aussi facilement que dans l'air.

— Vas-tu nous transformer en poissons ? demanda Caramon, horrifié.

— En quelque sorte, répondit Apoletta. Nous viendrons vous chercher à la marée descendante.

Tika prit Caramon par la main. Il ne la quittait pas d'une semelle. Voyant qu'ils échangeaient un regard complice, Tanis se sentit le cœur plus léger. Quel qu'ait été le tumulte qui ravageait le cœur de Caramon, il trouverait ses amarres ; les flots sombres ne le submergeraient plus.

— Nous n'oublierons jamais cet endroit merveilleux, dit Tika.

Apoletta se contenta de sourire.

8

RETROUVAILLES

— Papa, papa, des naufragés ! Regarde la belle dame !

Il n'y avait pas une dame gisant sur la grève, mais deux. Quatre hommes leur tenaient compagnie. Tous étaient somptueusement vêtus. Autour d'eux, le sable était jonché de morceaux de bois, sans doute les restes d'un esquif.

— Ils se sont noyés, dit le petit garçon.

— Mais non, fit son père tâtant le pouls des naufragés.

Un des hommes reprenait conscience. Il se redressa et regarda autour de lui d'un air hébété. Quand il vit le pêcheur, il eut un sursaut de frayeur, et se rua à quatre pattes vers un de ses compagnons.

— Tanis ! cria-t-il. Tanis !

L'homme, qui portait une barbe rousse, ouvrit les yeux et se mit sur son séant.

— N'ayez pas peur, fit le pêcheur, lisant de l'inquiétude sur le visage des deux miraculés. Nous allons vous aider. Là, là, doucement, ça va mieux, dit-il en aidant les femmes à s'asseoir.

Drôle d'histoire, songea-t-il, *des noyés qui n'ont pas avalé une goutte d'eau ! C'est bizarre...*

Le pêcheur et son fils emmenèrent les rescapés dans

leur maison et leur donnèrent toutes sortes de remontants.

— Merci de ce que vous faites pour nous ! dit Tanis.

— Remerciez plutôt le ciel que je me sois trouvé là, répondit le pêcheur d'un ton bourru. Faudra faire attention, la prochaine fois ! On ne s'embarque pas sur une coquille de noix dans la tempête...!

— Euh... oui, bien sûr, nous y veillerons, dit Tanis, pris de court. A propos, peux-tu nous dire où nous nous trouvons exactement ?

— A moins d'une lieue au nord de la ville. Mon fils peut vous y emmener en charrette.

— Volontiers, c'est vraiment très gentil, répondit Tanis.

Les compagnons se consultèrent du regard. Avec un haussement d'épaules, Caramon se lança :

— Eh bien, c'est incroyable comme nous avons dérivé. Nous sommes donc arrivés au nord de... quelle ville, disais-tu ?

— Ben, Kalaman, pour sûr ! répliqua le pêcheur en les toisant d'un air soupçonneux. Vous m'avez l'air de drôles de gaillards. Non seulement vous ne savez pas comment vous avez sombré, mais vous ignorez où vous êtes ! Vous étiez ivres ? Bon, cela ne me regarde pas. Fils, va chercher la charrette !

Après leur avoir jeté un regard désabusé, il retourna à ses occupations.

Restés seuls, les compagnons se dévisagèrent.

— L'un de vous peut-il dire comment nous sommes arrivés là ? Et dans cet accoutrement ! demanda Tanis.

— Je me rappelle la Mer de Sang et le maelström, répondit Lunedor. Pour le reste, j'ai l'impression d'avoir rêvé.

— Je me souviens de Raistlin..., fit gravement Caramon. Et je me souviens aussi...

— Chut ! Cela n'avait rien d'un rêve, coupa Tika.

— J'ai le souvenir confus de deux ou trois choses, dit Tanis, les yeux posés sur Berem. Mais j'ai du mal à mettre de l'ordre dans ma tête. Inutile de revenir en arrière. Allons à Kalaman et nous saurons où nous en sommes. Ensuite...

— Palanthas ! dit Caramon. Nous irons à Palanthas.

— Nous verrons, dit Tanis. Veux-tu vraiment revoir l'individu qui te sert de frère ?

Caramon ne répondit pas.

Les compagnons arrivèrent à Kalaman dans la matinée.

— Que se passe-t-il ? demanda Tanis au jeune pêcheur qui conduisait la charrette. C'est jour de fête ?

Dans les rues pleines de monde, les boutiques avaient tiré leurs volets. De petits groupes s'étaient rassemblés sur les places et discutaient avec animation.

— On dirait plutôt un enterrement, fit remarquer Caramon. Quelqu'un d'important doit être mort.

— Ou alors c'est la guerre..., dit Tanis.

— Ce ne peut pas être la guerre, messire ! répliqua le jeune pêcheur d'un air consterné. Par les dieux, vous deviez être drôlement ivres si vous ne vous souvenez pas. Le Général Doré et les bons dragons...

— Ah oui ! s'empressa de dire Tanis.

Le jeune garçon interpella en passant un groupe d'hommes aux visages graves.

— Quelles sont les nouvelles ? demanda-t-il.

Ils se retournèrent, parlant tous à la fois. Tanis saisit quelques phrases au vol. « Général Doré enlevé... », « La ville est perdue... », « Les mauvais dragons... »

Tous regardaient d'un air méfiant ces étrangers richement vêtus.

Les compagnons prirent congé du jeune pêcheur et décidèrent de se rendre sur la place du marché pour en savoir plus long. Dans les rues, la foule devenait dense. Les gens couraient dans tous les sens, certains prenaient la direction des portes de la ville, leur baluchon sur l'épaule.

— Nous ferions bien d'acheter des armes, dit Caramon, l'atmosphère n'a rien de réjouissant. Qui est ce « Général Doré » ? Sa disparition a l'air de mettre les gens au désespoir !

— Probablement un chevalier solamnique, répondit Tanis. Tu as raison, nous devrions acheter des armes. Sacrebleu ! J'avais une bourse de jolies pièces d'or anciennes... Volatilisée ! Comme si nous n'avions pas assez d'ennuis...

— Attends, j'ai la mienne, grommela Caramon en tâtant son ceinturon. Non, ce n'est pas possible ! Elle était là il y a une seconde !

Il scruta la foule et aperçut une petite silhouette qui se faufilait comme une anguille entre les passants.

— Hé ! Toi là-bas ! cria Caramon, bousculant tout sur son passage pour rattraper le voleur.

Sa main l'agrippa par son gilet de fourrure.

— Maintenant, rends ce que tu m'as pris ! cria Caramon en le soulevant de terre. Ça alors ! Tasslehoff !

— Caramon ! s'écria Tass. Tanis !

Le kender se précipita dans les bras de son ami et éclata en sanglots.

Les remparts étaient noirs de monde. Quelques jours auparavant, au même endroit, les habitants de Kalaman acclamaient le défilé des chevaliers et des bons dragons. Aujourd'hui, l'œil rivé sur la plaine, ils attendaient midi dans l'angoisse.

Tanis restait au côté de Flint. Le vieux nain s'était presque évanoui d'émotion en voyant son ami devant lui, sain et sauf. Mais leurs retrouvailles étaient teintées de tristesse. Tass et Flint s'étaient relayés pour raconter ce qu'il leur était arrivé depuis qu'ils s'étaient séparés à Tarsis, quelques mois auparavant.

Les compagnons apprirent coup sur coup la découverte des Lancedragons, la destruction de l'orbe draconien, et la mort de Sturm.

Tanis fut accablé par la nouvelle. Sans son ami, le monde lui semblait inconcevable. Flint essaya de le détourner de son chagrin en insistant sur le combat victorieux qu'avait livré le chevalier, et sur la sérénité qu'il avait retrouvée à ses derniers instants.

— Il est devenu un héros de la Solamnie, dit Flint. Comme Huma, il est entré dans la légende. Son sacrifice a sauvé la chevalerie, du moins c'est ce qu'on dit. C'est surtout ce qu'il voulait...

— Continue, dit Tanis en ravalant ses larmes. Dis-moi ce qu'a fait Laurana en arrivant à Palanthas. Si elle encore là, nous pourrions...

Flint et Tass échangèrent un regard gêné. Le nain baissa les yeux ; le kender renifla bruyamment en cherchant son mouchoir.

— Qu'avez-vous donc ? demanda Tanis d'une voix blanche. Parlez !

Le nain lui raconta tout.

— Je te demande pardon, Tanis, je l'ai abandonnée à son sort...

Flint sanglotait à fendre l'âme. Tanis sentit son cœur se briser. Il prit son vieil ami entre ses bras et le serra contre lui.

— Ce n'est pas ta faute, Flint. Si faute il y a, c'est la mienne. C'est à cause de moi qu'elle risque sa vie, voire pire.

— « Qui distribue les blâmes à tous vents, finit par blâmer les dieux », cita Rivebise. C'est un proverbe de mon pays.

Piètre réconfort, songea Tanis.

— A quelle heure doit arriver... la Dame Noire ? demanda-t-il.

— A midi, répondit Tass.

Il était presque midi. On attendait la Dame Noire à tout instant.

Sur les remparts, la populace gardait le silence. Gilthanas se tenait à l'écart, souhaitant conserver ses distances avec Tanis. Le demi-elfe comprenait son attitude. Gilthanas savait que Kitiara s'était servie de lui pour attirer Laurana dans un piège. Quand il avait demandé à Tanis s'il s'était laissé séduire par Kitiara, il ne l'avait pas nié.

« — Je te tiens pour responsable de ce qui arrivera à Laurana, avait dit Gilthanas, blanc de colère. Je prierai les dieux nuit et jour pour qu'ils t'infligent le centuple des souffrances qu'elle devra endurer ! »

« — J'en supporterais bien plus si cela pouvait nous la rendre ! » s'était écrié Tanis.

Des murmures s'élevèrent. Un point sombre grossissait à l'horizon.

— C'est son dragon, dit Tass avec solennité, je l'ai vu à la Tour du Grand Prêtre.

Le dragon bleu descendit vers la ville pour se poser à une portée de flèche des remparts. Dans un silence glacé, la Dame Noire se dressa sur ses étriers et enleva son heaume.

— Le sort de la femme elfe que vous appelez le Général Doré est entre mes mains ! En voici la preuve, déclara Kitiara en brandissant une mèche de cheveux enroulée autour du casque d'argent de Laurana. Je vous laisserai ces preuves avant de partir, pour que vous n'oubliiez jamais votre « général » !

Un murmure parcourut la foule massée sur les remparts. Kitiara s'était arrêtée. Tanis faillit sauter des remparts pour la défier.

Voyant son expression de fauve aux abois, Lunedor le saisit par le bras pour l'apaiser. Kitiara reprit sa harangue :

— L'elfe Lauralanthalasa a été conduite chez la Reine des Ténèbres à Neraka. Elle y sera retenue en otage tant que les conditions suivantes ne seront pas remplies. Primo, la Reine exige que l'humain dénommé Berem l'Eternel lui soit livré. Secundo, que les bons dragons retournent à Sanxion et se rendent au seigneur Akarias. Tertio, que le seigneur elfe Gilthanas ordonne aux Chevaliers de Solamnie et aux elfes du Silvanesti et du Qualinesti de déposer les armes. Le nain Flint Forgefeu fera de même avec son peuple.

— C'est de la folie ! cria Gilthanas à la Dame Noire. Il nous est impossible de remplir ces conditions ! Nous ne savons pas qui est ce Berem et encore moins où le trouver. Quant aux peuples elfes et aux bons dragons, je ne peux pas me substituer à eux ! Ces exigences ne tiennent pas debout !

— La Reine sait très bien ce qu'elle fait, répondit Kitiara d'un ton égal. Sa Majesté a prévu qu'il vous faudrait un certain temps pour obéir. Elle vous accorde trois semaines. Passé ce délai, si vous n'avez pas trouvé Berem, et si les bons dragons ne se sont pas à Sanxion, je reviendrai. Cette fois, je ne vous apporterai pas une mèche de cheveux, mais la tête entière !

Kitiara jeta le casque d'argent aux pieds de son dragon. Nuage déploya ses ailes et regagna le ciel.

La foule ne dit pas un mot, ne fit pas un geste. Tous les regards étaient braqués sur le casque aux plumes rouges qui flottaient au vent. Soudain quelqu'un poussa un cri de terreur, le bras tendu vers le ciel.

L'apparition qui pointait à l'horizon tenait de l'hallucination. Chaque spectateur se demanda s'il n'était pas devenu fou. Mais l'objet qui approchait à une vitesse terrifiante était bien réel.

Le peuple de Krynn voyait pour la première fois la plus ingénieuse machine de guerre conçue par le seigneur Akarias : une *citadelle volante*.

Dans les profondeurs du temple de Sanxion, les magiciens des Robes Noires et les prêtres avaient réussi à séparer un château de ses fondations et à le propulser dans les airs. Flottant au-dessus des nuages dans des gerbes d'éclairs, la citadelle, entourée d'une nuée de dragons, étendit son ombre sinistre sur la ville.

Prise de panique, la population quitta les remparts pour se soustraire à la terreur des dragons. La citadelle n'était pourtant pas là pour passer à l'attaque. Les humains s'étaient vus octroyer trois semaines de sursis, pendant lesquelles les draconiens devraient rester vigilants.

Les chevaliers et les bons dragons pouvaient reprendre le combat...

Pratiquement immunisés contre la terreur des dragons, les compagnons étaient restés sur les remparts. Stoïques, ils considéraient la nouvelle arme avec laquelle il faudrait désormais compter.

Pour la première fois depuis qu'ils avaient quittés Flotsam, ils virent Tanis libéré de sa folie autodestructrice. Son visage affichait une sérénité qui rappela à Flint le regard de Sturm moribond.

— Trois semaines, dit Tanis d'une voix qui donnait froid dans le dos, nous avons trois semaines devant nous. Cela devrait suffire. Je vais aller voir la Reine Noire à Neraka. Tu viendras avec moi, dit-il à Berem.

L'Homme à la Gemme Verte, terrifié, recula à grands pas.

— Non ! rugit-il.

Caramon l'empoigna au collet pour l'empêcher de s'enfuir.

— Tu iras avec moi à Neraka, reprit Tanis, sinon je te confierai à Gilthanas. Il aime beaucoup sa sœur. Il n'hésitera pas une seconde à te remettre à la Reine des Ténèbres pour la libérer. Toi et moi savons parfaitement que cela ne changerait rien à la situation. Mais lui espère. Comme tous les elfes, il croit que la Reine tiendra parole.

— Alors tu ne me livreras pas à la Reine des Ténèbres ? demanda Berem.

— J'essaye de tirer des choses au clair, déclara

froidement Tanis, désireux d'éluder la question. De toute façon, j'ai besoin d'un guide qui connaît l'endroit...

— J'irai avec toi. S'il te plaît, ne me confie pas au seigneur elfe...

— Parfait ! Arrête de geindre ! Je partirai avant le crépuscule. Je vais donc de ce pas... (Comme il s'y attendait, une main ferme l'arrêta.) Je sais ce que tu vas me dire, Caramon, souffla Tanis sans se retourner. La réponse est non. Berem et moi partirons seuls.

— Eh bien vous mourrez seuls, dit tranquillement Caramon sans lâcher prise.

— Possible, mais ma décision est prise. Je n'emmènerai aucun de vous.

— Tu cours à l'échec, dit Caramon. C'est ça que tu veux ? Aller à la mort pour expier, et en finir avec ton sentiment de culpabilité ? S'il n'y a que ça, c'est facile, je te donne tout de suite mon épée. Mais si tu désires réellement libérer Laurana, il te faudra de l'aide.

— Grâce aux dieux, nous nous sommes rencontrés, dit Lunedor. Ils nous ont à nouveau réunis au moment où nous en avions le plus besoin. Les dieux nous font signe, Tanis, tu ne peux le nier.

Le demi-elfe baissa la tête. Il aurait voulu pleurer. La petite main de Tass, se glissant dans la sienne, le réconforta.

— D'ailleurs, imagine le nombre d'ennuis que tu aurais si je ne venais pas avec toi, dit gaiement le kender.

9

UNE SIMPLE BOUGIE...

La nuit qui suivit l'ultimatum de la Dame Noire, la ville de Kalaman resta plongée dans un silence pesant. Le seigneur Calof avait décrété l'état de siège, ce qui impliquait la fermeture des tavernes et des portes de la cité. Seuls quelques fermiers et pêcheurs des environs furent autorisés à s'y réfugier avant le coucher du soleil. On racontait que les draconiens envahissaient peu à peu le pays, brûlant et saccageant tout sur leur passage.

Bien que les notables de la ville fussent opposés à cette mesure radicale, Tanis et Gilthanas, d'accord sur ce point, avaient forcé la main au seigneur pour qu'il prenne cette décision. Tous deux lui avaient dépeint sous un jour très cru la destruction de Tarsis. Ces arguments s'étant révélés convaincants, le seigneur Calof avait proclamé l'état de siège. Il se demandait néanmoins comment il allait défendre la ville. L'image de la citadelle volante lui hantait l'esprit, et les chefs de l'armée n'en menaient pas large.

Après avoir écouté bon nombre de leurs propositions extravagantes, Tanis prit la parole :

— J'ai une suggestion, mon seigneur. Il y a parmi nous une personne parfaitement capable de prendre la défense de la cité...

— Toi, Demi-Elfe ? coupa Gilthanas d'un ton ironique.

— Non, toi, Gilthanas.

— Un elfe ? fit le seigneur Calof, alarmé.

— Il était à Tarsis. Il a l'expérience du combat contre les dragons. De plus, les bons dragons ont confiance en lui, ils le suivront.

— C'est exact ! s'exclama Calof, visiblement soulagé. Je sais, seigneur, ce que les elfes pensent des humains, et je dois admettre que la plupart d'entre nous pensent la même chose des elfes. Mais je te serais éternellement reconnaissant de nous soutenir dans cette épreuve.

Gilthanas regarda le demi-elfe. Aussi fermé qu'un masque mortuaire, son visage ne laissait paraître aucune émotion. Calof répéta sa phrase, assortie de la promesse d'une récompense, persuadé que Gilthanas hésitait à accepter.

— Il n'en est pas question, seigneur Calof ! Jamais je n'accepterai de récompense ! Je serai comblé si je réussis à sauver le peuple de cette cité. Quant à nos différends interraciaux, j'ai pu me rendre compte qu'ils ne reposaient sur rien.

— Qu'attends-tu de moi ? insista Calof, désireux de bien faire.

— J'aimerais d'abord parler seul à seul avec Tanis, répondit Gilthanas, voyant le demi-elfe sur le point de partir.

— Mais certainement... Allez dans la pièce à côté, vous y serez tranquilles.

Les deux hommes pénétrèrent dans une luxueuse petite salle. L'un comme l'autre restant sur ses gardes, aucun n'osait rompre le silence.

Ce fut Gilthanas qui se décida à parler :

— Je me suis toujours méfié des humains, et voilà que je prends la responsabilité de les défendre. Je n'en suis pas fâché, même plutôt satisfait.

Leurs regards se rencontrèrent. Le visage de Tanis se détendit, sans se départir de sa gravité.

— Tu pars pour Neraka, n'est-ce pas ? dit Gilthanas après une pause.

Tanis acquiesça sans mot dire.

— Tes amis vont-ils t'accompagner ?

— Certains... Ils veulent tous venir, mais...

Gilthanas garda le silence.

— Je dois m'en aller, dit Tanis, j'ai beaucoup à faire. Nous comptons partir vers minuit, après le lever de Solinari...

— Un instant, fit Gilthanas en l'arrêtant d'un geste. Je voulais... Je m'excuse de ce que j'ai dit ce matin. Attends un peu, Tanis. Ecoute-moi. Ce n'est pas facile pour moi de... J'ai beaucoup appris sur moi-même. Cela n'a pas été sans douleur. Mais quand j'ai connu le sort de Laurana, j'ai perdu la tête. J'étais hors de moi, j'avais peur et je m'en suis pris à la personne qui m'est tombée sous la main. C'était toi. Si Laurana a agi ainsi, c'est par amour. J'ai appris ce qu'était l'amour, Tanis. Enfin, je suis en train de l'apprendre, et je découvre surtout la souffrance. Mais laissons cela, ça ne concerne que moi.

Tanis le considérait avec un intérêt attentif.

— Après avoir longuement réfléchi, continua Gilthanas, je pense que Laurana a pris la bonne décision. Il fallait qu'elle agisse ainsi, sinon son amour n'aurait eu aucun sens. Elle croit suffisamment en toi pour risquer le pire...

Tanis baissa les yeux. Mais Gilthanas le prit par les épaules, cherchant son regard.

— Théros Féral dit que tout au long de sa vie, jamais il n'a vu un acte d'amour tourner mal. Laurana a agi par amour. Les dieux la protégeront.

— Ont-ils protégé Sturm ? demanda Tanis avec exaltation. Il aimait, lui aussi !

— Qu'en sais-tu ? Peut-être l'ont-ils fait ?

Les mains de Tanis se posèrent sur celles de Gilthanas. Il voulait y croire. Cela semblait si merveilleux..., aussi beau que les contes de dragons. Enfant, il avait toujours cru aux dragons...

Il s'éloigna en soupirant.
Il franchissait le seuil lorsque Gilthanas l'interpella :
— Bonne chance, frère...

*
* *

Les compagnons se retrouvèrent devant la porte secrète de Tasslehoff, qui menait de l'autre côté des remparts. Ils s'arrêtèrent au sommet de l'escalier. Tanis regarda la lune disparaître derrière la colline, ses derniers rayons illuminant la citadelle volante. Elle était éclairée. Qui pouvait bien habiter cet engin terrifiant ? Des draconiens ? Des Robes Noires et des prêtres qui avaient abandonné la terre ferme pour poursuivre leurs œuvres dans les nuages ?

Les autres s'entretenaient à voix basse, à l'exception de Berem. L'Eternel, sous la garde vigilante de Caramon, restait à l'écart, les yeux dans le vague.

Tanis regarda longuement les deux barbares. Se séparer d'eux lui coûtait tellement qu'il se demanda s'il y parviendrait. Le dernier rayon de Solinari caressa la chevelure d'or et d'argent de Lunedor. Le visage serein et confiant de la jeune femme l'apaisa. Il reprit courage.

— C'est bientôt l'heure ? demanda impatiemment Tass.

Tanis tendit la main et tapota affectueusement la queue-de-cheval du kender. Dans un monde changeant, les kenders restaient égaux à eux-mêmes.

— Oui, c'est l'heure, répondit Tanis. Pour certains d'entre nous, ajouta-t-il en se tournant vers Rivebise.

Le barbare contemplait sa femme, abîmée dans ses rêveries, un sourire aux lèvres. Tanis se demanda si elle imaginait l'enfant à venir, jouant dans le soleil... Rivebise menait un conflit intérieur. Tanis savait qu'il ferait tout pour l'accompagner, même si cela l'obligeait à abandonner Lunedor.

Le demi-elfe s'avança et le prit par le bras.

— Tu en as déjà tant fait, mon ami, dit-il en le regardant droit dans les yeux. Tu as cheminé si longtemps sur des routes arides. C'est ici que nos chemins se séparent. Nos pas nous conduiront sur des voies hasardeuses. Les vôtres vous mèneront vers des horizons plus sereins ; vous mettrez votre enfant au monde...

Tanis prit Lunedor par le bras et l'attira vers eux. Il savait qu'elle allait protester.

— L'enfant naîtra en automne, dit doucement Tanis, à la saison où les arbres s'empourprent. Ne pleure pas, chère Lunedor. Les forêts repousseront. Un jour tu conduira à Solace l'enfant qui va naître, et tu lui raconteras l'histoire de deux êtres qui s'aimaient tellement qu'ils ont ramené l'espoir dans un monde envahi par les dragons.

Il effleura des lèvres sa chevelure d'or et d'argent. A son tour, Tika vint dire adieu à Lunedor. Rivebise avait quitté son masque impénétrable. Voyant son chagrin, Tanis eut quelque mal à retenir ses larmes.

— Gilthanas aura besoin de toi pour défendre la cité. J'espère que les dieux sauront abréger ce terrible hiver... mais je crains qu'il dure encore un peu.

— Les dieux sont avec nous, mon ami, mon frère, répondit Rivebise en prenant Tanis dans ses bras. Puissent-ils être avec vous aussi. Nous attendrons ton retour.

Solinari disparut derrière les montagnes. Seules les étoiles et les lumières de la citadelle volante trouaient la nuit. Les compagnons firent leurs adieux aux barbares, puis ils descendirent l'escalier jusqu'au pied des remparts. La plaine s'étendait devant eux.

Berem tremblait de peur. Depuis que Tanis avait décidé qu'ils iraient à Neraka, il avait le regard égaré d'une bête traquée. Pris de pitié pour lui, le demi-elfe décida de ne pas céder à ce sentiment. L'enjeu était trop important. Berem était la clé de voûte de l'histoire ; il trouverait la solution avec lui, à Neraka.

Le son des cors retentit dans le lointain. Un éclair orange zébra le ciel. Les draconiens brûlaient un village. Tanis s'enveloppa dans sa cape. Bien que l'Aube du Printemps soit passée, les morsures de l'hiver se faisaient encore sentir.

— Allons-y, dit-il.

L'un après l'autre, ils traversèrent le terrain qui les séparait du bouquet d'arbres, où les attendaient les petits dragons de bronze. C'était le moyen le plus rapide pour gagner les montagnes.

Pris d'inquiétude, Tanis réalisa que leur équipée risquait de prendre fin brutalement. Si le guet de la citadelle volante les repérait, ils étaient perdus. Berem tomberait aux mains de la Reine des Ténèbres, et c'en serait fini.

Tass fila comme une souris dans les hautes herbes, suivi de Tika. Flint, hors d'haleine, avait du mal à couvrir la distance. Il semblait avoir pris un coup de vieux, mais Tanis savait qu'il n'admettrait pas de régime de faveur. Caramon fermait la marche, traînant Berem avec lui.

Le tour de Tanis était venu. Il leva les yeux vers les remparts. Rivebise et Lunedor étaient là, qui les suivaient des yeux.

Lunedor alluma une bougie. La flamme illumina leurs visages. Tanis les vit lever la main en signe d'adieu.

Il se retourna, et se mit à courir vers le bouquet d'arbres.

Si les ténèbres les engloutissaient, elles ne parviendraient pas à éteindre l'espoir. Il y aurait toujours une petite flamme pour luire quelque part. Et si elle s'éteignait, elle renaîtrait ailleurs.

N'y a-t-il pas toujours une lumière qui brille dans le noir, jusqu'à ce que l'aube se lève ?

# LIVRE III

1

LE VIEILLARD ET LE DRAGON DORÉ

C'était un vieux dragon doré, le plus vieux qui soit. En son temps, il avait été un guerrier intrépide, et sa vieille peau ridée portait encore les cicatrices de ses victoires. Il avait oublié jusqu'à son nom, autrefois synonyme de gloire. Les jeunes dragons dorés, peu révérencieux, le surnommaient affectueusement Pyrite le Gâteux, parce qu'il avait la fâcheuse habitude de mélanger le passé avec le présent.

Après avoir perdu ses dernières dents en mastiquant du gobelin, il était condamné à la bouillie.

Quand Pyrite vivait au présent, il était de bonne compagnie, bien qu'irascible. Certes, il refusait d'admettre qu'il était myope comme une taupe et sourd comme un pot. Mais il avait l'esprit vif et acéré. Simplement, il était rare qu'il parle de la même chose que son interlocuteur.

Quand il vivait au passé, les autres dragons couraient se mettre à l'abri dans leurs tanières. Pyrite était capable de jeter des sorts étonnants, et son souffle restait une arme redoutable.

Ce jour-là, le dragon doré n'était ni dans le passé, ni dans le présent. Couché sous le soleil de la steppe d'Estaride, il faisait un petit somme. Le chapeau rabattu sur les yeux, un vieil homme à barbe blanche dormait calé contre son flanc.

Tous deux ronflaient à qui mieux mieux. On pouvait se demander ce que faisaient ces deux vieillards dans la steppe par un jour de printemps. Peut-être attendaient-ils quelqu'un. Pourtant, la région était dangereuse, car infestée de gobelins et de draconiens en armes. Mais les dormeurs ne semblaient pas sur le qui-vive.

Un ronflement particulièrement tonitruant réveilla le vieillard. Il allait houspiller son compagnon quand une ombre passa au-dessus d'eux.

— Ha ha ! Des dragons ! s'exclama-t-il. Il y en a toute une bande ! Eh bien ! cela ne laisse rien présager de bon ! fit-il en fronçant les sourcils au point de loucher. Quel culot ! Me cacher mon soleil ! Réveille-toi ! cria-t-il en flanquant de grands coups de bâton au dragon.

Pyrite ouvrit un œil et, ne voyant qu'une masse informe, le referma aussitôt.

Les ombres qui les survolaient étaient quatre dragons montés par des cavaliers.

— Réveille-toi, je te dis ! Vieux feignant !

Devant l'absence de réaction de Pyrite, le vieillard eut une subite inspiration.

— C'est la guerre ! brailla-t-il de toutes ses forces à son oreille. Nous sommes cernés ! Rassemblement ! A l'attaque !

Le vieillard fut à moitié étouffé par le nuage de poussière que souleva le dragon en se levant, prêt à prendre son envol.

— Mais attends-moi ! hurla-t-il.

— Qui es-tu pour me dire d'attendre ? répondit le dragon avec hauteur. Ah ! serais-tu mon magicien ?

— C'est ça, c'est ça, je suis... heu, ton magicien. Baisse un peu les ailes, pour que je puisse monter. Bien, nous sommes une brave bête... Maintenant je... Oh ! la la ! Même pas le temps de s'harnacher ! Mais enfin, je ne t'ai pas dit de décoller !

— Pas un instant à perdre, cria Pyrite, je ne vais pas laisser Huma se battre tout seul !

— Pour Huma, ce sera un peu tard. De quelques centaines d'années environ. Mais ce n'est pas ce qui m'intéresse. Je veux la peau des quatre dragons qui filent vers l'est ! Il faut les arrêter...

— Des dragons ? Ah oui, je les vois ! rugit Pyrite en piquant sur deux aigles, qui s'enfuirent à tire-d'ailes, offusqués.

— Mais non, andouille ! Plus à l'est !

— Es-tu bien sûr d'être mon magicien ? demanda Pyrite d'une grosse voix. Mon magicien n'oserait pas me parler sur ce ton.

— Je suis... Désolé, mon vieux, je suis légèrement tendu. La perspective du combat...!

— Par les dieux, c'est vrai, je les vois, les quatre dragons ! s'exclama Pyrite.

— Approche-toi d'eux, on va leur en ficher un bon coup ! cria le vieillard. Je connais un sort vraiment fantastique. La boule de feu. Comment ça marche, déjà ? Voyons...

Deux officiers draconiens commandaient le groupe. Le premier, barbu, volait en tête, le second, à la carrure de géant, à l'arrière-garde. Leurs prisonniers formaient un mélange hétéroclite : une femme en armure dépareillée, un nain, un kender et un homme mûr aux cheveux gris flottant au vent.

A l'évidence, le groupe faisait des détours pour éviter l'infanterie draconienne. En bas, les soldats faisaient de grands signes en poussant des cris.

Les deux cavaliers des dragons de cuivre les ignorèrent avec superbe.

Mais comment des draconiens pouvaient-ils se trouver sur le dos de dragons de cuivre ? aurait dû se demander le magicien du dragon doré.

Hélas, ni le vieillard ni sa monture décrépite n'avaient l'œil exercé.

A la faveur des nuages, le dragon doré fondit sur le groupe.

— Nous allons les prendre à revers, gloussa le vieillard, émoustillé à la perspective du combat. A mon commandement, tu piqueras sur eux ! Attention, à mon signal... Nooon ! Pas tout de suite !

Les mots se perdirent dans le vent. Le vieux dragon se ruait sur sa proie avec la rapidité d'une flèche.

L'officier draconien de l'« arrière-garde » eut la sensation qu'il se passait quelque chose au-dessus de lui. Il leva les yeux.

— Tanis ! hurla-t-il pour avertir le dragon de tête.

— Par les dieux ! s'écria le demi-elfe en se retournant.

Il découvrit un dragon doré conduit par un vieillard.

— Je crois que nous sommes attaqués, cria Caramon.

— Dispersons-nous ! ordonna Tanis.

En bas, dans la steppe, une division entière de draconiens suivaient la scène avec intérêt. C'était ce que Tanis voulait éviter, et ce vieux fou allait tout gâcher !

Les quatre dragons se séparèrent, mais il était trop tard. Une boule de feu explosa au milieu du groupe, déportant les dragons de cuivre dans toutes les directions.

Lâchant les rênes, Tanis se cramponna au cou de sa bête pour ne pas être éjecté. Une voix qui ne lui était pas inconnue s'éleva derrière lui :

— On les a eus ! Quel sort extraordinaire, cette boule de feu...

— Fizban ! gémit Tanis.

Il tenta de reprendre le contrôle de sa monture, et jeta un coup d'œil en arrière. Les autres étaient indemnes, mais dispersés aux quatre coins du ciel. Le vieillard pourchassait Caramon et se préparait à lancer un de ses sorts catastrophiques. Le grand guerrier gesticulait comme un diable en pointant un doigt sur le vieux magicien, qu'il avait reconnu.

Le dragon monté par Flint et Tass se dirigeait vers Fizban ; le kender glapissait de joie, le nain était vert de peur.

Tanis éperonna sa monture, lui intimant l'ordre de foncer sur le vieillard.

— Attaque ! Ne le blesse pas, il s'agit seulement de le chasser.

Le dragon de cuivre refusa d'obtempérer. Il tournoya pour se rapprocher du sol, comme s'il voulait atterrir.

— Non mais tu as perdu la tête ? s'écria Tanis. Tu nous conduis tout droit chez les draconiens !

Le dragon fit la sourde oreille. Ses trois compères se préparaient aussi à atterrir.

Berem se cramponnait désespérément à Tika. Il ne quittait pas des yeux les draconiens, qui se précipitaient vers l'endroit où les dragons de cuivre allaient atterrir.

Flint avait repris ses esprits et tirait sur les rênes comme un forcené tandis que Tass continuait à appeler à grands cris le vieux magicien. Fizban fermait la marche, poussant devant lui son petit troupeau comme un berger ses moutons.

Ils atterrirent au pied des Monts Khalhist. Les draconiens arrivaient au pas de course.

Nous pourrions nous en tirer par le bluff, se dit Tanis. *Avec nos uniformes, cela peut marcher, pourvu que Berem reste tranquille.*

Avant qu'il ait pu ouvrir la bouche, l'Eternel sauta du dragon et détala dans la colline. Les draconiens se précipitèrent à ses trousses.

Quant à ne pas se faire remarquer, pour Berem c'est raté. Mais le bluff est encore possible... Non, les draconiens risquent de le capturer, et ils connaissent tous son signalement.

— Au nom des Abysses ! jura-t-il. Caramon, rattrape Berem ! Toi, Flint... Non, Tass, reviens ici immédiatement ! Bon sang ! Tika, va chercher Tass.

Non, réflexion faite, reste avec moi. Toi aussi, Flint...

— Mais Tass est en train de courir après ce vieux crétin...

— Avec un peu de chance, le sol s'ouvrira sous leurs pieds et les engloutira !

Aiguillonné par la peur, Berem grimpait entre les buissons et les rochers avec l'agilité d'un chamois. Caramon, entravé par son armure et son pesant arsenal, perdait du terrain.

Tanis distinguait nettement les draconiens, qui progressaient vite. Il restait encore une chance : les dragons de cuivre pourraient passer à l'attaque...

Il allait leur donner l'ordre de se ranger en position de combat quand il vit arriver le vieillard.

— Allez, ouste ! Filez ! dit-il aux dragons de cuivre. Allons, allons, dégagez ! Retournez d'où vous venez !

— Non ! Arrête ! cria Tanis, qui en aurait avalé sa barbe.

Médusé, il vit les dragons s'aplatir sur le sol devant le vieil homme en robe grise. Puis ils battirent des ailes et s'envolèrent.

Oubliant qu'il portait une armure draconienne, il se précipita à la suite de Tass, parti rejoindre le vieillard. Celui-ci, les entendant venir, se retourna, l'œil furibond.

— Je vais vous apprendre à faire les malins, moi ! Vous êtes mes prisonniers, alors tenez-vous tranquilles, ou vous aurez affaire à un de mes sorts...

— Fizban ! s'écria Tass en se jetant au cou du vieil homme.

— Tu es Tassle... Tassle..., bégaya-t-il.

— Racle-Pieds ! confirma le kender en s'inclinant cérémonieusement.

— Par le fantôme du grand Huma ! s'exclama Fizban.

— Voici Tanis Demi-Elfe, et Flint Forgefeu. Tu te souviens de lui ?

— Euh, oui, presque..., répondit Fizban, rougissant.
— Voilà Tika..., et celui qui court là-bas, c'est Caramon. L'autre, c'est Berem. Nous l'avons trouvé à Kalaman, et tu sais, Fizban, c'est incroyable, il a une pierre verte... Aïe ! Ouille ! Mais tu me fais mal, Tanis...
— Heu... Vous n'êtes pas avec les draconiens ?
— Non ! Nous ne sommes pas du côté des draconiens ! tonna Tanis. Mais j'ai l'impression que cela ne saurait tarder, fit-il avec un regard vers l'armée en marche dans la steppe.
— Est-ce bien sûr ? Vous n'auriez pas retourné votre veste, par hasard ? Sous la torture ? Ou à cause d'un lavage de cerveau...
— Mais non, bon sang ! Je suis Tanis Demi-Elfe, rappelle-toi...
— Tanis Demi-Elfe ! Ravi de te revoir, messire, dit Fizban en lui serrant la main.
— La barbe ! éclata Tanis, exaspéré, retirant sa main.
— Mais vous étiez à dos de dragons !
— Ce sont des bons dragons ! Ils ont réapparu sur Krynn !
— On ne me dit jamais rien ! s'indigna le vieil homme.
— Te rends-tu compte de ce que tu viens de faire ? Tu nous chasses du ciel, et tu nous enlèves le seul moyen que nous avions d'aller à Neraka...
— Oh, je sais très bien ce que j'ai fait... Ça, par exemple ! Ces gaillards avancent bien trop vite ! Il ne faut pas qu'ils nous attrapent. Eh bien, que fais-tu planté là ? Tu parles d'un chef ! C'est sur moi que tout retombe... Où est mon chapeau ?
— A environ quatre lieues plus au nord, répondit Pyrite en bâillant à se décrocher la mâchoire.
— Tu es encore là, toi ? Je t'avais renvoyé avec les autres !
— Je n'avais pas envie, gloussa Pyrite. Ces dragons

de cuivre n'ont aucun respect pour l'âge. Ils ne cessent de papoter et de ricaner. Leurs fous rires me tapent sur les nerfs...

— Alors tu rentreras tout seul ! déclara Fizban en toisant le dragon. Nous avons un long voyage à faire dans une région dangereuse...

— « Nous » ? s'écria Tanis. Ecoute, mon vieux, tu parles pour toi et ton... copain ! Tu as raison, le voyage sera long et dangereux. Dire que nous n'avons plus de dragons...

— Tanis..., fit Tika pour attirer l'attention du demi-elfe sur les draconiens qui se rapprochaient.

— Vite, dans les collines ! Tika, et toi aussi, Flint, filez ! Tass..., fit Tanis d'une voix menaçante en empoignant le kender.

— Non, Tanis ! Nous ne le laisserons pas ici ! gémit Tass.

— Tass ! dit le demi-elfe sur un ton définitif.

Le kender comprit que Tanis en avait plus qu'assez. Le vieil homme semblait avoir saisi, lui aussi.

— Je dois accompagner ces gens-là, expliqua Fizban à son dragon. Ils ont besoin de moi. Comme tu ne peux pas rentrer tout seul, il va falloir que tu permutes...

— Transmute ! corrigea le dragon avec indignation. Cela s'appelle une *transmutation* ! C'est pourtant simple, tu pourrais te le mettre dans la tête...

— Transpermute ou autre chose, peu importe ! Dépêche-toi ! Nous t'emmenons avec nous.

— Ouf ! J'ai besoin de repos.

— Je ne crois pas qu'il soit bien utile de..., commença Tanis, se demandant comment on pouvait s'encombrer d'un aussi gros dragon dans un voyage.

Mais il était trop tard.

La créature prononça quelques mots sibyllins. Il y eut un éclair, puis plus de dragon.

Fizban se pencha sur les hautes herbes et ramassa quelque chose.

— Ouvre ta main, dit-il à Tass.

Il déposa dans la paume du kender une minuscule réplique du dragon doré. Ses paupières d'or fin battirent sur ses yeux de rubis.

— Oh ! Fizban, comme c'est beau ! Je peux vraiment le garder ?

— Oui, mon garçon, au moins jusqu'à ce que l'aventure s'achève.

— Ou qu'elle nous achève, murmura Tanis, poussant Tass et Fizban devant lui.

Se glissant entre les broussailles, la petite troupe commença à gravir la colline. Inexorablement, l'armée draconienne continuait sa progression.

2

LA PASSERELLE ENCHANTÉE

Les compagnons grimpaient toujours plus haut dans la montagne. Les draconiens, persuadés d'avoir affaire à des espions, ne les lâchaient pas.

Le petit groupe était épuisé par cette marche forcée. Caramon, parti à la recherche de Berem, n'était toujours pas réapparu.

Au détour du sentier, ils se retrouvèrent nez à nez avec le grand guerrier, assis sur une pierre à l'ombre d'un buisson. Berem gisait à ses pieds, inerte.

— J'ai fini par le rattraper, dit Caramon, mais il s'est débattu. Tanis, tu sais qu'il est vigoureux, pour un homme de son âge ! J'ai été obligé de l'assommer. J'ai dû taper un peu trop fort.

— Hé ! Derrière le dernier gros rocher, j'ai vu les draconiens, annonça Flint, hors d'haleine.

Il se laissa tomber sur le sol et s'épongea le front. Visiblement, il était à bout de forces.

Tika sortit de ses poches une petite fiole qu'elle tint sous le nez de Berem. Il ouvrit les yeux et se massa la tête d'un air épouvanté.

Tanis donna le signal du départ. Fizban venait juste de se décider à s'asseoir sur une pierre qu'il avait longuement choisie.

Sans ménagement, Tass le tira par la manche. Le vieux mage protesta :

— Je suis en train de concocter un sort... Je veux régler leur compte à ces engeances !

— Ah ça, certainement pas ! Avec la chance que j'ai, on risque de se retrouver face à des trolls !

— Tiens, tiens... Je me demande si j'y arriverais ! s'exclama Fizban, dont le visage s'illumina.

Le soleil touchait la ligne d'horizon quand ils arrivèrent à une fourche. D'un côté le sentier allait vers le sommet, de l'autre, il longeait le flanc de la montagne.

Sans crier gare, Fizban choisit résolument le gouffre.

— Venez ! Venez donc ! pressa-t-il, faisant taire les protestations de Tanis. Par là, c'est un cul-de-sac, tandis que par ici, il y a plusieurs voies possibles. Je le sais. Je suis déjà venu. Bientôt nous tomberons sur une gorge enjambée par un pont. Nous le franchirons, et de là, nous serons en bonne position pour repousser les draconiens.

Tanis secoua la tête. Il se méfiait des élucubrations du vieux magicien.

— C'est un bon plan, Tanis, fit remarquer Caramon. Il est évident que tôt ou tard, nous les aurons sur le dos.

Tanis regarda ses compagnons. Ils avaient l'air épuisés. Seul Berem, toujours mort de peur, semblait comme à l'accoutumée. Mais c'est Flint qui donnait le plus d'inquiétude à Tanis. Le nain n'avait guère ouvert la bouche pendant le voyage. Son souffle court et ses lèvres livides allaient de pair avec les douleurs qui lui tiraillaient le bras.

— Bon, prenons par là. Avance, Fizban. Je ne tarderai sans doute pas à le regretter...

Au coucher du soleil, les compagnons firent halte. Ils avaient devant eux une gorge étroite et profonde où serpentait une rivière. La plate-forme rocheuse sur laquelle ils se trouvaient surplombait un à-pic de quatre cents pieds. Il n'y avait qu'un seul moyen de franchir le précipice.

— Ce pont a largement dépassé mon âge, grommela Flint, et il est bien plus mal en point que moi !

— Ce pont est resté debout pendant des siècles ! s'indigna Fizban. Il a même survécu au Cataclysme.

— Je veux bien le croire..., fit Caramon.

— Au moins, il ne sera pas long à traverser..., ajouta Tika, se voulant rassurante.

Le pont était une construction unique en son genre. Des madriers en forme de croix fichées dans le rocher supportaient les planches de la plate-forme. Ce qui avait été autrefois une merveille architecturale était à présent rongé par les intempéries. Quant au garde-fou, le pourrissement avait dû le faire basculer dans le précipice.

Derrière eux, des cliquetis d'armes et des vociférations se firent entendre.

— Nous ne pouvons plus rebrousser chemin ! Essayons de passer un par un !

— Ce serait trop long ! répliqua Tanis. Il n'y a plus qu'à espérer que les dieux nous aideront. De là-bas, il nous sera plus facile de tirer sur les draconiens. Une fois sur le pont, ils feront des cibles idéales. Je passerai le premier et vous suivrez immédiatement derrière. Caramon, tu fermeras la marche. Berem, suis-moi.

Les planches vermoulues craquèrent sous les pieds de Tanis. Il les sentit plier sous son poids. Tout en bas, au fond de la gorge, la rivière brillait entre les rochers. Il aspira une grande bouffée d'air pour résister au vertige qui le saisissait.

— Ne regardez pas en bas ! dit-il, esquissant un pas en avant.

Berem avança. La peur des draconiens annihilait toutes les autres. D'un pas léger, Tass le suivit, jetant des regards émerveillés au fond de la gorge. Fizban soutenait Flint, terrifié. Tika et Caramon vinrent à leur tour, jetant des coups d'œil inquiets derrière eux.

Au milieu du pont, des planches cédèrent sous le pied de Tanis. Tétanisé de peur, il s'agrippa par réflexe au bord du pont. Il sentit le bois se ramollir sous ses doigts, qui glissèrent... Alors une main se referma comme un étau sur son poignet.

— Tiens bon, Berem ! haleta Tanis en se raidissant pour assurer une meilleure prise à l'Eternel.

— Vas-y, Berem, tire-le ! cria Caramon. Que personne ne bouge ! Ce tas de planches est capable de s'effondrer d'un instant à l'autre !

Le visage baigné de sueur, les veines gonflées par l'effort, Berem tira lentement le demi-elfe sur le pont. Pantois, Tanis s'affala comme une masse.

Tika poussa un cri. Le demi-elfe réalisa qu'on venait de lui sauver la vie juste à temps pour qu'il puisse la perdre de nouveau : une trentaine de draconiens apparaissaient sur le sentier.

Il se retourna vers le précipice. L'autre moitié du pont avait tenu. Il suffirait d'un bond, et ils seraient en sécurité de l'autre côté ; lui, Caramon, et Berem. Mais Tass, Flint, Tika et le vieux mage ?

— Tu parlais de cibles idéales..., fit Caramon en dégainant son épée.

— Lance un sort, vieux mage ! cria Tass.

— Qu'est-ce que tu dis ? demanda Fizban en clignant des paupières.

— Un sort ! hurla le kender, pointant un doigt sur les draconiens.

Voyant les compagnons pris au piège sur le pont, ils se préparaient à l'hallali.

— Tass, laisse, nous avons assez d'ennuis comme ça ! dit Tanis.

Il encocha une flèche et banda son arc. Un draconien, touché en pleine poitrine, tomba dans le précipice en hurlant. Tanis décocha flèche après flèche. Les draconiens, paniqués, ne pouvaient échapper au tir du demi-elfe. Il fallait qu'ils passent à l'assaut.

A cet instant, Fizban lança un sort.

Berem eut un hoquet de surprise ; Tanis faillit lâcher son arc.

Brillant comme un soleil entre les nuages, une passerelle descendit entre les deux flancs de la montagne. Les mains tendues vers le ciel, le vieux mage la guida vers le trou béant au milieu du pont.

Tanis vit les draconiens cloués sur place, leurs yeux de reptiles écarquillés devant ce prodige.

— Vite ! cria-t-il en tirant Berem derrière lui.

Dès que Tass les vit sauter sur la passerelle, il empoigna Flint et s'y précipita. Les draconiens, revenus de leur stupeur, se ruèrent sur le pont de bois. Caramon les tint en respect avec son épée. Tanis continua à leur tirer dessus, tandis que Tika entraînait Berem et Flint sur le dernier tronçon du pont.

— Ça y est ! hurla Tika, de l'autre côté du pont.

— Avance ! ordonna Caramon au vieux mage.

Fizban s'occupait à fignoler le positionnement de la passerelle.

— Voilà ! C'est parfait ! déclara-t-il d'un air satisfait. Et les gnomes qui me jugent mauvais ingénieur...

Quand Fizban et Caramon furent enfin sur la passerelle, le tronçon de bois qui menait à la terre ferme s'effondra avec de sinistres craquements.

— Nous sommes coincés ! s'écria Tanis.

Ils entendirent les exclamations épouvantées de Tika, étouffées par les cris de joie des draconiens.

Soudain, un claquement sec se fit entendre, suivi de mugissements de terreur. L'autre tronçon s'était effondré dans le précipice, emportant dans sa chute la plupart des draconiens.

— Nous n'allons pas tarder à prendre le même chemin ! brailla Caramon. Il n'y a plus rien pour soutenir la passerelle !

Tanis retint son souffle. Le regard du guerrier allait d'un bout à l'autre de la structure magique.

— Je n'arrive pas à y croire..., souffla-t-il.

— Et pourtant, c'est vrai..., répondit Tanis comme dans un rêve.

La passerelle restait suspendue entre ciel et terre au centre du canyon. Fizban se tourna vers Tanis avec une mine triomphante.

— Un merveilleux sortilège, je dois l'avouer, fit-il en se rengorgeant. Tu n'aurais pas une corde ?

La nuit était tombée depuis longtemps lorsque les compagnons parvinrent à quitter la passerelle. Tika avait solidement arrimé une corde à un rocher. Un par un, Caramon, Tass, Fizban et Tanis s'étaient laissés glisser vers la terre ferme.

Le lendemain matin, lorsqu'ils se réveillèrent, la première chose qu'ils virent fut la passerelle étincelante sous le soleil.

3

TERREDIEU

Les compagnons passèrent la journée à errer à travers la montagne. La patience de Tanis, mise à rude épreuve, menaçait de céder. Il résistait à la tentation d'étrangler le vieux mage parce qu'il était certain que Fizban les menait dans la bonne direction. Dix fois, le demi-elfe aurait juré qu'ils étaient déjà passés devant tel ou tel groupe de rochers, mais quand il apercevait le soleil, qui se faisait rare, il devait admettre qu'ils maintenaient le cap vers le sud-est.

Le froid hivernal avait fait place à l'air tiède du printemps, chargé de senteurs délicieuses. Mais cela ne dura pas longtemps. Un crachin épais se déversa du ciel, transperçant les manteaux les plus épais et supprimant toute visibilité.

Au milieu de l'après-midi, le moral du groupe était au plus bas, y compris celui de Tass, qui s'était disputé avec Fizban à propos du chemin à prendre pour arriver à Terredieu.

Tanis enrageait de constater que ni le vieux mage ni le kender ne savaient où ils se trouvaient réellement. Il avait même surpris Fizban en train de lire une carte à l'envers. Tass avait mis fin à l'altercation en rangeant ses parchemins dans sa sacoche. Le vieux mage l'avait alors menacé de transformer sa belle queue-de-cheval en une queue de rat.

A bout de nerfs, Tanis avait envoyé Tass se rafraîchir les idées puis consolé Fizban en nourrissant secrètement l'idée de les emmurer vivants dans la prochaine caverne. La calme détermination qu'il avait acquise à Kalaman, soutenue par l'idée de libérer Laurana, avait fait place à des idées noires.

Il pensait sans cesse à elle. Qu'allait-il se passer dans le temple de la Reine Noire ? Non, la Reine ne la tuerait pas... tant qu'elle aurait besoin de Berem.

Je ferais tout et n'importe quoi pour la tirer de là ! Qu'importe si j'y laisse la vie...

Serais-je vraiment capable de livrer Berem ? Echanger l'Eternel contre Laurana, au risque de plonger le monde dans l'abîme ? Non, Laurana préférerait mourir plutôt que d'être l'objet d'un tel marché. Quelques pas plus loin, Tanis avait changé de langage. *Que le monde fasse ce qu'il veut. De toute façon, nous sommes condamnés. Quoi qu'il arrive, nous ne pourrons remporter la victoire. La vie de Laurana est la seule chose qui compte...*

Etrangement silencieux, Flint progressait d'un pas pesant sans jamais se plaindre. Ce n'était pas bon signe, si Tanis n'avait pas été aveuglé par ses propres tourments, il l'aurait remarqué.

Quant à Berem, personne ne savait ce qu'il pensait, si toutefois il pensait quelque chose. Il devenait de plus en plus nerveux et sursautait à la moindre alerte. Ses yeux trop jeunes pour son visage marqué semblaient ceux d'un animal traqué.

Le deuxième jour, Berem disparut.

Tout le monde était de bonne humeur en se réveillant le matin, car Fizban avait annoncé que Terredieu était tout proche. Mais l'euphorie n'avait pas duré longtemps. La pluie s'était remise à tomber. Trois fois en une heure, le vieux mage leur avait fait traverser des épineux en criant « C'est là ! Nous sommes arrivés ! ». Et ils s'étaient retrouvés pataugeant dans un marécage, ensuite dans une gorge, puis finalement devant une falaise.

La troisième fois, Tanis eut l'impression qu'on l'écorchait vif. Même Tasslehoff prit peur en voyant sa rage. Le demi-elfe fit un effort sur lui-même pour se calmer. Puis il réalisa qu'il manquait quelqu'un.

— Où est Berem ? demanda-t-il, tremblant de colère.

Caramon sursauta. Il émergeait d'un autre monde. L'œil hagard, il se tourna en rougissant vers Tanis.

— Je n'en sais rien. Je ne me suis pas aperçu qu'il n'était plus là.

— Berem est notre seule chance de parvenir à Neraka, dit le demi-elfe. Il est l'unique garant de la vie de Laurana. Si les draconiens le capturent...

Suffoqué d'émotion, il ne put continuer.

— Calme-toi, mon garçon, dit Flint en lui tapant sur l'épaule, on le retrouvera.

— Pardon, Tanis, balbutia Caramon. Je pensais à... à Raistlin. Je sais bien que je devrais pas...

— Par les Abysses, comment ton satané frère arrive-t-il à semer la pagaille même quand il n'est pas là ? cria Tanis. Excuse-moi, Caramon. Tu n'as pas mérité de reproches. J'aurais dû faire attention moi aussi, comme les autres. Maintenant, nous sommes obligés de rebrousser chemin, à moins que Fizban nous fasse traverser le rocher... Berem n'a pas pu aller bien loin, nous retrouverons facilement sa trace. Il ne s'est pas évanoui dans la nature !

Tanis avait raison. Après avoir pris le sentier en sens inverse, ils suivirent la piste d'un animal que personne n'avait remarquée à l'aller. Flint, qui l'avait découverte, avait appelé les autres, puis il s'était enfoncé dans la broussaille pour la suivre. Il semblait avoir retrouvé une énergie nouvelle. Comme un chien de chasse sur le point de lever sa proie, il fendait les buissons sans se laisser arrêter par les branches et les ronces.

— Flint ! cria plusieurs fois Tanis. Attends-nous !

La distance séparant le nain des compagnons s'accrut. Ils le perdirent de vue. Heureusement, les empreintes de ses bottes dans la glaise étaient plus faciles à repérer que celle de Berem.

Un nouvel obstacle se dressa sur leur route.

Ils se trouvaient devant une muraille rocheuse. Cette fois, il y avait un passage possible. Un étroit tunnel était creusé dans le roc. Le nain avait dû y entrer facilement, mais Tanis fit grise mine.

— Berem a réussi à passer, dit Caramon, montrant une trace de sang sur la pierre.

— Possible, fit Tanis. Tass, va voir ce qu'il y a de l'autre côté, dit-il, répugnant à suivre une fausse piste.

Tass se glissa dans le tunnel. Bientôt les compagnons entendirent ses exclamations d'étonnement.

Le visage de Fizban s'éclaira.

— C'est là ! s'écria-t-il, transporté d'allégresse. Nous avons trouvé ! C'est Terredieu ! Le chemin passe par ce tunnel.

— Il n'y en aurait pas un autre, par hasard ? s'enquit Caramon, que l'étroitesse du passage consternait.

— Tanis, viens vite !

La voix claironnante de Tass leur parvint de l'autre côté de la falaise.

— Les culs-de-sac, ça suffit. Nous prendrons ce chemin, décréta Tanis.

Les compagnons commencèrent à ramper dans l'étroit goulot. Il leur fallait parfois s'aplatir puis se contorsionner comme un serpent pour avancer. Avec sa large carrure, Caramon faillit cent fois rester coincé.

Au bout du tunnel, Tass les attendait impatiemment.

— Tanis, j'ai entendu crier Flint ! Là-bas, devant nous ! Quand tu verras où nous sommes tombés, tu n'en croiras pas tes yeux !

Ils s'extirpèrent du tunnel, et aidèrent le malheureux Caramon à faire de même. Ils avaient enfin Terredieu devant eux.

— Ce n'est pas exactement le genre d'endroit que je choisirais si j'étais un dieu, fit remarquer Tass.

Tanis partageait son avis.

Ils se trouvaient à la lisière d'un cirque de monts qui semblait complètement désertique. Rien ne poussait sur ce plateau désolé, emmuré entre de hautes montagnes hérissées de pics. Un ciel bleu et froid, sans oiseaux ni soleil, surplombait ce paysage sans vie. De l'autre côté, il pleuvait à verse, nota Tanis. Frissonnant, il détourna les yeux.

Au centre du plateau s'élevaient d'énormes rochers disposés en cercle. Un cercle si parfait qu'il était impossible de voir ce qu'il y avait derrière.

— Cet endroit me donne le cafard, dit Tika. Non que j'aie peur, mais quelle tristesse ! Si les dieux hantent ces lieux, ce doit être pour pleurer les malheurs du monde.

Fizban fixa Tika d'un œil pénétrant. Il allait lui répondre quand Tass appela :

— Tanis, viens voir !

— J'arrive !

A l'autre bout du plateau, Tanis distingua deux silhouettes, qui avaient l'air de se battre.

— C'est Berem ! cria Tass, le reconnaissant grâce à sa vue de kender. On dirait qu'il se bagarre avec Flint ! Dépêchons-nous !

Tanis partit au pas de charge. Les autres l'appelèrent, mais il n'y prêta pas attention, gardant les yeux fixés sur les deux hommes qu'il voyait maintenant avec précision. Le nain venait de tomber sur le sol, et Berem était penché sur lui.

— Flint ! hurla Tanis.

Son cœur battit à tout rompre, sa vue se brouilla. Berem releva la tête dans sa direction. Tanis vit ses lèvres remuer. Il dit quelque chose que Tanis ne comprit pas.

Flint gisait aux pieds de Berem, les yeux fermés, le visage cendreux.

— Qu'est-ce que tu lui as fait ? vociféra Tanis. Tu l'as tué !

Un mélange de chagrin, de culpabilité et d'impuissance l'envahit. Il vit rouge.

Il se retrouva l'épée à la main. Le visage éploré de Berem lui apparut à travers une sorte de magma sanguinolent. Alors Tanis réalisa ce qui se passait. Il avait transpercé le corps de Berem de sa lame, qui butait à présent contre le rocher où l'Eternel était appuyé.

Du sang coulait sur les mains du demi-elfe. Un cri horrible lui déchira les tympans. Le corps de Berem s'abattit sur lui.

C'est à peine s'il s'en rendit compte. Il chercha à récupérer son épée pour frapper de nouveau. Des mains fermes l'agrippèrent. Quand il réussit à libérer sa lame, il vit Berem s'effondrer sur le sol. Le sang ruisselait du trou qu'il avait dans la poitrine, juste au-dessous de la gemme verte.

Derrière lui, une voix puissante retentit. Il entendit pleurer une femme. Furieux d'être interrompu, il se retourna vers les importuns ; l'un était un grand gaillard au visage douloureux, l'autre une jeune fille rousse en pleurs. Il ne les reconnut pas. Alors un vieillard au regard triste vint se camper devant lui. Il lui sourit avec bonté et posa sa main sur son épaule.

Ce contact fut bienfaisant comme celui de l'eau fraîche sur un corps brûlant de fièvre. Tanis revint lentement à lui. Ses yeux se dessillèrent. Il lâcha son épée ensanglantée et se laissa tomber en sanglotant aux pieds de Fizban. Le vieux mage se pencha sur lui avec sollicitude.

— Il faudra être fort, Tanis, car tu vas prendre congé de quelqu'un qui part pour un long voyage.

— Flint ! s'exclama Tanis, qui avait compris.

Fizban hocha gravement la tête en regardant le corps de Berem.

— Allons-nous-en, dit-il. Nous n'avons plus rien à faire ici.

Sans égard pour le vieux mage, Tanis rejoignit

Flint. La tête sur les genoux de Tass, le nain leva les yeux vers lui et sourit. Tanis prit la main noueuse de son plus vieil ami et la serra entre les siennes.

— Il a failli m'échapper, Tanis. Il allait passer de l'autre côté des rochers, quand mon cœur a lâché. Il a dû m'entendre crier, car je me souviens qu'après il m'a porté et il m'a posé par terre contre la pierre.

— Il ne t'a... pas fait de mal ? souffla Tanis.

— Que voulais-tu qu'il me fasse ! Il est incapable de maltraiter une mouche ! Il est aussi doux que Tika, dit Flint en souriant à la jeune fille agenouillée près de lui. Prends soin de ce grand bêta de Caramon, tu entends ?

— Oui, Flint, répondit Tika.

— Au moins, tu ne pourras plus essayer de me noyer, grommela le nain en regardant tendrement le grand guerrier. Et si jamais tu vois ton espèce de frère, fiche-lui un bon coup de pied de ma part !

— J... je m'occuperai de Berem, bredouilla Caramon, tentant de cacher son émotion.

— Flint, je ne veux pas que tu partes à l'aventure sans moi ! gémit Tass. Tu sais très bien que tu vas avoir un tas d'ennuis !

— Pour la première fois depuis que je te connais, j'aurai la paix ! grommela le nain. Je voudrais que tu prennes mon casque. Celui qui a une crinière de griffon. Allons, allons, mon garçon, fit-il en tapotant la main du kender, qui sanglotait, ne te mets pas dans un état pareil. J'ai eu une vie heureuse, des amis fidèles. J'ai vécu de terribles choses, mais de très belles aussi. Le monde a de nouvelles espérances. Cela m'embête de vous quitter au moment où tu as besoin de moi, Tanis. Mais je t'ai enseigné tout ce que je sais. Je sens que tout ira bien..., très bien...

Son souffle s'accéléra, puis il ferma les yeux. Tass laissa aller sa tête contre l'épaule de son ami. Soudain, Fizban réapparut ; le nain ouvrit les yeux.

— Je sais qui tu es, dit-il au vieux mage. Tu vas

m'accompagner, n'est-ce pas ? Au moins un petit bout de chemin..., ainsi je ne serai pas seul. J'ai vécu si longtemps avec mes amis... que ça me fait un drôle d'effet de partir tout seul...

— Je viendrai avec toi, promit Fizban. Ferme les yeux et repose-toi. Les tracas de ce monde ne sont plus les tiens maintenant. Tu as le droit de dormir, à présent.

— Dormir, oui, j'en ai besoin. Réveille-moi quand tu seras prêt..., quand il sera temps de partir...

Flint ferma les yeux et exhala un soupir.

— Adieu, vieux camarade, dit le demi-elfe, la main sur le cœur de Flint.

— Flint, non ! Flint ! cria Tass, se jetant sur le corps de son ami.

Tanis prit le kender dans ses bras. Il se débattit furieusement, puis céda, épuisé. Collé contre l'épaule de Tanis, il pleura à chaudes larmes.

Le demi-elfe lui caressait la tête d'une main apaisante, quand son regard tomba sur le vieux magicien.

— Mais qu'est-ce que tu fais ? s'écria-t-il.

Il posa Tass sur le sol et se leva. Le vieillard avait chargé Flint dans ses bras et se dirigeait vers le cercle de rochers.

— Arrête ! tonna Tanis. Nous allons lui donner une sépulture et l'enterrer selon les rites !

Fizban tourna vers Tanis un visage empreint de gravité. Il portait le corps de Flint comme s'il ne pesait rien.

— Je lui ai promis qu'il ne ferait pas le voyage tout seul, dit-il simplement.

Il reprit sa marche vers les pierres. Tanis hésita, puis il lui emboîta le pas. Les autres regardaient la scène, ébahis.

Le demi-elfe courait derrière le vieil homme. Mais Fizban, pourtant lesté d'un pesant fardeau, se déplaçait avec une aisance incroyable, quasi aérienne. Tanis n'arrivait pas à le rattraper. Une sorte de lourdeur l'envahit. Ses efforts semblaient vains ; il avait l'impression de poursuivre un nuage.

Il rejoignit le vieux mage au moment où celui-ci atteignait le cercle de pierres. Résolument, il le franchit, avec une seule idée en tête : récupérer le corps de son vieil ami.

A l'intérieur du cercle, Tanis s'immobilisa. Ce qu'il avait d'abord pris pour une étendue d'eau inerte était en réalité de la pierre noire et brillante comme un miroir. Tanis se pencha pour sonder les profondeurs. Il découvrit avec stupéfaction des milliers d'étoiles. Elles étaient d'une telle netteté qu'il crut que la nuit était tombée. Mais au-dessus de lui, le ciel était toujours aussi bleu.

Parmi les étoiles, il vit les deux lunes. Son cœur battit la chamade. Il aperçut aussi la troisième, que seuls les magiciens les plus puissants avaient le pouvoir de détecter : le disque qui se détachait sur les ténèbres..., la lune noire.

Il reconnut même les zones sombres laissées par les constellations de la Reine des Ténèbres et du Vaillant Guerrier, qui avaient quitté le ciel.

Tanis se rappela les paroles de Raistlin : « Deux constellations manquent dans le ciel. *Elle* est descendue sur Krynn, et *lui* est venu pour la combattre... »

Il s'arracha à la contemplation de l'étrange surface sur laquelle Fizban posait maintenant le pied. Il voulut suivre le mage, mais il était dans l'incapacité de faire un pas. Autant tenter de sauter dans les Abysses !

Impuissant, il vit le vieillard parvenir au centre de la surface luisante, Flint niché dans ses bras comme un enfant qu'il ne faut pas réveiller.

— Fizban ! appela Tanis.

Le vieil homme poursuivit sa course parmi les étoiles. Tanis sentit le kender se glisser près de lui. Il lui prit la main et la serra très fort, comme il avait serré celle de Flint un moment auparavant.

Fizban arriva au milieu du cercle... et disparut.

Le kender se jeta en avant, mais Tanis le retint.

— Non, Tass, tu ne peux pas le suivre dans cette aventure. Ce n'est pas le moment. Reste avec moi. J'ai besoin de toi.

Tass comprit.

— Tanis, regarde ! s'exclama-t-il d'une voix chevrotante. La constellation est revenue !

Sur la surface noire, Tanis vit briller la constellation du Guerrier. Ses étoiles se mirent à scintiller de plus en plus, ponctuant la nuit de leur lueur bleutée.

Le demi-elfe leva les yeux vers le ciel. Il était sombre et vide.

4

HISTOIRE DE L'HOMME ÉTERNEL

— Tanis !

C'était Caramon. Arraché à sa rêverie, Tanis revint à la réalité.

— Dieux du ciel ! Berem...!

Il traversa le plateau jonché de pierraille pour rejoindre Caramon et Tika. Ils contemplaient d'un air épouvanté le corps ensanglanté de l'Homme à la Gemme Verte.

Berem remua faiblement et poussa un gémissement. Il souffrait du souvenir de la douleur. La main sur le cœur, il se releva lentement. Hormis les taches de sang qui disparaissaient peu à peu, il ne restait plus trace de sa blessure.

— Rappelle-toi qu'on le surnomme l'Eternel, dit Tanis à Caramon, pâle comme un mort. Sturm et moi, nous l'avons vu se faire écraser par des tonnes de pierres, à Pax Tharkas. Il est mort des centaines de fois, et il est toujours vivant. Il prétend ne pas savoir pourquoi.

Il dévisagea Berem, qui lui opposa un visage méfiant.

— Mais tu le sais très bien, n'est-ce pas, Berem ? dit Tanis. Tu le sais, et tu vas nous le dire. Il y a trop de vies en jeu pour que tu te taises.

Berem baissa les yeux.

— Je regrette, pour ton ami, marmonna-t-il. Je... j'ai voulu l'aider, mais il n'y avait plus rien à faire...

— Je sais. Moi aussi, je regrette. De loin, je n'avais pas vu que... Je n'ai pas compris...

Tanis réalisa qu'il ne disait pas la vérité. Il ne voyait que ce qu'il voulait bien voir. Combien de fois, dans sa vie, avait-il perçu les choses telles qu'elles étaient ? C'était lui qui déformait tout. Il n'avait pas compris l'attitude de Berem, parce qu'il ne voulait pas comprendre ! Berem figurait la part d'ombre qu'il haïssait en lui-même. Il l'avait frappé et tué, mais c'était en réalité contre lui-même qu'il avait dirigé son épée.

Ce geste avait crevé l'abcès qui gangrenait son âme. Cette blessure-là guérirait. Le chagrin que lui causait la mort de Flint agissait comme un baume, et le ramenait à de meilleures dispositions. Tanis sentit s'alléger le poids de sa culpabilité. Quoi qu'il ait fait, il avait agi pour le bien. Il était temps qu'il accepte ses erreurs, et qu'il vive...

Peut-être Berem lut-il dans ses pensées ; Tanis vit dans son regard chagrin et compassion.

— Tanis, je suis fatigué, dit brusquement l'Eternel, tellement fatigué. J'envie le sort de Flint. Il repose en paix. Y parviendrai-je jamais ? J'ai si peur ! Je sens que la fin approche. Cela m'effraie !

— Nous avons tous peur ! soupira Tanis, frottant ses yeux rougis par les larmes. Tu as raison, la fin est proche, et elle ne s'annonce pas radieuse. C'est toi qui détiens la solution, Berem.

— Je vais te dire... ce que je peux. Mais il faut que tu m'aides ! murmura-t-il en prenant la main de Tanis. Promets-moi de m'aider !

— Je ne peux rien promettre, tant que tu ne me confies pas toute la vérité, répondit le demi-elfe.

Berem s'appuya le dos contre un rocher. Les autres se groupèrent autour de lui, emmitouflés dans leurs capes. Le vent s'était remis à souffler.

Berem paraissait faire un effort surhumain pour articuler. On eût dit que les mots se rétractaient dans sa bouche, refusant de sortir. Peu à peu cela cessa.

— Quand... quand je t'ai dit, Caramon, que je savais ce que tu ressentais après la perte de ton frère, c'était vrai. J'avais une sœur. Nous n'étions pas jumeaux, mais tout aussi proches l'un de l'autre. Elle n'avait qu'un an de moins que moi. Nous vivions dans une petite ferme isolée, aux environs de Neraka, et c'est ma mère qui nous a appris à lire et à écrire. Mais nous nous occupions surtout de la ferme. Ma sœur était ma seule compagnie, mon unique amie. Pour elle, c'était la même chose.

« Elle se dépensait sans compter. Jusqu'à l'épuisement. Après le Cataclysme, on ne pouvait pas faire autrement, si on voulait survivre. Nos parents étaient vieux et malades. Cet hiver-là, nous avons failli mourir de faim. Cela n'avait rien à voir avec les Temps de la Disette dont vous avez entendu parler. Vous ne pouvez pas imaginer, dit-il d'une voix éteinte. Des hordes de bêtes sauvages et d'êtres humains écumaient le pays. Dans notre isolement, nous avions quand même plus de chance que d'autres. Nous passions des nuits entières à attendre, le gourdin à la main, guettant les loups qui rôdaient autour de la maison... A vingt ans, ma sœur, qui était une très jolie fille, avait les cheveux aussi gris que les miens maintenant. Son visage se creusait de rides, mais elle ne se plaignait jamais.

« Au printemps, les choses ne s'arrangèrent pas, mais il y avait de l'espoir, comme elle disait. Nous pourrions semer des graines, nous verrions pousser les plantes. Et nous pourrions tirer le gibier qui réapparaît au printemps. Elle aimait la chasse et la nature. Nous partions souvent ensemble. Un jour... »

Berem s'arrêta. Il frissonna comme s'il avait froid, puis reprit son récit :

— Un jour, nous sommes allés très loin. Après un

orage, un incendie de forêt avait calciné la broussaille, laissant à découvert une piste que nous n'avions jamais remarquée. Ce jour-là, nous n'avions pas tiré de gibier. Nous avons suivi la piste dans l'espoir d'en trouver, pour nous apercevoir que c'était un ancien sentier tracé par l'homme. Je voulais rebrousser chemin, mais ma sœur a insisté pour que nous allions voir où cela menait.

Le visage de Berem se figea. Un instant, Tanis craignit qu'il ne continue pas. Mais il reprit, poussé par une sorte de fièvre intérieure :

— Au bout du sentier, nous sommes arrivés dans un endroit étrange. Ma sœur pensait que c'était un ancien sanctuaire dédié à des dieux maléfiques. Je n'en sais rien, en tout cas, des colonnes brisées gisaient dans un fouillis de lianes desséchées. Elle avait raison. Cet endroit était de mauvais augure, et nous aurions dû nous en aller. Il *fallait* s'en aller...

Berem répéta la phrase de manière incantatoire. Quand il se tut, personne n'osa bouger. D'une voix presque inaudible, il se remit à parler.

Les compagnons comprirent qu'il avait oublié où il se trouvait. Berem était retourné à l'époque de son histoire.

— Parmi les ruines se trouvait un objet extraordinaire : c'était un socle de colonne, incrusté de pierreries. Je n'avais jamais rien vu d'aussi beau. Comment passer à côté d'une telle magnificence ? Une seule de ces pierres signifiait pour nous la richesse ! Nous pourrions aller habiter en ville ! Ma sœur aurait les prétendants qu'elle méritait. Je suis tombé à genoux devant le socle et j'ai pris mon couteau. Une pierre verte étincelait dans le soleil, plus belle que tout ce qu'il est possible d'imaginer. Je commençai à la détacher avec la lame...

« Ma sœur était horrifiée. Elle me cria d'arrêter. « C'est un lieu sacré », disait-elle. « Ces joyaux appartiennent aux dieux. Tu commets un sacrilège,

Berem ! » Je ne l'écoutais pas, bien que mon cœur battît à tout rompre. « Si les dieux ont abandonné ce sanctuaire, ils nous ont abandonnés aussi ! » criai-je. Mais elle ne voulut rien savoir. Elle m'empoigna le bras, ses ongles entrèrent dans ma chair. Elle me faisait mal. « Arrête, Berem ! m'ordonna-t-elle, à moi, son frère aîné ! Je ne laisserai pas profaner ce qui appartient aux dieux ! »

« Comment osait-elle me parler ainsi ? Moi qui faisais cela pour elle, pour notre famille ! Elle n'aurait pas dû me contrarier. Elle savait que cela me rend fou : quelque chose éclate dans ma tête et envahit mon cerveau. Je ne vois plus rien, je ne peux plus penser. J'ai hurlé : « Laisse-moi tranquille ! », mais elle a saisi mon couteau fiché entre la pierre verte et le socle. Je l'ai repoussée... Oh ! pas fort... Mais elle est tombée. J'ai voulu la rattraper. En vain. Sa tête a heurté la colonne. Sa tempe a frappé contre une gemme, le sang a giclé sur les joyaux, puis ruisselé sur son visage. Ses yeux ne brillaient plus, les joyaux non plus. Ensuite...

« Il est arrivé quelque chose d'affreux, que je revois en rêve dès que je ferme les yeux. C'était comme le Cataclysme, mais il s'agissait de création. Une création infernale ! La terre s'est entrouverte. Des colonnes en ont jailli sous mes yeux. Un temple hideux prit forme. Les Ténèbres elles-mêmes montèrent de la terre et leurs cinq têtes dodelinantes se dardèrent sur moi. Elles m'interpellèrent d'une voix sépulcrale : « Jadis, j'ai été bannie du monde, et seul un morceau de monde peut m'y faire revenir. La colonne aux joyaux était la clé de ma prison. Tu m'as libérée, mortel, je te laisse en récompense ce que tu voulais posséder. La gemme verte est à toi ! »

« Elle éclata d'un rire sinistre. J'ai senti une douleur atroce dans la poitrine et j'ai vu la gemme verte. Terrifié par le monstre, affolé par ce que j'avais provoqué, je ne pouvais détacher les yeux de ce qui prenait forme devant moi. C'était un dragon ! Un dragon à cinq têtes comme dans les contes de mon enfance !

« Je compris que nous étions condamnés si les dragons revenaient sur terre. Je mesurai la faute que j'avais commise. Devant moi se tenait la Reine des Ténèbres, dont les prêtres nous avaient parlé. Chassée par Huma, elle cherchait depuis longtemps à revenir dans le monde. A cause de ma folie, elle y était parvenue. Une de ses têtes se darda sur moi, et je compris que j'allais mourir. La Reine des Ténèbres ne laisserait pas vivre un témoin. J'étais incapable de faire un geste.

« Soudain, ma sœur apparut, debout devant moi, bien vivante ! Je tendis la main pour la toucher, mais je rencontrai le vide. Je hurlai son nom : « Jasla ! » Elle me répondit : « File, Berem ! Cours ! Elle ne peut pas passer à travers moi. Dépêche-toi ! » Je restai tétanisé. Ma sœur était campée entre la Reine Noire et moi. Les cinq têtes se déchaînaient, mais en vain, car ma sœur leur faisait barrage. La Reine Noire commença à s'estomper. Elle ne fut bientôt plus qu'une ombre maléfique. Mais son pouvoir restait immense. Elle s'avança vers ma sœur...

« Alors je me suis retourné et je me suis mis à courir. »

Berem s'était tu. Il était en nage, comme s'il avait couru des lieues. Les compagnons gardèrent le silence, anéantis par le récit. Puis l'Eternel poussa un soupir. Il semblait revenir de loin.

— Après, j'ignore comment s'est déroulée ma vie, je ne sais plus rien de ce qui s'est passé. Quand je suis revenu à moi, j'étais aussi âgé que vous me voyez maintenant. D'abord, j'ai cru qu'il s'agissait d'un cauchemar. Mais la pierre verte était incrustée dans ma poitrine. Je ne savais pas où j'allais, ni où je me trouvais. Alors j'ai sillonné Krynn de long en large. Longtemps, j'ai voulu revenir à Neraka. Mais c'était le seul endroit où je ne pouvais pas retourner. Je n'en avais pas le courage.

« Pendant de longues années, j'ai erré, incapable de trouver la paix, et je suis mort cent fois pour renaître aussitôt. Où que j'aille, j'entends parler des malheurs qui accablent le monde par ma faute. Puis les dragons et les draconiens sont apparus. Je sais, moi, ce qu'ils veulent. Je sais que la Reine a un pouvoir immense, et projette la conquête du monde. Il ne lui manque qu'une chose pour atteindre son but. Moi. Pourquoi ? Je l'ignore. Mais j'ai la sensation qu'on est en train de fermer une porte que quelqu'un essaye de forcer. Je suis tellement fatigué...

« Si fatigué, que je voudrais en finir. »

Tanis se décida à briser le silence qui ponctua le récit de Berem.

— Que peux-tu faire pour fermer cette porte ? demanda-t-il à Berem.

— Je n'en sais rien. Quelque chose m'attire à Neraka, bien que ce soit le seul endroit sur Krynn où je n'oserai jamais aller. C'est pour cette raison que je me suis enfui.

— Tu iras à Neraka, dit Tanis d'un ton ferme. Avec nous, tu y entreras. Tu ne seras pas seul.

Berem se mit à trembler et à pousser des gémissements de protestation. Puis il releva la tête, le visage écarlate.

— Oui ! cria-t-il. Je n'en peux plus ! J'irai avec vous ! Vous me protégerez !

— On fera ce qu'on pourra, répondit Tanis. Trouvons d'abord un chemin pour sortir d'ici.

— J'en ai un, lâcha Berem. J'allais le prendre quand j'ai entendu crier Flint. C'est par là, fit-il en pointant un doigt vers une étroite fissure visible entre les rochers.

L'un après l'autre, ils entrèrent dans le tunnel. Tanis passa le dernier. Il jeta un dernier coup d'œil sur le plateau désolé où Flint avait trouvé la mort. Un grand vide l'envahit. L'absence du nain lui communiquait une étrange sensation.

Il s'engouffra dans le tunnel, laissant derrière lui Terredieu, qu'il ne reverrait sans doute plus.

Les compagnons avancèrent dans le boyau jusqu'à une petite caverne, où ils firent halte. Ils étaient trop près de Neraka, où était concentré le gros de l'armée draconienne, pour risquer d'allumer du feu. Tous pensaient à Flint et personne n'osait en parler.

Finalement, ils décidèrent d'accepter sa mort en évoquant les aventures qu'ils avaient vécues ensemble.

Ils rirent de bon cœur quand Caramon raconta une désastreuse traversée en barque, au cours de laquelle Flint avait eu le malheur de tomber à l'eau. Tanis évoqua la rencontre du nain et du kender, qui n'aurait jamais eu lieu si Tass ne lui avait pas dérobé un bracelet. Tika évoqua les merveilleux jouets qu'il lui avait fabriqués et la bonté avec laquelle il l'avait recueillie à la mort de son père.

Ces souvenirs atténuèrent leur chagrin, ne leur laissant que la douleur de l'absence.

Tard dans la nuit, Tass alla s'asseoir devant la caverne et regarda les étoiles. Il serrait contre lui le casque de Flint. Les larmes ruisselaient sur ses joues.

5

NERAKA

Entrer dans Neraka se présentait apparemment comme un jeu d'enfant. Apparemment.

— Par les dieux, que se passe-t-il donc ? maugréa Caramon qui, du haut d'une colline à l'ouest de Neraka, scrutait la plaine.

Les lignes noires qui serpentaient à travers la steppe convergeaient vers l'unique édifice visible à des lieues à la ronde : le temple de la Reine Noire.

Des milliers de soldats draconiens se rassemblaient parmi les troupes. Tanis et Caramon virent flotter çà et là des étendards bleus, rouges et noirs. Un déploiement de couleurs égayait le ciel sans nuages : des dragons rouges, des bleus, des verts et des noirs. Deux gigantesques citadelles volantes planaient au-dessus du temple, étendant une ombre permanente alentour.

— Tu sais, c'est une bonne chose que le vieux nous soit tombé dessus avec son dragon doré, dit Caramon. Si nous étions arrivés là-dedans avec nos dragons de cuivre, nous nous serions fait massacrer.

— Oui, répondit Tanis, absorbé dans ses pensées.

Plus il pensait au « vieux », et plus il comprenait ce que signifiait réellement ce qui était arrivé. Cela lui flanquait le tournis, comme aurait dit Flint.

Mais ce n'était pas le moment de s'apitoyer sur le

nain. Il avait toutes sortes de problèmes à résoudre, et il n'avait plus de vieux mage pour le sortir d'affaire.

— Je n'ai aucune idée de ce qui se passe, dit Tanis, mais le temps travaille pour nous. Te souviens-tu de ce qu'avait dit Elistan ? Il était écrit dans les Anneaux de Mishakal que le Mal se retourne contre lui-même. La Reine Noire rassemble ses troupes pour une bonne raison. Elle songe sans doute à porter à Krynn le coup décisif. Mais dans ce remue-ménage, nous passerons plus facilement inaperçus. Personne ne fera attention à un groupe de prisonniers sous la garde de deux officiers draconiens.

— Espérons, dit Caramon.
— Misons là-dessus, répliqua Tanis.

*
* *

Le capitaine de la garde de Neraka ne savait plus où donner de la tête. Il y avait de quoi. La Reine Noire réunissait son état-major : pour la seconde fois depuis le début de la guerre, tous les seigneurs draconiens se trouveraient réunis. Depuis quatre jours, ils débarquaient les uns après les autres, transformant la vie du capitaine en cauchemar.

Il y avait des préséances parmi les seigneurs. En haut de la hiérarchie, Akarias et sa suite, c'est-à-dire ses troupes, ses gardes du corps et ses dragons, devaient passer en premier. Viendrait ensuite Kitiara, la Dame Noire, avec ses troupes, ses gardes du corps, ses dragons. Puis Lucien de Taka avec ses troupes et ainsi de suite... jusqu'au dernier des seigneurs draconiens, le gobelin Toede, du front de l'est.

Ça impliquait le déplacement massif de troupes et de dragons, sans compter les vivres, dans un espace qui n'était pas prévu pour une telle concentration. Comme aucun seigneur n'aurait voulu arriver avec un soldat ou un dragon de moins qu'un autre, ce système n'était pas sans avantage. Mais cette fois, le seigneur Akarias arrivait avec deux jours de retard.

Etait-ce pour semer la confusion ? Le capitaine n'en savait rien et il n'osait le demander, mais il avait son idée sur la question. Cela signifiait que les autres seigneurs étaient contraints d'attendre son arrivée en campant dans la steppe, ce qui n'irait pas sans occasionner certains troubles. Draconiens, gobelins et mercenaires humains réclamaient l'accès aux lieux de plaisir aménagés sur la place du temple. Ils avaient parcouru de longues distances et s'indignaient à juste titre d'en être privés.

Beaucoup se faufilèrent dans la cité, attirés par les tavernes comme des mouches par un pot de miel. Des rixes éclatèrent. Les geôles du temple étaient pleines à craquer. Le capitaine ordonna à ses soldats de charger tous les ivrognes sur des charrettes et de les jeter au petit matin dans la plaine, où ils subiraient les foudres de leurs commandants.

Entre les dragons éclataient aussi des querelles, chaque chef voulant établir sa suprématie sur ses confrères. Un grand vert, Cyan Sangvert, avait déjà tué un rouge à cause d'un cerf. Par malheur pour Cyan, le rouge était un chouchou de la Reine Noire. Sangvert se retrouva donc en prison, où ses furieux battements de queue faisaient trembler les murs.

Le matin du troisième jour, le capitaine de la garde donna l'ordre d'ouvrir les portes pour l'arrivée d'Akarias. Tout se passait à merveille, quand quelques centaines des gobelins de Toede, éméchés, voyant passer les troupes du seigneur, essayèrent d'entrer aussi. Irrités, les officiers d'Akarias ordonnèrent à leurs hommes de les chasser. Le chaos s'ensuivit.

Furieuse, la Reine Noire fit envoyer sa troupe armée de fouets, de chaînes et de filets, ainsi que des prêtres et des magiciens des Robes Noires. Quand l'ordre fut à peu près rétabli, le seigneur Akarias entra dans le temple avec dignité, sinon avec grâce.

Dans l'après-midi, un garde se présenta devant le capitaine, épuisé, et lui demanda de se rendre à la porte principale.

— Que se passe-t-il encore ? J'en ai assez de...

— Il s'agit de deux officiers qui voudraient entrer avec leurs prisonniers.

La cité était déjà bondée de captifs et d'esclaves. Un de plus, un de moins... Et les troupes de Kitiara s'apprêtaient à faire leur entrée... Il fallait qu'il soit présent pour les accueillir avec les honneurs.

— Quel genre de prisonniers ? demanda le capitaine, qui ne voulait pas rater la Dame Noire. Des draconiens ivres ? Tu n'as qu'à les...

— Je crois que tu ferais mieux de venir, capitaine, dit le gobelin qui, transpirant à grosses gouttes, dégageait une odeur pestilentielle. Il y a un couple d'humains et un kender.

— Je te dis... (Le capitaine s'arrêta. Incommodé par la puanteur, il fronça le nez.) Un kender ? s'exclama-t-il avec intérêt. N'y aurait pas aussi un nain, par hasard ?

— Pas que je sache. Mais il est possible que je ne l'aie pas remarqué.

— J'arrive...

Le calme était revenu. Akarias et ses troupes installés à l'intérieur de la cité, Kitiara et les siennes en approchaient en ordre serré. La réception allait commencer. Le capitaine jeta un coup d'œil sur le groupe qui attendait devant les portes.

Deux officiers draconiens pour trois minables prisonniers ! Il étudia leur physionomie. Deux jours auparavant, on lui avait signalé un nain voyageant avec un kender, qu'il fallait surveiller. Il pouvait y avoir avec eux un seigneur et une jeune fille aux cheveux d'argent, tous les deux elfes. La fille était en réalité un dragon. C'était les amis de l'elfe prisonnière de la Reine et on s'attendait à ce qu'ils tentent de la libérer.

Bon, il y avait là un kender, c'était vrai. Mais la femme avait des cheveux roux et bouclés ; si elle était un dragon, le capitaine voulait bien manger sa cotte de mailles. Quand au vieil homme à la barbe embroussaillée, ce n'était ni un nain, ni un seigneur elfe. Il se demanda pourquoi les deux officiers s'étaient donné la peine d'arrêter cet étrange échantillon d'épaves.

— Je n'ai pas de temps à perdre ! Débarrasse-moi de cette racaille d'un coup d'épée, les prisons débordent. Allez, ouste !

— Quel gâchis ! dit le plus costaud des deux officiers en poussant la fille rousse devant lui. Elle pourrait rapporter gros sur le marché aux esclaves !

— Tu n'as pas tort, marmonna le capitaine, jaugeant du regard les formes généreuses qui se dessinaient sous l'armure de la rousse. Mais je me demande ce que tu obtiendrais pour ceux-là ! Liquide-les !

Cette réponse plongea l'officier dans un profond désarroi. Avant qu'il puisse se ressaisir, l'autre officier, qui jusque-là, s'était tenu à l'écart, fit un pas en avant.

— L'homme est un magicien, dit-il, et nous soupçonnons le kender d'être un espion. Nous les avons capturés au Donjon de Dargaard.

— Fallait le dire tout de suite, au lieu de me faire perdre mon temps ! D'accord, emmène-les ! (La sonnerie de trompettes annonçant le cérémonial d'ouverture des portes retentit.) Je vais signer vos parchemins. Allez ! Vite, donnez-les-moi !

— Nous n'avons pas..., hasarda le grand officier.

— De quels documents parles-tu ? coupa son collègue, fouillant dans ses poches.

— De ton ordre de mission pour ces prisonniers ! fulmina le capitaine.

— Nous n'en avons pas reçu, capitaine, répondit le barbu. C'est une nouvelle règle ?

— Pas vraiment, répondit le capitaine, soudain soupçonneux. Mais comment se fait-il que vous ayez pu franchir les lignes sans laissez-passer ? Et comment comptez-vous repartir ? Ou *ne pas* repartir ? Peut-être un petit voyage avec l'argent que vous espérez gagner ici ?

— Non ! grogna le grand costaud. Notre commandant a oublié, c'est tout. Il a d'autres problèmes, et ce n'est peut-être pas le moment de te mettre martel en tête, si tu vois ce que je veux dire...?

Les portes s'ouvrirent. Le capitaine poussa un soupir. A ce moment précis, il aurait dû être devant le Kitiara pour saluer son arrivée.

— Emmène-les tous, ordonna-t-il à un soldat de la garde. On va leur montrer ce qu'on fait des déserteurs !

Il s'éloigna précipitamment, non sans avoir vérifié du coin de l'œil que ses ordres étaient exécutés. Les deux officiers avaient déjà les bras en l'air pour la fouille.

Pendant qu'un garde détachait son épée de son ceinturon, Caramon jeta un regard inquiet à Tanis. Tika, surprise que les choses tournent ainsi, n'avait pas l'air rassurée. Quant à Berem, dont le visage disparaissait presque sous de faux favoris, il semblait sur le point d'éclater en sanglots. Tass scrutait les alentours, cherchant une issue possible.

En échafaudant son plan, Tanis avait envisagé plusieurs cas de figure, mais il n'avait pas prévu celui-là. Se faire arrêter comme déserteur ! Si les gardes les mettaient en prison, tout était fini.

Dès qu'il retirerait son casque, les soldats verraient qu'il était un demi-elfe. Ils découvriraient ensuite que le vieil homme se nommait... Berem.

Une fois de plus, ce serait à cause de lui que tout échouerait. Sans lui, Caramon et les autres auraient pu s'en tirer. Sans lui...

Sous une salve de trompettes, un dragon bleu monté

par un seigneur franchit les portes du temple. Le cœur de Tanis se serra, puis bondit dans sa poitrine. La foule criait le nom de Kitiara. Les gardes étant occupés à surveiller la populace pour assurer la protection du seigneur, Tanis se pencha vers le kender :

— Tass ! Tu vas dire à Caramon de continuer à jouer la comédie. Quoi que je tente, faites-moi confiance. Quoi qu'il arrive, c'est bien compris ?

Tanis avait parlé en langue elfe. Tass hocha la tête. Il y avait longtemps qu'il ne l'avait plus pratiquée. Tanis ne pouvait prendre le risque d'utiliser la langue commune. Il ne lui restait plus qu'à espérer que Tass avait compris. Déjà, le garde qui le surveillait lui ordonnait de se taire.

La foule commença à se disperser dans les rues. Les draconiens allaient pouvoir emmener leurs prisonniers.

Tanis trébucha soudain, entraînant dans sa chute le garde, qui s'étala de tout son long dans la poussière.

— Debout, ordure ! cria l'autre soldat en frappant le visage du demi-elfe avec le manche de son fouet.

Tanis agrippa le fouet et la main qui le tenait et tira d'un coup sec. Le garde culbuta cul par-dessus tête. L'espace d'une seconde, le demi-elfe fut libre.

Sous l'œil des soldats qui le suivaient, et devant un Caramon stupéfait, Tanis se rua vers le personnage qui trônait sur son dragon.

— Kitiara ! hurla-t-il.

Les gardes le rattrapèrent.

— Kitiara ! rugit-il à s'en faire éclater les poumons.

Se débattant comme un forcené, il réussit à se libérer une main et enleva son casque.

Entendant crier son nom, le seigneur draconien en armure bleu nuit se retourna. Tanis vit ses yeux bruns s'arrondir de surprise, et ceux du dragon se darder sur lui.

— Kitiara !

D'une secousse, il s'arracha aux mains des gardes et

plongea en avant. Des draconiens se précipitèrent sur lui et le terrassèrent. Dans la mêlée, Tanis ne perdit pas de vue le regard du « seigneur ».

— Halte, Nuage ! dit Kitiara.

Tanis retint son souffle. Son cœur et sa tête lui faisaient mal, et du sang coulait de son front.

Il s'attendit à ce que Kitiara reconnaisse Caramon, son demi-frère. Pourvu que le grand guerrier lui fasse confiance !

Le capitaine de la garde arriva, écumant de rage. Il s'apprêtait à écraser la tête de Tanis d'un coup de botte quand une voix retentit :

— Arrêtez ! Laissez-le tranquille.

A regret, les draconiens lâchèrent le demi-elfe. Sur un geste de la Dame Noire, ils reculèrent.

— Qu'y a-t-il de si important, *commandant*, pour que tu perturbes mon cortège ? demanda-t-elle froidement.

Soulagé, Tanis avança vers elle. Une lueur amusée brillait dans les yeux de Kitiara. Elle n'était pas mécontente ; un nouveau jeu avec un vieux jouet n'était pas fait pour lui déplaire. Tanis se racla la gorge et adopta un ton audacieux.

— Ces idiots m'ont arrêté pour désertion, déclara-t-il, simplement parce que cet imbécile de Bakaris ne m'a pas donné de laissez-passer !

— Je veillerai à ce qu'il soit puni pour t'avoir causé des ennuis, mon bon Thanthalasa, répondit Kitiara, contenant son envie de rire. Comment as-tu osé ? lança-t-elle au capitaine, qui serait volontiers rentré sous terre.

— Le règlement..., mon seigneur, balbutia l'homme, terrorisé.

— Disparais de ma vue, ou je te donne en pâture à mon dragon, dit Kitiara en le congédiant d'un geste méprisant.

Elle tendit la main à Tanis.

— Pour oublier cet incident, veux-tu m'accompagner ?

— Merci, seigneur, répondit le demi-elfe.

Il prit la main de Kitiara et grimpa à côté d'elle dans la nacelle. Ses yeux scrutèrent la foule mais il ne *les* vit pas. Si ! Ils étaient là tous les quatre, encadrés par des gardes. Caramon lui jeta un regard surpris et peiné, mais il ne dit rien. Soit le message était passé, soit le guerrier lui faisait confiance. Tanis se rassura en songeant que ses amis étaient plus en sécurité qu'en sa compagnie.

C'est peut-être la dernière fois que je les vois, se dit-il. Mais ce n'était pas le moment de se laisser aller. Kitiara le regardait avec un curieux mélange de ruse et d'admiration.

Tass s'était haussé sur la pointe des pieds pour voir ce qu'il advenait de Tanis. Il l'avait regardé grimper sur le dos du dragon. Puis le cortège s'était remis en marche. Bousculé par les gardes qui les faisaient avancer au pas de charge, Tass avait perdu son ami de vue.

— Alors ton copain se fait enlever par le seigneur alors que toi, tu vas moisir en prison ! ricana un garde en aiguillonnant Caramon de la pointe de sa lance.

— Il ne m'oubliera pas, sois tranquille, marmonna Caramon.

— Bien sûr qu'il va revenir te chercher, s'il arrive à sortir du lit de la Dame Noire !

Caramon rougit. Tass le regarda d'un air inquiet. Il n'avait pas eu l'occasion de lui communiquer le message de Tanis et l'idée que le colosse risquait de tout gâcher l'épouvantait. Quoique... il n'y avait plus grand-chose à gâcher...

Caramon redressa fièrement la tête.

— Avant la nuit, je serai dehors, gronda-t-il de sa voix de baryton. Tous deux, nous en avons vu d'autres ! Il ne me laissera pas tomber.

Alarmé par le discours de Caramon, Tass attendait impatiemment le moment propice pour lui expliquer les choses. Un cri de Tika lui fit tourner la tête. Un garde était en train de déchirer sa tunique. Ses mains griffues avaient écorché le cou de la jeune fille. Caramon cria quelque chose, mais trop tard ! Tika avait giflé le mufle à toute volée.

Furieux, le draconien la jeta par terre et brandit son fouet. Tass entendit Caramon inspirer bruyamment ; il se recroquevilla, s'attendant au pire.

— Eh ! Ne l'abîme pas ! cria Caramon. Ça pourrait te coûter cher ! Dame Kitiara en donne six pièces d'argent, et elle ne vaudra plus rien si tu la marques !

Le draconien hésita. Caramon n'était qu'un prisonnier. Mais il avait vu quelle réception la Dame Noire avait réservée à leur ami. Fallait-il prendre le risque d'offenser un homme qui bénéficierait peut-être lui aussi de sa faveur ? Cela n'en valait pas la peine. Il poussa Tika pour la faire avancer.

Tass soupira de soulagement et se tourna vers Berem. L'Eternel était d'un calme inhabituel. Il semblait dans un autre monde. Les yeux hagards, il gardait la bouche entrouverte, comme un demeuré. Au moins, ce comportement ne posait-il pas de problèmes. Tass s'intéressa alors au décor.

Il fut déçu. Neraka n'était qu'un petit village pauvre, submergé par les milliers de tentes qui l'envahissaient comme des parasites.

Aussi loin que puisse porter la vue, le temple dominait les baraquements comme un grand oiseau de proie. Son architecture disharmonieuse et tarabiscotée était pour l'œil une épine. On ne voyait que lui et sa laideur hantait durablement les esprits.

Tass examina l'édifice. Pris d'un malaise, il détourna rapidement les yeux. Le reste de la ville n'était pas plus réjouissant. Envahie par les tentes, elle regorgeait de draconiens, de gobelins et de mercenaires humains courant les tavernes et les bordels pleins d'esclaves venues de tous les coins de Krynn. Les nains des ravins pullulaient autour des détritus comme des rats. Une odeur pestilentielle se dégageait de cette fourmilière où, bien qu'il fût midi, il faisait sombre comme au crépuscule. La citadelle volante et les dragons qui patrouillaient sans cesse obscurcissaient le ciel.

Horrifié, Tass songea que Laurana était prisonnière de cet enfer. Le sordide des lieux avait réussi à entamer le moral pourtant foncièrement bon du kender.

Bousculés par les gardes, les compagnons durent se frayer un passage à travers les bandes de soldats éméchés et braillards.

Au bout de la rue, un bataillon de la Reine Noire progressait. Ceux qui ne se retiraient pas devant les soldats de Sa Majesté étaient brutalement écartés ou tout simplement piétinés. Les gardes se hâtèrent de pousser leurs prisonniers contre les façades, leur ordonnant de ne pas bouger.

Tass se retrouva coincé entre Caramon et un soldat. Le draconien se borna à le tenir par son gilet, car personne, même un kender, n'aurait songé à prendre la fuite dans de pareilles conditions. Tass se tortilla de son mieux pour attirer l'attention de Caramon et lui faire dresser l'oreille.

— Caramon ! chuchota-t-il. J'ai un message de Tanis. Tu m'entends ?

Le géant continua de regarder droit devant lui. Mais Tass surprit le battement de ses paupières.

— Tanis nous demande de lui faire confiance. Quoi qu'il arrive. Et de continuer à jouer la comédie... Je crois que c'est... ce qu'il a dit.

Caramon fronça les sourcils.

— Il a parlé en elfe, ajouta précipitamment Tass, vexé. C'était vraiment dur à comprendre.

Caramon resta de marbre. Tass se colla contre le mur et se haussa sur la pointe des pieds.

— Ce seigneur, dit-il d'une voix hésitante, c'était bien Kitiara ?

Caramon ne répondit pas. Tass vit ses mâchoires se contracter et poussa un soupir. Oubliant où il était, il éleva la voix :

— Tu lui fais confiance, n'est-ce pas, Caramon ?

Parce que...

Sans crier gare, le garde frappa le kender, l'aplatissant contre le mur. Etourdi par le choc, Tass s'effondra. Une ombre noire se pencha sur lui. Comme il ne voyait rien, il se prépara à recevoir un nouveau coup. Mais des bras puissants le soulevèrent de terre.

— Je t'ai dit de ne pas les abîmer, grommela Caramon.

— Bah ! Un kender ! cracha le draconien.

Le bataillon royal était passé. Pour une raison qui lui échappa, Tass ne parvint pas à rester sur ses jambes.

— Désolé..., marmonna-t-il, les genoux ont parfois des réactions bizarres... On ne peut pas toujours compter sur eux.

Il se sentit soudain propulsé dans les airs, puis il retomba comme un sac de farine sur les épaules de Caramon.

— Celui-là sait beaucoup de choses, déclara Caramon de sa voix caverneuse. J'espère que tu ne lui pas amoché le cerveau ! La Dame Noire ne serait pas contente.

— Le cerveau ? Quel cerveau ? ricana le draconien.

Tass avait horriblement mal à la tête et sa joue saignait. Il avait l'impression d'avoir deux ruches à la place des oreilles. Le roulis qu'il subissait sur les épaules de Caramon n'arrangeait pas les choses.

— C'est encore loin ? demanda Caramon. Ce petit salopard pèse lourd !

Le draconien tendit la main vers un bâtiment que Tass trouva de plus en plus grand à mesure qu'ils avançaient.

Le kender voyait trouble, de plus en plus trouble. Il se demanda pourquoi le brouillard tombait si vite. La dernière chose dont il se souvint fut les mots suivants :

— Au cachot, sous le temple de sa majesté Takhisis, la Reine des Ténèbres.

6

TANIS NÉGOCIE.
GAKHAN ENQUÊTE.

— Un peu de vin ?
— Non.

Kitiara haussa les épaules. Elle regarda rêveusement le breuvage rouge couler de la carafe de cristal dans sa coupe, puis s'assit en face de Tanis.

Elle avait enlevé son heaume. Son armure bleu nuit chamarrée d'or la moulait comme une peau de reptile dont les écailles renvoyaient la lumière des chandelles. Ses cheveux noirs bouclaient autour de son visage, ses yeux bruns étincelaient sous ses longs cils.

— Pour quelle raison es-tu ici, Tanis ? demanda-t-elle d'un ton plein d'assurance.

— Tu le sais.

— Laurana, bien entendu.

Tanis fit un geste évasif. Il fallait éviter de laisser paraître la moindre émotion. Cette femme, qui le connaissait mieux que lui-même, était capable de lire dans ses pensées.

— Tu es venu seul ?

— Oui.

Kitiara haussa les sourcils, incrédule.

— Flint est mort, dit le demi-elfe d'une voix brisée. Tasslehoff doit errer quelque part. Je n'ai pas pu le trouver. D'ailleurs, je n'avais pas envie de l'emmener.

— Je comprends. Ainsi, Flint est mort.

— Sturm aussi ! ne put-il s'empêcher d'ajouter, les dents serrées.

Kitiara le fixa d'un œil pénétrant.

— A la guerre comme à la guerre, mon cher. Sturm et moi, nous nous sommes battus en vrais soldats. Il l'a compris. Je ne crois pas qu'il m'en ait voulu.

Tanis eut un pincement au cœur. Elle disait vrai. Sturm l'avait sûrement pris ainsi.

— Que deviennent mes frères ? Où sont...

— Si tu veux me faire subir un interrogatoire, autant me mettre tout de suite au cachot !

Tanis se leva et se mit à arpenter la pièce.

Kitiara resta muette. Elle le regardait en souriant.

— Oui, au cachot, je pourrais te faire passer à la question. Et tu parlerais, cher Tanis. Tu me dirais tout ce que je veux entendre, et tu te traînerais à mes pieds pour pouvoir en dire davantage. Nous avons des gens qui sont très habiles, mais aussi ardents et passionnés à la tâche.

Sa coupe à la main, elle quitta son siège et se campa devant Tanis. Elle tendit une main vers lui et la posa sur sa poitrine.

— Il n'est pas question d'interrogatoire, reprit-elle. Disons que je m'inquiète du sort de ma famille. Sais-tu où sont mes frères ?

— Non, répondit Tanis, la prenant par le poignet pour éloigner sa main. Ils ont disparu tous les deux dans la Mer de Sang.

— Avec l'Homme à l'Emeraude ?

— Avec l'Homme à l'Emeraude.

— Et comment se fait-il que tu aies survécu ?

— Des elfes marins m'ont sauvé.

— Alors ils ont également pu en sauver d'autres ?

— Peut-être que oui, peut-être que non. Après tout, je suis un elfe, les autres sont des humains.

Elle le fixa longuement. Sans s'en rendre compte, les doigts de Tanis serraient son poignet.

— Tu me fais mal..., dit-elle doucement. Pourquoi es-tu venu, Tanis ? Pour sauver Laurana ? Tu es assez fou, mais quand même pas à ce point...

— Non. Je suis venu te proposer un marché. Libère-la et prends-moi en échange.

Kitiara ouvrit de grands yeux. Remise de sa surprise, elle éclata de rire. D'un coup, elle se libéra et alla se servir du vin.

Elle tourna la tête vers lui et rit aux éclats.

— Tanis, que crois-tu donc représenter pour moi ? Qu'est-ce qui te fait penser que je pourrais accepter ?

Tanis rougit jusqu'aux oreilles et ne répondit pas.

— C'est moi qui ai capturé le Général Doré, Tanis. Je leur ai pris leur porte-bonheur, leur belle guerrière elfe. Je dois dire qu'elle n'était pas mal, comme général. Elle leur a apporté les Lancedragons, puis appris à se battre. Son frère a ramené les bons dragons, mais c'est à *elle* qu'on en attribue le mérite. Elle a ressoudé la chevalerie, qui sinon aurait volé en éclats depuis longtemps. Et tu voudrais que je l'échange pour... un demi-elfe qui court le pays en compagnie d'un kender, de barbares et de nains !

Kitiara fut prise d'un rire inextinguible. Elle finit par s'asseoir et s'essuya les yeux.

— Vraiment, Tanis, tu as une fameuse opinion de toi-même. Pourquoi voudrais-je de toi ? Par amour ?

La voix de Kitiara s'était altérée. Son visage se figea.

Tanis ne répondit pas. Ecrasé de ridicule, il restait pétrifié devant elle. Elle le regarda fixement, puis baissa les yeux.

— Supposons que j'accepte, dit-elle froidement. Que me donnerais-tu en échange de ce que je perdrais ?

— Le commandant de ton armée est mort, répondit-il. Je le sais. Tass m'a dit qu'il l'a tué. Je prendrais sa place.

— Tu servirais... dans les armées draconiennes ? fit Kitiara, avec un étonnement non feint.

— Oui. Il est clair que nous avons perdu la partie. J'ai vu vos citadelles volantes. Même avec les bons dragons, nous ne remporterons pas la victoire. Le peuple ne leur fait pas vraiment confiance ; il les renverra chez eux. Une seule chose m'importe, libérer Laurana.

— Je te crois capable d'une énormité pareille..., dit-elle, admirative. Je vais y réfléchir... Mais pour l'instant, je dois te laisser. Les seigneurs se réunissent ce soir. Ils sont venus de toute l'Ansalonie. Tu as raison, vous avez perdu la guerre. Ce soir, nous mettrons au point un plan décisif. Tu m'accompagneras. Je te présenterai à la Reine des Ténèbres.

— Et Laurana ? insista Tanis.

— Je t'ai dit que j'allais y réfléchir. Je te ferai apporter une armure de cérémonie. Sois prêt dans une heure.

Elle se dirigea vers la porte. Avant de sortir, elle se retourna vers Tanis :

— Ma décision dépendra de la façon dont tu comporteras ce soir. N'oublie pas, Demi-Elfe, à partir de maintenant, tu es sous mes ordres !

Elle le toisa d'un œil vide d'émotion. Il sentit peser sur lui la volonté implacable de cette femme. Elle était forte de la puissance des armées draconiennes et l'aura de la Reine Noire l'accompagnait, lui conférant une énergie dont il avait déjà fait l'expérience à ses dépens.

Tanis mesura soudain tout ce qui les séparait. Seuls les humains étaient animés d'une telle soif de pouvoir. La vie d'un humain pouvait être une flamme porteuse de lumière, comme celle de Lunedor, ou un feu dévastateur consumant tout sur son passage. Son sang elfe s'était réchauffé à cette flamme. A présent il savait ce qui allait advenir de lui : à Tarsis, il avait vu mourir les gens, carbonisés.

C'était le tribut qu'il lui fallait payer. Il immolerait son cœur sur l'autel de cette femme, comme d'autres déposaient une poignée de pièces d'or sur un oreiller. Il se le devait, pour Laurana. Elle avait trop souffert par sa faute. Sa mort ne la délivrerait pas, mais sa *vie* pouvait le faire.

Avec une lenteur cérémonieuse, Tanis s'inclina, la main sur le cœur.

— Mon seigneur...

Kitiara revint dans ses appartements, l'esprit en effervescence, le cœur battant d'excitation. La perspective de la victoire l'enivrait davantage que n'importe quel nectar. Un doute gâchait cependant son plaisir. Elle s'efforça de le chasser, mais il prit une consistance bien trop réelle quand elle fut rentrée dans sa chambre.

Les domestiques ne l'attendant pas si tôt, les chandelles n'étaient pas encore allumées et il n'y avait pas de feu dans la cheminée. Elle allait les appeler quand une main osseuse qui lui fit l'effet d'un glaçon lui saisit le poignet.

Elle tenta de se dégager, mais on la tenait fermement.

— Aurais-tu oublié notre marché ?

— Bien sûr que non ! répondit Kitiara. Lâche-moi !

Les doigts décharnés se desserrèrent. Kitiara frotta sa chair bleuie.

— La femme elfe sera à toi, poursuivit-elle, dès que la Reine en aura fini avec elle, évidemment.

— Evidemment. Sinon, je n'en voudrais pas. Je n'ai que faire d'une femme vivante, contrairement à toi avec les hommes...

Le sombre personnage traîna à dessein sur ces mots. Kitiara toisa d'un air méprisant sa silhouette désincarnée couverte d'une armure de chevalier.

— Ne sois pas stupide, Sobert. Je n'ai jamais confondu les plaisirs de la chair et ceux des affaires. On ne peut pas en dire autant de toi, d'après ce que je sais.

— Alors que vas-tu faire du demi-elfe ? demanda le fantôme du chevalier de sa voix sépulcrale.

— Il sera tout à moi, purement et simplement.

Des serviteurs accoururent, redoutant la colère de la Dame Noire. Mais elle semblait préoccupée et ne fit pas attention à eux. Dès que les chandelles furent allumées, Sobert disparut dans l'ombre.

— La seule manière de m'approprier le demi-elfe est de détruire Laurana sous ses yeux, continua Kitiara.

— Ce n'est guère le moyen de t'attirer son amour, ricana Sobert.

— Je n'ai que faire de son amour, dit la guerrière en dégrafant son armure. C'est *lui* que je veux ! Tant qu'elle vivra, il ne pensera qu'à elle et à son noble sacrifice. Non, pour qu'il soit complètement à moi, il faudra l'écraser sous ma botte. Alors je pourrai en tirer quelque chose.

— Pas pour longtemps, fit remarquer Sobert. La mort le délivrera.

Kitiara haussa les épaules. Elle resta un moment songeuse.

— Il m'a menti, dit-elle en jetant son heaume sur un vase de porcelaine qui se brisa en mille morceaux. Il a menti ! Mes frères ne sont pas morts dans la Mer de Sang. Un au moins a survécu. Et l'Eternel aussi ! (Elle ouvrit la porte.) Gakhan ! cria-t-elle.

Un draconien arriva en courant.

— Quelles sont les nouvelles ? A-t-on enfin retrouvé ce capitaine ?

— Non, seigneur, répondit le draconien, il avait quartier libre.

Gakhan était le soldat qui avait espionné Tanis à l'auberge de Flotsam et qui avait enlevé Laurana à Kalaman.

— Fouille les tavernes et les bordels jusqu'à ce que tu le trouves. Je l'interrogerai après la réunion. Non, attends.... Tu l'interrogeras toi-même. Essaye de savoir si le demi-elfe était seul en arrivant ici, ou s'il y avait quelqu'un avec lui.

— Tu auras les informations, seigneur, répondit le draconien en s'inclinant.

Kitiara le congédia d'un geste. La porte se referma. Elle continua de dégrafer son armure.

— J'aurai besoin de toi ce soir, dit-elle à Sobert, toujours dans l'ombre. Sois vigilant. Ce que j'ai l'intention de faire ne plaira pas au seigneur Akarias.

La dernière pièce d'armure tomba sur le sol. Kitiara retira sa tunique de cuir et son pantalon de soie bleue, et s'étira langoureusement. Tout à son bien-être, elle jeta un coup d'œil derrière elle pour juger l'effet de ses paroles sur le chevalier fantôme.

Il était debout devant le heaume gisant au milieu des éclats de porcelaine. D'un geste de sa main décharnée, les tessons s'élevèrent et restèrent suspendus dans l'air.

Le chevalier darda ses yeux orange sur Kitiara. La clarté du feu dorait son corps nu et faisait scintiller ses cheveux noirs.

— Tu es bien une femme, Kitiara, dit le seigneur Sobert. Une femme qui aime...

Sans intervention de sa part, les éclats de porcelaine retombèrent sur le sol. Il les foula de ses bottes, sans résultat, évidemment.

— Et qui blesse..., dit-il, s'approchant d'elle. Ne t'abuse pas toi-même, Dame Noire. Tu peux l'écraser tant que tu veux, le demi-elfe restera toujours ton maître.

Messire Sobert se fondit dans l'ombre, laissant Kitiara songeuse. Debout devant la cheminée, elle contempla les flammes. Peut-être lui parlaient-elles...

*
* *

Gakhan avalait à pas rapides les corridors du palais

royal. Les crissements de ses griffes sur les dalles de marbre ponctuaient ses pensées. Il avait une idée de l'endroit où pouvait se trouver le capitaine. Avisant deux gardes, il leur ordonna de le suivre. Ils obéirent sans sourciller à celui qui était officiellement l'attaché militaire de la Dame Noire, officieusement l'exécuteur de ses basses œuvres et son tueur attitré.

Gakhan était au service de Kitiara depuis des lustres. Quand la Reine avait appris la disparition du bâton de cristal bleu, les seigneurs ne s'étaient pas émus. Pour des guerriers occupés à mettre à feu et à sang tous les pays au nord de l'Ansalonie, qu'importait un bâton possédant des pouvoirs de guérison... Il en faudrait bien plus pour sauver le monde, avait déclaré Akarias à une réunion du Conseil.

Deux seigneurs avaient cependant pris au sérieux la disparition du bâton : l'un régnait sur le pays où il avait été trouvé, l'autre y était né et y avait vécu. Le premier était un prêtre noir, le second un habile maître d'armes. Tous deux savaient à quel point le retour des anciens dieux pouvaient nuire à leur cause.

Leurs réactions avaient été différentes. Le seigneur Verminaard avait dépêché des cohortes de draconiens, de gobelins et de hobgobelins à la recherche du bâton, en leur donnant de l'objet un signalement précis.

Kitiara avait envoyé Gakhan.

C'était lui qui avait suivi la trace de Rivebise et du bâton jusqu'au village que-shu qu'il avait fait raser et dont il avait tué tous les habitants.

Il avait levé le camp, apprenant que le bâton était à Solace.

Le draconien s'y était rendu, pour constater qu'il avait quelques semaines de retard. Grâce à des interrogatoires musclés, il avait découvert que les barbares s'étaient joints à des aventuriers.

Gakhan fut confronté à un choix délicat. Soit il tentait de retrouver leur trace, ce qui était hasardeux après tout ce temps, soit il retournait demander à

Kitiara si elle connaissait les suspects. Si oui, nul doute qu'elle pourrait l'aider à les trouver.

Il opta pour rejoindre Kitiara, qui se battait dans le nord. La description des aventuriers la plongea dans la stupeur ; elle reconnut sans peine ses deux demi-frères, son vieux camarade d'armes et son ancien amoureux. Elle comprit aussitôt que seule une puissance supérieure avait pu réunir des gens aussi dissemblables. Alors elle confia ses inquiétudes à la Reine des Ténèbres, que la disparition de la constellation du Guerrier préoccupait au plus haut point.

La Reine ne s'était pas trompée, Paladine était revenu pour la combattre. Elle avait reconnu le danger, mais le mal était fait.

Kitiara avait mis Gakhan sur la piste. Pas à pas, l'habile draconien avait coursé les compagnons de Pax Tharkas au royaume des nains. Il les avait suivis à Tharsis, et il les aurait capturés avec l'aide de la Dame Noire, s'il n'y avait pas eu Alhana Astrevent et ses griffons.

Mais Gakhan ne les avait pas perdus de vue. Il apprit que le groupe s'était scindé, que le grand dragon Cyan Sangvert avait été repoussé, et que Laurana avait tué un magicien, l'elfe noir Feal-Thas, devant le Mur de Glace. Il connaissait même l'existence des orbes draconiens, dont un avait été détruit, un autre étant tombé entre les mains d'un mage.

C'était Gakhan qui avait suivi Tanis à l'auberge de Flotsam et conduit la Dame Noire sur la piste du *Perechon*. Mais là encore, la manœuvre avait été déjouée. Pourtant, le draconien ne désarmait pas. Loin de sous-estimer l'adversaire, il comptait avec les forces occultes qui le soutenaient. L'enjeu était de taille.

Il sortit du temple de Sa Noire Majesté au moment où les seigneurs s'y rassemblaient pour la conférence. Les derniers rayons du soleil balayaient à l'oblique les rues de Neraka.

Les yeux de reptile de Gakhan ne s'attardèrent pas sur le coucher de soleil. Il scrutait les tentes laissées vides par les soldats des seigneurs, trop peu confiants pour se passer de leur garde.

Tout cela facilitait son travail. Gakhan connaissait bien l'ennemi ; une intuition l'avertissait qu'il y avait urgence. La tournure des événements annonçait un chambardement d'envergure. Il était pris dans la spirale, et sentait qu'elle pouvait l'emporter d'un instant à l'autre. Gakhan voulait bien voguer avec le vent, mais il ne tenait pas à se fracasser sur les récifs.

— Nous y voilà, dit-il en s'arrêtant devant une vaste tente à l'enseigne annonçant « L'Œil du dragon » et sous-titrée « Interdit aux draconiens et aux gobelins ».

Entre les pans de toile, il aperçut sa proie. Il fit signe à son escorte et entra.

Les nouveaux venus furent accueillis par un concert de protestations. A la vue des trois draconiens, les humains poussèrent des cris stridents qui moururent instantanément lorsque Gakhan retira son capuchon.

Tout le monde reconnut l'homme de main du seigneur Kitiara. Un silence plus lourd que les vapeurs nauséabondes de l'atmosphère se fit dans l'assistance. Chacun piqua du nez sur son gobelet de bière.

Gakhan balaya la foule du regard.

— Lui ! ordonna-t-il en montrant un homme affalé sur le comptoir.

Ses deux sbires se saisirent de l'officier, dont les yeux vitreux s'agrandirent d'épouvante.

Sous ses protestations indignées et les menaces de la foule, les draconiens l'entraînèrent à l'arrière de la taverne.

En un clin d'œil, le prisonnier fut assez dégrisé pour parler. Ses hurlements étaient de nature à faire passer le goût du vin au plus endurci des aubergistes.

— Te rappelles-tu avoir arrêté un officier draconien pour désertion, cet après-midi ?

Des officiers, cet après-midi, il en avait interrogé plus d'un... Il avait été très occupé... D'ailleurs, ils se ressemblaient tous...

Gakhan fit un geste à l'intention de ses sbires.

Le capitaine hurla de douleur. Oui, oui, il se rappelait ! Il n'y avait pas qu'un officier, mais deux.

— Deux ? répéta Gakhan, les yeux brillants. Décris-moi le deuxième.

— Un humain, très grand. Une vraie armoire. Il y avait aussi des prisonniers...

— Des prisonniers ! s'exclama Gakhan, faisant claquer sa langue fourchue. Décris-les.

Le capitaine fut trop heureux d'avoir quelque chose à dire.

— Une humaine, rousse, bouclée, une poitrine comme...

— Continue, grogna Gakhan.

Le capitaine décrivit en toute hâte les deux autres prisonniers.

— Un kender, répéta Gakhan, de plus en plus excité.

Un vieillard à barbe blanche... Le magicien ? Ils ne se sont sûrement pas encombrés de ce vieux gâteux pour une pareille expédition. Qui ça peut-il être ? Quelqu'un qu'ils auraient rencontré ?

— Parle-moi du vieillard, ordonna Gakhan.

Le capitaine chercha désespérément à sortir quelque chose de son cerveau embrumé par l'alcool et la douleur. Le vieillard... Une barbe blanche...

— Voûté ?

— Non..., de larges épaules..., des yeux bleus. Des yeux bizarres.

Le capitaine était sur le point de s'évanouir. Gakhan le prit par le cou et lui enfonça ses griffes dans la chair.

— Alors ?

Les yeux exorbités d'épouvante, le capitaine sentit que la vie allait le quitter. Il balbutia quelque chose.

— Des yeux de jeune homme..., trop jeunes pour son âge ! exulta Gakhan qui avait compris. Où sont ces gens ?

Le capitaine éructa un mot. Gakhan le jeta à terre.

La spirale prenait de la vitesse. Gakhan se sentit transporté vers les hauteurs. Sur le chemin de la prison du palais, un mot résonnait dans sa tête comme un carillon :

L'Eternel... L'Eternel... L'Eternel...

7

LE TEMPLE DE LA REINE DES TÉNÈBRES

— Tass !
— J'ai mal... Laisse-moi tranquille...
— Je sais, Tass. Pardonne-moi, mais il faut que tu te réveilles. Allez !

Le kender sentit une pointe d'affolement dans la voix qui lui parlait. Quelque chose lui disait de se lever immédiatement, mais la perspective de la douleur l'en empêchait.

— Tass... Tass...

Une main lui tapota la joue. Une peur contenue perçait dans la voix. Le kender comprit qu'il n'avait pas le choix. Il fallait se réveiller. De plus, une autre voix, au fond de lui, cria qu'il allait peut-être rater quelque chose.

— Les dieux soient loués ! s'exclama Tika quand le kender ouvrit les yeux. Comment te sens-tu ?
— Très mal, répondit Tass d'une voix pâteuse.

Comme prévu, la douleur se réveilla aussi, prenant sa tête dans un étau.

— Je sais, Tass... Je suis désolée..., dit Tika en lui caressant la tête.
— Je suis sûr que cela part d'un bon sentiment, Tika, gémit le kender, mais je t'en prie, ne touche pas à ma tête. J'ai l'impression qu'elle est prise entre une

enclume et les marteaux de centaines de nains qui me tapent dessus.

Tika retira précipitamment sa main. Tass parcourut les lieux de son œil valide. L'autre avait tellement gonflé qu'il était fermé.

— Où sommes-nous ?

— Dans les geôles du temple, répondit Tika.

Ce qu'il voyait lui donna des frissons. Il se rappela le temps béni où il ne connaissait pas la peur. A l'époque, il aurait éprouvé de l'enthousiasme à l'idée de découvrir l'inconnu, toujours passionnant.

Mais ici, il n'y avait que souffrance et mort, et il avait vu trop de gens souffrir ou mourir. Flint, Sturm, Laurana... Non, il n'était plus le même. Il ne serait plus jamais semblable aux autres kenders. A l'épreuve du chagrin, il avait appris la peur. La peur pour les autres. Il décida qu'il préférait mourir plutôt que de perdre quelqu'un qu'il aimait.

« Tu as choisi la voie difficile, mais tu as le courage qu'il faut pour la suivre », avait dit Fizban.

L'avait-il vraiment ? La tête dans les mains, Tass poussa un profond soupir.

— Non, Tass ! dit Tika en le secouant. Tu ne vas pas nous faire ça ! Nous avons besoin de toi !

Il releva la tête.

— Je vais très bien, dit-il d'un ton sinistre. Où sont Caramon et Berem ?

— Là-bas, répondit Tika en montrant le fond du cachot. Ils nous gardent ensemble jusqu'à ce que quelqu'un décide ce qu'on fera de nous. Caramon a été magnifique, ajouta-t-elle avec un sourire.

Elle jeta un coup d'œil ému au grand guerrier, étendu sur le sol aussi loin que possible de ses « prisonniers ». Se rapprochant de Tass, elle lui souffla à l'oreille :

— Je me fais du souci pour Berem. Je crois qu'il est devenu fou.

L'Eternel était assis sur le sol glacé, le regard vide,

la tête penchée comme s'il écoutait quelqu'un. Sa fausse barbe en poils de chèvre était embroussaillée. Il faudrait peu d'effort pour qu'elle se détache, réalisa Tass avec inquiétude.

Les oubliettes du donjon étaient un dédale de couloirs creusés dans la roche et reliés à un poste de garde central desservi par un escalier en colimaçon menant au temple. Le poste de garde, tapissé de trousseaux de clés, était occupé par un gros hobgobelin qui mâchait une miche de pain en buvant sa cruche d'eau.

A travers la grille du cachot, Tass regarda au fond du couloir. Tendant un index humecté de salive, il testa la circulation de l'air et détermina le nord. A l'autre bout du couloir, face à leur cachot, il distingua une grosse porte de fer, légèrement entrebâillée. Il dressa l'oreille. Des voix et des gémissements étouffés lui parvinrent.

C'est une autre partie des oubliettes, décida le kender, fort de son expérience. *Le geôlier laisse la porte entrouverte pour surveiller les bruits.*

— Tu as raison, Tika, chuchota-t-il. Nous sommes enfermés provisoirement dans ce cachot, en attendant mieux. Je vais parler à Berem.

— Non, Tass, je crois qu'il vaut mieux...

Mais il n'écoutait plus. Après un coup d'œil au geôlier, il se traîna vers Berem avec l'idée de lui recoller la barbe. Il allait tendre une main quand l'Eternel poussa un grognement et lui sauta dessus.

Surpris, Tass tomba à la renverse en poussant un cri. Berem passa par-dessus le kender en braillant et se jeta contre la grille de la cellule.

D'un bond, Caramon fut debout. Le geôlier aussi.

Caramon toisa d'un regard courroucé le kender étendu par terre.

— Qu'est-ce que tu lui as fait ?

— Mais rien, Caramon, je te le jure ! Il est cinglé !

Berem semblait bel et bien avoir perdu la raison. Au

mépris de la douleur, il se jeta de toutes ses forces contre les barreaux pour les briser. Comme il n'y parvenait pas, il essaya de les tordre.

— J'arrive, Jasla ! cria-t-il. Attends-moi ! Pardonne...

Le geôlier cria quelque chose.

— Il a appelé les gardes ! grommela Caramon. Il va falloir calmer Berem. Tika...

La jeune fille prit l'Eternel par l'épaule. D'abord sourd à ses paroles apaisantes et à ses cajoleries, il finit par l'entendre, cessant de s'en prendre aux barreaux de la grille. Sa barbe était tombée sur le sol et du sang coulait sur son front.

Un cliquetis, à l'étage supérieur, annonça l'arrivée des gardes que le geôlier avait appelés à la rescousse. Tass glissa la fausse barbe dans sa poche, espérant qu'ils ne se souviendraient pas de l'apparence initiale de Berem.

Tika continua à l'apaiser en lui racontant tout ce qui lui passait par la tête. Il semblait ne rien entendre, mais il était beaucoup plus tranquille.

Deux draconiens arrivèrent devant la cellule.

— Qu'est-ce que ça signifie ? fit Caramon d'un ton furieux. Vous m'avez enfermé avec un animal enragé ! Il a essayé de me tuer ! Je demande à être changé de cellule !

Tass capta le geste de connivence que Caramon fit à son intention. Il se prépara à jouer le rôle qu'imposerait la situation. Tika était sur le qui-vive. Un hobgobelin et deux gardes... Ils avaient eu affaire à pire !

Les draconiens et le geôlier se regardèrent, hésitants. Tass imaginait sans peine ce qui se passait dans l'esprit obtus du hobgobelin. Si ce grand officier était un protégé de la Dame Noire, il lui en cuirait de l'avoir laissé massacrer dans sa cellule.

— Je vais chercher les clés, marmonna-t-il en se dirigeant vers le poste de garde.

Les deux draconiens échangèrent dans leur langue

des propos apparemment peu amènes sur le geôlier. Caramon en profita pour attirer l'attention de Tika et de Tass. Des deux mains, il imita des têtes frappant l'une contre l'autre. Tass plongea la main dans sa poche et la referma sur son petit couteau. Grâce à Caramon, la fouille avait été habilement écourtée. Tika poursuivit ses injonctions incantatoires pour rassurer Berem.

Le geôlier décrochait du mur le trousseau de clés quand une voix se fit entendre en haut de l'escalier.

— Qu'est-ce que tu veux ? grogna le hobgobelin, énervé.

— C'est moi, Gakhan, répondit la voix.

Une silhouette encapuchonnée suivie de deux gardes descendit l'escalier et passa devant le geôlier, vert de peur. Les deux draconiens s'étaient tus.

Tass se mordit les lèvres. La silhouette encapuchonnée était aussi celle d'un draconien. Un de plus ! Mais c'était peut-être bon pour Caramon...

Le nouveau venu prit une torche et la tint devant la grille de la cellule.

— Sors-moi d'ici ! cria Caramon en donnant un coup de coude à Berem.

Le draconien passa sa main griffue à travers les barreaux et saisit Berem par la chemise. Tass jeta un coup d'œil désespéré à Caramon. Le grand guerrier était pâle comme la mort.

D'un coup de griffes, le draconien arracha la chemise de Berem. L'émeraude enchâssée dans sa poitrine étincela à la lueur de la torche.

— C'est lui, dit tranquillement Gakhan. Ouvrez !

Le geôlier s'exécuta en tremblant comme une feuille. Un garde le bouscula, les autres se ruèrent dans la cellule. Caramon reçut un coup sur la tête qui l'envoya rouler par terre. Un garde s'empara de Tika.

Gakhan pénétra dans la cellule.

— Tuez-les, ordonna-t-il en montrant Caramon, Tika et Tass. (Il posa la main sur l'épaule de Berem) J'emmène celui-là chez Sa Noire Majesté. Ce soir, c'est nous qui avons gagné, dit-il d'un air triomphant aux trois compagnons.

*
* *

A l'étroit dans son armure d'apparat, Tanis attendait en compagnie de Kitiara dans une vaste antichambre de la Salle du Conseil. Rassemblés autour d'eux, les hommes de Kitiara évitaient les spectres en armure du seigneur Sobert, qui faisaient partie de sa suite. Malgré la chaleur étouffante, des chevaliers fantômes dégageaient un froid glacial décourageant quiconque aurait voulu s'approcher.

Tanis sentit les yeux de Sobert se poser sur lui. Il tressaillit. Kitiara lui adressa un de ces sourires qu'il trouvait jadis irrésistibles.

— Tu t'habitueras à eux, lui dit-elle.

Elle tapota nerveusement la garde de son épée.

— Dépêche-toi, Akarias, murmura-t-elle.

Tanis regarda au-delà de l'arcade sous laquelle ils passeraient quand leur tour serait venu : la Salle du Conseil de Takhisis, la Reine des Ténèbres, avait des proportions qui rabaissaient le visiteur au rang d'insecte rampant.

Quatre trônes avaient été dressés pour les quatre Seigneurs des Dragons, autour desquels se masseraient bientôt leurs troupes. Un serpent géant sculpté dans le marbre occupait le centre de la salle. Sa tête était reliée par une passerelle à une porte ouvrant sur la roche. Le trône du seigneur Akarias, légèrement plus haut que les autres, comme il sied à un « empereur », se trouvait face à la tête du serpent.

La niche du bout de la passerelle attira le regard de Tanis. Les ténèbres qui l'habitaient semblaient douées de vie. Le souffle qui y pulsait était si intense que le demi-elfe finit par détourner les yeux. Il devina sans peine qui prendrait place là.

Tout autour du dôme, les dragons s'étaient massés derrière leurs maîtres. Nuage, le cracheur de feu de Kitiara, dardait des yeux haineux sur le trône d'Akarias.

Le gong retentit. Les troupes d'Akarias, vêtues de rouge, entrèrent dans la salle et prirent place au pied du trône de leur seigneur.

Sa cape rouge flottant sur son armure noire, Akarias fit son entrée. Il portait une couronne de pierreries aux reflets sanglants.

— C'est la Couronne du Pouvoir, murmura Kitiara avec une telle avidité que Tanis en fut chaviré.

— Celui qui porte la Couronne est celui qui règne. C'est écrit.

Le seigneur Sobert venait de parler. Tanis se raidit comme si la main squelettique l'avait pris au collet.

Frappant leurs épées contre leurs boucliers, les troupes d'Akarias lui firent une longue ovation. Kitiara grogna d'impatience. D'un geste, Akarias demanda le silence. Le chef suprême des seigneurs draconiens se tourna respectueusement vers la grande niche, et d'un geste condescendant, invita Kitiara à entrer dans la salle.

Il y avait tant de haine et de mépris sur ses traits que Tanis la reconnut à peine.

— Oui, messire, siffla-t-elle, les yeux brillants. C'est celui qui porte la Couronne qui règne. C'est écrit... dans le sang ! Va me chercher la femme elfe ! ordonna-t-elle à Sobert.

Le seigneur fantôme s'inclina et sortit de la pièce, flanqué de ses spectres. Tanis saisit Kitiara par le bras.

— Tu m'as fait une promesse ! dit-il.

Kitiara se libéra de son étreinte et posa sur lui un regard hypnotique.

— Ecoute-moi, Demi-Elfe, dit-elle d'une voix tranchante. Je n'ai qu'un seul but : la Couronne que porte Akarias. C'est pour cette raison que j'ai capturé

Laurana ; pour moi, elle ne signifie rien d'autre. Je la livrerai à Sa Majesté, comme je l'ai promis. La Reine me récompensera, et j'aurai la Couronne. Puis elle ordonnera d'emmener la femme elfe dans les Chambres de la Mort, sous le temple. Je me moque de ce qu'il adviendra d'elle, aussi je te la confierai. Quand je te ferai signe, rejoins-moi. Je te présenterai à la Reine. Et je lui demanderai une faveur : que ce soit toi qui accompagnes l'elfe à la mort. Si tu lui plais, elle te l'accordera. Tu pourras emmener Laurana où tu voudras, elle sera libre. Mais je veux ta parole d'honneur, Tanis Demi-Elfe, que tu reviendras auprès de moi.

— Je le jure, dit-il sans ciller.

Kitiara sourit. Sa beauté était de nouveau tellement radieuse que Tanis se demanda comment elle avait pu paraître si cruelle. Elle lui caressa la barbe.

— J'ai ta parole d'honneur. Pour beaucoup, cela ne signifie rien, mais je sais que tu la tiendras. Un dernier avertissement, Tanis. Tu dois convaincre la Reine que tu es un loyal serviteur. Elle est extrêmement puissante ! C'est une déesse, ne l'oublie pas ! Elle voit dans ton cœur et dans ton âme. Un geste déplacé, un mot qui sonne faux, et elle te détruira. Je ne pourrai rien y faire. Si tu meurs, Lauralanthalasa mourra aussi !

— J'ai compris, souffla Tanis, pris de sueurs froides.

Une sonnerie de trompettes retentit.

— Le signal ! C'est à nous ! dit Kitiara en mettant son heaume. Vas-y, Tanis, prends la tête de ma suite. J'entrerai la dernière.

Resplendissante dans son armure d'écailles de dragon bleues, elle observa d'un air hautain Tanis et ses troupes, qui s'engageaient sous l'arcade.

La foule acclama l'apparition de la bannière bleue. Du haut de son perchoir, Nuage poussa un mugissement de triomphe. Conscient des milliers d'yeux fixés sur lui, Tanis s'efforça de garder la tête froide pour ne pas perdre de vue son objectif. Derrière lui, les troupes de Kitiara martelaient le sol d'un pas cadencé.

Tanis arriva au pied du trône, où il s'arrêta comme convenu. Les acclamations diminuèrent. La foule attendait l'arrivée de Kitiara.

Elle resta un instant dans l'antichambre pour créer le suspense. Du coin de l'œil, elle aperçut le seigneur Sobert qui revenait avec sa garde, chargée d'un corps enveloppé d'un drap blanc. Le regard bouillant de Kitiara rencontra les yeux orange du spectre. Ils s'étaient compris.

Le seigneur Sobert s'inclina.

Kitiara sourit et pénétra dans la salle sous un tonnerre d'applaudissements.

*
* *

Etendu sur le sol glacé de la cellule, Caramon luttait pour ne pas sombrer dans l'inconscience. La douleur commençait à s'estomper. Le coup qu'il avait reçu sur son casque lui avait évité d'être assommé.

Ne sachant quel parti prendre, il feignit l'inconscience. Pourquoi Tanis n'était-il pas à son côté ? se demanda-t-il, maudissant sa lenteur d'esprit. Le demi-elfe aurait eu une idée, il aurait trouvé quelque chose à faire. *Il n'aurait jamais dû me laisser cette responsabilité !*

Cesse de te plaindre, pauvre idiot ! Le sort de tes amis dépend de toi ! Avec un effort, il aurait pu croire que Flint était revenu l'engueuler ! Et tout cela n'était que trop vrai, il fallait qu'il fasse de son mieux ! Ou plutôt, *tout* ce qui était en son pouvoir !

Il entrouvrit les paupières. Un garde draconien était assis devant lui, le dos tourné. Caramon ne voyait ni Berem ni le draconien appelé Gakhan. S'il parvenait à assommer les deux gardes, il y laisserait la vie, mais Tass et Tika pourraient s'enfuir avec Berem.

Bandant ses muscles, Caramon se prépara à passer à l'attaque. Un cri abominable le stoppa. C'était Berem ; il était dans une telle rage que le grand guerrier se redressa, oubliant de feindre l'inconscience.

Son sang se glaça dans ses veines. Berem saisit Gakhan et le souleva de terre. Le draconien se débattait comme un beau diable, mais l'Eternel le jeta contre le mur de pierre. La tête de Gakhan explosa comme une coquille d'œuf. Avec des grognements rageurs, Berem continua à cogner le corps contre le mur jusqu'à ce qu'il ne soit plus qu'une masse informe dégoulinant de sang vert.

Personne ne fit un geste. Tass et Tika restèrent pelotonnés l'un contre l'autre, terrifiés par le spectacle. Tandis que les draconiens regardaient, hypnotisés, le cadavre de leur chef, Caramon essayait de comprendre ce qui était arrivé.

Berem laissa tomber le corps sur le sol et se tourna vers les compagnons sans les reconnaître. *Il a complètement perdu la raison*, se dit Caramon. Les mains de l'Eternel étaient couvertes de sang vert, ses yeux dilatés par la folie, sa bouche écumante de salive. Réalisant que son bourreau était mort, il revint peu à peu à lui et reconnut Caramon.

— Elle m'appelle ! murmura-t-il d'une voix rauque.

Il se précipita dans le couloir, renversant au passage le draconien qui tentait de l'arrêter. Sans regarder en arrière, il claqua la porte de fer, qui faillit sortir de ses gonds.

Ils entendirent l'écho de ses cris résonner dans le couloir.

Les draconiens s'étaient ressaisis. L'un fonça dans l'escalier pour appeler à l'aide.

La réponse ne se fit pas attendre. Des crissements de griffes et des cliquetis d'armes leur parvinrent du sommet des marches. Le hobgobelin se réfugia dans le poste de garde et s'époumona à appeler la troupe.

Le garde s'était relevé, mais Caramon aussi ; l'action, ça le connaissait. Il saisit le draconien par le cou et le propulsa dans les airs. Le soldat retomba sur le sol, inerte. Tandis que le draconien se pétrifiait, Caramon lui prit son épée.

— Derrière toi ! cria Tass.

Un garde déboulait de l'escalier. Caramon se retourna à temps pour voir le pied de Tika s'enfoncer dans l'estomac du draconien. Tass en profita pour plonger son petit couteau dans le torse de l'autre. Il n'eut pas le temps de le retirer.

— Filons ! dit Caramon.

Le geôlier glapissait en montrant le couloir aux draconiens qui dévalaient l'escalier.

L'épée à la main, Caramon hésitait, considérant alternativement l'escalier et le couloir qu'avait emprunté Berem.

— Suis Berem ! le pressa Tika. Accompagne-le ! Tu n'as pas compris ? Il a dit « Elle m'appelle ». Il parlait de sa sœur. Il l'a entendue. C'est ça qui l'a rendu fou furieux.

— Oui..., fit Caramon, hébété, en regardant le couloir.

Tika le prit par le bras, lui enfonçant ses ongles dans la chair pour le forcer à la regarder.

— Non ! dit-elle. Ils vont certainement l'attraper, et ce sera la fin de tout ! J'ai une idée. Nous allons nous séparer. Tass et moi, nous ferons diversion, cela te fera gagner du temps. Tout ira bien, Caramon, insista-t-elle, voyant qu'il secouait la tête. Un couloir mène à l'est. Je l'ai vu quand nous sommes arrivés. Nous les entraînerons dans cette direction. Dépêche-toi, il ne faut pas qu'il te voient !

Caramon hésitait encore.

— Nous n'avons aucune autre chance ! dit Tika. Pour le meilleur et pour le pire, tu dois le suivre ! Tu dois l'aider à la retrouver ! Dépêche-toi, Caramon ! Tu es le seul qui sois assez fort pour le protéger. Il a besoin de toi !

Tika le poussa devant elle. Caramon fit un pas, puis se retourna.

— Tika..., fit-il, cherchant un argument contre ce plan insensé.

Tika l'embrassa, saisit l'épée de l'autre draconien et sortit de la cellule.

— Je prendrai soin d'elle ! promit Tass.

Caramon les suivit des yeux. Le hobgobelin poussa un cri de frayeur en voyant l'épée de Tika pointée sur lui. Il tenta de l'attaquer, mais elle lui enfonça la lame dans le corps avant qu'il ait pu la toucher.

Tika se rua dans le couloir est. Tass la suivit, mais s'arrêta un instant au pied de l'escalier pour injurier copieusement les draconiens :

— Mangeurs de chiens ! Amateurs de gobelins ! Pourritures visqueuses !

Caramon se retrouvait seul. Il perdit une autre minute à fixer les ténèbres. Tout ce qui le reliait à la vie était l'écho des injures proférées par Tass.

Puis ce fut le silence.

Je suis tout seul... Je les ai perdus... tous. Il faut que je les retrouve. Non, il y a Berem. Il est tout seul, lui aussi. Tika a raison, il a besoin de moi. Il a besoin de moi.

Les idées un peu plus nettes, Caramon se dirigea vers le couloir nord, sur les pas de l'Eternel.

8

LA REINE DES TÉNÈBRES

— Le seigneur draconien Toede !

Akarias écoutait d'une oreille distraite ces fastidieux préliminaires. Il trouvait la réunion superflue. Ce n'était pas son idée. Mais la Reine aurait attribué ses objections à la faiblesse, et elle ne tolérait pas les faibles.

Songeant à Sa Noire Majesté, il jeta un coup d'œil sur la niche, au-dessus de lui, la plus grande et la plus somptueuse. Le trône restait vide. Comme il n'y avait pas de marches, le seul accès était la porte qui se découpait sur la paroi.

Sur quoi ouvrait cette porte... Mieux valait ne pas y songer. Et inutile de dire qu'aucun mortel ne l'avait jamais franchie.

La Reine n'était pas encore arrivée. Akarias n'en était nullement surpris. Elle était au-dessus des contingences. Akarias s'appuya au dossier de son trône et tourna ses regards vers Kitiara. Elle devait goûter son triomphe. Il la maudit intérieurement.

— Tu peux toujours essayer de me nuire, murmura-t-il, tandis qu'on annonçait le seigneur Toede pour la seconde fois. Je t'attends de pied ferme.

Akarias sentait que quelque chose clochait. Que se passait-il au juste ? Qu'est-ce qui n'allait pas ? Ce silence...

Et pourquoi le silence ?

Emergeant de ses pensées, il constata que le trône à sa gauche était resté inoccupé. En contrebas, la foule des draconiens contemplait comme lui le siège vide, autour duquel les troupes du seigneur Toede s'étaient déjà rassemblées sous leurs bannières.

Debout sur les marches du trône de Kitiara, Tanis suivit le regard d'Akarias. Quand il entendit prononcer le nom de Toede, le demi-elfe avait dressé l'oreille. L'image du hobgobelin rencontré sur la route de Solace lui était revenue à l'esprit. Cela lui rappela Flint et Sturm... Mais il n'allait pas sombrer dans le sentimentalisme.

— Seigneur Toede ? cria Akarias, courroucé.

Des murmures parcoururent la foule. Personne n'aurait osé manquer une convocation au Conseil.

Un officier humain gravit les marches qui menaient au trône vide. Respectueux du protocole, il s'arrêta sur la dernière et prit la parole, bégayant de peur.

— J'ai le regret d'informer Sa Seigneurie et Sa Noire Majesté, dit-il en regardant la niche vide d'un air inquiet, que le seigneur Toede a succombé dans des circonstance aussi tragiques que prématurées.

Tanis entendit le ricanement méprisant de Kitiara. Des rires fusèrent dans l'assistance ; des officiers échangèrent des regards entendus.

Le seigneur Akarias ne s'amusait pas du tout.

— Qui a osé abattre un seigneur draconien ? s'exclama-t-il.

Impressionnée, la foule se tut.

— Cela s'est passé au Kendermor, seigneur, répondit l'officier, de plus en plus nerveux.

Il s'arrêta. Les nouvelles ne devaient pas être des meilleures.

— J'ai le regret de t'informer, seigneur, que le Kendermor... est perdu, acheva-t-il dans un effort surhumain.

— Perdu ! tonna Akarias.

L'officier sembla sur le point de céder à la panique. Dans l'espoir d'en finir au plus vite, il lâcha précipitamment :

— Le seigneur Toede a été lâchement assassiné par un kender du nom de Kronin Belépine, et ses troupes ont été repoussées...

Des grondements s'élevèrent. On parla de vengeance et d'anéantissement du Kendermor et de son peuple, qui devait disparaître de la surface de Krynn...

Agacé, Akarias leva sa main gantée. Le silence revint immédiatement. Pas pour longtemps.

Kitiara s'esclaffait. Son rire affecté était arrogant et moqueur. Il résonnait bizarrement sous son heaume.

Décomposé d'indignation, Akarias s'était levé de son trône. Il fit un pas en direction de sa rivale. Les épées sortirent des fourreaux et les lances crissèrent sur le sol.

Aussitôt, les troupes de Kitiara se pressèrent autour de son trône. Tanis serra la garde de son épée et monta les marches pour se rapprocher de sa maîtresse.

Kitiara ne fit pas un geste. Elle continuait de toiser Akarias d'un air dédaigneux.

Soudain un souffle lourd se répandit sur l'assemblée, comme si une force invisible avait aspiré l'air de la salle. Les visages pâlirent, les yeux se voilèrent, les cœurs s'arrêtèrent de battre. On eût dit que l'air avait été remplacé par des ténèbres.

Etait-ce réellement l'air qui manquait ou une illusion des sens ? Tanis n'aurait su le dire. Il voyait des centaines de torches briller comme des étoiles dans la nuit. Mais la nuit était moins noire que ces ténèbres-là.

Son cerveau était en train de se liquéfier, il l'aurait juré. Il suffoquait, comme s'il allait se noyer. Ses genoux le trahirent ; il s'affaissa, vaguement conscient de ne pas être le seul à défaillir. D'autres tombaient autour de lui. Il aperçut Kitiara, la tête pendant sur la poitrine.

Puis les ténèbres se dissipèrent. Tanis sentit l'air frais envahir ses poumons. Son cœur se remit à battre, mais il restait incapable de se mouvoir. Une lumière vive éclata dans sa tête.

Etourdi, il fut un moment aveuglé.

Quand ses yeux se dessillèrent, il constata que les draconiens n'étaient pas tombés sous le charme. Droits comme des piquets, ils gardaient les yeux fixés sur la niche encore vide.

Le souffle court, Tanis sentit son sang geler dans ses veines. Takhisis, la Reine des Ténèbres, avait pénétré dans la Salle du Conseil.

La Reine Noire... Reine-Dragon pour les elfes, Nilat la Corruptrice pour les barbares, Tamex Métal Trompeur chez les nains, Mai-Tal aux mille visages chez les marins de l'Ergoth, Reine de Toutes les Couleurs et d'Aucune pour les Chevaliers de Solamnie, vaincue et chassée de Krynn par Huma.

Takhisis était revenue.

Mais elle n'était pas complètement elle-même.

L'ombre apparue dans la niche avait paralysé de terreur l'âme et l'esprit de Tanis, mais il lui restait assez de conscience pour voir que la Reine n'avait pas pris chair. Dans l'incapacité de se présenter *complète*, elle s'imposait à l'assistance par la force de ses pouvoirs.

Quelque chose l'empêchait d'entrer dans le monde. Berem avait parlé d'une porte, se souvint Tanis. Où pouvaient bien être l'Eternel, Caramon et les autres ? Avec un pincement au cœur, il réalisa qu'il les avait momentanément oubliés. Kitiara et Laurana avaient mobilisé ses pensées.

Une intuition lui soufflait que la clé de l'énigme était là, à portée de sa main. Si seulement il avait eu le temps d'y réfléchir calmement...

Mais c'était impossible. L'apparition augmenta d'intensité. Sa présence créa un halo béant au milieu de l'immense salle de granit. Tanis ne put détacher les yeux du vide opaque qui l'aspirait.

Une voix retentit dans sa tête :

— *Je ne vous ai pas réunis pour assister à des querelles d'ambitions qui salissent la victoire que je sens proche. Souviens-toi que c'est moi qui règne, seigneur Akarias.*

Akarias mit un genou en terre, aussitôt imité par l'assistance. Sans qu'il l'ait voulu, Tanis se retrouva aussi à genoux. Malgré la répulsion qu'il éprouvait pour l'entité, elle n'en était pas moins une divinité qui avait présidé à l'origine du monde... et qui régnerait sur lui jusqu'à la fin des temps.

S'insinuant dans les cerveaux, la voix surnaturelle poursuivit son discours :

— *Seigneur Kitiara, nous n'avons que des louanges à t'adresser. Ton cadeau nous comble. Fais venir la femme elfe, pour que nous décidions de son sort.*

Tanis surprit le regard haineux qu'Akarias lança à Kitiara.

— Comme il te plaira, Majesté, répondit Kitiara en s'inclinant.

Elle descendit les marches de son trône.

— Viens avec moi, dit-elle à Tanis.

Les soldats s'écartèrent pour les laisser passer et reformèrent aussitôt leurs rangs.

Kitiara grimpa sur la passerelle qui reliait la tête du serpent géant à la niche ténébreuse. Tanis la suivit, mal à l'aise. Il se sentait happé par un regard qui fouillait jusqu'au plus profond de lui-même.

Au milieu de la passerelle, Kitiara fit un signe en direction d'une porte sculptée donnant sur le rocher. Une silhouette sombre, revêtue de l'armure des chevaliers solamniques, apparut sur le seuil. Elle tenait dans les bras un corps enrubanné comme une momie.

Le silence devint absolu ; on eut l'impression d'entendre les pas du fantôme.

Le chevalier Sobert posa son fardeau aux pieds de Kitiara. Puis, sous les yeux effarés de l'assistance, il disparut. Chacun crut avoir rêvé. Kitiara souriait, visiblement satisfaite de l'impression produite par son serviteur.

Elle dégaina son épée et trancha les liens qui enveloppaient le corps comme un cocon.

Puis elle recula d'un pas et contempla d'un œil narquois, les convulsions de sa prisonnière, empêtrée dans d'inextricables bandelettes de tissu. Les troupes draconiennes contenaient à grand-peine leur hilarité. Puis les éclats de rire fusèrent franchement.

Des mèches couleur miel apparurent dans le miroitement de pièces d'armure. Laurana émergea des bandelettes comme un papillon de sa chrysalide. Tanis, indigné, avança vers elle. Un regard foudroyant de Kitiara le cloua sur place.

— N'oublie pas que si tu meurs, elle mourra...

Tanis recula. Laurana avait réussi à se mettre debout et regardait autour d'elle en clignant des yeux, éblouie par la lumière des torches. Elle se campa face à Kitiara, qui souriait derrière son heaume...

Reconnaissant l'ennemie, la femme qui l'avait trahie, Laurana se redressa de toute sa hauteur. Sa peur s'était muée en colère. Elle parcourut l'assistance d'un regard hautain, puis elle leva les yeux vers le dôme de granit noir.

Elle n'avait pas remarqué le demi-elfe sous son armure draconienne, mais elle avait noté les trônes des seigneurs, la présence de leurs dragons et celle de la Reine des Ténèbres. *Maintenant, elle a compris où elle était*, songea Tanis, la voyant pâlir. *Elle doit se douter de ce qui l'attend.*

Qu'avait-on raconté à Laurana pendant sa détention ? Avait-elle entendu les hurlements des suppliciés ? Dans quelques minutes, quelques heures, elle risquait de connaître le même sort qu'eux...

Pâle comme la mort, Laurana serra les dents. Tanis savait qu'elle ferait n'importe quoi pour ne pas donner sa peur en spectacle.

Kitiara fit un geste imperceptible à l'intention de sa captive. Laurana tourna la tête et reconnut Tanis.

Le demi-elfe vit briller dans ses yeux une lueur d'espoir. L'amour de Laurana l'envahit, le réchauffant comme une brise de printemps après les rigueurs de l'hiver. Il comprit que cet amour réconciliait ses moitiés, qui se déchiraient. Il l'aimait du sentiment intangible et éternel propre à son âme elfe, mais aussi avec la passion qui caractérisait les humains.

Il s'en apercevait trop tard ; cela lui coûterait son âme et la vie.

Un regard fut tout ce qu'il put lui donner. Un regard pour transmettre son message, et déjà il sentit l'œil brun de Kitiara le transpercer. D'autres yeux, infiniment plus redoutables, scrutaient les tréfonds de son être.

Tanis se reprit. Il ne devait rien laisser paraître de ses sentiments. En conséquence, il s'efforça de vider son regard de toute expression.

Laurana eut l'impression d'être pour lui une étrangère. Dans ses yeux verts, la lueur s'éteignit. Son espoir s'était envolé. Comme le soleil obscurci par un nuage, l'amour de Laurana prit la couleur du désespoir.

Tanis serra la garde de son épée pour empêcher sa main de trembler et se tourna vers Takhisis, la Reine des Ténèbres.

— Noire Majesté, s'écria Kitiara, poussant Laurana devant elle, voici mon cadeau. Un présent qui nous assure la victoire !

Un tonnerre d'applaudissements l'interrompit. Elle leva une main pour demander le silence.

— Je te livre la femme elfe Lauralanthalasa, princesse du Qualinesti et chef des Chevaliers de Solamnie. C'est elle qui a trouvé les Lancedragons et qui s'est servie de l'orbe draconien à la Tour du Grand Prêtre. Sur ses ordres, son frère et un dragon d'argent se sont rendus à Sanxion où, grâce à l'incompétence du seigneur Akarias, ils ont pénétré dans le temple sacré et découvert la destruction des œufs des bons dragons. Je te la livre, ma Reine, pour que tu la punisses comme elle le mérite.

Kitiara poussa Laurana, qui tomba à genoux aux pieds de la Reine. *Sa chevelure dorée est la seule lumière de ces lieux*, songea Tanis.

— *Tu as été très efficace, seigneur Kitiara, et tu mérites d'être récompensée. Nous enverrons d'abord l'elfe dans les Chambres de la Mort, puis tu recevras ton dû.*

— Merci, Majesté. Je voudrais auparavant solliciter deux faveurs, dit Kitiara en désignant Tanis. Voici quelqu'un qui désire servir dans ta glorieuse armée.

Elle appuya sur l'épaule de Tanis pour l'obliger à se mettre à genoux. Bouleversé par l'expression désespérée de Laurana, Tanis hésitait. Il pouvait toujours renoncer. Il était encore temps de rejoindre Laurana pour affronter la mort avec elle.

Serais-je devenu assez égoïste, se dit-il avec amertume, *pour sacrifier Laurana aux folies que j'ai commises ? Non, je paierai seul pour mes crimes. Et même si c'est la seule chose que j'aurai jamais faite de bien dans ma vie, je la sauverai ! Cette certitude me donnera la force d'aller jusqu'au bout.*

Kitiara le regarda avec des yeux enfiévrés.

Il tomba à genoux devant Sa Noire Majesté.

— Voici ton humble serviteur, Tanis Demi-elfe, déclara Kitiara d'une voix froide, où perçait une pointe de soulagement. Je l'ai nommé commandant de mes troupes après la mort de Bakaris.

— *Que notre nouvelle recrue approche...*

Kitiara lui chuchota en passant :

— N'oublie pas, Tanis, tu appartiens maintenant à Sa Noire Majesté. Tu dois la convaincre de ta loyauté, car je ne peux plus rien pour toi. Si tu échoues, tu ne pourras pas sauver ton elfe.

— Je n'ai pas oublié.

Il s'avança jusqu'au trône.

— *Relève la tête et regarde-moi !* ordonna la voix.

Si je flanche, Laurana est perdue, songea Tanis. *Au nom de l'amour, je dois faire taire l'amour.* Il leva la tête.

Et il se sentit aussitôt comme aspiré par une force impalpable. La forme noire l'avait pris sous sa domination. Inutile de feindre le respect devant Sa Noire Majesté : elle l'imposait d'elle-même à tous les mortels.

Pourtant, même sous son emprise, même dans une attitude de soumission, il se sentait libre au fond de son âme. Le pouvoir de la Reine n'était pas total. Bien que Takhisis luttât pour ne pas laisser voir sa faiblesse, Tanis comprit quel combat acharné elle devait livrer pour entrer dans le monde.

La forme noire ondula sous ses yeux. Elle changeait sans cesse d'apparence, faute d'en contrôler une. Elle prit la forme du dragon à cinq têtes des légendes solamniques, celle de la Tentatrice, si belle que les hommes succombaient pour la posséder, puis celle du Guerrier Noir, un puissant chevalier du Mal détenteur de la Mort dans sa main droite.

Mais ses yeux sombres ne cessaient de sonder l'âme de Tanis pour la mettre à nu. Très vite, ce fut une torture qu'il n'eut plus la force de subir. Tombant à genoux, il se méprisa d'en arriver à se prosterner devant la Reine. Alors un formidable hurlement d'angoisse s'éleva derrière lui.

9

LES TROMPETTES DE LA DESTINÉE

Caramon s'était lancé à la poursuite de Berem. Il traversa le couloir, indifférent aux hurlements des prisonniers qui l'imploraient, les mains tendues à travers les barreaux de leurs cellules. Pas le moindre signe du passage de l'Eternel. Il interrogea des captifs, qui se révélèrent incapables de répondre. Démolis par la torture, on ne pouvait rien tirer d'eux. Et le couloir qui continuait de descendre... Comment retrouver ce fou furieux ?

Pour se consoler, il songea qu'il n'avait pas rencontré d'autres couloirs traversant celui-ci. Berem ne pouvait pas s'être simplement évaporé.

Enfin ! Il poussa un soupir de soulagement : en bas d'un escalier, il trébucha sur le cadavre d'un hobgobelin. Il avait la nuque brisée et son corps était encore chaud. Berem venait de passer ; il ne pouvait être loin.

Certain d'être près du but, Caramon se mit à courir. Les prisonniers criaient, suppliant qu'ils les libère. Il joua avec l'idée, qui lui procurerait une véritable petite armée. Mais un rugissement qu'il connaissait bien se fit soudain entendre.

Caramon aborda un couloir pauvrement éclairé par des torches qui descendait en spirale. Impossible de courir plus vite, le sol était trop glissant. A mesure qu'il avançait, l'humidité augmentait, les rugissements aussi. Le tunnel était de mieux en mieux éclairé ; il approchait du but.

Caramon trouva Berem aux prises avec deux draconiens. L'Eternel se battait à mains nues contre des épées. Du sang coulait de son flanc et sur son visage. La pointe d'une épée le frappa à la poitrine. Il repoussa la lame à pleines mains, comme si la douleur ne l'atteignait pas, et frappa le draconien, qui tomba à la renverse.

Caramon se rua sur les draconiens. Il se rappelait qu'il ne fallait pas les tuer avec une épée, sous peine de la voir prisonnière de leurs cadavres pétrifiés. Il en prit donc un à la gorge et lui tordit le cou. Le garde tomba comme une masse. Caramon se retourna vers le second, qu'il frappa du tranchant de la main. Les vertèbres brisées, le soldat s'effondra à son tour.

— Rien de cassé ? demanda le grand guerrier.

Il tendait une main à Berem pour l'aider à se remettre debout quand une douleur aiguë lui traversa les côtes. Il se retourna et vit un draconien. Le coup avait été amorti par sa cotte de mailles, mais il saignait abondamment.

Pour gagner du temps, Caramon prit son épée et recula. Le draconien ne lui laissa pas de répit. Il se rua, l'épée brandie. Un mouvement bref suivi d'un éclair vert mirent fin à l'attaque. Il tomba raide mort aux pieds de Caramon.

— Berem ! cria-t-il en se tenant le flanc. Merci ! Comment as-tu...

L'Eternel le dévisagea sans le reconnaître. Il hocha la tête et repartit dans le couloir.

— Attends-moi ! hurla Caramon.

Serrant les dents, il se lança à la poursuite de l'Homme à la Gemme. Il finit par le rattraper et s'accrocha à lui.

— Où sommes-nous ? demanda-t-il sans s'attendre à une réponse.

— Très loin, dans les profondeurs... sous le temple, répondit Berem d'une voix rauque. Je suis très près d'arriver.

— Ah bon, très bien, fit Caramon, qui ne comprenait rien.

Ils se trouvaient dans une pièce ronde meublée d'une table et de quelques chaises et éclairée par des torches. Ce devait être une salle de garde. Cela expliquait la présence des draconiens. Mais pourquoi surveiller cet endroit précis ?

Caramon inspecta les lieux. Venant du couloir, ils étaient entrés dans une pièce creusée à même le roc. Une arche de pierre, sur la paroi d'en face, indiquait une deuxième ouverture. Il faisait si noir sous l'arche que Caramon songea aux Ténèbres Profondes qui, selon la légende, avaient précédé la création de la lumière par les dieux.

Le seul bruit qu'il entendit fut le murmure de l'eau. Sans doute une rivière souterraine. L'arche de pierre était un bel ouvrage sculpté de statues que le lichen et le temps avaient rongées.

Caramon sentit une main s'abattre sur son épaule.

— Mais je te connais ! s'écria Berem.

— J'espère bien, grogna Caramon. Au nom des Abysses, que cherches-tu par ici ?

— Jasla m'appelle..., répondit Berem, l'œil fixé sur les ténèbres. Là-bas... Il faut que j'y aille... Les gardes... ont voulu m'arrêter. Viens avec moi.

Caramon comprit soudain que les draconiens n'étaient là que pour garder cette arche. Qu'y avait-il de si important derrière ?

— Il faut que tu y ailles, dit-il à Berem.

Celui-ci hocha la tête et marcha résolument vers l'arche. Il se serait jeté tête baissée dans les ténèbres si Caramon ne l'avait pas retenu.

— Attends, nous avons besoin de lumière. Ne bouge pas !

Caramon lui tapota le bras et décrocha une torche du mur.

— Je viens avec toi, dit-il à Berem en lui donnant la torche. Tiens-moi ça une minute.

Il déchira un pan de la chemise en lambeaux de l'Eternel et banda sa plaie. Puis il reprit la torche et s'engagea sous l'arche. Un souffle lui frôla le visage, léger comme une caresse.

— Des toiles d'araignée, maugréa-t-il, passant une main sur sa joue.

Cédant à sa peur panique des araignées, il examina les piliers de l'arche, mais n'en vit aucune.

Il franchit le seuil, Berem sur les talons.

Une sonnerie de trompettes déchira l'air.

— Nous sommes faits comme des rats ! dit Caramon d'un ton lugubre.

*
* *

— Tika, cria Tass, ton plan a marché ! Je crois qu'ils sont tous à nos trousses !

— Magnifique, marmonna Tika.

Elle ne s'attendait pas à ce que son plan se réalise si bien. Allait-elle enfin réussir quelque chose dans sa vie ? Elle se retourna. Six ou sept draconiens les poursuivaient, brandissant leurs longues épées recourbées.

Gênés par leurs pieds griffus, ils ne couraient pas aussi vite que la jeune fille et le kender ; leur endurance les rendait cependant redoutables. Tika et Tass avaient pris de l'avance, mais ça n'allait pas durer.

L'essentiel est de tenir le plus longtemps possible, se dit-elle. *C'est du temps gagné pour Caramon.*

— Dis-moi, Tika, fit le kender, la langue pendante, mais aussi enjoué qu'à l'accoutumée, où comptes-tu aller comme ça ?

La jeune femme secoua la tête. Ses jambes étaient en plomb. Autour d'eux rien n'offrait de possibilité de repli, et les draconiens avançaient inexorablement.

Devant, le couloir continuait tout droit, désespérément vide, lisse et silencieux. Un boyau interminable qui montait en pente douce.

Soudain, ce fut l'illumination.

— Le tunnel... monte...!

Tass la regarda d'un air ahuri. Puis son visage s'éclaira.

— Il monte vers une sortie ! exulta-t-il. Tu as gagné, Tika !

— Tout est possible..., dit-elle d'un ton las.

— Allez viens ! s'écria Tass, animé d'une énergie nouvelle, la tirant par la main. Tu as raison, Tika ! Tu ne sens pas ? De l'air frais ! Nous allons sortir d'ici, retrouver Tanis..., et nous reviendrons libérer Caramon...

Seul un kender était capable de courir ventre à terre devant des draconiens, et de tenir en même temps une conversation, songea Tika. La peur la faisait avancer, mais elle ne tarderait pas à s'effondrer, accablée de fatigue ; alors même les draconiens lui seraient égal.

— De l'air frais ! s'exclama-t-elle.

Elle croyait que Tass lui avait parlé d'une arrivée d'air pour lui donner du courage. Mais elle sentait à présent sur son visage la fraîcheur d'une bise. Derrière eux, les draconiens ne se pressaient plus. Peut-être pensaient-ils qu'il était trop tard, qu'ils ne pourraient plus les attraper ? Cette idée la ragaillardit.

— Vite, vite, Tass !

Ils accélérèrent l'allure, sentant qu'ils approchaient de la source d'air frais. Le couloir faisait un coude. Tass fut contraint de freiner brusquement. Il dérapa sur quelque mètres avant de s'écraser contre un mur.

— Je comprends maintenant pourquoi ils ne se pressent pas ! soupira Tika.

Ils étaient dans un cul-de-sac. Le couloir se terminait sur une porte de bois percée d'une fenêtre à grilles. Ils humèrent l'air du dehors. La liberté était à deux pas, inaccessible...

— Ce n'est pas le moment de baisser les bras ! dit Tass en tirant sur la porte.

Elle était fermée à clé.

— Il faudrait du fil de fer, murmura-t-il, considérant l'huis d'un œil d'expert.

Caramon l'aurait sans doute enfoncée d'un coup d'épaule, mais ce n'était pas dans leurs possibilités. Tass examina attentivement la serrure. A bout de nerfs, Tika s'adossa au mur, pleurant de déception et d'épuisement.

— Ne pleure pas, Tika ! C'est une simple serrure ! Je nous sortirai de là dans une seconde, mais ce serait une bonne idée que tu te prépares à recevoir les draconiens. Juste pour les occuper un peu...

— D'accord, répondit Tika, ravalant ses larmes.

L'épée à la main, elle se posta face au couloir.

Tass constata avec satisfaction qu'il s'agissait bien d'une serrure toute simple, dont le système de sécurité était un piège enfantin.

Serrure toute simple..., piège enfantin... Ces mots-là lui disaient quelque chose. Ce n'était pas la première fois qu'il les prononçait... Il recula pour regarder la porte. Il l'avait déjà vue quelque part ! Mais non, c'était impossible.

Il fouilla ses poches à la recherche d'un outil. Mais il s'arrêta brusquement, comme si on lui avait sauté dessus.

Le rêve !

C'était la porte qu'il avait vue dans le cauchemar, au Silvanesti ! La même serrure ! Avec un piège... enfantin ! Et derrière lui, Tika qui se battait, agonisante...

— Tass ! Qu'est-ce que tu fabriques ? Ils arrivent ! cria Tika, l'épée à la main. Les voilà ! Mais qu'est-ce que tu attends ?

Tass ne répondit pas. Il entendait les rires rauques des draconiens sûrs de cueillir leurs proies.

Ils allaient apparaître au détour du couloir et Tika se trouverait nez à nez avec eux.

— Je... je n'y arriverai jamais ! gémit Tass, fixant la serrure d'un air terrifié.

— Tass, il ne faut pas qu'ils nous prennent ! Ils sont au courant, pour Berem. Ils feront tout pour nous obliger à parler ! Et tu sais très bien comment ils y parviendront...

— Tu as raison. Je vais essayer.

« Tu as le courage nécessaire pour suivre cette voie... », avait dit Fizban.

Tass sortit un fil de fer de sa poche. Après tout, que signifiait la mort pour un kender lancé dans la plus grande aventure des tous les temps ? Et il y avait Flint, qui devait se morfondre à l'attendre, tout seul. Dieu sait dans quel guêpier il s'était fourré ! Rasséréné, Tass introduisit le fil de fer dans la serrure et commença ses manipulations.

Il entendit des cris derrière lui, puis les vociférations de Tika. Les épées s'entrechoquèrent. Il risqua un œil.

Tika n'avait jamais appris l'escrime, mais elle avait une bonne expérience des rixes de taverne. Maniant l'épée de taille et d'estoc, elle frappa à tour de bras, donnant force coups de pied. La férocité de ses attaques dérouta les draconiens. Chacun reçut son estafilade. L'un baignait déjà dans son sang vert, un bras hors d'usage.

Mais elle ne pourrait pas les tenir en respect bien longtemps. Tass se remit à l'ouvrage. Ses mains tremblaient ; le fil de fer lui échappa des mains. Le problème consistait à faire sauter la serrure sans déclencher le piège, une minuscule aiguille montée sur ressort.

Cesse de faire des simagrées ! se tança-t-il. *Depuis quand les kenders font-ils des manières ?* D'une main ferme, il ramassa le fil de fer. A l'instant où il l'introduisit dans la serrure, quelqu'un le bouscula.

— Eh ! Fais un peu attention, s'écria-t-il en se retournant.

Il s'arrêta net. Le rêve ! C'était exactement les mots

qu'il avait prononcés dans le rêve, où il avait vu Tika gisant à ses pieds, ses boucles rousses éparses baignant dans le sang.

— Non, tout mais pas ça ! cria-t-il.

Le fil de fer et sa main heurtèrent la serrure. Elle s'ouvrit avec un clic sonore, suivi d'un autre clic à peine audible. Le piège s'était déclenché.

Le regard de Tass alla de la goutte de sang qui perlait sur son doigt à la petite aiguille d'or qui sortait de la serrure. Les draconiens s'emparèrent de lui, mais il n'en avait cure. Cela n'avait plus aucune importance. Il sentit la douleur naître dans son bras et monter jusqu'à l'épaule.

Quand elle atteindra le cœur, je ne la sentirai plus. Je ne sentirai plus rien.

Des cors et des trompettes retentirent. Il les avait déjà entendus quelque part. Mais où ? Ah oui, à Tarsis, juste avant que les dragons arrivent.

Les draconiens le lâchèrent et firent précipitamment demi-tour dans le couloir.

— On a dû sonner l'alerte générale, murmura Tass.

Il constata, non sans intérêt, que ses jambes ne le portaient plus. Il rejoignit le sol au côté de Tika, blanche comme une morte, et caressa tendrement ses boucles rousses maculées de sang.

— Je regrette tant, Tika, dit-il, la gorge serrée ; pardonne-moi, Caramon. J'ai essayé, j'ai vraiment fait mon possible...

Le dos appuyé à la porte, Tass pleurait en silence, attendant que les ténèbres l'enveloppent.

*
**

Tanis était pétrifié.

Il n'espérait plus qu'une chose : qu'un dieu miséricordieux le foudroie aux pieds de la Reine Noire. Les ténèbres se dissipèrent ; elle avait tourné ses regards ailleurs.

Tanis se releva, rouge de honte. Il n'osait pas poser les yeux sur Laurana, ni affronter la colère de Kitiara.

Mais le demi-elfe était pour l'instant le cadet de ses soucis. Elle goûtait son heure de gloire. Tous ses projets étaient en train de se réaliser. Tanis se dirigea vers Laurana pour l'emmener. Kitiara lui barra le passage et le fit reculer. Puis elle se plaça devant lui et interpella la Reine :

— Je voudrais récompenser le serviteur qui m'a aidé à capturer la femme elfe. Le seigneur Sobert a demandé que lui soit accordée l'âme de Lauralanthalasa, pour le venger de l'elfe qui lui a jadis jeté un sort. Etant condamné à vivre éternellement dans les ténèbres, il demande qu'elle partage son sort par-delà la mort.

— Non ! s'écria Laurana, terrifiée. Non !

Jetant autour d'elle des regards éperdus, elle cherchait un moyen de s'échapper. Puis elle se tourna vers Tanis. Le demi-elfe, blanc de colère, ne la voyait plus. Il rivait sur l'humaine un regard flamboyant.

Regrettant de s'être laissée aller, Laurana se jura de mourir plutôt que de montrer quelque faiblesse. Elle redressa la tête, de nouveau parfaitement maîtresse d'elle-même.

Les paroles de Kitiara avaient eu l'effet d'un coup de fouet sur Tanis.

— Tu m'as trahi ! Cela n'a jamais fait partie de notre accord !

— Tais-toi ! ordonna Kitiara à voix basse. Tu vas tout faire échouer !

— Mais que...

— La ferme !

— Ton présent est le bienvenu, Kitiara, dit la voix surnaturelle. Je t'accorde les faveurs que tu réclames. L'âme de la femme elfe sera octroyée au seigneur Sobert, et le demi-elfe servira dans notre armée. Qu'il dépose son épée aux pieds d'Akarias en signe d'allégeance.

— Parfait ! Vas-y ! ordonna Kitiara.

Tous les yeux convergèrent sur le demi-elfe. Dérouté, il ne savait plus où il en était.

— Quoi ? Mais tu ne m'as jamais parlé de rien ! Que dois-je faire ?

— Monter sur le trône d'Akarias et déposer ton épée à ses pieds. Il la prendra et te la rendra, ce qui marquera ton engagement dans l'armée draconienne. C'est un rituel, rien de plus. Mais cela me fera gagner du temps.

— Du temps pour quoi ? Qu'est-ce que tu mijotes ? fit-il en lui saisissant le bras. Tu aurais pu me le dire...

— Ecoute, Tanis, moins tu en sauras, mieux cela vaudra, répondit-elle avec un sourire destiné à donner le change à l'assistance.

De ricanements et des plaisanteries égrillardes saluèrent ce qui semblait une querelle d'amoureux.

— N'oublie pas que la femme elfe est entre mes mains, chuchota Kitiara avec un regard entendu sur sa prisonnière. Ne fais rien d'inconsidéré.

Tremblant de rage, la tête en feu, Tanis descendit de la passerelle sous les murmures de la foule. Quand il atteignit le parterre, la tête lui tournait. Sans avoir la moindre idée de ce qu'il pourrait faire, il marcha vers le trône d'Akarias.

Les gardes d'honneur du seigneur lui semblèrent sortir tout droit d'un cauchemar. Devant cette haie de monstres, il posa le pied sur la première marche, pénétrant dans un brouillard d'où émergeait un homme puissant et majestueux : Akarias, le chef des armées draconiennes. Sa couronne était le point de mire de la salle. Ebloui par son éclat, Tanis cligna des yeux.

Kitiara l'avait-elle trahi ? Tiendrait-elle sa promesse ? Tanis, qui en doutait, se maudissait lui-même. Une fois de plus, il était tombé dans ses filets, car il avait été assez bête pour la croire. C'était elle qui tirait les ficelles. Lui, que pouvait-il faire ?

Une idée lui traversa l'esprit si subitement qu'il marqua un temps d'arrêt sur la deuxième marche. Pour sauvegarder les apparences, il continua à monter d'un pas assuré. A mesure qu'il se rapprochait d'Akarias, son idée se faisait plus précise.

« Le pouvoir est à celui qui possède la Couronne ! Tue Akarias et prends la Couronne ! C'est simple ! » lui dictait une voix intérieure.

Il n'y avait personne autour du trône d'Akarias. Ni sur les marches. L'homme était si sûr de lui, si imbu de son pouvoir, qu'il pouvait se passer de gardes du corps.

Le cerveau de Tanis se déchaîna. *Kitiara est prête à vendre son âme pour posséder cette Couronne. Si c'est moi qui l'ai entre les mains, Kitiara sera en mon pouvoir ! Je libérerai Laurana et nous fuirons ensemble ! Dès que nous serons en sécurité, je lui expliquerai tout. Je vais dégainer mon épée, mais au lieu de la poser à ses pieds, je la lui passerai au travers du corps. La Couronne en main, personne n'osera me toucher !*

Tanis tremblait d'excitation. Il dut faire un effort pour retrouver son calme. De peur de trahir ses intentions, il évita de regarder Akarias.

Plus que cinq marches à gravir, et il serait devant lui. La main serrée sur la garde de son épée, il avait repris son contrôle. Il leva les yeux sur le seigneur ; ses nerfs faillirent lâcher. Toute expression avait été gommée de ce visage, qui n'exprimait plus qu'une ambition dévorante, nourrie par la mort de milliers d'innocents.

Akarias regardait Tanis avec un mélange d'ennui amusé et de mépris. Son regard se porta sur Kitiara ; ce qui le préoccupait était autrement plus important que le demi-elfe. Comme un joueur examinant la position de ses pions sur un damier, il réfléchissait.

Soulevé de répulsion et de haine, Tanis commença à

tirer son épée. Même si sa tentative de libérer Laurana échouait, même s'ils y laissaient tous deux la vie, il aurait au moins accompli un acte salutaire en débarrassant le monde du commandant suprême des armées draconiennes.

Au frottement de la lame contre le fourreau, Akarias posa les yeux sur Tanis. Le demi-elfe se sentit mis à nu par ce regard, qui le brûlait comme un charbon ardent. La révélation tomba sur le demi-elfe comme la foudre. Il vacilla en attaquant la dernière marche.

Cette aura surpuissante qu'irradiait l'homme ! Akarias... était un magicien !

Quel idiot j'ai été ! se dit Tanis. A présent, il distinguait le *mur* protecteur qui scintillait autour du seigneur. Evidemment, il n'avait pas besoin de soldats ! Dans une foule pareille, Akarias ne pouvait faire confiance à personne. Il se servait de ses pouvoirs magiques pour se protéger !

Le seigneur draconien était maintenant sur ses gardes. Son regard froid et calculateur en témoignait.

Le demi-elfe était bien obligé de s'avouer vaincu.

« Frappe, Tanis ! N'aie pas peur de sa magie ! Je suis avec toi ! »

Ses cheveux se dressèrent sur sa tête. La voix n'était qu'un chuchotement, mais d'une clarté telle que Tanis crut sentir un souffle contre son oreille.

Hormis Akarias, il n'y avait personne près de lui ! Trois marches à gravir, et le cérémonial serait terminé ! Le voyant hésiter, Akarias fit un geste péremptoire, pressant Tanis de poser son épée à ses pieds.

D'où vient cette voix ? se demanda le demi-elfe. Son attention fut attirée par une silhouette proche de la Reine des Ténèbres. Elle lui rappela vaguement quelque chose. La voix émanait-elle de cette forme sombre ? Mais la silhouette ne bougeait pas. Fallait-il l'écouter ?

« Frappe, Tanis ! » chuchota de nouveau la voix. « N'attends pas ! »

En nage, Tanis sortit son épée du fourreau. Akarias

lui faisait face. Le mur magique qui le protégeait scintillait comme un arc-en-ciel de gouttes d'eau.

Je n'ai pas le choix. Si c'est un piège, tant pis. Ce sera ma façon d'en finir avec la vie.

Feignant de s'agenouiller, Tanis présenta à Akarias la garde de son épée. Puis il la fit virevolter, et l'enfonça dans le cœur du seigneur.

Le demi-elfe crut défaillir. Serrant les mâchoires, il avait frappé, s'attendant à être foudroyé comme un arbre.

La foudre tomba, mais pas sur lui. L'arc-en-ciel avait explosé à la pointe de son épée. Le coup avait touché la chair : un cri de douleur lui déchira les tympans.

L'épée en travers du torse, Akarias tomba en arrière. Un autre que lui aurait été tué sur le coup, mais sa colère et son énergie défiaient la mort. Livide de rage, il frappa Tanis au visage, l'envoyant rouler aux pieds du trône.

Le demi-elfe sentit une affreuse douleur à la tête. Il vit son épée ensanglantée retomber sur le sol. Un instant, il crut sa dernière heure arrivée, et avec elle, celle de Laurana. Il secoua énergiquement la tête pour reprendre ses esprits. Il fallait aller jusqu'au bout ! Il fallait prendre la Couronne !

Akarias se pencha vers lui, les mains tendues. Il se préparait à lui jeter un sort qui mettrait fin à ses jours.

Il n'y avait plus rien à faire. Tanis n'avait pas le pouvoir de se soustraire à la magie et une intuition lui dit que la voix invisible n'interviendrait pas.

Mais pour puissant que fût Akarias, il existait un pouvoir auquel il ne pouvait prétendre. Dans un spasme de douleur, il se recroquevilla, tassé sur lui-même. L'incantation mourut sur ses lèvres. Il vit son sang inonder sa robe rouge ; inexorablement, la vie se retirait de lui. La mort le voulait, et il ne pouvait pas la tenir à distance. Il lança un dernier appel à la Reine Noire.

Mais celle-ci n'aimait pas les faibles, ni les vaincus.

Comme elle avait vu Akarias assassinant son propre père, elle le regarda succomber en prononçant son nom.

Un silence embarrassé accueillit le bruit mat du corps touchant sur le sol de la salle. La Couronne roula avec fracas sur le marbre noir et s'immobilisa dans une mare de sang.

Qui la revendiquerait ?

Un cri perçant s'éleva. Kitiara appela quelqu'un dont Tanis ne comprit pas le nom. D'ailleurs, il n'en avait cure. Il tendit la main vers la Couronne.

Alors un personnage en armure apparut devant lui.

Le seigneur Sobert !

Réprimant une terreur indicible, Tanis riva son regard sur son objectif. La Couronne n'était qu'à quelques centimètres de ses doigts. Il les tendit jusqu'à sentir le métal mordre sa chair. A cet instant, une main squelettique la saisit.

La lueur orangée brillait au fond des orbites du chevalier fantôme. Sa main s'était tendue pour s'emparer du butin. Tanis entendit Kitiara hurler des ordres à tort et à travers.

Défiant le seigneur Sobert du regard, le demi-elfe voulut lever la Couronne ensanglantée au-dessus de lui. Une formidable sonnerie de trompettes déchira le silence.

La main du seigneur Sobert resta suspendue dans l'air. Kitiara s'était tue.

Un murmure craintif parcourut l'assemblée. Tanis aurait pu croire un instant que les musiciens avaient joué en son honneur, mais les visages alarmés qui l'entouraient le détrompèrent. Tous les regards convergeaient vers la Reine Noire.

Sa Noire Majesté avait gagné en densité. Elle étendait son ombre sur l'assemblée comme un grand nuage. Réagissant à un signal muet, les draconiens de sa garde personnelle disparurent par les portes de la salle. La silhouette que Tanis avait aperçue au côté de la Reine s'était évanouie.

Les trompettes continuèrent de retentir. La Couronne à la main, Tanis se rappela que, par deux fois, elles avaient annoncé la destruction et la mort. Quel sinistre message apporteraient-elles à présent ?

10

QUI PORTE LA COURONNE
EXERCE LE POUVOIR.

La sonnerie des trompettes avait été si fulgurante que Caramon dérapa sur le sol humide. Instinctivement, Berem le rattrapa au vol. Les deux hommes se regardèrent avec inquiétude. Au-dessus d'eux, des trompettes répondirent à la première salve. Dans la petite pièce, le vacarme se fit assourdissant.

— L'arche était piégée ! répétait Caramon, qui ne s'en consolait pas. Bon, ce qui est fait est fait, mais à présent, tout le monde dans ce temple sait où nous nous trouvons.

— Jasla m'appelle...

Entraînant Caramon avec lui, l'Eternel poursuivit son chemin. Comme le grand guerrier ne voyait rien d'autre à faire, il se cramponna à sa torche et le suivit. Ils dévalèrent un escalier qui finissait sur un courant d'eau noire au débit rapide. Caramon brandit sa torche dans toutes les directions, espérant découvrir un chemin le long du cours d'eau. Mais il n'y en avait pas.

— Attends-moi ! cria-t-il à Berem qui avait déjà plongé dans l'eau noire.

L'eau lui montait à mi-mollets.

— Viens avec moi !

Le grand guerrier tâta son bandage. Il était trempé, mais le sang s'était arrêté de couler. Un instant, Tika et Tass, puis Tanis, lui revinrent à l'esprit.

Mieux ne valait pas y penser...

« Heureux ou néfaste, le dénouement est proche », avait dit Tika. Caramon finissait par y croire. Il entra dans l'eau, et se sentit aussitôt entraîné par le courant. Entraîné vers quoi ? Son destin ? Au bout du monde, vers des horizons nouveaux et pleins d'espoir ?

Berem avait pris de l'avance. Caramon l'apostropha :

— Restons ensemble ! Il est possible que des pièges nous attendent.

D'abord hésitant, Berem attendit que Caramon le rejoigne. Ils avançaient, tâtant du pied le fond qui s'effritait sous leurs pas.

Caramon marchait en tête quand il heurta quelque chose qui le fit trébucher. Il se rattrapa de justesse à Berem.

— Qu'est-ce que ça peut être ? s'étonna-t-il, braquant la torche sur la surface de l'eau.

Une tête émergea, sans doute attirée par la lumière. Caramon tressaillit ; Berem fit un bond en arrière.

— Des dragons !

Le petit dragon ouvrit la gueule et poussa un cri strident. Ses dents pointues luisirent dans la lumière de la torche. Puis il piqua du nez, et Caramon sentit de nouveau quelque chose cogner contre ses bottes. La queue du dragon frappa sa cuisse.

Heureusement que j'ai des bottes, se dit le guerrier. *Si je tombe à l'eau, ils me réduiront en chair à pâté !*

La panique le saisit.

Je vais rebrousser chemin. Berem n'a qu'à y aller tout seul. Après tout, il ne mourra pas, lui.

Il reprit courage. *Ils nous ont repérés. Ils enverront quelqu'un pour nous arrêter. Quoi qu'il arrive, il faut tenir jusqu'à ce que Berem puisse faire ce qu'il doit.*

Mais tout cela est insensé, se dit soudain le colosse.

Comme pour lui donner raison, des cliquetis d'armes et des vociférations s'élevèrent derrière eux.

C'est idiot ! Je ne vais pas mourir ici dans le noir, et pour rien ! Et si le type que j'accompagne était complètement fou ? Peut-être suis-je en train de devenir fou moi aussi ?

Berem s'avisa qu'ils étaient poursuivis. Comme il avait encore plus peur des draconiens que des dragons, il courut. Caramon le suivit.

Inquiet, Berem scrutait sans cesse les flots noirs. Le niveau avait monté. Il dépassait la hauteur de leurs bottes. Rendu fou par l'odeur de la chair humaine, le petit dragon continuait de les pourchasser. Derrière eux, les cliquetis d'armures se rapprochaient.

Soudain, une forme sombre heurta le visage de Caramon. Déséquilibré, il se débattit pour ne pas tomber et lâcha sa torche, qui s'éteignit dans l'eau. Berem bondit à sa rescousse et le rattrapa.

Ils restèrent collés l'un contre l'autre, craintifs et désorientés dans l'obscurité.

Un pas en avant, et ils risquaient de plonger tête baissée dans le néant...

— La voilà ! s'exclama Berem avec émotion. Je vois la colonne brisée incrustée de pierres précieuses ! Elle est là ! Elle m'attend ! Depuis des années ! Jasla ! cria-t-il en démarrant comme un forcené.

Caramon le retint. Berem tremblait de tout son corps. Voyait-il vraiment quelque chose dans le noir ?

Oui ! Une sensation de soulagement envahit son corps endolori. Dans le lointain, des gemmes brillaient d'un éclat que les ténèbres ne pouvaient ternir.

Une courte distance les séparait de la colonne aux joyaux. Caramon lâcha Berem, espérant trouver une échappatoire, du moins pour lui. Que Berem rejoigne sa fantomatique sœur. Tout ce qu'il voulait, c'était sortir d'ici et retrouver Tass et Tika.

Ses doutes balayés, Caramon reprit du poil de la bête et avança. Dans quelques minutes, tout serait fini... d'une manière ou d'une autre...

Sharak ! dit une voix.

Une lumière intense l'éblouit. Son cœur cessa de battre. Tout doucement, sa vision s'accoutuma à la lumière. Il vit deux yeux en forme de sabliers qui brillaient sous un capuchon noir.

*
** *

Les trompettes avaient cessé de sonner et un semblant de calme était revenu dans la Salle du Conseil. Les spectateurs, y compris la Reine Noire, avaient les yeux rivés sur les acteurs du drame.

La Couronne dans la main, Tanis se releva. Il ignorait ce que signifiait la salve de trompettes. Ce qu'il savait, c'est qu'il jouerait le jeu jusqu'au bout, aussi amère soit la fin.

Laurana... Il ne pensait qu'à elle. Où que fussent les autres, il ne pouvait rien faire pour les aider. Les yeux fixés sur la jeune femme en armure d'argent, il aperçut Kitiara, debout à côté d'elle, le visage dissimulé derrière son heaume. Elle lui fit signe.

Tanis sentit un mouvement derrière lui, comme le passage d'un courant d'air froid. Le seigneur Sobert approchait...

Tanis recula, serrant plus fort la Couronne. Il savait qu'il lui serait impossible de lutter contre un adversaire d'outre-tombe.

— Halte ! cria-t-il, tenant la Couronne à bout de bras devant lui. Arrête-le, Kitiara, ou je la jette dans la foule.

La face de Sobert imita un sourire. Il avança vers Tanis, la main tendue. Si le spectre le touchait, le demi-elfe était mort.

— Crois-tu vraiment pouvoir m'échapper ? susurra Sobert. Il me suffit d'un geste pour te réduire en cendres, et cette Couronne roulera à mes pieds.

— Seigneur Sobert, cria une voix, que celui qui a conquis la Couronne me l'apporte !

Sobert hésita. La main toujours tendue vers Tanis, il se tourna vers Kitiara.

Elle n'avait d'yeux que pour le demi-elfe.

Campée devant lui, elle retira son heaume, découvrant son visage écarlate d'excitation.

— Tu m'apporteras la Couronne, n'est-ce pas, Tanis ?

— Oui, je te l'apporterai.

— Gardes, escortez-le ! Le premier qui osera porter la main sur lui mourra de mes mains. Seigneur Sobert, veille sur lui.

Le chevalier fantôme baissa lentement le bras.

— Soit, mais c'est lui le maître, ma dame, dit-il avec un rictus sardonique.

Il marcha vers Tanis. Quand il l'eut rejoint, le demi-elfe sentit son sang se glacer dans ses veines. L'assistance vit l'étrange duo se diriger vers les marches.

Les officiers d'Akarias, qui attendaient au bas de l'escalier, arme au poing, s'écartèrent sur leur passage. Leurs regards meurtriers en disaient long.

Les gardes de Kitiara les entourèrent. Précaution inutile : la présence du spectre éloignait plus sûrement la foule qu'une armée de soldats. Tanis transpirait d'angoisse sous son épaisse armure. Ainsi, c'était cela le pouvoir ? Porter la Couronne et régner sans partage, mais vivre avec la crainte permanente d'être poignardé dans le dos ?

Le seigneur Sobert et le demi-elfe arrivèrent au pied du serpent géant. Du haut de la passerelle, Kitiara suivait la scène d'un air triomphant. Tanis grimpa les échelons jusqu'à la tête du reptile et prit pied sur la passerelle. Son regard croisa celui de Laurana. Le visage fermé, elle regarda la Couronne, et détourna ostensiblement la tête. *Que peut-elle bien penser ?* se demanda Tanis. *Peu importe, je lui expliquerai plus tard...*

Kitiara s'élança vers lui, bras grands ouverts. La foule l'acclama.

— Tanis ! Toi et moi sommes vraiment faits pour régner ensemble ! Tu as été magnifique ! Je te donnerai tout ce que tu veux...

— Même Laurana ? demanda froidement le demi-elfe.

Ses yeux plongèrent dans les prunelles sombres de Kitiara.

Elle jeta un coup d'œil à Laurana, aussi pâle et impassible qu'une statue.

— S'il n'y a que ça pour te satisfaire, fit-elle en haussant les épaules. (Elle approcha au plus près de lui.) Tanis, je suis à toi ! Le jour, nous dirigerons l'armée et nous régnerons sur le monde ; nos nuits n'appartiendront qu'à nous, Tanis, dit-elle en lui caressant la barbe, pose la Couronne sur ma tête.

Ses yeux étincelaient de passion et d'excitation. Elle se pressait contre lui avec ardeur. Autour d'eux, la foule était en délire. Tanis leva la Couronne et... la déposa sur sa propre tête.

— Non, Kitiara ! cria-t-il pour que tout le monde l'entende. Un seul régnera nuit et jour, et ce sera moi !

Des rires éclatèrent, ainsi que des vociférations. Sur le visage de Kitiara, la surprise céda la place à la fureur.

— Laisse ça, dit Tanis en saisissant la main qu'elle avait porté à son poignard. Je vais partir en emmenant Laurana. Toi et ta garde, vous nous escorterez hors de cet endroit maudit. Quand nous en serons sortis, sains et saufs, je te donnerai la Couronne. Si tu me trahis, elle t'échappera à jamais. Compris ?

— Il n'y a vraiment qu'*elle* qui t'intéresse ? ironisa Kitiara.

— Oui, répondit Tanis. Je le jure sur l'âme de deux êtres que j'ai beaucoup aimés. Sturm de Lumlane et Flint Forgefeu. Me crois-tu à présent ?

— Je te crois, répondit Kitiara.

Le ton était amer, mais ses yeux exprimaient de l'admiration.

— Si tu savais ce que tu perds..., ajouta-t-elle d'une voix brisée par la déception.

Sans un mot, Tanis la lâcha. Il se dirigea vers Laurana et la prit par le bras.

— Viens avec moi, dit-il.

Les murmures de la foule se firent plus menaçants. Au-dessus d'eux, l'ombre noire de la Reine attendait de voir qui sortirait vainqueur de l'affrontement.

Laurana n'eut aucune réaction. Elle se borna à tourner la tête vers Tanis, qu'elle ne sembla pas reconnaître. Ses yeux n'exprimaient ni peur ni colère.

Tout ira bien, je t'expliquerai..., songea Tanis, le cœur saignant.

Un coup violent lui coupa le souffle. Il tituba, s'agrippant à Laurana qu'il entraîna dans sa chute. Elle le repoussa et se dégagea.

La jeune elfe se précipita vers Kitiara et bondit sur l'épée qu'elle portait à la ceinture. Surprise par la rapidité de l'attaque, l'humaine se défendit farouchement, mais Laurana avait déjà saisi la garde de l'arme. Elle la dégaina d'un coup sec et frappa du pommeau le visage de Kitiara, qui s'effondra.

Elle courut au bout de la passerelle.

— Laurana ! Arrête ! cria Tanis.

La rattrapant, il se retrouva avec la pointe de son épée sur la gorge.

— Pas un geste, Tanthalasa. Je n'hésiterai pas à te tuer, s'il le faut.

Tanis avança d'un pas. La pointe de la lame pénétra sa peau. Il s'arrêta.

Laurana esquissa un triste sourire.

— Tanis, je ne suis plus l'adolescente éperdue d'amour que tu as connue. Je ne suis plus la fille en sécurité à la cour de son père. Et je ne suis pas non plus le Général Doré. Je me nomme Laurana, et pour décider de mon destin, je n'ai nullement besoin de toi !

— Laurana, écoute-moi !

Le demi-elfe fit encore un pas vers elle, écartant des mains la lame qui écorchait sa peau. Il vit ses lèvres se pincer, ses yeux verts étinceler. Lentement, elle laissa glisser l'arme le long de l'armure de Tanis.

Il sourit. Elle haussa les épaules et le poussa au bord de la passerelle. Les bras battant l'air, il tomba et vint s'écraser comme une masse sur les dalles du parterre. Etourdi par sa chute, il ne put rattraper la Couronne qui roula avec fracas sur le granit.

Laurana avait sauté de la passerelle et lui faisait face, l'épée brandie. Il entendit Kitiara hurler de rage.

— Laurana ! cria-t-il.

Le souffle lui manqua. Il lui lança des regards désespérés.

— La Couronne ! Apportez-moi la Couronne ! s'égosillait Kitiara.

Mais elle n'était pas la seule à crier. Dans la salle, c'était le branle-bas de combat. Les seigneurs rassemblaient leurs troupes et les dragons bondissaient sur place. La grande ombre à cinq têtes de la Reine Noire s'étendit sur toute l'assemblée. La Reine se réjouissait de cette lutte pour le pouvoir, qui lui permettait de mettre ses hommes à l'épreuve. Le tri serait fait ; ainsi ne resteraient que les plus forts.

Piétiné par les griffes des dragons et les bottes des soldats, Tanis tentait de résister pour ne pas être écrasé. Il suivit du regard l'éclair d'argent qui brillait dans la mêlée. Bientôt, il le perdit de vue. Deux yeux noirs se braquèrent sur lui. La pointe d'une lance l'atteignit au flanc.

Tanis s'effondra avec un cri de douleur. La Salle du Conseil s'était transformée en champ de bataille.

11

« JASLA M'APPELLE... »

Raistlin !

Caramon aurait voulu crier, mais aucun son ne sortit de sa bouche.

— Eh oui, c'est moi, ton frère ! C'est bien moi et je suis la dernière épreuve sur le parcours qui mène à ton but ! Celui à qui la Reine des Ténèbres a demandé d'intervenir si les trompettes sonnaient. J'aurais dû me douter que ce serait toi qui tomberais dans mon piège...

— Ecoute, Raist...

Affaibli par la perte de sang et la douleur, tremblant de froid et de peur, Caramon n'en pouvait plus. Trop, c'était trop. Il aspirait à se laisser glisser dans l'eau noire, où il finirait déchiqueté par les dragons. La douleur ne pouvait pas être pire que celle-ci.

A côté de lui, Berem regardait Raistlin sans comprendre. L'Eternel prit Caramon par le bras.

— Jasla m'appelle. Viens, il faut continuer notre chemin.

Caramon se libéra avec un soupir de lassitude. L'air fâché, Berem fit un pas en avant pour partir.

— Non, mon ami, personne n'ira nulle part !

Raistlin avait levé la main. Berem s'arrêta net et considéra les étranges prunelles dorées du mage, perché sur un rocher. Puis il se mit à gémir, se tordant les mains à la vue de la colonne aux joyaux. Il était cloué sur place. Aussi concrète que le mage sur son rocher, une force colossale lui barrait le chemin.

Les larmes montèrent aux yeux de Caramon. Conscient des énormes pouvoirs de son frère, il livrait un combat intérieur. Il ne pouvait rien faire... sinon tenter de supprimer Raistlin.

Cette pensée le fit frémir. Plutôt mourir !

Il leva la tête. Le sort en était jeté. *Puisque je dois mourir, je mourrai en combattant, comme je l'ai toujours voulu. Dussé-je périr de la main de mon propre frère.*

— Tu portes la robe noire, à présent ? demanda-t-il entre ses dents. Je ne vois rien, dans cette obscurité...

— Oui, mon frère, répondit Raistlin, brandissant son bâton de magicien, dont la lumière argentée caressa le velours de sa robe.

Frissonnant à l'idée de ce qui l'attendait, Caramon continua sur le même ton :

— On dirait que ta voix a changé. Elle sonne différemment, il semble qu'elle est plus forte. Quand je t'entends, ce n'est plus toi, mais c'est quand même toi...

— C'est une longue histoire, Caramon, dit Raistlin, qu'on te racontera peut-être un jour. Mais pour l'instant, cher frère, sache que tu t'es mis dans un mauvais pas. Les gardes draconiens arriveront d'un instant à l'autre. Ils ont reçu l'ordre de capturer l'Eternel et de l'amener à la Reine. Pour lui, cela signifiera la fin. Il n'est pas immortel, je peux te l'assurer. La Reine maîtrise des sorts qui le réduiront en cendres que le vent dispersera. Quant à la sœur de l'Eternel, elle n'en fera qu'une bouchée. Enfin, plus rien ne l'empêchera de prendre possession de Krynn. Elle fera régner sa loi sur le monde, le ciel et les Abysses. Rien ne pourra plus l'arrêter.

— Je ne comprends pas...

— Non, bien sûr, tu ne peux pas comprendre, tu n'as jamais rien compris. Tu as avec toi l'Eternel, le seul être sur Krynn capable de mettre fin à la guerre et de renvoyer la Reine des Ténèbres dans le royaume des ombres, et tu ne comprends pas...

Appuyé sur son bâton de magicien, il se pencha vers son frère et lui fit signe d'approcher. Le colosse ne bougea pas, redoutant que son jumeau lui lançât un de ses sorts. Mais Raistlin se contenta de le regarder dans les yeux.

— L'Eternel n'a que quelques pas à faire pour retrouver sa sœur, qui l'attend depuis des années dans d'intolérables souffrances, et pour mettre fin aux tourments qu'elle s'est imposée à cause de lui.

— Et que se passera-t-il alors ? demanda Caramon, que le regard de Raistlin paralysait plus efficacement qu'un sort.

Les prunelles dorées rétrécirent, la voix de Raistlin s'adoucit. Le mage ne chuchotait plus par faiblesse, mais par choix :

— La cale qui tient la porte ouverte sautera et la porte claquera. La Reine des Ténèbres se retrouvera au fond des Abysses, où personne n'entendra ses hurlements de rage. Cet endroit, fit-il avec un geste emphatique, le temple d'Istar, ressuscité et perverti par le Mal..., tout cela sombrera inéluctablement.

Caramon poussa une exclamation.

— Non, je ne raconte pas d'histoires... J'utilise le mensonge quand cela sert mon propos. Mais tu conviendras, cher frère, que nous sommes trop proches l'un de l'autre pour que je te mente. D'ailleurs, il serait inutile de te cacher la vérité, puisque cela sert mes projets.

Caramon ne comprenait plus rien. Mais ce n'était pas le moment de méditer. Derrière eux, les pas des draconiens résonnèrent sous la voûte rocheuse.

Son visage prit une expression calme et résolue.

— Alors tu vois ce qu'il me reste à faire, Raist ! Il

se peut que tu sois devenu extrêmement puissant, mais tu dois faire appel à toute ton énergie pour lancer tes sorts. Si tu te concentres sur moi, Berem ne sera pas la proie de tes maléfices. D'ailleurs, tu ne peux pas le tuer. Seule la Reine des Ténèbres en est capable. Ce qui te laisse...

— Toi, mon cher frère, dit Raistlin d'un ton doux. Toi, je peux te tuer...

Raistlin leva une main. Avant que Caramon ait eu le temps de faire un geste, une boule de feu illumina la caverne. Sous l'impact, le guerrier fut projeté en arrière et tomba dans l'eau.

Aveuglé, assommé par le choc et à moitié brûlé, il sentit qu'il perdait connaissance. Le flot allait l'engloutir. Des crocs se plantèrent dans son bras. Il faillit défaillir de douleur. Hurlant de terreur, il battit frénétiquement des jambes pour sortir de la rivière maudite.

Tremblant de tous ses membres, il parvint à se dégager, et se redressa. Les petits dragons, qui avaient senti le sang, s'attaquèrent à ses bottes. Il jeta un coup d'œil à Berem. L'Eternel n'avait pas bougé d'un pouce.

— Jasla, je suis là ! J'arrive ! Je viens te libérer ! s'écria-t-il soudain.

Caramon le vit courir puis se figer. Berem se battait contre un mur invisible. Le chagrin semblait l'avoir rendu fou.

Raistlin regarda son frère, debout devant lui, un bras déchiqueté dégoulinant de sang.

— Je suis effectivement très puissant, Caramon. Grâce à l'aide inespérée et innocente de Tanis, j'ai été capable de me débarrasser du seul homme sur Krynn qui pouvait me tenir en échec. A présent, je suis la puissance magique la plus redoutable de ce monde. Et je le serai davantage encore... quand la Reine Noire sera chassée !

Caramon considéra son jumeau d'un air hagard. Des

cris triomphants s'élevèrent derrière lui. Tétanisé, il ne quittait pas Raistlin des yeux. Ce fut seulement quand il le vit lever la main puis faire un geste vers Berem qu'il comprit.

Instantanément, l'Eternel se retrouva libre de ses mouvements. Il jeta un coup d'œil à Caramon et aux draconiens, qui étaient entrés dans l'eau, leurs épées pointées vers la clarté jaillissant du bâton du mage. Puis son regard se porta sur Raistlin, drapé dans sa robe noire. Alors avec un cri de joie qui résonna longuement dans le tunnel, Berem s'élança vers la colonne aux joyaux.

— Jasla, j'arrive !

— N'oublie pas, mon frère, s'éleva la voix de Raistlin, s'il en est ainsi, c'est que moi seul l'ai décidé.

Voyant leur proie leur échapper, les draconiens se mirent à pousser des cris. Sous l'eau, les dragons continuaient de mordre ses bottes, mais Caramon ne percevait plus la douleur. Comme dans un rêve, il vit Berem foncer vers la colonne miroitante.

Peut-être n'était-ce que le fruit de son imagination, mais quand l'Eternel approcha la colonne, l'émeraude incrustée dans sa poitrine brilla plus intensément que la boule de feu de Raistlin. Dans la lumière, la forme pâle et éthérée d'une femme apparut à l'*intérieur* de la colonne. Vêtue d'une simple tunique de cuir, elle rayonnait d'une beauté juvénile. Comme Berem, son regard était beaucoup trop jeune pour son visage.

A l'instant où il allait l'atteindre, l'Eternel s'arrêta. Le temps resta en suspens. L'épée à la main, les draconiens s'immobilisèrent. Sans rien comprendre, ils devinèrent que quelque chose de fatal allait leur arriver, et que tout dépendait de cet homme.

Caramon ne sentait plus le froid ni la douleur. Le désespoir et la terreur s'étaient retirés de son esprit. Des larmes brûlantes coulaient sur ses joues ; sa gorge était nouée. Berem était face à face avec sa sœur, qui s'était sacrifiée pour lui et pour que l'espoir renaisse dans le monde.

Caramon vit le visage de l'Eternel se décomposer.

— Jasla, dit-il en tendant les bras, me pardonnes-tu ?

On n'entendit plus rien que le murmure des flots frappant le roc.

— Frère, il n'y a rien à pardonner.

Le spectre de Jasla, lumineux de sérénité et d'amour, tendit les bras vers lui.

Avec un cri de joie, Berem se jeta dans les bras de sa sœur.

Caramon contempla la scène, fasciné. L'apparition s'évanouit. L'Eternel s'était jeté avec une telle violence contre la colonne aux joyaux qu'il s'empala sur ses aspérités. Il exhala un dernier cri, terrifiant mais triomphal.

Son corps fut secoué de convulsions. Le sang éclaboussa les gemmes, ternissant leur éclat.

— Berem, tu t'es trompé ! cria Caramon. Ce n'était qu'un mirage !

Le colosse s'élança vers l'homme agonisant qui ne pouvait pourtant pas mourir. *Tout ça est insensé ! Berem va se relever...*

Caramon s'arrêta net.

Autour de lui, les rochers vibrèrent. Le sol s'ouvrit sous ses pieds. L'eau cessa de ruisseler. Les draconiens poussèrent des exclamations de désarroi.

Le corps de Berem gisait sur le roc. Un dernier soubresaut l'anima, un souffle ultime souleva son torse, puis il retomba, inerte. Deux figures diaphanes apparurent dans la colonne aux joyaux et disparurent aussitôt.

L'immortel était mort.

*
* *

Tanis releva la tête. Un hobgobelin le visait de sa lance, prêt à le transpercer. Il roula sur lui-même, attrapa le monstre par le pied et tira d'un coup sec. Le hobgobelin tomba à la renverse ; aussitôt, il fut matraqué par un hobgobelin d'un autre régiment.

D'un bond, Tanis se leva. Il fallait à tout prix sortir d'ici, retrouver Laurana ! Un draconien lui barra le passage. Il lui planta son épée en travers du corps et la retira aussi vite, de peur que le cadavre se pétrifie.

Quelqu'un cria son nom. Il se retourna et vit le seigneur Sobert en compagnie de Kitiara et de son armée de spectres.

Les yeux étincelant de haine, Kitiara pointa un doigt sur lui. Le seigneur Sobert donna un ordre à ses guerriers, qui s'envolèrent de la passerelle comme un nuage mortel, balayant tout sur leur passage.

Tanis tenta de fuir, mais la mêlée était inextricable. Pris de panique, il pourfendit tout ce qui passait à sa portée.

Un craquement domina le tumulte. Le sol se mit à trembler sous ses pieds. Tanis regarda autour de lui avec angoisse. Que se passait-il ?

Un énorme pan de mosaïque se décolla du plafond et tomba sur des draconiens qui tentaient de sortir. Des blocs entiers se succédèrent, emportant torches et chandelles, qui s'éteignirent sous les décombres. Le grondement devint assourdissant. Les spectres eux-mêmes se figèrent, effrayés, cherchant des yeux leur chef.

Le sol céda sous les pieds de Tanis. Sa planche de salut fut une colonne qu'il agrippa à bras-le-corps. Puis les ténèbres l'engloutirent.

Il m'a trahie !

La colère de la Reine Noire s'était déclenchée avec une violence inouïe. Tanis crut que son crâne allait éclater. Les ténèbres se firent encore plus denses ; Takhisis, sentant le danger, cherchait désespérément à retenir la porte qui risquait de se refermer sur elle, la séparant du monde.

Toutes les lumières s'éteignirent. La nuit étendit ses ailes sur la Salle du Conseil.

Autour de Tanis, les draconiens trébuchaient et s'affalaient. On entendait les officiers crier des ordres pour enrayer la confusion. Ils tentaient d'endiguer la panique des draconiens, abandonnés par leur Reine. La voix aiguë de Kitiara s'éleva au-dessus du tumulte, puis mourut.

Un craquement d'une ampleur singulière, suivi de cris horrifiés, avertit Tanis que l'édifice allait s'effondrer.

— Laurana ! hurla-t-il.

Luttant pour rester debout malgré l'obscurité, il titubait, butant contre les obstacles. Violemment projeté sur le sol, il fut piétiné par les draconiens. Puis il perçut le bruit d'épées qui s'entrechoquent, et la voix de Kitiara rassemblant sa garde.

Perclus de douleur, il réussit à se remettre debout. Rageusement, il repoussa à coups de pied un assaillant armé d'une lance.

Soudain il y eut un répit. Chacun leva les yeux vers l'ombre immense et ténébreuse. Des chuchotements terrifiés montèrent de la foule des draconiens, soudain silencieux. Takhisis apparut au-dessus de la foule sous sa forme de chair.

Son corps gigantesque scintillait d'une multitude de couleurs si diverses, si changeantes, si aveuglantes, qu'aucun esprit humain ne pouvait se faire une image de Sa Noire Majesté, la Reine de Toutes les Couleurs et d'Aucune. Sous des yeux flamboyants faits pour consumer le monde, ses cinq têtes ouvraient largement leurs gueules.

Tout est perdu, se dit Tanis, au désespoir. *C'est l'instant ultime, celui de sa victoire. Nous avons échoué.*

Les cinq têtes poussèrent des rugissements de triomphe... Le dôme de la salle éclata.

Le temple d'Istar se tordit comme un corps et se déforma pour reprendre sa structure d'origine.

Celle qu'il avait avant que les Ténèbres le dénaturent.

L'ombre qui pesait sur la salle s'estompa. Les rayons argentés de Solinari, que les nains appellent « Le Chandelier de la Nuit » achevèrent de la disperser.

12

REMBOURSEMENT DES DETTES

— A présent, mon frère, je vais te dire adieu.

Raistlin sortit un petit globe des plis de sa robe noire. C'était un orbe draconien.

Caramon sentit ses forces l'abandonner. Il tâta son bandage et le trouva trempé de sang. La tête lui tournait ; la lumière du bâton de son frère dansait devant ses yeux. A travers une sorte de brouillard, il entendit les draconiens se ruer vers lui. Le sol trembla sous ses pieds.

— Tue-moi, Raistlin.

Caramon posa sur son frère un regard sans expression. Les yeux mis-clos, Raistlin garda le silence.

— Ne me laisse pas tomber entre leurs mains. Mets fin à mes jours rapidement, tu me dois cela...

Les yeux dorés s'allumèrent.

— Je te *le dois* ! siffla Raistlin. Moi, te devoir quelque chose ? répéta-t-il d'une voix étranglée.

Furieux, il se tourna vers les draconiens et tendit la main. Des éclairs jaillis de ses doigts les frappèrent. Surpris par la rapidité de l'attaque, ils tombèrent dans l'eau, qui se mit à bouillonner de sang vert. Les petits dragons, devenus cannibales, fondirent sur leurs cousins.

Trop faible pour réagir, Caramon regarda la scène

sans s'émouvoir. Le fracas des épées s'amplifia, les voix se firent plus criardes. Puis les eaux l'engloutirent...

Mais il sentit bientôt la terre ferme sous ses bottes. Ses paupières battirent. Il était assis sur un rocher, à côté de son frère qui brandissait son bâton.

— Raist ! s'exclama Caramon, des larmes plein les yeux.

Il tendit la main pour toucher son jumeau.

Froidement, Raistlin écarta son bras.

— Sache bien, Caramon, dit-il d'une voix glaciale, que c'est la dernière fois que je te sauve la vie. Maintenant, nous sommes quittes. Je ne te dois plus rien.

— Raist, je n'ai jamais pensé...

Le mage n'écoutait pas.

— Peux-tu te tenir debout ? demanda-t-il.

— Je... je pense que ça ira, répondit Caramon, hésitant. Peux-tu... Est-il possible d'éloigner ce machin ? fit-il en montrant l'orbe draconien.

— C'est possible, mais tu n'apprécierais pas particulièrement le voyage, cher frère. D'autre part, aurais-tu oublié ceux qui t'accompagnent ?

— Tika ! Tass ! cria Caramon, s'aidant des rochers pour se mettre debout. Et Tanis ! Qu'est-il devenu...

— Tanis suit son propre chemin. Envers lui, j'ai payé ma dette au centuple ! Mais peut-être puis-je m'acquitter de ce que je dois aux autres...

Des cris et des vociférations se firent entendre au bout du tunnel. Une troupe de draconiens surgit des eaux noires, obéissant à l'ordre de leur Reine.

Caramon mit la main à son épée, mais son frère l'arrêta d'un geste.

— Non, Caramon, dit-il avec un sourire sinistre. Je n'ai pas besoin de ça. Je n'aurai plus besoin de toi... Jamais plus. Regarde !

La caverne s'illumina grâce à la magie de Raistlin. L'épée à la main, en simple spectateur, Caramon assista à l'hécatombe. L'un après l'autre, les ennemis succombaient aux pouvoirs magiques de son frère. Des éclairs lui sortirent des doigts, des flammes jaillirent de ses mains, des fantasmagories apparurent, si réelles que la terreur qu'elles inspiraient tuait plus sûrement que des armes.

Les gobelins tombèrent en hurlant sous les lances d'une légion de chevaliers braillant des chants de guerre. Raistlin, qui les avait envoyés, les rappelait à son gré. Les petits dragons, terrorisés, retournèrent se terrer au fond de leurs retraites secrètes, tandis que les draconiens se consumaient dans les flammes. Des prêtres noirs dévoués à la Reine s'empalèrent sur des javelots enflammés, passant des prières aux jurons de malédiction.

Alors les anciens de l'Ordre des Robes Noires surgirent pour punir le jeune fou. Force leur fut d'admettre, malgré leur savoir, que Raistlin était encore plus expérimenté qu'eux. Avec un pouvoir tel que le sien, ils comprirent qu'il était invincible.

En gémissant, ils disparurent, s'inclinant avec respect devant Raistlin avant de s'éloigner.

Le silence revint, souligné par le clapotement de l'eau. Le bâton continuait de jeter ses feux. A quelques secondes d'intervalle, de violentes secousses ébranlaient le temple. La bataille avait duré une poignée de minutes qui parurent à Caramon une éternité.

Quand le dernier mage eut disparu dans l'obscurité, Raistlin se tourna vers son frère :

— Alors, tu as vu ?

Caramon acquiesça sans rien dire.

Autour d'eux, le sol trembla, l'eau bondit en mugissant sur les rochers. Au bout de la caverne, la colonne aux joyaux éclata. Des filets de poussière se déversèrent sur eux depuis les fissures de la caverne.

— Qu'est-il arrivé ? demanda Caramon, affolé. Que se passe-t-il au juste ?

— C'est la fin, déclara Raistlin. Il faut partir d'ici. T'en sens-tu la force ?

— Oui... Accorde-moi un instant, grommela Caramon.

Il s'agrippa à un rocher et esquissa un pas. Il faillit tomber.

— Je suis plus faible que je croyais, marmonna-t-il en se tenant le flanc. Laisse-moi respirer un peu.

Les lèvres livides, dégoulinant de sueur, il fit une seconde tentative.

Avec un sourire obscène, Raistlin regarda son frère perdre l'équilibre et tomber. Il le retint *in extremis*.

— Appuie-toi sur moi, mon frère, dit-il avec douceur.

*
* *

Une immense brèche avait ouvert le plafond de la salle. D'énormes blocs de pierre tombaient, écrasant la foule. Le tumulte dégénéra en panique. N'écoutant plus leurs chefs, les draconiens se battaient comme des sauvages pour atteindre la sortie. Rares furent les chefs assez autoritaires pour garder le contrôle de leurs gardes et échapper au pire. La plupart périrent sous les coups de leurs propres hommes ou écrasés sous les pierres, ou encore piétinés à mort.

Tanis se tailla un chemin dans ce chaos. Il aperçut soudain ce qu'il appelait de tous ses vœux : une cascade de cheveux dorés brillant dans la lumière de Solinari comme la flamme d'une chandelle dans la nuit.

— Laurana ! cria-t-il, bien qu'il sût qu'elle ne pouvait l'entendre.

S'ouvrant un chemin à grands coups d'épée, il avança vers sa belle. Un éclat de pierre lui déchira la joue. Il n'eut pas conscience de la douleur ni du sang qui coulait. Une seule réalité comptait. Rejoindre à tout prix Laurana, et pour cela avancer coûte que coûte à travers la horde qui, tour à tour, l'éloignait et le rapprochait de son but.

Devant l'entrée d'une antichambre, Laurana se battait contre des draconiens avec l'épée de Kitiara. Son adresse, acquise au cours de longs mois de combat, éblouit Tanis. Il n'était plus très loin d'elle quand il constata qu'elle se retrouvait seule. Elle avait vaincu ses adversaires.

— Laurana, attends-moi ! cria-t-il par-dessus le tumulte.

Elle l'avait entendu. Elle le regarda d'un air calme, sans baisser les yeux.

— Bonne chance, Tanis, cria-t-elle en elfe. Je te dois la vie, mais je garde mon âme !

Elle tourna les talons et disparut dans l'antichambre.

Une partie du plafond s'effondra, couvrant Tanis de poussière et de débris. Il resta un instant hébété, du sang dans les yeux.

Il s'essuya le visage du revers de la main, et se mit à rire à gorge déployée jusqu'à ce que les larmes lui nouent la gorge. Puis rassemblant son courage, la main sur la garde de son épée, il suivit Laurana dans l'obscurité.

*
* *

— C'est le couloir qu'ils ont emprunté, Raist...

Caramon trébucha sur ce diminutif, qui n'allait plus avec la nouvelle robe de velours noir.

Ils se trouvaient dans le poste de garde où gisait le cadavre du gobelin. Autour d'eux, les murs se lézardaient, s'effritaient, se tordaient, puis se reformaient. Ce spectacle emplissait Caramon d'une horreur diffuse. Il pensa à un cauchemar dont on n'arrive pas à se rappeler. Se tournant vers son frère, il se cramponna à son bras pour se rassurer. Au moins, sentait-il de la chair ferme et vivante au milieu de cette vision chaotique.

— Sais-tu où ça mène ? demanda Caramon en sondant le fond du couloir est.

— Oui, répondit simplement Raistlin.

— Tu sais..., je crois qu'il a dû leur arriver quelque chose..., fit Caramon, tenaillé par l'angoisse.

— Ils se sont conduits comme des idiots, répondit Raistlin. Le rêve les avait pourtant avertis. Et pas seulement eux. Mais si nous faisons vite, il n'est peut-être pas trop tard. Il faut se dépêcher ! Tu entends ?

Caramon leva la tête. On entendait le crissement de griffes sur les dalles. Les draconiens couraient pour rattraper les centaines de prisonniers libérés par l'effondrement des geôles. Caramon voulut tirer son épée.

— Arrête ! coupa Raistlin. Réfléchis un instant ! Tu portes l'armure draconienne et ce n'est pas à nous qu'ils s'intéressent. La Reine Noire est partie. Ils ne lui obéissent plus. La seule chose qu'ils poursuivent, c'est le butin. Reste à mon côté. Marche avec assurance et donne-toi une contenance.

Caramon fit ce qu'il lui dit. Il avait repris des forces et parvenait à marcher en s'appuyant sur son frère. Ignorant les draconiens, qui leur jetèrent un coup d'œil en passant, les jumeaux empruntèrent le couloir. Les murs continuaient de changer de forme, le sol de trembler sous leur pas. Des prisonniers criaient qu'on les libère.

— Au moins, il n'y a personne qui garde cette porte, dit Raistlin, pointant un doigt devant lui.

— Que veux-tu dire ? demanda Caramon, inquiet.

— Elle est piégée. Rappelle-toi le rêve.

Pâle comme un mort, Caramon se rua vers l'huis. Secouant la tête avec résignation, Raistlin le suivit sans presser le pas. Au détour du couloir, il trouva son frère penché sur deux corps inanimés.

— Tika ! gémit Caramon.

Ecartant les boucles rousses de la jeune fille, il tâta son cou et esquissa un sourire de soulagement avant de tendre la main vers le kender.

— Tass... Oh non !

Entendant son nom, le kender souleva ses paupières comme si elles étaient en plomb.

— Caramon..., dit-il dans un souffle, pardonne-moi...

— Tass ! fit le colosse en prenant le petit corps fiévreux dans ses bras. Ne dis rien.

Des spasmes secouèrent le kender. Caramon remarqua que le contenu de ses sacoches était étalé par terre, comme des jouets dans une chambre d'enfant. Ses yeux s'embuèrent.

— J'ai vraiment voulu la sauver..., murmura Tass, tressaillant de douleur, mais je n'y suis pas parvenu...

— Tu l'as sauvée ! s'exclama Caramon. Elle n'est pas morte, seulement blessée. Elle s'en sortira.

— Vraiment ?

Les yeux du kender brillèrent, puis se voilèrent de nouveau.

— Je crois que... je crois que je ne vais pas très bien, Caramon. Mais cela ne fait rien, vraiment ! Je... vais retrouver Flint. Il m'attend. Il n'aura pas dû partir tout seul. Je ne sais pas comment... il a pu me laisser, s'en aller sans moi...

— Qu'est-ce qui lui est arrivé ? demanda Caramon à son frère, penché sur Tass.

— Il a été empoisonné, répondit Raistlin, examinant une fine aiguille d'or à la lumière de son bâton.

Le mage tendit la main vers la porte et la poussa doucement.

A l'extérieur, ils entendirent les cris des soldats et des esclaves qui fuyaient le temple. Le ciel était rempli du mugissement des dragons. Les seigneurs draconiens se battaient pour être aux premières places nouveau monde qui surgissait devant eux. Songeur, Raistlin sourit pour lui-même.

Il fut arraché à ses pensées par quelqu'un qui lui serrait le bras.

— Peux-tu faire quelque chose pour lui ? demanda son jumeau.

— Il est très mal en point, répondit froidement Raistlin. Cela me coûterait beaucoup d'énergie, et nous ne sommes pas encore sortis de ce chaos !

— Mais as-tu le pouvoir de le sauver ? insista Caramon. Es-tu assez puissant pour ça ?

— Evidemment.

Tika s'était assise et se massait la tête.

— Caramon ! s'écria-t-elle joyeusement.

Son regard se posa sur Tass. Oubliant sa douleur, elle caressa le front maculé de sang du kender. Il ouvrit les yeux mais ne la reconnut pas.

Ils entendirent des pas précipités dans le couloir.

Raistlin regarda son frère bercer tendrement le kender dans ses bras, avec la douceur qui lui était particulière.

Il m'a tenu comme ça, moi aussi, songea le sorcier. Ses yeux se posèrent sur Tass. Le souvenir de leurs jeunes années, des aventures avec Flint..., mort à présent. Les jours ensoleillés sous les grands arbres de Solace... Les nuits à l'*Auberge du Dernier Refuge*... Aujourd'hui elle était calcinée, comme les grands arbres...

— C'est la dernière dette qu'il me reste, dit Raistlin. Après, je ne devrai plus rien. Il faut compter avec les draconiens, et ce sort me demandera une énorme concentration. Débrouille-toi pour qu'ils ne m'interrompent pas.

Caramon étendit Tass sur le sol. Des secousses agitaient son petit corps tourmenté par la fièvre ; ses yeux étaient devenus fixes.

— N'oublie pas, frère, dit Raistlin en fouillant dans ses poches, que tu portes un uniforme draconien. Essaie d'agir avec diplomatie.

— D'accord. Tika, reste étendue et fais semblant d'être inconsciente.

Tika s'exécuta et ferma les yeux. Raistlin entendit le pas lourd de son frère, puis la voix de baryton qui résonnait dans le couloir. Il oublia les draconiens et son jumeau, et se concentra sur le sort qu'il allait lancer.

Dans une main, il tenait une perle blanche lumineuse et dans l'autre une feuille couleur vert-de-gris. Il ouvrit les mâchoires du kender et plaça la feuille entre ses dents. Concentré sur la perle, le magicien répéta mentalement chaque mot de la formule pour être sûr de les prononcer dans l'ordre. Il n'aurait qu'une seule chance... S'il se trompait, Tass mourrait, et lui aussi.

Raistlin posa la perle sur son cœur, ferma les yeux et récita les paroles magiques de six façons différentes. Parvenu à l'extase, il sentit le fluide parcourir son corps et le vider d'une partie de son énergie vitale pour la transmettre à la perle.

Cette première étape terminée, il tint la perle au-dessus du cœur de Tass. Les yeux fermés, il récita les mêmes incantations à l'envers. Doucement, il émietta la perle dans sa main, éparpillant la poudre irisée sur le corps du kender.

C'était fini.

Il ouvrit les yeux et vit les traits douloureux de Tass se détendre.

— Raistlin ! Je... Argh ! fit Tass en crachant la feuille vert-de-gris. Qu'est-ce que c'est que cette horreur ? Comment est-elle arrivée dans ma bouche ? Eh ! Qui s'est permis de déballer mes affaires ? dit-il en regardant le mage d'un air accusateur. Raistlin ! Tu portes la robe noire, maintenant ? Comme c'est beau ! Je peux toucher ? Bon, d'accord, inutile de faire ces yeux-là. C'est seulement parce qu'elle a l'air si douce... Dis-moi, ça veut dire que tu es devenu vraiment méchant ? Peux-tu faire quelque chose de mal pour que je voie comment c'est ? Tu sais, un jour, j'ai vu un magicien invoquer un démon. Arriverais-tu à faire ça ? Juste un tout petit démon...? Tu pourrais le renvoyer tout de suite après. Non ? fit-il avec un soupir désappointé. Bien... Hé, Caramon, qu'est-ce que tu fiches avec des draconiens ? Et Tika, qu'est-ce qu'elle a ? Oh ! Caramon, je...

— La ferme ! tonna Caramon avec un regard féroce au kender.

Il pointa le doigt sur Tika et Tass.

— Le mage et moi, nous amenions ces prisonniers à notre seigneur quand ils nous ont attaqués. Ils peuvent rapporter gros, surtout la fille. Le kender est un voleur accompli. Il serait bête de s'en séparer, vu ce qu'on peut en tirer au marché de Sanxion. Depuis que la Reine Noire est partie, c'est chacun pour soi, non ?

Caramon flanqua une bourrade joviale dans les côtes du draconien. La créature ricana, dardant des yeux avides sur Tika.

— « Voleur » ! glapit le kender d'un ton indigné. Je...

La « comateuse » dut lui ficher un coup de poing dans les côtes, car le kender se tut.

— Je m'occupe de la fille, dit Caramon au draconien hilare. Tiens le kender à l'œil. Vous autres, aidez le mage. Il est très affaibli par le sort qu'il a lancé.

Un draconien s'inclina devant Raistlin et l'aida à se relever. Caramon traitait les soldats comme un maréchal.

— Vous deux, partez devant et veillez à ce que nous n'ayons pas d'ennuis jusqu'à la sortie de la ville. Peut-être viendrez-vous avec nous à Sanxion.

Il tira Tika par le bras et la remit debout. Elle s'ébroua, secouant la tête comme si elle revenait à elle.

Les deux draconiens prirent Tass au collet et le poussèrent sans ménagement devant eux.

— Mes affaires ! s'écria Tass, se dévissant la tête pour regarder en arrière.

— Avance ! grommela Caramon.

— Bon, très bien, fit le kender, lorgnant amoureusement les objets abandonnés sur le sol. Ce n'est probablement pas la dernière de mes aventures. D'ailleurs, comme disait ma mère, « dans des poches vides, on en met plus ».

Trébuchant derrière les deux draconiens, Tass leva les yeux vers le ciel étoilé.

— Désolé, Flint, dit-il doucement. Tu devras m'attendre encore un peu.

13

KITIARA

Lorsque Tanis pénétra dans l'antichambre, il fut si surpris du changement d'atmosphère qu'il n'osa aller plus loin. Il y avait à peine une minute, il se battait avec âpreté pour survivre dans un enfer ; sans transition, il se trouvait dans une pièce sombre et froide, analogue à celle où il avait attendu avec Kitiara et sa garde avant d'entrer dans la Salle du Conseil.

Il n'y avait personne. Bien que son instinct lui dictât de continuer sur les traces de Laurana, il s'arrêta pour reprendre haleine. Essuyant le sang qui lui coulait dans les yeux, il tenta de se remémorer la topographie des lieux. Les antichambres formaient un vaste cercle autour de la salle. Elles étaient reliées au temple par des couloirs sinueux. Cet agencement avait dû avoir une logique, mais la transformation des constructions en avait fait un labyrinthe inextricable. Certains couloirs finissaient en cul-de-sac là où on s'attendait à trouver une issue, tandis que d'autres se perdaient dans des circonvolutions interminables.

Le sol trembla sous ses pieds. Des débris tombèrent du plafond qui avait explosé. Où avait fui Laurana dans ces décombres ? Tanis n'avait aucune idée de la direction qu'elle avait pu prendre.

Elle avait été emprisonnée dans le temple, mais les

geôles étaient souterraines. Il se demanda si elle était en mesure de reconnaître les lieux. Lui-même n'avait qu'une vague idée de l'endroit où il se trouvait. Il décrocha une torche du mur et la promena autour de lui. Une porte à moitié sortie de ses gonds restait entrouverte. Tanis remarqua qu'elle donnait sur un corridor faiblement éclairé.

Le demi-elfe poussa un soupir de soulagement. Il savait maintenant comment il allait retrouver sa mie !

Un souffle d'air frais chargé d'odeurs printanières venait du fond du couloir. Laurana avait dû sentir ces effluves, et supposer qu'ils la conduiraient à l'extérieur du temple. Impatient, Tanis s'élança dans le corridor.

Au milieu du couloir, un groupe de draconiens surgit d'une pièce latérale. Se souvenant de l'uniforme qu'il portait, Tanis les arrêta.

— Avez-vous vu la femme elfe ? cria-t-il. Il ne faut pas qu'elle nous échappe !

D'après le ton de leurs grognements, les soldats n'avaient rien vu. Deux autres draconiens arrivant avec du butin déclarèrent l'avoir aperçue dans une direction qu'ils indiquèrent. Tanis s'y précipita.

Dans la Salle du Conseil, les combats avaient cessé. Les chefs draconiens qui avaient échappé au massacre rassemblaient leurs troupes à l'extérieur du temple. Certains se battaient encore, d'autres attendaient de savoir qui prendrait le pouvoir. Deux questions agitaient les esprits. Les dragons resteraient-ils sur Krynn ou disparaîtraient-ils avec la Reine des Ténèbres, comme lors de la Deuxième Guerre Draconienne ? Et si les dragons restaient, à qui obéiraient-ils ?

Tanis se posait également ces questions en poursuivant sa course, freinée par les décombres ou stoppée par des cul-de-sac imprévus.

Naviguant à vue dans des nuages de poussière, il se sentait de plus en plus fatigué. Ses jambes lui pesaient, chaque pas lui coûtant un effort. Ses espoirs de retrouver Laurana commençaient à fondre. Il était pourtant convaincu d'être sur la bonne piste. Qu'était-il donc arrivé à sa bien-aimée ? Avait-elle été tuée ?

Non, il refusait cette idée. Il fallait continuer en s'orientant sur le souffle d'air frais.

Les torches avaient mis le feu au temple, qui commençait à s'embraser.

Après avoir escaladé un amas de débris, Tanis arriva dans un couloir obscur. S'il gardait sa torche, il se ferait remarquer des draconiens qui pouvaient surgir entre deux pans de mur. Mais jamais il ne retrouverait Laurana s'il continuait dans le noir.

— Qui va là ? rugit-il en brandissant sa torche dans la salle en ruine.

Il entrevit le miroitement d'une armure. Quelqu'un courait devant lui, et non *vers* lui ! Un comportement bizarre pour un draconien... Il aperçut une forme gracieuse qui s'enfuyait à toutes jambes.

— Laurana ! *Quisalas !* cria-t-il en elfe.

Maudissant les obstacles, il força son corps épuisé à avancer jusqu'à ce qu'il pose une main sur elle. Agrippé à son bras qu'il retint fermement, il s'adossa contre le mur pour reprendre son souffle.

Ses halètements lui déchirèrent la poitrine, sa vue se brouilla, il crut qu'il allait trépasser. Mais son étreinte ne se desserra pas. L'intensité de son regard aurait suffit à garder Laurana captive.

Il comprenait à présent pourquoi les draconiens ne l'avaient pas vue. Elle s'était délestée de son armure d'argent, qu'elle avait remplacée par celle d'un draconien mort. Sans parvenir à articuler un mot, elle regardait Tanis dans les yeux.

Au début, elle ne l'avait pas reconnu, manquant lui passer son épée au travers du corps. Seul ce mot elfe *quisalas,* « ma bien-aimée », l'avait arrêtée.

— Laurana, dit-il d'une voix brisée, ne m'abandonne pas. Attends... Ecoute-moi, je t'en prie.

D'un coup sec, elle libéra son bras. Mais elle n'a

vait pas bougé. Elle allait dire quelque chose quand les murs se craquelèrent. De la poussière et du plâtre tombèrent du plafond. Tanis se pencha sur elle pour la protéger. Ils se tinrent serrés l'un contre l'autre jusqu'à ce que cesse la pluie de décombres.

Tanis ayant laissé tomber sa torche, ils étaient dans le noir.

— Il faut sortir d'ici, dit-il d'une voix altérée.

— Es-tu blessé ? demanda Laurana en s'écartant de lui. Si c'est le cas, je t'aiderai. Sinon, inutile de prolonger ces adieux.

— Laurana, je ne te demande pas de comprendre, car je ne *me* comprends pas. Je ne te demande pas de me pardonner, car je ne me pardonne pas. Je pourrais te dire que je t'aime et que je t'ai toujours aimée, mais ce ne serait pas la vérité : pour aimer, il faut s'aimer soi-même, et je ne parviens pas à supporter mon reflet dans un miroir. Tout ce que je peux te dire, Laurana, c'est que...

— Chut ! fit-elle en posant une main sur la bouche de Tanis. J'ai entendu du bruit.

Collés l'un contre l'autre, ils attendirent dans l'obscurité, osant à peine respirer. Rien. tout était calme.

Puis une torche les éblouit et une voix s'éleva.

— Dire quoi à Laurana, Tanis ? demanda Kitiara. Continue.

Une épée tachée de sang rouge et de sang vert brillait dans sa main. De sa lèvre coulait un filet carmin qui jurait avec la blancheur de son visage saupoudré de poussière. Elle avait l'air fatiguée, mais son sourire était plus enjôleur que jamais. Rengainant son épée, elle essuya sa main sur sa cape et passa négligemment les doigts dans ses cheveux bouclés.

Epuisé, Tanis ferma les yeux. Il avait subitement vieilli ; sa moitié humaine avait pris le pas sur sa moitié elfe. Les souffrances et la fatigue laisseraient des traces malgré l'éternelle jeunesse des elfes. Il sentit Laurana se raidir. Elle porta la main à son épée.

— Laisse-la s'en aller, Kitiara, déclara Tanis. Tiens ta promesse et je tiendrai la mienne. Permets-moi la conduire hors de la ville. Ensuite, je reviendrai...

— Je te crois, répondit Kitiara, mi-amusée, mi-admirative. Ne t'est-il jamais venu à l'esprit que je pouvais te serrer dans mes bras et te transpercer de mon épée en même temps ? Je crois que non. Je pourrais te tuer tout de suite, pour infliger à cette elfe la pire des punitions, dit-elle, approchant sa torche de Laurana. Regarde un peu ce visage ! Vois comme l'amour rend débile !

Kitiara haussa les épaules.

— Je n'ai pas de temps à perdre. Les circonstances ont changé. De grandes choses se préparent. Après la chute de la Reine, il faudra bien que quelqu'un prenne sa place. Qu'en penses-tu, Tanis ? J'ai déjà assuré mon autorité sur certains seigneurs draconiens. Je serai à la tête d'un vaste empire. Nous pourrions régner ensemble...

Elle s'arrêta et tourna les yeux vers le corridor par lequel elle était entrée. Bien que Tanis ne pût voir ni entendre ce qui avait attiré son attention, il sentit un souffle glacé tomber sur la salle. Laurana s'agrippa à lui, terrifiée. Tanis comprit qui arrivait avant de voir l'armure du chevalier et les deux lueurs orangées.

— Le seigneur Sobert, murmura Kitiara. Tanis, ne tarde pas trop à te décider.

— Il y a longtemps que ma décision est prise, Kitiara, dit Tanis d'une voix égale.

Avant de poursuivre, il se plaça devant Laurana, comme pour faire rempart entre elle et Kitiara.

— Le seigneur Sobert devra me passer sur le corps pour mettre la main sur Laurana. Je sais que ma mort n'empêchera pas qu'un de vous la tue. Jusqu'à mon dernier souffle, je prierai Paladine de protéger son âme. Les dieux me doivent cela. Je parierais que cette dernière prière sera exaucée...

Il sentit la tête de Laurana s'appuyer contre son dos.

Il entendit ses sanglots étouffés. Il comprit qu'elle pleurait de compassion, qu'elle était avec lui. Son cœur s'allégea.

Kitiara marqua un temps d'arrêt. Elle se retourna et vit les lueurs orangées se détacher de l'obscurité du corridor. Calme et déterminée, elle posa une main sur le bras de Tanis.

— File ! ordonna-t-elle. Allez, dépêche-toi ! Tu vas prendre ce corridor. Au bout, tu trouveras une porte. Elle mène aux oubliettes. De là, tu pourras fuir.

Tanis la regarda sans y croire.

— Allez, vite ! dit Kitiara, avec une tape pour le faire bouger.

Tanis jeta un coup d'œil au seigneur Sobert.

— C'est un piège ! chuchota Laurana.

— Non, pas cette fois, dit Tanis. Adieu et bonne chance, Kitiara.

Elle lui planta ses ongles dans la chair.

— Adieu et bonne chance, Demi-Elfe. N'oublie pas que j'agis par amour pour toi. Maintenant, va-t'en !

Elle jeta sa torche et se réfugia dans les ténèbres.

Aveugle, Tanis tendit la main pour la rattraper. Il la retira vite et la glissa dans celle de Laurana. Ils se mirent en route, gravissant les amas de décombres, rasant les murs. L'ombre du chevalier fantôme leur glaçait le sang. Du bout du corridor, Tanis vit le spectre de Sobert approcher, les yeux braqués sur lui. Le demi-elfe tâta fébrilement la cloison pour trouver la porte dont avait parlé Kitiara. Soudain, sous ses doigts, le bois se substitua à la pierre. Il tourna la poignée de fer ; la porte s'ouvrit. Tirant Laurana derrière lui, il franchit le seuil. Dans l'escalier, il fut ébloui par la lumière des torches.

Derrière eux, ils entendirent la voix de Kitiara qui appelait le seigneur Sobert. Il se demanda ce que le chevalier fantôme, privé de sa proie, pouvait bien leur vouloir. Le rêve lui revint à l'esprit. Il revit Laurana qui tombait..., Kitiara qui tombait..., et lui qui était incapable de les sauver...

Laurana l'attendait dans l'escalier, la torche illuminant ses cheveux dorés. Il ferma la porte et dévala les marches derrière elle.

— C'est la femme elfe ! fit le seigneur Sobert, ses yeux incandescents braqués sur les deux fuyards. Elle est avec le demi-elfe.

— Oui, fit Kitiara d'un ton indifférent.

Elle dégaina son épée et, négligemment se mit à racler le sang caillé collé à sa cape.

— Et si je les poursuivais ? demanda Sobert.

— Nous avons des choses plus importantes à faire. L'elfe ne t'appartiendra jamais, même morte. Les dieux la protègent.

— Le demi-elfe reste ton maître, dit le spectre en ricanant sous cape.

— Non, je ne crois pas. Il ne m'étonnerait pas que Tanis, au plus profond de la nuit, quand il sera étendu à son côté, pense à moi. Il se souviendra de mes dernières paroles, et il sera ému. C'est à moi qu'ils doivent leur bonheur. Elle vieillira avec la pensée que je resterai toujours vivante dans le cœur de Tanis. Quel que soit leur amour, je l'ai empoisonné. Ma vengeance est complète. Alors, m'as-tu apporté ce que je t'ai demandé ?

— Je l'ai fait, Dame Noire, répondit le seigneur Sobert.

Il prononça un mot magique qui fit apparaître un objet qu'il posa respectueusement aux pieds de Kitiara.

Elle poussa une exclamation. Ses yeux brillèrent aussi fort que les prunelles incandescentes du chevalier fantôme.

— Parfait ! Retourne au Donjon de Dargaard et rassemble les troupes. Nous prendrons le contrôle des citadelles volantes qu'Akarias a envoyées à Kalaman. Ensuite, nous nous replierons et nous attendrons le moment propice.

— Cet objet t'appartient de droit, dit le spectre. Ceux qui s'opposaient à toi sont morts, comme tu l'as ordonné, ou se sont enfuis avant que je puisse les abattre.

— Ils ne perdent rien pour attendre, fit Kitiara en rengainant son épée. Tu es un serviteur fidèle, Sobert, et tu auras ta récompense. Le monde ne manque pas de jeunes filles elfes, autant que je sache.

— Ceux dont tu veux la mort mourront. Ceux à qui tu laisses la vie sauve resteront en vie. N'oublie pas : de tous ceux qui te servent, Dame Noire, je suis le seul qui puisse te garantir une éternelle loyauté. J'ai été heureux d'avoir eu l'occasion de le prouver. Comme tu me l'as demandé, je retournerai avec mes guerriers au Donjon de Dargaard. Nous y attendrons tes ordres.

Il s'inclina et lui baisa la main.

— Bonne chance, Kitiara. Quel effet cela fait-il, ma chère, de rendre le plaisir à un damné de ma sorte ? Tu as fait du royaume de la mort auquel je suis condamné un lieu où il a repris ses droits. Quel dommage que je ne t'aie pas connue quand j'étais encore de ce monde ! Mais le temps ne compte pas pour moi. Je sais attendre. Quelqu'un viendra peut-être un jour partager mon trône...

Ses doigts glacés effleurèrent la peau de Kitiara, qui frémit. Elle songea aux longues nuits d'insomnie qui l'attendaient, hantées par le fantôme du chevalier.

La perspective était si terrifiante que son cœur se serra.

Sobert s'était évanoui dans les ténèbres.

Kitiara se retrouva seule dans le noir. Le poids de la solitude l'écrasa. Accompagnée d'un craquement sinistre, une nouvelle secousse ébranla le temple jusque dans ses fondations. Effrayée, elle fit un pas pour s'éloigner du mur ; son pied buta contre quelque chose de dur. Elle tendit la main pour tâter l'objet, et le ramassa. *Voilà au moins une réalité à laquelle je peux me raccrocher*, songea-t-elle, rassérénée.

Ses doigts palpaient le cercle d'or serti de gemmes. Kitiara n'avait pas besoin de lumière pour *sentir*. Amoureusement, elle serra contre elle la Couronne tachée de sang.

*
* *

Tanis et Laurana dévalèrent l'escalier en colimaçon qui menait aux oubliettes. Devant le poste de garde, le demi-elfe s'arrêta pour jeter un regard au cadavre du hobgobelin.

— Allez viens, pressa Laurana. Pas par là ! Tu ne vas quand même pas descendre par ce couloir ! fit-elle, le voyant hésiter. C'est là où ils m'ont enfermée...!

Elle pâlit. On entendait les hurlements des prisonniers coincés dans les geôles.

Un draconien chargé de butin passa en courant. *Sûrement un déserteur*, se dit Tanis en le voyant baisser les épaules devant l'uniforme d'officier.

— Je voudrais voir si Caramon ne se trouve pas dans les parages, dit Tanis. Ils ont dû le mettre dans une de ces geôles.

— Caramon ? s'étonna Laurana.

— Nous sommes venus ensemble à Neraka, expliqua Tanis, avec Tika, Tass et... Ils sont peut-être passés par ici, mais ils n'y sont plus. Allons-nous-en !

Laurana s'empourpra. Son regard passa alternativement de l'escalier à Tanis.

— Tanis...

Il lui plaqua une main sur la bouche pour l'empêcher de continuer.

— Nous parlerons de cela plus tard. Pour l'instant, il faut que nous sortions d'ici !

Un secousse plus violente que les autres ponctua ses paroles. Laurana fut projetée contre le mur, tandis que Tanis tentait tant bien que mal de se tenir debout.

Des craquements suivis d'une pluie de débris couvrirent les bruits provenant des geôles. Des nuages de poussière tourbillonnèrent dans le vestibule.

Sous les projections de pierre, Tanis et Laurana prirent la fuite par le couloir est, jonché de corps. Une deuxième secousse les fit tomber à quatre pattes. Ils ne virent plus rien, en dehors du couloir qui ondulait devant eux comme un serpent.

Pelotonnés l'un contre l'autre, ils rampèrent entre les pans de murs qui s'effondraient, naviguant à vue comme sur des déferlantes. Au-dessus d'eux, ils entendirent un crissement. Puis le calme revint.

Tremblants, ils se remirent sur leurs jambes et se traînèrent sur ce qui restait de sol sous leurs pieds. Tanis, qui s'attendait à ce que le toit leur tombe à tout instant sur la tête, trouva ces crissements encore plus inquiétants.

— Tanis ! cria soudain Laurana. Je sens un courant d'air ! Le vent frais de la nuit !

Ils s'acheminèrent péniblement vers le bout du couloir, où se découpait une porte. Devant le seuil, ils remarquèrent des taches de sang.

— Les sacoches de Tass ! murmura Tanis.

A genoux sur le dallage, il examina les trésors du kender dispersés devant la porte.

Laurana s'agenouilla près de lui et posa une main sur la sienne.

— S'il a pu arriver jusque-là, Tanis, il a peut-être réussi à s'enfuir...

— Il n'aurait jamais abandonné ses trésors. Regarde, dit-il, faisant un geste vers la ville qui les entourait, c'est la fin pour Neraka, comme pour Tass. Mais regarde donc !

Laurana, qui refusait de voir la défaite en face, releva la tête.

La brise charriait des odeurs de fumée et de sang, mais aussi les cris angoissés des mourants. Les dragons tournoyaient dans le ciel embrasé, s'entre-tuant comme leurs seigneurs pour s'assurer de survivre.

Pris de folie meurtrière, des draconiens écumaient les rues de la ville, tuant tout sur leur passage, y compris leurs congénères.

— Le Mal se retourne contre lui-même..., murmura Laurana devant l'atroce spectacle.

— Qu'est-ce que tu disais ? demanda Tanis avec lassitude.

— Je cite les paroles d'Elistan, répondit-elle.

Le temple se désagrégeait sous leurs yeux.

— Elistan ! grinça Tanis. On se demande ce que font ses dieux ! Installés aux premières loges dans leurs étoiles, ils se régalent du spectacle ! La Reine Noire est partie, le temple est détruit. Et nous sommes faits comme des rats. Je ne nous donne pas trois minutes à vivre...

Il repoussa doucement Laurana et tendit la main vers les trésors de Tass. Il recensa un morceau de cristal bleu, un rameau des grands arbres de Solace, une émeraude, une plume blanche, une rose noire desséchée, une dent de dragon et une figure sculptée dans le bois, à la manière des nains, qui ressemblait au kender. Parmi tous ces trésors, un objet brillait comme une flamme.

Tanis le prit entre ses doigts ; ses yeux s'emplirent de larmes. Il referma sa main.

— Qu'y a-t-il ? s'écria Laurana, inquiète.

— Pardonne-moi, Paladine, chuchota Tanis.

Il attira Laurana contre lui et ouvrit la main.

Dans sa paume brillait un anneau ciselé figurant un entrelacs de feuilles de lierre. Enroulé autour de l'anneau, dormait un minuscule dragon doré.

14

LA FIN POUR LE MEILLEUR
ET POUR LE PIRE

— Bon, nous voilà sortis de cette maudite ville, dit Caramon à son frère jumeau. Reste avec Tika et Tass. Moi je retourne chercher Tanis. J'emmène ceux-là avec moi, fit-il en montrant les draconiens qui attendaient ses ordres.

— Non, mon frère, répondit Raistlin. Tanis n'a pas besoin de toi. Il est assez grand pour décider de son destin. Le danger n'est pas encore écarté, ni pour toi ni pour ceux qui dépendent de toi, dit-il en regardant le ciel constellé de dragons.

Le visage éprouvé par la fatigue et la douleur, Tika se tenait près de Caramon. Bien que Tass arborât un sourire qui se voulait joyeux, ses yeux exprimaient une gravité anormale pour un kender.

Caramon les regarda d'un air navré.

— Bon, très bien, dit-il, mais où irons-nous ?

Raistlin pointa un doigt vers l'horizon.

— Au-dessus de cette ligne, là où brille une lumière...

Tous se retournèrent, même les draconiens. Au loin dans la plaine, Caramon distingua les contours d'une colline baignée par le clair de lune. Au-dessus d'elle scintillait une lueur blanche, immobile comme une étoile.

— On t'attend là-bas, dit Raistlin.

— Qui ? Tanis ?

Le mage jeta un coup d'œil à Tass. Le kender ne quittait pas des yeux l'étoile.

— Fizban..., murmura-t-il.

— Oui, répondit Raistlin. Maintenant, je dois m'en aller.

— Quoi ? gémit Caramon. Mais tu vas venir avec moi... avec nous... Il faut que tu viennes voir Fizban !

— Il vaut mieux que nous ne nous rencontrions pas, dit Raistlin.

— Et ceux-là ? demanda Caramon en montrant les draconiens.

Le mage poussa un soupir. La main levée, il prononça une incantation. Les draconiens grimacèrent, terrorisés, et reculèrent. Quand des éclairs jaillirent des doigts du mage, Caramon se mit à crier. Hurlant de douleur, les reptiliens se tordaient sous la morsure des flammes. Leurs corps se pétrifièrent à l'instant où ils moururent.

— Ce n'était pas la peine de faire une chose pareille ! s'écria Tika. Ils nous auraient laissés tranquilles.

— La guerre est finie ! ajouta Caramon, consterné.

— Ah bon ? répliqua Raistlin, sarcastique. Voilà le genre de fadaises sentimentales qui font continuer les guerres. Ceux-là, dit-il en montrant du doigt les cadavres pétrifiés, n'étaient pas des créatures de Krynn, mais un produit de la magie noire. Je le sais, j'ai assisté à leur création. Ils ne vous auraient pas « laissés tranquilles », comme l'a dit Tika.

Il avait imité la voix pointue de la jeune fille. Caramon rougit. Il voulut dire quelque chose, mais se ravisa. Son frère, occupé à fouiller dans ses poches, ne l'écouterait pas.

Raistlin sortit un orbe draconien. Les yeux fermés, il entonna une incantation. Une myriade de couleurs tourbillonnèrent à l'intérieur du globe.

Le mage ouvrit le yeux et scruta le ciel. Il n'eut pas

à attendre longtemps. Une ombre gigantesque obscurcit les lunes et les étoiles. Effrayée, Tika eut un mouvement de recul. La main sur son épée, Caramon, qui n'en menait pas large, lui passa un bras autour des épaules.

— Un dragon ! s'exclama Tass. Il est énorme ! Je n'en ai jamais vu de si gros... Mais si, il me semble que...

— Tu l'as déjà vu, dit Raistlin en remettant l'orbe dans sa poche. Dans le rêve du Silvanesti. C'est Cyan Sangvert, le dragon qui a torturé Lorac, le roi elfe.

— Que vient-il faire par ici ? demanda Caramon.

— C'est moi qui l'ai convoqué, répondit le mage. Il me ramenera chez moi.

Le dragon décrivit de grands cercles pour se rapprocher du sol. Tass lui-même se réfugia dans les jambes de Caramon quand le dragon atterrit devant eux.

La gueule ouverte, Cyan contempla un moment ce pitoyable ramassis d'humains en dardant sur eux une langue fourchue et des yeux ardents de haine. Puis, dominé par une volonté plus forte que la sienne, il posa un regard plein de ressentiment sur le mage à la robe noire.

Obéissant à un geste de son maître, le dragon baissa la tête. Appuyé sur son bâton de magicien, Raistlin grimpa le long de son cou.

Cramponnés à Caramon, Tika et Tass sentirent la terreur des dragons les gagner. Brusquement, le guerrier se dégagea et bondit près de son frère.

— Raistlin, attends-moi ! Je viens avec toi !

Cyan agita furieusement son énorme tête.

— Tiens-tu vraiment à m'accompagner ? demanda Raistlin en flattant l'encolure de sa monture pour la calmer. Me suivrais-tu jusque dans les Ténèbres ?

Tiraillé, Caramon hésitait. Pas un son ne sortit de sa bouche mais il opina du chef. Son cœur se serra ; derrière lui, Tika sanglotait.

Raistlin posa sur son frère ses yeux aux profondeurs insondables.

— Je vois que tu en serais capable, dit-il avec émerveillement.

Il réfléchit un moment, puis hocha la tête.

— Non, tu ne peux pas me suivre là où je vais. Fort comme tu es, cela te conduirait à la mort. Nous sommes enfin tels que les dieux l'ont voulu, Caramon. Deux êtres distincts. Nos chemins se séparent. Tu apprendras à reconnaître le tien, seul ou avec ceux qui voudront bien le faire avec toi. Adieu, mon frère.

Sur un ordre de son maître, Cyan Sangvert déploya ses ailes et s'éleva dans le ciel. Bientôt, la lueur du bâton magique ne fut plus qu'une petite étoile enchâssée entre deux immenses ailes noires.

Puis l'obscurité l'absorba complètement.

*
* *

— Voilà ceux que tu attendais, dit le vieil homme.

Tanis leva la tête.

Un guerrier en armure draconienne, une jeune rousse à son bras, avançaient vers leur feu de camp. La jeune fille avait l'air épuisée. Derrière eux, titubant de fatigue, suivait un kender en pantalon bleu.

— Caramon !

Tanis courut à leur rencontre. Le guerrier ouvrit les bras et le serra contre lui en pleurant.

Tika observa la scène les larmes aux yeux. Non loin du feu, elle distingua une silhouette dans la pénombre.

— Laurana ? demanda-t-elle d'un ton hésitant.

L'elfe avança dans la lumière des flammes, sa chevelure blonde brillant comme un soleil. Malgré son armure en piteux état, elle avait gardé sa prestance de princesse du Qualinesti.

Tika avait conscience d'être dépenaillée. Elle rejeta en arrière ses boucles emmêlées de sang. Des lambeaux de sa chemise déchirée pendaient de son armure. De vilaines balafres striaient ses jambes dénudées.

Laurana sourit et Tika sourit en retour. Les apparences n'avaient pas d'importance. L'elfe se jeta au cou de l'humaine.

Seul le kender restait à la lisière de la lumière, les yeux rivés sur le vieil homme. Ronflant comme une forge, un grand dragon doré était vautré derrière lui. Le vieillard fit signe à Tass d'approcher.

— Quel est mon nom ? demanda-t-il en tapotant la queue-de-cheval du kender.

— En tout cas, ce n'est pas Fizban, répondit le kender d'un air malheureux, les yeux obstinément baissés.

Le vieillard sourit et lui caressa la tête. Il voulut le prendre par le menton, mais Tass se raidit.

— Jusqu'à maintenant, ça n'était pas Fizban, murmura le vieillard.

— Alors comment t'appelles-tu ? demanda Tass du bout des lèvres.

— J'ai plusieurs noms, répondit le vieillard. Chez les elfes, je suis E'li. Les nains me nomment Thak. Pour les humains je suis Feuille de Ciel. Mais celui que je préfère, c'est Draco Paladin, comme m'appellent les Chevaliers de Solamnie.

— Je le savais ! grogna Tass, se jetant à terre. Un dieu ! J'ai perdu tous mes amis ! Je n'ai plus personne ! dit-il en sanglotant.

Le vieillard le regarda un moment avec douceur, et essuya ses larmes.

— Ecoute, mon garçon, dit-il le prenant enfin par le menton. Vois-tu l'étoile rouge qui brille au-dessus de nous ? Sais-tu à quel dieu elle est vouée ?

— A Reorx, répondit Tass d'une petite voix.

— L'étoile est rouge comme le feu de sa forge, dit le vieil homme. Rouge comme les étincelles qui jaillissent sous son marteau lorsqu'il modèle le monde sur son enclume. Près de la forge de Reorx se dresse un arbre d'une beauté inégalée. Sous cet arbre est assis un vieux nain râleur qui se repose après des années de labeur. Une chope de bière fraîche à la main, il réchauffe ses vieux os au feu de la forge. Sous cet arbre, il passe ses journées à sculpter le bois. Il y a toujours quelqu'un qui s'arrête pour lui parler.

« Le nain toise les curieux avec un tel dédain qu'ils passent leur chemin. « La place est réservée, grommelle-t-il, à une espèce d'écervelé de kender qui court le monde pour se fourrer dans n'importe quel guêpier. Et encore, je pèse mes mots. Un jour, il passera par ici et tombera en admiration devant mon arbre. *Flint, je suis fatigué*, dira-t-il. *Je crois que je vais rester un petit moment avec toi. T'ai-je raconté ma dernière aventure ? Eh bien, le magicien en robe noire, son frère et moi avons fait un voyage dans le temps et les choses les plus extraordinaires nous sont arrivées...* Je serai encore obligé d'écouter une histoire à dormir debout... » Alors les gens rient sous cape et laissent le nain tranquille. »

— Il n'est pas tout seul ? demanda Tass en s'essuyant les yeux.

— Non, mon enfant. C'est un être patient. Il sait que tu as encore beaucoup de choses à faire. Il attend. D'ailleurs, il connaît toutes tes aventures. Et beaucoup d'autres t'attendent.

— Mais il ne peut pas connaître la dernière, dit Tass, excité. Oh ! Fizban, c'était merveilleux ! De nouveau, j'ai failli mourir. Quand j'ai ouvert les yeux, Raistlin était là, devant moi, en robe noire ! Il avait l'air... hum... méchant. Mais il m'a sauvé la vie ! Et puis... Oh ! je suis désolé. J'ai oublié... Je ne devrais plus t'appeler Fizban.

— Tu peux m'appeler Fizban. A partir de maintenant, ce sera mon nom chez les kenders. A vrai dire, je commence à y prendre goût...

Le vieillard se dirigea vers Tanis et Caramon, en grande conversation. Il les écouta sans rien dire.

— Il est parti je ne sais où, Tanis, dit Caramon. Je ne comprends pas. Toujours aussi frêle, il est devenu plus résistant. Il ne tousse plus. Sa voix est bien la sienne, mais elle sonne autrement. Il est...

— Fistandantilus, dit une voix.

Tanis et Caramon se retournèrent. Voyant que le vieillard les avait rejoints, ils s'inclinèrent devant lui.

— Oh ! pas de ça avec moi ! coupa Fizban. Les courbettes m'énervent. De toute façon, vous êtes deux hypocrites. J'ai très bien entendu ce que vous racontiez dans mon dos. (Les deux hommes prirent un air coupable.) Cela ne fait rien ! Vous avez cru à ce que j'ai voulu vous faire croire. Quant à ton frère, Caramon, tu as raison. Il est lui-même et il ne l'est pas. Comme je l'avais prédit, il est devenu maître du présent et du passé.

— Je ne comprends toujours pas, dit Caramon. Est-ce l'orbe draconien qui l'a changé ? Si oui, on pourrait peut-être le détruire ou...

— L'orbe n'est responsable, répondit Fizban. Ton frère a choisi lui-même son destin.

— Je n'arrive pas à y croire ! Comment est-ce possible ? Qui est ce Fistan... je ne sais quoi ? Je veux savoir...

— Ce n'est pas à moi de te donner la réponse, répondit Fizban. Prends garde aux réponses qu'on te donne, jeune homme. Et méfie-toi plus encore des questions que tu poses !

Caramon resta silencieux. Il contemplait le ciel où il avait vu disparaître le dragon vert.

— Que va-t-il devenir ? demanda-t-il finalement.

— Je n'en sais rien, répondit Fizban. Il suit son propre chemin, tout comme toi. Mais j'ignore lequel. Tu dois le laisser faire. (Le vieil homme se tourna vers Tika, qui les avait rejoints :) Raistlin avait raison, vos routes se séparent. Entre dans ta nouvelle vie avec sérénité.

Tika sourit à Caramon et se blottit contre lui. Le guerrier la serra dans ses bras, déposant un baiser sur ses boucles rousses. Son regard scruta le ciel au-dessus de Neraka, où les dragons se disputaient le contrôle des miettes de leur empire.

— Tout est fini, déclara Tanis. Le Bien a triomphé.

— Le Bien ? Triomphé ? répéta Fizban. Non, nous n'en sommes pas là, Demi-Elfe. L'équilibre est rétabli, soit. Mais les mauvais dragons sont encore en vie. Le pendule oscille librement, son mouvement n'est plus entravé.

— Toutes ces souffrances pour en arriver là ? dit Laurana. Pourquoi le Bien ne triompherait-il pas ? Ne peut-il repousser pour toujours les Ténèbres ?

— On ne t'a donc rien appris, jeune femme ? dit Fizban. Il y eut un temps où le Bien régnait. Sais-tu quand ?... Juste avant le Cataclysme !

« Oui, fit-il, répondant à leur surprise, le Prêtre-Roi d'Istar était un homme de Bien. Cela vous étonne ? Pourtant, vous n'êtes plus sans savoir où peut mener le Bien. Vous l'avez vu chez les elfes, qui en étaient jadis l'incarnation ! Il peut conduire à l'intolérance, à l'inflexibilité, au sentiment d'avoir raison contre ceux qui ne pensent pas comme vous.

« Nous autres les dieux avons vu le danger que cette prétention faisait courir au monde. Le Bien, mal compris, courait inévitablement à sa perte. Nous avons vu la Reine des Ténèbres, tapie dans l'ombre, attendant son heure. Car cela ne pouvait pas durer ainsi. Les deux plateaux de la balance étaient trop chargés. Les Ténèbres allaient envahir le monde.

« Ce fut le Cataclysme. Nous avons pleuré les innocents et les coupables. Il fallait que le monde réagisse, sinon les Ténèbres se seraient installées pour toujours. (Fizban vit Tass bâiller à se décrocher la mâchoire.) Bon, assez parlé. Il faut que j'y aille. J'ai des tas de choses à faire. Une nuit laborieuse en perspective... »

Il tourna les talons et trottina vers son dragon.

— Attends, Fizban ! Euh..., Paladine ! bredouilla Tanis. Es-tu déjà allé à Solace ? Connais-tu l'*Auberge du Dernier Refuge* ?

— Une auberge ? A Solace ? fit le vieil homme en

se caressant la barbe. Des auberges, il y a beaucoup... Mais certaines pommes de terre aux épices me reviennent à la mémoire... J'y suis ! J'avais l'habitude d'y raconter des histoires aux enfants. Un endroit intéressant, cette taverne ! Je me rappelle qu'est entré un soir une très belle jeune femme. C'était une barbare aux cheveux dorés. Elle a chanté une mélodie à propos d'un cristal bleu, qui a déclenché une émeute.

— C'était donc toi ! Tu nous a jetés dans cette aventure !

— J'ai assuré la mise en scène, mon garçon, ce n'est pas moi qui vous ai donné le texte. Le dialogue est de vous. Je dois dire que j'aurais pu améliorer deux ou trois petites choses par-ci, par-là, mais n'y pensons plus. (Il se tourna vers son dragon et le houspilla :) Debout, feignant ! Sac à puces !

— Sac à puces ! s'indigna Pyrite en ouvrant un œil. Toi-même, vieux sorcier décrépit ! Tu ne serais pas capable de changer de l'eau en glace en plein hiver !

— Ah ! je ne pourrais pas ? explosa Fizban en le frappant de son bâton. C'est ce qu'on va voir, mon vieux !

Il prit son livre de sorts tout écorniflé et entreprit de le feuilleter.

— Boule de feu... Boule de feu... Voyons voir... Je sais que c'est par là..., marmonna-t-il en enfourchant sa monture.

Le vieil homme grommelait encore lorsque le dragon doré s'envola. Bientôt, ils se confondirent avec les étoiles.

Les compagnons les suivirent longtemps des yeux.

Ce fut Caramon qui rompit le silence.

— Raistlin avait raison, dit-il, montrant la ville en flammes. Ce n'est pas parce que leur Reine n'est plus que les seigneurs draconiens s'arrêteront. Le voyage que nous avons devant nous sera long et dangereux.

— Où veux-tu aller ? demanda Tanis.

Le demi-elfe se laissa tomber dans l'herbe, sous un arbre. Laurana s'assit à côté de lui, songeuse.

— Tika et moi, nous retournons à Solace, Tanis, répondit Caramon d'une voix nouée par l'émotion. Je crains que... nos chemins se séparent...

Il fut incapable de continuer. Tika jeta un coup d'œil à Laurana et expliqua :

— Nous avons pensé continuer avec vous. Après tout, il y a encore la citadelle volante et pas mal de draconiens. Nous aurions aimé revoir Lunedor, Rivebise, et Gilthanas. Mais...

— Je veux rentrer à la maison, Tanis, trancha Caramon. Ce ne sera pas facile de retrouver Solace détruite, les grands arbres brûlés, mais pensons à ce que les elfes verront au Silvanesti... Je suis heureux que mon pays n'ait pas subi ce sort. A Solace, ils ont besoin de moi. Tout est à reconstruire. Je... je suis habitué à ce qu'on dépende de moi...

Tanis hocha la tête. Il comprenait. Lui aussi aurait aimé pouvoir retourner à Solace, mais ce n'était plus son pays, sans Flint, Sturm... et les autres.

— Et toi, Tass ? Viens-tu à Kalaman avec nous ?

— Non, Tanis, répondit le kender, mal à l'aise. Puisque je suis tout près de mon pays, je vais y faire un tour. Tu sais, les kenders ont tué un seigneur draconien ! dit-il en se rengorgeant. Les autres peuples nous respecteront, maintenant ! Notre chef, Kronin, rejoindra le panthéon des héros de Krynn.

Tanis se gratta la barbe pour cacher un sourire. Inutile de dire au kender que le seigneur en question n'était qu'un poltron et un lâche du nom de Toede.

— Je crois qu'un autre kender deviendra un héros, dit Laurana. Je parle de celui qui a détruit l'orbe draconien, qui s'est battu pour défendre la Tour du Grand Prêtre, qui a capturé Bakaris, et qui a pris tous les risques pour arracher son amie à la Reine des Ténèbres.

— Qui est-ce ? demanda Tass, rongé de curiosité.

Quand il réalisa que Laurana parlait de lui, il rougit jusqu'aux oreilles.

Caramon et Tika s'étaient adossés à un arbre et se reposaient. Tanis les envia, se demandant s'il atteindrait un jour cette sérénité.

— Laurana, tu m'as donné autrefois cet anneau, dit-il en ouvrant sa paume. A l'époque, nous n'avions aucune idée de ce qu'aimer voulait dire. Maintenant, je le sais. Dans le rêve du Silvanesti, c'est cet anneau qui m'a arraché au cauchemar, exactement comme ton amour a sauvé mon âme de l'abîme. J'aimerais le garder, si tu veux bien. Et j'aimerais te donner le même.

Laurana le regarda un moment sans mot dire. Puis elle prit l'anneau et le jeta au loin. Tanis sursauta. Il vit le bijou briller dans le clair de lune puis disparaître dans l'obscurité.

— Je suppose que c'est ta réponse, dit-il. Je ne peux pas t'en vouloir.

— Quand je t'ai donné cet anneau, Tanis, je vivais le premier amour d'un cœur indiscipliné. Tu as eu raison de me le rendre, je m'en rends compte aujourd'hui. J'ai grandi, j'ai appris ce qu'était un amour véritable. J'ai traversé des incendies et des ténèbres, j'ai tué des dragons. J'ai marché sur le corps de celui que j'aimais. J'ai été un chef. J'ai assumé des responsabilités. Flint me l'a rappelé. Mais j'ai tout envoyé au diable. Je suis tombée dans le piège de Kitiara. J'ai compris, un peu tard, que mon amour était du vent. L'amour de Rivebise et Lunedor a redonné l'espoir au monde. Nos petites passions médiocres ont failli le détruire.

— Laurana..., commença Tanis, meurtri.

— Attends, dit-elle, prenant sa main. Je t'aime, Tanis, car aujourd'hui, je te comprends. Je t'aime pour la lumière et les ténèbres qui sont en toi. Voilà pourquoi j'ai jeté l'anneau. Un jour notre amour sera peut-être assez fort pour que nous puissions construire quelque chose. Un jour, je te donnerai un anneau et j'accepterai le tien. Mais il ne sera pas entouré de feuilles de lierre.

— Non, dit-il, l'attirant vers lui malgré sa résistance. Il sera fait d'or et d'acier.

Laurana plongea ses yeux dans les siens et se laissa aller.

— Je devrais peut-être me raser, dit Tanis en caressant sa barbe.

— Non, murmura Laurana, je commence à m'y habituer.

Les compagnons ne fermèrent pas l'œil de la nuit. Depuis leur position, ils assistèrent à la débâcle des draconiens.

Ils parlèrent peu, profitant de ce moment de répit pour se détendre. Entre eux, les mots n'étaient pas nécessaires. Mais chacun songeait qu'à l'aube, ils se sépareraient.

Le soleil allait se lever lorsque le temple de Takhisis explosa. Ses éclats incandescents jaillirent dans le ciel et se mêlèrent aux étoiles.

Des fragments scintillants reprirent leur place, redevenant étoiles parmi les étoiles.

Le Guerrier, Paladine, et le Dragon de Platine réintégrèrent l'espace face à la Reine des Ténèbres, Takhisis, le Dragon aux Mille Couleurs. Ils reprirent leur course éternelle autour de Gilean, dieu de la Neutralité, Balance de l'Harmonie.

*
* *

Il n'y avait personne pour saluer son arrivée. Alors il entra seul dans la ville, car il avait renvoyé son dragon vert.

S'appuyant sur son bâton à pommeau de cristal, il avançait à pas rapides dans les rues désertes. Il connaissait parfaitement le chemin. Depuis des siècles, il le parcourait en esprit.

Il arriva en vue d'une Tour qui se découpait comme

une fenêtre dans le ciel nocturne. L'homme à la robe noire s'arrêta. Il regarda avec attention l'édifice de marbre et ses tourelles en ruines.

Ses yeux dorés se posèrent sur les grilles de la Tour, où une autre robe noire flottait au gré du vent.

Aucun mortel n'avait pu regarder l'horrible spectacle sans devenir fou de terreur. Aucun n'était sorti indemne du bosquet de chênes, qui avait tant effrayé Tas.

Raistlin restait impassible. D'une main ferme, il saisit les lambeaux de robe noire et les arracha de la grille.

Un hurlement effroyable monta des profondeurs des Abysses. Il était si perçant que les habitants de Palanthas, réveillés en sursaut, se dressèrent sur leurs lits, croyant la fin du monde arrivée. Les gardes de la ville, paralysés, fermèrent les yeux, attendant la mort.

Tandis que le cri s'élevait de nouveau, une main livide se posa sur les grilles. Un visage hideux, au rictus rageur, apparut dans les nuées.

Raistlin ne fit pas un geste.

La main se tendit vers lui, le visage annonça les tortures que le mage subirait dans les Abysses où il serait précipité pour avoir profané la Tour. La main toucha le cœur de Raistlin et s'arrêta.

— Sache que je suis le maître du passé et du présent ! Mon avènement est écrit ! Les portes s'ouvriront devant moi.

La main du spectre se retira ; d'un mouvement ample, elle sépara les ténèbres. Les portes s'ouvrirent lentement.

Sans un regard pour le fantôme, qui l'accueillit avec révérence, Raistlin les franchit. L'armée d'ombres qu'abritait la Tour s'inclina sur son passage.

Raistlin s'arrêta. Ses yeux firent le tour de la salle.

— Je suis chez moi.

Un calme serein tomba sur Palanthas. La nuit engloutit les derniers frissons de terreur.

Ce n'était qu'un rêve, se dirent les bonnes gens, avant de replonger dans le sommeil serein qui leur promettait une aube paisible.

Advanced Dungeons & Dragons 2nd Edition

Le plus populaire des jeux de rôle

.DES AVENTURES INOUBLIABLES VOUS ATTENDENT DANS CES MONDES D'OMBRES ET DE LUMIÈRES :

**LES ROYAUMES OUBLIÉS,
DARK SUN, SPELLJAMMER,
RAVENLOFT,
LANCE DRAGON...**

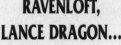

DESCARTES DISTRIBUTEUR

Liste des relais-boutiques Descartes sur le 3615 DESCARTES

© D&D et AD&D sont des marques déposées appartenant à TSR Inc.

EN ROUTE VERS L'AVENTURE !

POUR NE RIEN RATER DE L'UNIVERS PASSIONNANT DES JEUX DE RÔLE

le Premier Magazine des Jeux de Simulation vous présente...

CASUS Belli — jeu de rôle, jeu de plateau, wargame, figurines — **MENSUEL**

- Nouveautés
- Conseils
- Aides de jeu
- Scénarios
- Panorama ludique international

et, dans chaque numéro...
DESTINATION AVENTURE :
rubrique pratique et scénario pour joueurs débutants.

Désormais TOUS LES MOIS en kiosque. 35F.

Bulletin d'abonnement

Tous les deux mois
vous découvrirez des reportages
vous présentant des univers imaginaires
comme s'ils étaient réels …

à envoyer à DRAGON® Magazine, 115 rue Anatole France, 93700 Drancy

---

BULLETIN D'ABONNEMENT
(à remplir en majuscules)

Nom _____ Prénom _____

Adresse _____

_____

Je m'abonne à DRAGON® Magazine pour un an (6 numéros) au prix de :

- 175 FF seulement (au lieu de 210 FF au numéro) pour la France métropolitaine,
- 200 FF pour l'Europe (par mandat international uniquement)
- 250 FF pour le reste du monde (par mandat international uniquement)

Je joins mon chèque au bulletin d'abonnement et j'envoie le tout à
DRAGON® Magazine, 115 rue Anatole France, 93700 Drancy

Achevé d'imprimer en Juillet 1999
sur les presses de Cox & Wyman Ltd
(Angleterre)

FLEUVE NOIR – 12, avenue d'Italie
75627 PARIS – CEDEX 13.
Tel: 01.44.16.05.00

Dépôt légal : avril 1996
Imprimé en Angleterre